【典藏本】

金庸作品集 21

天龍八部

一

金庸

朗聲圖書　廣州出版社

图书在版编目（CIP）数据

天龙八部：典藏本 / 金庸著． — 广州：广州出版社，2019.10（2020.2重印）
ISBN 978-7-5462-2979-9

Ⅰ．①天⋯　Ⅱ．①金⋯　Ⅲ．①侠义小说－中国－当代　Ⅳ．①I247.5

中国版本图书馆CIP数据核字（2019）第238973号

本书版权由著作权人授权广州市朗声图书有限公司在中国大陆（不包括香港、澳门、台湾地区）专有使用

版权所有·侵权必究

天龙八部

出版发行	广州出版社
	（地址：广州市天河区天润路87号广建大厦九楼、十楼　邮政编码：510635
	网址：http://www.gzcbs.com.cn）
策　　划	欧阳群
责任编辑	何　娴　董　平
责任校对	林春光
内文插画	王司马
封面设计	@王强127
代理发行	广州市朗声图书有限公司（发行专线：020-34297719）
印　　刷	深圳市贤俊龙彩印有限公司
	（地址：深圳宝安区石岩镇水田村石龙大道56号　邮编：518108）
开　　本	900毫米×1280毫米　1/32
字　　数	1597千
印　　张	63.75
版　　次	2020年2月第2版
印　　次	2020年2月第2次
书　　号	ISBN 978-7-5462-2979-9
总 定 价	538.00元（全五册）

衬页印章／苏宣「流风回雪」：
苏宣，安徽新安人，明末万历、天启年间被推为海内第一大篆刻家。曹植《洛神赋》有「仿佛兮若轻云之蔽月，飘飖兮若流风之回雪」句，形容洛神「凌波微步」之神姿。

上图张胜温《佛像》：
张胜温是大理国画师。本图是设色长卷，图中诸像相貌庄严，设色涂金，并极精采。本图作于1180年，图上有「奉为皇帝嫖信画」、「为利贞皇帝嫖信画」等字。大理国利贞皇帝即一灯大师段智兴，是段誉的孙子。

1

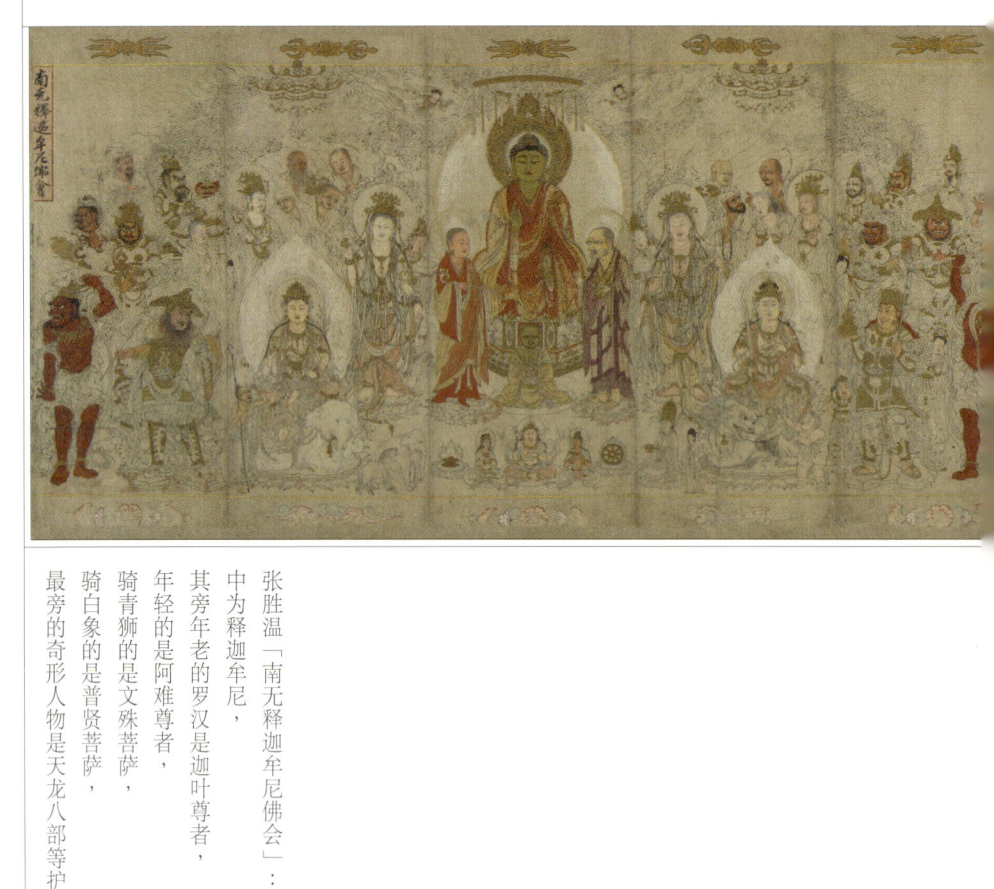

张胜温「南无释迦牟尼佛会」：中为释迦牟尼，其旁年老的罗汉是迦叶尊者，年轻的是阿难尊者，骑青狮的是文殊菩萨，骑白象的是普贤菩萨，最旁的奇形人物是天龙八部等护法。

张胜温「文殊请问，维摩大士」：大理国画师张胜温所绘长卷之部分。本图故事出于《维摩诘经》，维摩居士有病，释迦牟尼派文殊菩萨率观音菩萨、舍利弗罗汉等去问病。

大理三塔：大理国以佛教为国教，寺庙、宝塔等建筑甚多。

云南石林：怪石林立，森然奇绝，入石林中，如至武侠小说境界。石林于宋代属大理国国境。

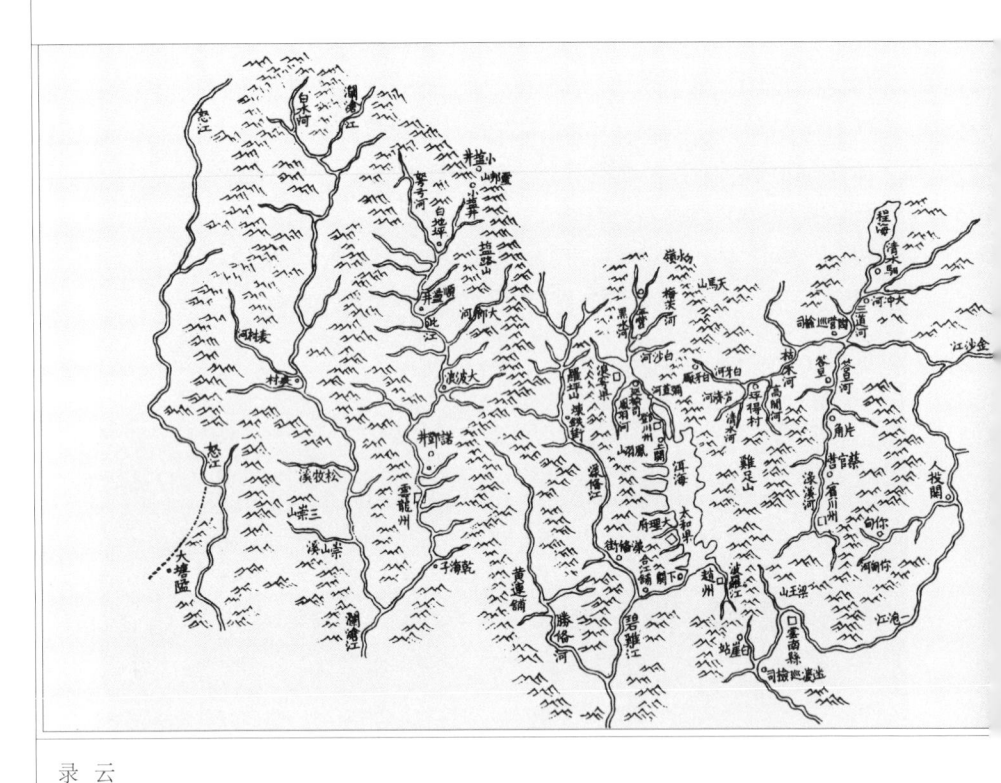

云南大理附近形势图：录自《古今图书集成》。

敦煌石窟的天龙八部壁画：五代时所绘，印度神话中的角色已中国化了。

敦煌壁画「阿修罗像」：西魏时代所绘。阿修罗在本图左首，四目四臂，象征愤怒好斗。其右有龙、飞天夜叉、乐神乾达婆等。

敦煌壁画中之「迦楼罗」等：西魏时代所绘。「迦楼罗」为食龙之大鸟，即大鹏金翅鸟，其上生角怪物、玩弄鼓状物作杂技戏者为舞蹈神「紧那罗」，均属天龙八部。

敦煌壁画中之「紧那罗」及「摩呼罗迦」：西魏壁画。「紧那罗」意为「人非人」，似人而非人，头上生角，善歌舞，图中以竖发代表生角，手势作舞蹈形。「摩呼罗迦」是大蟒神，人身而蛇头。二者均属天龙八部。

敦煌壁画「乐神」：西魏壁画。

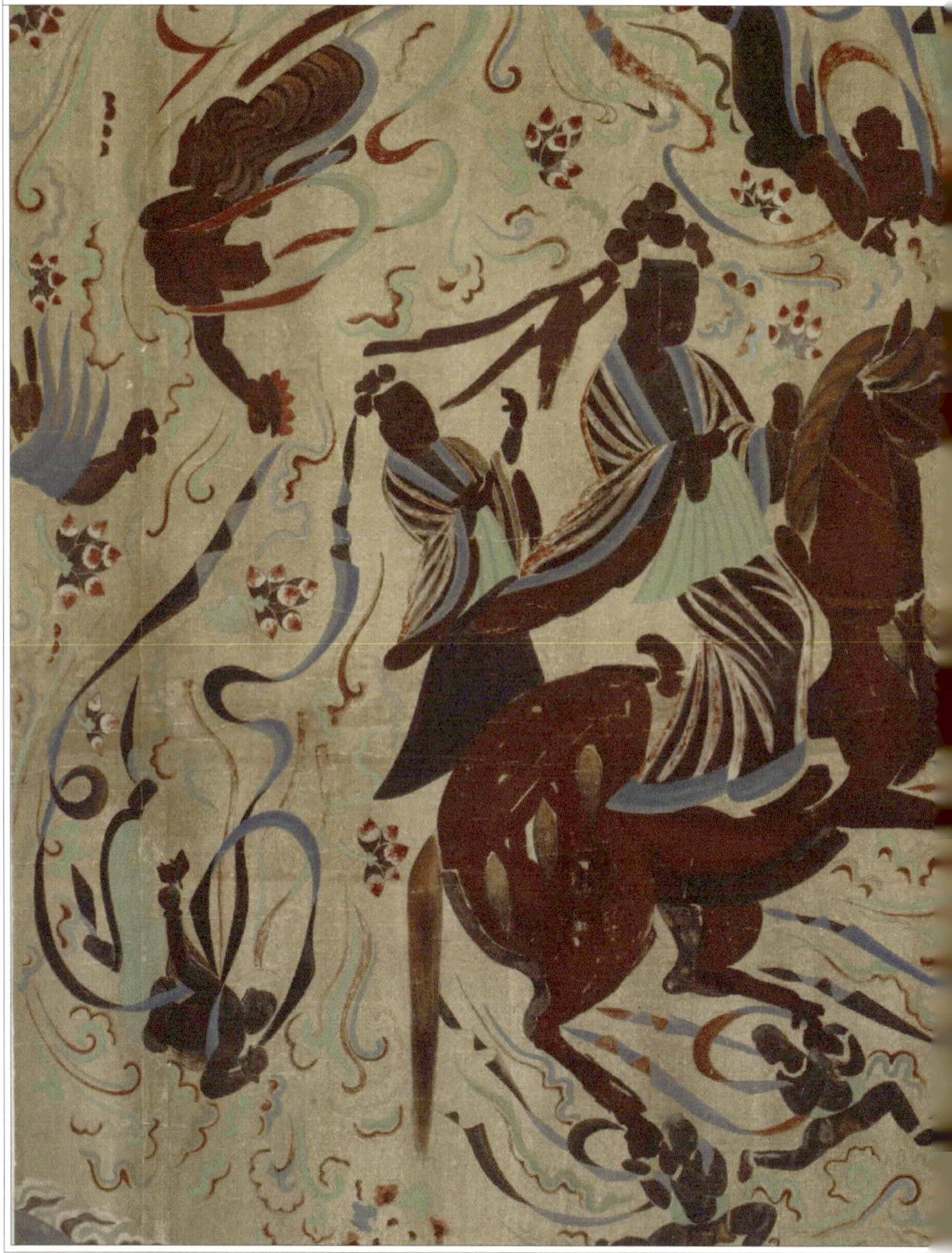

敦煌壁画「太子逾城」：初唐壁画，描绘悉达多太子（释迦牟尼成佛前的名字）半夜骑马逾城出家，有龙、天神、乐神、夜叉等天龙八部护持。

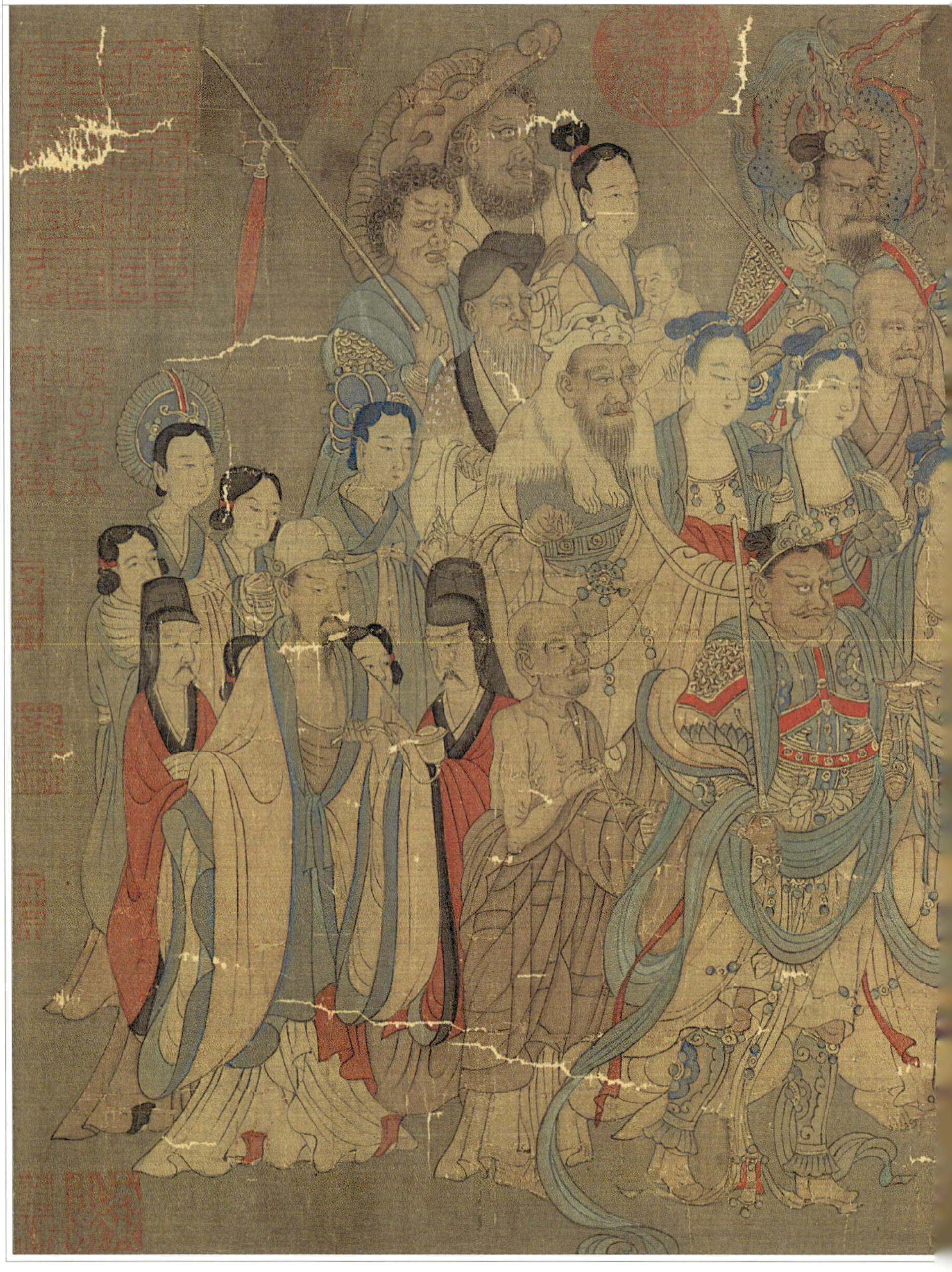

宋人《燃灯佛授记释迦文》图卷：大乘佛经中记载，释迦牟尼前生曾得燃灯佛授记：「汝将来当作佛。」跪在地下的即释迦文佛之前生。燃灯之扈从中有罗汉、天王、供养人、天龙八部等。头顶有龙、手持宝珠者即龙。

明人绘《天龙八部罗叉女众》：此图为明景泰年间宫廷画师所作。绘有天龙八部中天众、龙众、紧那罗、摩呼罗迦四位，另有四罗叉（刹）女，手持兵器。从形制上看，或另有一幅组成「八部」。

元卫九鼎《洛神图》：卫九鼎，字明铉，元末画家。擅界画，师王振鹏。此图绘洛神身材修长，秀丽而端庄，衣带飘扬，凌波而来。倪瓒在画上题诗云：「凌波微步袜生尘，谁见当时窈窕身。能赋已输曹子建，善图唯数卫山人。」

张光宇《洛神》：张光宇，近代画家。图中洛神衣带飘扬，画家以白描手法，承袭吴道子「吴带当风」的中国画传统，描绘洛神翩若惊鸿、婉若游龙的神态。

"金庸作品集"序

小说是写给人看的。小说的内容是人。

小说写一个人、几个人、一群人或成千成万人的性格和感情。他们的性格和感情从横面的环境中反映出来,从纵面的遭遇中反映出来,从人与人之间的交往与关系中反映出来。长篇小说中似乎只有《鲁滨逊飘流记》,才只写一个人,写他与自然之间的关系,但写到后来,终于也出现了一个仆人"星期五"。只写一个人的短篇小说多些,写一个人在与环境的接触中表现他外在的世界、内心的世界,尤其是内心世界。

西洋传统的小说理论分别从环境、人物、情节三个方面去分析一篇作品。由于小说作者不同的个性与才能,往往有不同的偏重。

基本上,武侠小说与别的小说一样,也是写人,只不过环境是古代的,人物是有武功的,情节偏重于激烈的斗争。任何小说都有它所特别侧重的一面。爱情小说写男女之间与性有关的感情,写实小说描绘一个特定时代的环境,《三国演义》与《水浒》一类小说叙述大群人物的斗争经历,现代小说的重点往往放在人物的心理过程上。

小说是艺术的一种,艺术的基本内容是人的感情,主要形式是美,广义的、美学上的美。在小说,那是语言文笔之美、安排结构之美，关键在于怎样将人物的内心世界通过某种形式而表现出来。什么形式都可以，或者是作者主观的剖析，或者是客观的叙述故事，从人物的行动和言语中客观的表达。

读者阅读一部小说，是将小说的内容与自己的心理状态结合起来。同样一部小说，有的人感到强烈的震动，有的人却觉得无聊厌倦。读者的个性与感情，与小说中所表现的个性与感情相接触，产生了"化学反应"。

武侠小说只是表现人情的一种特定形式。好像作曲家要表现一种情绪，用钢琴、小提琴、交响乐或歌唱的形式都可以，画家可以选择油画、水彩、水墨或漫画的形式。问题不在采取什么形式，而是表现的手法好不好，能不能和读者、听者、观赏者的心灵相沟通，能不能使他的心产生共鸣。小说是艺术形式之一，有好的艺术，也有不好的艺术。

好或者不好，在艺术上是属于美的范畴，不属于真或善的范畴。判断美的标准是美，是感情，不是科学上的真或不真，道德上的善或不善，也不是经济上的值钱不值钱，政治上对统治者的有利或有害。当然，任何艺术作品都会发生社会影响，自也可以用社会影响的价值去估量，不过那是另一种评价。

在中世纪的欧洲，基督教的势力及于一切，所以我们到欧美的博物院去参观，见到所有中世纪的绘画都以圣经为题材，表现女性的人体之美，也必须通过圣母的形象。直到文艺复兴之后，凡人的形象才在绘画和文学中表现出来，所谓文艺复兴，是在文艺上复兴希腊、罗马时代对"人"的描写，而不再集中于描写神与圣人。

中国人的文艺观，长期来是"文以载道"，那和中世纪欧洲黑暗时代的文艺思想是一致的，用"善或不善"的标准来衡量文艺。《诗经》中的情歌，要牵强附会地解释为讽刺君主或歌颂后妃。陶渊明的《闲情赋》，司马光、欧阳修、晏殊的相思爱恋之词，或者惋惜地评之为白璧之玷，或者好意地解释为另有所指。他们不相信文艺所表现的是感情，认为文字的唯一功能只是为政治或社会价值服务。

我写武侠小说，只是塑造一些人物，描写他们在特定的武侠环境（古代的、没有法治的、以武力来解决争端的社会）中的遭遇。当时的社会和现代社会已大不相同，人的性格和感情却没有多大变化。古代人的悲欢离合、喜怒哀乐，仍能在现代读者的心灵中引起相应的情绪。读者们当然可以觉得表现的手法拙劣，技巧不够成熟，描写殊不深刻，以美学观点来看是低级的艺术作品。无论如何，我不想载什么道。我在写武侠小说的同时，也写政治评论，也写与哲学、宗教有关的文字。涉及思想的文字，是诉诸读者理智的，对这些文字，才有是非、真假的判断，读者或许同意，或许只部份同意，或许完全反对。

对于小说，我希望读者们只说喜欢或不喜欢，只说受到感动或觉得厌烦。我最高兴的是读者喜爱或憎恨我小说中的某些人物，如果有了那种感情，表示我小说中的人物已和读者的心灵发生联系了。小说作者最大的企求，莫过于创造一些人物，使得他们在读者心中变成活生生的、有血有肉的人。艺术是创造，音乐创造美的声音，绘画创造美的视觉形象，小说是想创造人物。假使只求如实反映外在世界，那么有了录音机、照相机，何必再要音乐、绘画？有了报纸、历史书、记录电视片、社会调查统计、医生的病历纪录、党部与警察局的人事档案，何必再要小说？

金庸

一九八六·二·六　于香港

目 录

释名	……………………………………………	1
一	青衫磊落险峰行 ……………………………	5
二	玉壁月华明 …………………………………	41
三	马疾香幽 ……………………………………	81
四	崖高人远 ……………………………………	115
五	微步縠纹生 …………………………………	159
六	谁家子弟谁家院 ……………………………	199
七	无计悔多情 …………………………………	233
八	虎啸龙吟 ……………………………………	267
九	换巢鸾凤 ……………………………………	303
十	剑气碧烟横 …………………………………	351

（一至十回回目调寄《少年游》，本意。）

释　名

"天龙八部"这名词出于佛经。许多大乘佛经叙述佛向诸菩萨、比丘等说法时，常有天龙八部参与听法。如《法华经·提婆达多品》："天龙八部、人与非人，皆遥见彼龙女成佛。""非人"是形貌似人而实际不是人的众生。"天龙八部"都是"非人"，包括八种神道怪物，因为以"天"及"龙"为首，所以称为"天龙八部"。八部者，一天，二龙，三夜叉，四乾达婆，五阿修罗，六迦楼罗，七紧那罗，八摩呼罗迦。

"天"是指天神。在佛教中，天神的地位并非至高无上，只不过比人能享受到更大、更长久的福报而已。佛教认为一切事物无常，天神的寿命终了之后，也是要死的。天神临死之前有五种征状：衣裳垢腻、头上花萎、身体臭秽、腋下汗出、不乐本座（第五个征状或说是"玉女离散"），这就是所谓"天人五衰"，是天神最大的悲哀。帝释是众天神的领袖。

"龙"是指龙神。佛经中的龙，和我国传说中的龙大致差不多，不过没有脚，有时大蟒蛇也称为龙。事实上，中国人对龙和龙王的观念，主要是从佛经中来的。佛经中有五龙王、七龙王、八龙王等等名称。古印度人对龙很是尊敬，认为水中生物以龙的力气最大，陆上生物以象的力气最大，因此对德行崇高的人尊称为"龙

· 1 ·

象",如"西来龙象",那是指从西方来的高僧。古印度人以为下雨是龙从大海中取水而洒下人间。中国人也接受了这种说法,历本上注明几龙取水,表示今年雨量的多寡。龙王之中,有一位叫做沙竭罗龙王,他的幼女八岁时到释迦牟尼所说法的灵鹫山前,转为男身,现成佛之相。她成佛之时,为天龙八部所见。

"夜叉"是佛经中的一种鬼神,有"夜叉八大将"、"十六大夜叉将"等名词。"夜叉"的本义是能吃鬼的神,又有敏捷、勇健、轻灵、秘密等意思。《维摩经》注:"什曰:'夜叉有三种:一、在地,二、在空虚,三、天夜叉也。'"现在我们说到"夜叉"都是指恶鬼。但在佛经中,有很多夜叉是好的,夜叉八大将的任务是"维护众生界"。

"乾达婆"是一种不吃酒肉、只寻香气作为滋养的神,是服侍帝释的乐神之一,身上发出浓冽的香气。"乾达婆"在梵语中又是"变幻莫测"的意思,魔术师也叫"乾达婆",海市蜃楼叫做"乾达婆城"。香气和音乐都是缥缈隐约,难以捉摸。

"阿修罗"这种神道非常特别,男的极丑陋,而女的极美丽。阿修罗王常常率部和帝释战斗,因为阿修罗有美女而无美好食物,帝释有美食而无美女,互相妒忌抢夺,每有恶战,总是打得天翻地覆。我们常称惨遭轰炸、尸横遍地的大战场为"修罗场",就是由此而来。大战的结果,阿修罗王往往打败,有一次他大败之后,上天下地,无处可逃,于是化身潜入藕的丝孔之中。阿修罗王性子暴躁、执拗而善妒。释迦牟尼说法,说"四念处",阿修罗王也说法,说"五念处";释迦牟尼说"三十七道品",阿修罗王偏又多一品,说"三十八道品"。佛经中的神话故事大都是譬喻。阿修罗王权力很大,能力很大,就是爱搞"老子不信邪"、"天下大乱,越乱越好"的事。阿修罗又疑心病很重,《大智度论》卷三十五:"阿修罗其心不端故,常疑于佛,谓佛助天。佛为说'五众',谓有六众，不为说一；若说'四谛'，谓有五谛，不说一事。""五众"即"五蕴"，五蕴、四谛是佛法中的基本观念。阿修罗听佛说法，疑心佛偏袒帝释，故意少说了一样。

"迦楼罗"是一种大鸟，翅有种种庄严宝色，头上有一个大瘤，是如意珠。此鸟鸣声悲苦，以龙为食。旧说部中说岳飞是"大鹏金翅鸟"投胎转世，迦楼罗就是大鹏金翅鸟。它每天要吃一个龙王及五百条小龙。到它命终时，诸龙吐毒，无法再吃，于是上下翻飞七次，飞到金刚轮山顶上命终。因为它一生以龙（大毒蛇）为食物，体内积蓄毒气极多，临死时毒发自焚。肉身烧去后只余一心，作纯青琉璃色。

"紧那罗"在梵语中为"人非人"之意。他形状和人一样，但头上生一只角，所以称为"人非人"，善于歌舞，是帝释的乐神。

"摩呼罗迦"是大蟒神，人身而蛇头。

这部小说以"天龙八部"为名，写的是北宋时云南大理国的故事。

大理国是佛教国家，皇帝都崇信佛教，往往放弃皇位，出家为僧，是我国历史上一个十分奇特的现象。据历史记载，大理国的皇帝中，圣德帝、孝德帝、保定帝、宣仁帝、正廉帝、神宗等都避位为僧。《射雕英雄传》中所写的南帝段皇爷，就是大理国的皇帝。《天龙八部》的年代在《射雕英雄传》之前。本书故事发生于北宋哲宗元祐、绍圣年间，公元一○九四年前后。

天龙八部这八种神道精怪，各有奇特个性和神通，虽是人间之外的众生，却也有尘世的欢喜和悲苦。这部小说里没有神道精怪，只是借用这个佛经名词，以象征一些现世人物，就像《水浒》中有母夜叉孙二娘、摩云金翅欧鹏。

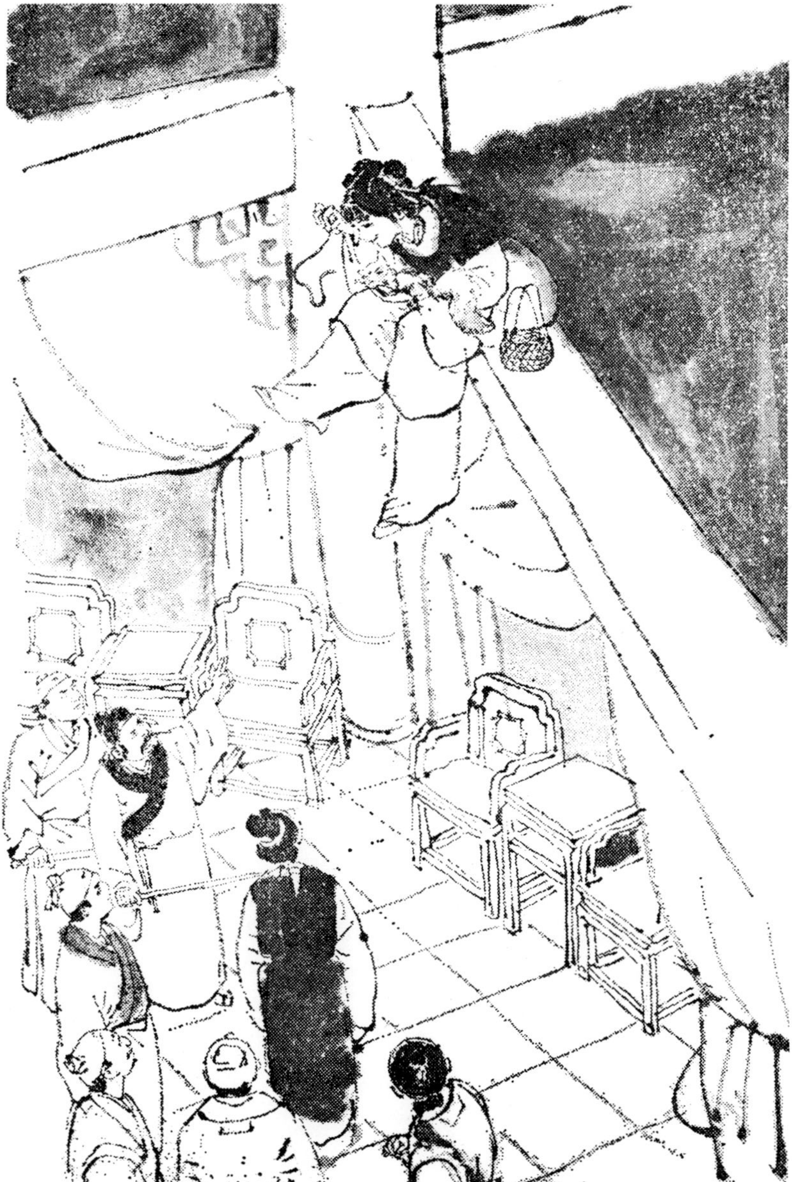

梁上少女格格娇笑,赞道:"乖貂儿!"右手两根手指抓着一条小蛇的尾巴,倒提起来,在貂儿面前晃动。那貂儿伸出前脚抓住,张口便吃。

一
青衫磊落险峰行

　　青光闪动，一柄青钢剑倏地刺出，指向中年汉子左肩，使剑少年不等剑招用老，腕抖剑斜，剑锋已削向那汉子右颈。那中年汉子竖剑挡格，铮的一声响，双剑相击，嗡嗡作声，震声未绝，双剑剑光霍霍，已拆了三招。中年汉子长剑猛地击落，直砍少年顶门。那少年避向右侧，左手剑诀一引，青钢剑疾刺那汉子大腿。

　　两人剑法迅捷，全力相搏。

　　练武厅东边坐着二人。上首是个四十左右的中年道姑，铁青着脸，嘴唇紧闭。下首是个五十余岁的老者，右手捻着长须，神情甚是得意。两人的座位相距一丈有余，身后各站着二十余名男女弟子。西边一排椅子上坐着十余位宾客。东西双方的目光都集注于场中二人的角斗。

　　眼见那少年与中年汉子已拆到七十余招，剑招越来越紧，兀自未分胜败。突然中年汉子一剑挥出，用力猛了，身子微微一晃，似欲摔跌。西边宾客中一个身穿青衫的年轻男子忍不住"嗤"的一声笑。他随即知道失态，忙伸手按住了口。

　　便在这时，场中少年左手呼的一掌拍出，击向那汉子后心。那汉子向前跨出一步避开，手中长剑蓦地圈转，喝一声："着！"那少年左腿已然中剑，腿下一个踉跄，长剑在地下一撑，站直身子待欲再斗，那中年汉子已还剑入鞘，笑道："褚师弟，承让，承让，伤得不厉害么？"那少年脸色苍白，咬着嘴唇道："多谢龚师兄剑下留情。"

那长须老者满脸得色，微微一笑，说道："东宗已胜了三阵，看来这'剑湖宫'又要让东宗再住五年了。辛师妹，咱们还须比下去么？"坐在他上首的那中年道姑强忍怒气，说道："左师兄果然调教得好徒儿。但不知左师兄对'无量玉璧'的钻研，这五年来可已大有心得么？"长须老者向她瞪了一眼，正色道："师妹怎地忘了本派的规矩？"那道姑哼了一声，便不再说下去了。

这老者姓左，名叫子穆，是"无量剑"东宗的掌门。那道姑姓辛，道号双清，是"无量剑"西宗掌门。

"无量剑"原分东、北、西三宗，北宗近数十年来已趋式微，东西二宗却均人材鼎盛。"无量剑"于五代后唐年间在南诏无量山创派，掌门人居住无量山剑湖宫。自于大宋仁宗年间分为三宗之后，每隔五年，三宗门下弟子便在剑湖宫中比武斗剑，获胜的一宗得在剑湖宫居住五年，至第六年上重行比试。五场斗剑，赢得三场者为胜。这五年之中，败者固然极力钻研，以图在下届剑会中洗雪前耻，胜者也是丝毫不敢松懈。北宗于四十年前获胜而入住剑湖宫，五年后败阵出宫，掌门人一怒而率领门人迁往山西，此后即不再参预比剑，与东西两宗也不通音问。三十五年来，东西二宗互有胜负。东宗胜过四次，西宗胜过两次。那龚姓中年汉子与褚姓少年相斗，已是本次比剑中的第四场，姓龚的汉子既胜，东宗四赛三胜，第五场便不用比了。

西首锦凳上所坐的则是别派人士，其中有的是东西二宗掌门人共同出面邀请的公证人，其余则是前来观礼的嘉宾。这些人都是云南武林中的知名之士。只坐在最下首的那个青衣少年却是个无名之辈，偏是他在那龚姓汉子佯作失足时嗤的一声笑。

这少年乃随滇南普洱老武师马五德而来。马五德是大茶商,豪富好客,颇有孟尝之风,江湖上落魄的武师前去投奔,他必竭诚相待,因此人缘甚佳,武功却是平平。左子穆听马五德引见之时说这少年姓段,段姓是大理国的国姓,大理境内姓段的成千成万,左子穆当时听了也不以为意,心想他多半是马五德的弟子,这马老儿自身的功夫稀松平常,调教出来的弟子还高得到哪里去,是以连"久仰"两字也懒得说,只拱了拱手,便肃入宾座。不料这年轻人不知天高地厚,竟当左子穆的得意弟子佯出虚招诱敌之时,失笑讥讽。

当下左子穆笑道:"辛师妹今年派出的四名弟子,剑术上的造诣着实可观,尤其这第四场我们赢得更是侥幸。褚师侄年纪轻轻,居然练到了这般地步,前途当真不可限量,五年之后,只怕咱们东西两宗得换换位了,呵呵,呵呵!"说着大笑不已,突然眼光一转,瞧向那段姓青年,说道:"我那劣徒适才以虚招'跌扑步'获胜,这位段世兄似乎颇不以为然。便请段世兄下场指点小徒一二如何?马五哥威震滇南,强将手下无弱兵,段世兄的手段定是挺高的。"

马五德脸上微微一红,忙道:"这位段兄弟不是我的弟子。你老哥哥这几手三脚猫的把式,怎配做人家师父?左贤弟可别当面取笑。这位段兄弟来到普洱舍下,听说我正要到无量山来,便跟着同来,说道无量山山水清幽,要来赏玩风景。"

左子穆心想:"他若是你弟子,碍着你的面子,我也不能做得太绝了,既是寻常宾客,那可不能客气了。有人竟敢在剑湖宫中讥笑'无量剑'东宗的武功,若不教他闹个灰头土脸的下山,姓左的颜面何存?"当下冷笑一声,说道:"请教段兄大号如何称呼,是哪一位高人的门下?"

那姓段青年微笑道:"在下单名一誉字,从来没学过什么武艺。我看到别人摔交,不论他真摔还是假摔,忍不住总是要笑的。"左子穆听他言语中全无恭敬之意,不禁心中有气,道:"那有什么好笑?"段誉轻摇手中折扇,轻描淡写的道:"一个人站着坐着,没什么好笑,躺在床上,也不好笑,要是躺在地下,哈哈,那就可笑得紧了。除非他是个三岁娃娃,那又作别论。"左子穆听他说话越来越狂妄,不禁气塞胸臆,向马五德道:"马五哥,这位段兄是你的好朋友么?"

马五德和段誉也是初交,完全不知对方底细,他生性随和,段誉要同来无量山,他不便拒却,便带着来了,此时听左子穆的口气甚是着恼,势必出手便极厉害,大好一个青年,何必让他吃个大亏?便道:"段兄弟和我虽无深交,咱们总是结伴来的。我瞧段兄弟斯斯文文的,未必会什么武功,适才这一笑定是出于无意。这样罢,老哥哥肚子也饿了,左贤弟赶快整治酒席,咱们贺你三杯。今日大好日子,左贤弟何必跟年轻晚辈计较?"

左子穆道:"段兄既然不是马五哥的好朋友,那么兄弟如有得罪,也不算是扫了马五哥的金面。光杰,刚才人家笑你呢,你下场请教请教罢。"

那中年汉子龚光杰巴不得师父有这句话,当下抽出长剑,往场中一站,倒转剑柄,拱手向段誉道:"段朋友,请!"段誉道:"很好,你练罢,我瞧着。"仍是坐在椅中,并不起身。龚光杰登时脸皮紫胀,怒道:"你……你说什么?"段誉道:"你手里拿了一把剑这么东晃来西晃去,想是要练剑,那么你就练罢。我向来不爱瞧人家动刀使剑,可是既来之,则安之,那也不妨瞧着。"龚光杰喝道:"我师父叫你这小子也下场来,咱们比划比划。"

段誉轻挥折扇,摇了摇头,说道:"你师父是你的师父,你师父可不是我的师父。你师父差得动你,你师父可差不动我。你师父叫你跟人家比剑,你已经跟人家比过了。你师父叫我跟你比剑,我一来不会,二来怕输,三来怕痛,四来怕死,因此是不比的。我说不比,就是不比。"

他这番话什么"你师父""我师父"的,说得犹如拗口令一般,练武厅中许多人听着,忍不住都笑了出来。"无量剑"西宗双清门下男女各占其半,好几名女弟子格格娇笑。练武厅上庄严肃穆的气象,霎时间一扫无遗。

龚光杰大踏步过来,伸剑指向段誉胸口,喝道:"你到底是真的不会,还是装傻?"段誉见剑尖离胸不过数寸,只须轻轻一送,便刺入了心脏,脸上却丝毫不露惊慌之色,说道:"我自然真的不会,装傻有什么好装?"龚光杰道:"你到无量山剑湖宫中来撒野,想必是活得不耐烦了。你是何人门下?受了谁的指使?若不直说,莫怪大爷剑下无情。"

段誉道:"你这位大爷,怎地如此狠霸霸的?我平生最不爱瞧人打架。贵派叫做无量剑,住在无量山中。佛经有云:'无量有四:一慈、二悲、三喜、四舍。'这'四无量'么,众位当然明白:与乐之心为慈,拔苦之心为悲,喜众生离苦获乐之心曰喜,于一切众生舍怨亲之念而平等一如曰舍。无量寿佛者,阿弥陀佛也。阿弥陀佛,阿弥陀佛……"

他唠唠叨叨的说佛念经,龚光杰长剑回收,突然左手挥出,拍的一声,结结实实的打了他一个耳光。段誉将头略侧,待欲闪避,对方手掌早已打过缩回,一张俊秀雪白的脸颊登时肿了起来,五个指印甚是清晰。

这一来众人都是吃了一惊,眼见段誉漫不在乎,满嘴胡说八道的戏弄对方,料想必是身负绝艺。哪知龚光杰随手一掌,他竟不能避开,看来当真是全然不会武功。武学高手故意装傻,玩弄敌手,那是常事,但决无不会武功之人如此胆大妄为的。龚光杰一掌得手,也不禁一呆,随即抓住段誉胸口,提起他身子,喝道:"我还道是什么了不起的人物,哪知竟是个脓包!"将他重重往地下摔落。段誉滚将出去,砰的一声,脑袋撞在桌子脚上。

· 11 ·

马五德心中不忍,抢过去伸手扶起,说道:"原来老弟果然不会武功,那又何必到这里来厮混?"

段誉摸了摸额角,说道:"我本是来游山玩水的,谁知道他们要比剑打架了?这样你砍我杀的,有什么好看?还不如瞧人家耍猴儿戏好玩得多。马五爷,再见,再见,我这可要走了。"

左子穆身旁一名年青弟子一跃而出,拦在段誉身前,说道:"你既不会武功,就这么夹着尾巴而走,那也罢了,怎么又说看我们比剑,还不如看耍猴儿戏?这话未免欺人太甚。我给你两条路走,要么跟我比划比划,叫你领教一下比耍猴儿也还不如的剑法;要么跟我师父磕八个响头,自己说三声'放屁'!"段誉笑道:"你放屁?不怎么臭啊!"

那人大怒,伸拳便向段誉面门击去,这一拳势挟劲风,眼见要打得他面青目肿,不料拳到中途,突然半空中飞下一件物事,缠住了那少年的手腕。这东西冷冰冰、滑腻腻,一缠上手腕,随即蠕蠕而动。那少年吃了一惊,急忙缩手时,只见缠在腕上的竟是一条尺许长的赤练蛇,青红斑斓,甚是可怖。他大声惊呼,挥臂力振,但那蛇牢牢缠在腕上,说什么也甩不脱。忽然龚光杰大声叫道:"蛇,蛇!"脸色大变,伸手插入自己衣领,到背心掏摸,但掏不到什么,只急得双足乱跳,手忙脚乱的解衣。

这两下变故古怪之极,众人正惊奇间,忽听得头顶有人噗哧一笑。众人抬起头来,只见一个少女坐在梁上,双手抓的都是蛇。

那少女约莫十六七岁年纪,一身青衫,笑靥如花,手中握着十来条尺许长小蛇。这些小蛇或青或花,头呈三角,均是毒蛇。但这少女拿在手上,便如是玩物一般,毫不惧怕。众人向她仰视,也只是一瞥,听到龚光杰与他师弟大叫大嚷的惊呼,随即又都转眼去瞧那二人。

段誉却仍是抬起了头望着她,见那少女双脚荡啊荡的,似乎这么坐在梁上甚是好玩,问道:"姑娘,是你救我的么?"那少女道:"那恶人打你,你为什么不还手?"段誉摇头道:"我不会还手……"

忽听得"啊"的一声,众人齐声叫唤,段誉低下头来,只见左子穆手执长剑,剑锋上微带血痕,一条赤练蛇断成两截,掉在地下,显是被他挥剑斩死。龚光杰上身衣服已然脱光,赤了膊乱蹦乱跳,一条小青蛇在他背上游走,他反手欲捉,抓了几次都抓不到。

左子穆喝道:"光杰,站着别动!"龚光杰一呆,只见白光一闪,青蛇已断为两截,左子穆出剑如风,众人大都没瞧清楚他如何出手,青蛇已然斩断,而龚光杰背上丝毫无损。众人都高声喝起采来。

梁上少女叫道:"喂,喂!长胡子老头,你干么弄死了我两条蛇儿,我可要跟你不客气了。"

左子穆怒道:"你是谁家女娃娃,到这儿来干什么?"心下暗暗纳罕,不知这少女何时爬到了梁上,竟然谁也没有知觉,虽说各人都是凝神注视东西两宗比剑,但总不能不知头顶上伏着一个人,这件事传将出去,"无量剑"的人可丢得大了。但见那少女双脚一荡一荡,穿着一双葱绿色鞋儿,鞋边绣着几朵小小黄花,纯然是小姑娘的打扮,左子穆又道:"快跳下来!"

段誉忽道:"这么高,跳下来可不摔坏了么?你快叫人去拿架梯子来!"此言一出,又有几人忍不住笑了起来。西宗门下几名女弟子均想:"此人一表人才,却原来是个大呆子。这少女既能神不知鬼不觉的上得梁去,轻功自然不弱,怎么会要用梯子才爬得下来。"

那少女道:"你先赔了我的蛇儿,我再下来跟你说话。"左子穆道:"两条小蛇,有什么打紧,随便哪里都可去捉两条来。"他见这少女玩弄毒物,若无其事,她本人年纪幼小,自不足畏,但她背后的师长父兄却只怕大有来头,因此言语中对她居然忍让三分。

· 13 ·

那少女笑道："你倒说得容易，你去捉两条来给我看看。"

左子穆道："快跳下来。"那少女道："我不下来。"左子穆道："你不下来，我可要上来拉了。"那少女格格一笑，道："你试试看，拉得我下来，算你本事！"左子穆以一派宗师，终不能当着许多武林好手、门人弟子之前，跟一个小女孩闹着玩，便向双清道："辛师妹，请你派一名女弟子上去抓她下来罢。"

双清道："西宗门下，没这么好的轻功。"左子穆脸色一沉，正要发话，那少女忽道："你不赔我蛇儿，我给你个厉害的瞧瞧！"从左腰皮囊里掏出一团毛茸茸的物事，向龚光杰掷了过去。

龚光杰只道是件古怪暗器，不敢伸手去接，忙向旁避开，不料这团毛茸茸的东西竟是活的，在半空中一扭，扑在龚光杰背上，众人这才看清，原来是只灰白色的小貂儿。这貂儿灵活已极，在龚光杰背上、胸前、脸上、颈中，迅捷无伦的奔来奔去。龚光杰双手急抓，可是他出手虽快，那貂儿更比他快了十倍，他每一下抓扑都落了空。旁人但见他双手急挥，在自己背上、胸前、脸上、颈中乱抓乱打，那貂儿却仍是游走不停。

段誉笑道："妙啊，妙啊，这貂儿有趣得紧。"

这只小貂身长不满一尺，眼射红光，四脚爪子甚是锐利，片刻之间，龚光杰赤裸的上身已布满了一条条给貂爪抓出来的细血痕。

忽听得那少女口中嘘嘘嘘的吹了几声。白影闪动，那貂儿扑到了龚光杰脸上，毛松松的尾巴向他眼上扫去。龚光杰双手急抓，貂儿早已奔到了他颈后，龚光杰的手指险些便插入了自己眼中。

左子穆踏上两步，长剑倏地递出，这时那貂儿又已奔到龚光杰脸上，左子穆挺剑便向貂儿刺去。貂儿身子一扭，早已奔到了龚光杰后颈，左子穆的剑尖及于徒儿眼皮而止。这一剑虽没刺到貂儿，旁观众人无不叹服，只须剑尖多递得半寸，龚光杰这只眼睛便是毁了。双清寻思："左师兄剑术了得，非我所及。单是这招'金针渡劫'，我怎能有这等造诣？"

刷刷刷刷，左子穆连出四剑，剑招虽然迅捷异常，那貂儿终究还是快了一步。那少女叫道："长胡子老头，你剑法很好。"口中尖声嘘嘘两下，那貂儿往下一窜，忽地不见了。左子穆一呆之际，只见龚光杰双手往大腿上乱抓乱摸，原来那貂儿已从裤脚管中钻入他裤中。

段誉哈哈大笑，拍手说道："今日当真是大开眼界，叹为观止了。"

龚光杰手忙脚乱的除下长裤，露出两条生满了黑毛的大腿。那少女叫道："你这恶人爱欺侮人，叫你全身脱得清光，瞧你羞也不羞！"又是嘘嘘两声尖呼，那貂儿也真听话，爬上龚光杰左腿，立时钻入了他衬裤之中。练武厅上有不少女子，龚光杰这条衬裤是无论如何不肯脱的，双足乱跳，双手在自己小腹、屁股上拍了一阵，大叫一声，跌跌撞撞的往外直奔。

他刚奔到厅门，忽然门外抢进一个人来，砰的一声，两人撞了个满怀。这一出一入，势道都是奇急，龚光杰踉跄后退，门外进来那人却仰天一交，摔倒在地。

左子穆失声叫道："容师弟！"

龚光杰也顾不得裤中那只貂儿兀自从左腿爬到右腿、又从右腿爬上屁股，忙抢上将那人扶起，貂儿突然爬到了他前阴的要紧所在。他"啊"的一声大叫，双手忙去抓貂，那人又即摔倒。

梁上少女格格娇笑，说道："整得你也够了！""嘶"的一下长声呼叫。貂儿从龚光杰裤中钻了出来，沿墙直上，奔到梁上，白影一闪，回到了那少女怀中。那少女赞道："乖貂儿！"右手两根手指抓着一条小蛇的尾巴，倒提起来，在貂儿面前晃动。那貂儿前脚抓住，张口便吃，原来那少女手中这许多小蛇都是喂貂的食料。

· 15 ·

段誉前所未见，看得津津有味，见貂儿吃完一条小蛇，钻入了那少女腰间的皮囊。

龚光杰再次扶起那人，惊叫："容师叔，你……你怎么啦？"左子穆抢上前去，只见师弟容子矩双目圆睁，满脸愤恨之色，口鼻中却已没了气息。左子穆大惊，忙施推拿，已然无法救活。左子穆知道容子矩武功虽较己为逊，比龚光杰却高得多了，这么一撞，他居然没能避开，而一撞之下登时毙命，那定是进来之前已然身受重伤，忙解他上衣查察伤势。衣衫解开，只见他胸口赫然写着八个黑字："神农帮诛灭无量剑"。众人不约而同的大声惊呼。

这八个黑字深入肌理，既非墨笔书写，也不是用尖利之物刻划而致，竟是以剧毒的药物写就，腐蚀之下，深陷肌肤。

左子穆略一凝视，不禁大怒，手中长剑一振，嗡嗡作响，喝道："且瞧是神农帮诛灭无量剑，还是无量剑诛灭神农帮。此仇不报，何以为人？"再看容子矩身子各处，并无其他伤痕，喝道："光豪、光杰，外面瞧瞧去！"

干光豪、龚光杰两名大弟子各挺长剑，应声而出。

这一来厅上登时大乱，各人再也不去理会段誉和那梁上少女，围住了容子矩的尸身纷纷议论。马五德沉吟道："神农帮闹得越来越不成话了。左贤弟，不知他们如何跟贵派结下了梁子？"

左子穆心伤师弟惨亡，哽咽道："那是为了采药。去年秋天，神农帮四名香主来剑湖宫求见，要到我们后山采几味药。采药本来没什么大不了，神农帮原是以采药、贩药为生，跟我们无量剑虽没什么交情，却也没有梁子。但马五哥想必知道，我们这后山轻易不能让外人进入，别说神农帮跟我们只是泛泛之交，便是各位好朋友，也从来没去后山游玩过。这只是祖师爷传下的规矩，我们做小辈的不敢违犯而已，其实也没什么要紧……"

梁上那少女将手中十几条小蛇放入腰间的一个小竹篓里，从怀里摸出一把瓜子来吃,两只脚仍是一荡一荡的,忽然将一粒瓜子往段誉头上掷去,正中他的额头,笑道:"喂,你吃不吃瓜子?上来罢!"

段誉道:"没梯子,我上不来。"那少女道:"这个容易!"从腰间解下一条绿色绸带,垂了下来,道:"你抓住带子,我拉你上来。"段誉道:"我身子重,你拉不动的。"那少女笑道:"试试看嘛,摔你不死的。"段誉见衣带挂到面前,伸手便握住了。那少女道:"抓紧了!"轻轻一提,段誉身子已然离地。那少女双手交互拉扯,几下便将他拉上横梁。

段誉道:"你这只小貂儿真好玩,这么听话。"那少女从皮囊中摸出小貂,双手捧着。段誉见貂儿皮毛润滑,一双红眼精光闪闪的瞧着自己,甚是可爱,问道:"我摸摸它不打紧吗?"那少女道:"你摸好了。"段誉伸手在貂背上轻轻抚摸,只觉着手轻软温暖。

突然之间,那貂儿嗤的一声,钻入了少女腰间的皮囊。段誉没提防,向后一缩,一个没坐稳,险些摔跌下去。那少女抓住他后领,拉他靠近自己身边,笑道:"你当真一点儿也不会武功,那可就奇了。"段誉道:"有什么奇怪?"那少女道:"你不会武功,却单身到这儿来,那是定会给这些恶人欺侮的。你来干什么?"

段誉正要相告,忽听得脚步声响,干光豪、龚光杰两人奔进大厅。

这时龚光杰已穿回了长裤,上身却仍是光着膀子。两人神色间颇有惊惶之意,走到左子穆跟前。干光豪道:"师父,神农帮在对面山上聚集,把守了山道,说道谁也不许下山。咱们见敌方人多,不得师父号令,没敢随便动手。"左子穆道:"嗯,来了多少人?"干光豪道:"大约七八十人。"左子穆嘿嘿冷笑,道:"七八十人,便想诛灭无量剑了?只怕也没这么容易。"

龚光杰道："他们用箭射过来一封信，封皮上写得好生无礼。"说着将信呈上。

左子穆见信封上写着"字谕左子穆"五个大字，便不接信，说道："你拆来瞧瞧。"龚光杰道："是！"拆开信封，抽出信笺。

那少女在段誉耳边低声道："打你的这个恶人便要死了。"段誉奇道："为什么？"那少女低声道："信封信笺上都有毒。"段誉道："哪有这么厉害？"

只听龚光杰读道："神农帮字谕左……听者（他不敢直呼师父之名，读到"左"字时，便将下面"子穆"二字略过了不念）：限尔等一个时辰之内，自断右手，折断兵刃，退出无量山剑湖宫，否则无量剑鸡犬不留。"

无量剑西宗掌门双清冷笑道："神农帮是什么东西，夸下好大的海口！"

突然间砰的一声，龚光杰仰天便倒。干光豪站在他身旁，忙叫："师弟！"伸手欲扶。左子穆抢上两步，翻掌按在他的胸口，劲力微吐，将他震出三步，喝道："只怕有毒，别碰他身子！"只见龚光杰脸上肌肉不住抽搐，拿信的一只手掌霎时之间便成深黑，双足挺了几下，便已死去。

前后只不过一顿饭功夫，"无量剑"东宗接连死了两名好手，众人无不骇然。

段誉低声道："你也是神农帮的么？"那少女嗔道："呸！我才不是呢，你胡说八道什么？"段誉道："那你怎地知道信上有毒？"那少女笑道："这下毒的功夫粗浅得紧，一眼便瞧出来了。这些笨法儿只能害害无知之徒。"她这几句话厅上众人都听见了，一齐抬起头来，只见她兀自咬着瓜子，穿着花鞋的一双脚不住前后晃荡。

左子穆向龚光杰手中拿着的那信瞧去，不见有何异状，侧过了

· 18 ·

头再看，果见信封和信笺上都隐隐有磷光闪动，心中一凛，抬头向那少女道："姑娘尊姓大名？"那少女道："我的尊姓大名，可不能跟你说，这叫做天机不可泄漏。"在这当口还听到这两句话，左子穆怒火直冒，强自忍耐，才不发作，说道："那么令尊是谁？尊师是哪一位？"那少女笑道："哈哈，我才不上你的当呢。我跟你说我令尊是谁，你便知道我的尊姓了。你既知我尊姓，便查得到我的大名了。我的尊师便是我妈。我妈的名字，更加不能跟你说。"

左子穆听她语声既娇且糯，是云南本地人无疑，寻思："云南武林之中，有哪一对擅于轻功的夫妇会是她的父母？"那少女没出过手，无法从她武功家数上推想，便道："姑娘请下来，一起商议对策。神农帮说谁也不许下山，连你也要杀了。"

那少女笑道："他们不会杀我的，神农帮只杀无量剑的人。我在路上听到了消息，因此赶着来瞧瞧杀人的热闹。长胡子老头，你们剑法不错，可是不会使毒，斗不过神农帮的。"

这几句正说中了"无量剑"的弱点，若凭真实功夫厮拼，无量剑东西两宗，再加上八位聘请前来作公证的各派好手，无论如何不会敌不过神农帮，但说到用毒解毒，各人却一窍不通。

左子穆听她口吻中全是幸灾乐祸之意，似乎"无量剑"越死得人多，她越加看得开心，当下冷哼一声，问道："姑娘在路上听到什么消息？"他一向颐指气使惯了，随便一句话，似乎都是叫人非好好回答不可。

那少女忽问："你吃瓜子不吃？"

左子穆脸色微微发紫，若不是大敌在外，早已发作，当下强忍怒气，道："不吃！"

段誉插口道："你这是什么瓜子？桂花？玫瑰？还是松子味的？"那少女道："啊哟！瓜子还有这许多讲究么？我可不知道了。我这瓜子是妈妈用蛇胆炒的，常吃眼目明亮，你试试看。"

说着抓了一把，塞在段誉手中，又道："吃不惯的人，觉得有点儿苦，其实很好吃的。"段誉不便拂她之意，拿了一粒瓜子送入口中，入口果觉辛涩，但略加辨味，便似谏果回甘，舌底生津，当下接连吃了起来。他将吃过的瓜子壳一片片的放在梁上，那少女却肆无忌惮，顺口便往下吐出。瓜子壳在众人头顶乱飞，许多人都皱眉避开。

左子穆又问："姑娘在道上听到什么消息，若能见告，在下……在下感激不尽。"他为了探听消息，言语只得十分客气。那少女道："我听神农帮的人说起什么'无量玉璧'，那是什么玩意儿？"左子穆一怔，说道："无量玉璧？难道无量山中有什么宝玉、宝璧么？倒没听见过。双清师妹，你听人说过么？"双清还未回答，那少女抢着道："她自然没听说过。你俩不用一搭一档做戏，不肯说，那就干脆别说。哼，好希罕么？"

左子穆神色尴尬，说道："啊，我想起来了，神农帮所说的，多半是无量山白龙峰畔的镜面石。这块石头平滑如镜，能照见毛发，有人说是块美玉，其实呢，只是一块又白又光的大石头罢了。"

那少女道："你早些说了，岂不是好？你怎么跟神农帮结的怨家啊？干么他们要将你无量剑杀得鸡犬不留？"

左子穆眼见反客为主之势已成，要想这少女透露什么消息，非得自己先说不可，目下事势紧迫，又当着这许多外客，总不能抓下这小姑娘来强加拷问，便道："姑娘请下来，待我详加奉告。"那少女双脚荡了荡，说道："详加奉告，那倒不用，反正你的说话有真有假，我也只信得了这么三成四成，你随便说一些罢。"

左子穆双眉一竖，脸现怒容，随即收敛，说道："去年神农帮要到我们后山采药，我没答允。他们便来偷采。我师弟容子矩和几名弟子撞见了，出言责备。他们说道：'这里又不是金銮殿、御花园，外人为什么来不得？难道无量山是你们无量剑买下的么？'

双方言语冲突，便动起手来。容师弟下手没留情，杀了他们二人。梁子便是这样结下的。后来在澜沧江畔，双方又动了一次手，再欠下了几条人命。"那少女道："嗯，原来如此。他们要采的是什么药？"左子穆道："这个倒不大清楚。"

那少女得意洋洋的道："谅你也不知道。你已跟我说了结仇的经过，我也就跟你说两件事罢。那天我在山里捉蛇，给我的闪电貂吃……"段誉道："你的貂儿叫闪电貂？"那少女道："是啊，它奔跑起来，可不快得像闪电一样？"段誉赞道："正是，闪电貂，这名字取得好！"左子穆向他怒目而视，怪他打岔，但那少女正说到要紧当口，自己倘若斥责段誉，只怕她生气，就此不肯说了，当下只阴沉着脸不作声。

那少女向段誉道："闪电貂爱吃毒蛇，别的什么也不吃。它是我从小养大的，今年四岁啦，就只听我一个儿的话，连我爹爹妈妈的话也不听。我叫它吓人就吓人，咬人就咬人。这貂儿真乖。"说着左手伸入皮囊，抚摸貂儿。

段誉道："这位左先生等得好心焦了，你就跟他说了罢。"

那少女一笑，低头向左子穆道："那时候我正在草丛里找蛇，听得有几个人走过来。一个说道：'这一次若不把无量剑杀得鸡犬不留，占了他的无量山、剑湖宫，咱们神农帮人人便抹脖子罢。'我听说要杀得鸡犬不留，倒也好玩，便蹲着不作声。听得他们接着谈论，说什么奉了缥缈峰灵鹫宫的号令，要占剑湖宫，为的是要查明'无量玉璧'的真相。"

她说到这里，左子穆与双清对望了一眼。

那少女道："缥缈峰灵鹫宫是什么玩意儿？为什么神农帮要奉他的号令？"左子穆道："缥缈峰灵鹫宫什么的，还是此刻第一遭从姑娘嘴里听到。我实不知神农帮原来还是奉了别人的号令，才来跟我们为难。"想到神农帮既须奉令行事，则那缥缈峰什么的自然厉害之极，云岭之南千山万峰，可从来没听说有一座缥缈峰，忧心更增，不由得皱起了眉头。

那少女吃了两粒瓜子，说道："那时又听得另一人说道：'帮主身上这病根子，既然无量山中的通天草或能解得，众兄弟拼着身受千刀万剑，也要去采这通天草到手。'先一人叹了口气，说道：'我身上这"生死符"，除了天山童姥她老人家本人，谁也无法解得。通天草虽然药性灵异，也只是在"生死符"发作之时，稍稍减轻些求生不得、求死不能的苦楚而已……'他们几个人一面说，一面走远。我说得够清楚了吗？"

左子穆不答，低头沉思。双清道："左师兄，那通天草也不是什么了不起的物事，神农帮帮主司空玄要用此草治病止痛，给他一些，不就是了？"左子穆怒道："给他些通天草有什么打紧？但他们存心要占无量山剑湖宫，你没听见吗？"双清哼了一声，不再言语。

那少女伸出左臂，穿在段誉腋下，道："下去罢！"一挺身便离梁跃下。段誉"啊"的一声惊呼，身子已在半空。那少女带着他轻轻落地，左臂仍是挽着他右臂，说道："咱们外面瞧瞧去，看神农帮是怎生模样。"

左子穆抢上一步，说道："且慢，还有几句话要请问。姑娘说道司空玄那老儿身上中了'生死符'，发作起来求生不得，求死不能，那是什么东西？'天山童姥'又是什么人？"

那少女道："第一，你问的两件事我都不知道。第二，你这么狠霸霸的问我，就算我知道了，也决不会跟你说。"

此刻"无量剑"大敌压境，左子穆实不愿又再树敌，但听这少女的话中含有不少重大关节，关连到"无量剑"此后存亡荣辱，不能不详细问个明白，当下身形一晃，拦在那少女和段誉身前，说道："姑娘，神农帮恶徒在外，姑娘贸然出去，若是有甚闪失，我无量剑可过意不去。"那少女微笑："我又不是你请来的客人，再说呢，你也不知我尊姓大名。倘若我给神农帮杀了，我爹爹妈妈决不会怪你保护不周。"说着挽了段誉的手臂，向外便走。

左子穆右臂微动，自腰间拔出长剑，说道："姑娘，请留步。"那少女道："你要动武么？"左子穆道："我只要你将刚才的话再说得仔细明白些。"那少女一摇头，说道："要是我不肯说，你就要杀我了？"左子穆道："那我也就无法可想了。"长剑斜横胸前，拦住了去路。

那少女向段誉道："这长须老儿要杀我呢，你说怎么办？"段誉摇了摇手中折扇，道："姑娘说怎么办便怎么办。"那少女道："要是他一剑杀死了我，那便如何是好？"段誉道："咱们有福共享，有难同当，瓜子一齐吃，刀剑一块挨。"那少女道："这几句话说得挺好，你这人很够朋友，也不枉咱们相识一场，走罢！"跨步便往门外走去，对左子穆手中青光闪烁的长剑恍如不见。

左子穆长剑一抖，指向那少女左肩，他倒并无伤人之意，只是不许她走出练武厅。

那少女在腰间皮囊上一拍，嘴里嘘嘘两声，忽然间白影一闪，闪电貂蓦地跃出，扑向左子穆右臂。左子穆忙伸手去抓，可是闪电貂当真动若闪电，喀的一声，已在他右腕上咬了一口，随即钻入了那少女腰间皮囊。

左子穆大叫一声，长剑落地，顷刻之间，便觉右腕麻木，叫道："毒，毒！你……你这鬼貂儿有毒！"说着左手用力抓紧右腕，生怕毒性上行。

无量剑东宗众弟子纷纷抢上，三个人去扶师父，其余的各挺长剑，将那少女和段誉团团围住，叫道："快，快拿解药来，否则乱剑刺死了小丫头。"

那少女笑道："我没解药。你们只须去采些通天草来，浓浓的煎上一碗，给他喝下去就没事了。不过三个时辰之内，可不能移动

·23·

身子,否则毒入心脏,那就糟糕。你们大伙儿拦住我干么?也想叫这貂儿来咬上一口吗?"说着从皮囊中摸出闪电貂来,捧在右手,左臂挽了段誉向外便走。

众弟子见到师父的狼狈模样,均知凭自己的功夫,万万避不开那小貂迅如电闪的扑咬,只得眼睁睁的瞧着他二人走出练武厅。

来到剑湖宫的众宾客眼见闪电貂灵异迅捷,均自骇然,谁也不敢出头。

那少女和段誉并肩出了大门。无量剑众弟子有的在练武厅内,有的在外守御,以防神农帮来攻。两人出得剑湖宫来,竟没遇上一人。

那少女低声道:"闪电貂这一生之中不知已吃了几千条毒蛇,牙齿毒得很,那长胡子老头给它咬了一口,当时就该立刻把右臂斩断,只消再拖延得几个时辰,那便活不到第八天上了。"段誉道:"你说只须采些通天草来,浓浓煎上一大碗,服了就可解毒?"那少女笑道:"我骗骗他们的。否则的话,他们怎肯放我们出来?"段誉惊道:"你等我一会儿,我进去跟他说。"那少女一把拉住,嗔道:"傻子,你这一说,咱们还有命吗?我这貂儿虽然厉害,可是他们一齐拥上,我又怎抵挡得了?你说过的,瓜子一齐吃,刀剑一块挨。我可不能抛下了你,自个儿逃走。"

段誉搔头道:"那你就给他些解药罢。"那少女道:"唉,你这人婆婆妈妈的,人家打你,你还是这么好心。"段誉摸了摸脸颊,说道:"给他打了一下,早就不痛了,还记着干么?唉,可惜打我的人却死了。孟子曰:'恻隐之心,仁之端也。'佛家说:'救人一命,胜造七级浮屠。'这左子穆左先生虽然凶狠,对你说话倒也是客客气气的,他生了这么长的一大把胡子,对你这小姑娘却自称'在下'。"

那少女格的一笑,道:"那时我在梁上,他在地下,自然是'在下'了。你尽说好话帮他,要我给他解药。可是我真的没有啊。解药就只爹爹有。再说,他们无量剑转眼就会给神农帮杀得鸡犬不留。我去跟爹爹讨了解药来,这左子穆脑袋都不在脖子上了,尸体上有毒无毒,只怕也没多大相干了罢?"

段誉摇了摇头,只得不说解药之事,眼见明月初升,照在她白里泛红的脸蛋上,更映得她容色娇美,说道:"你的尊姓大名不能跟那长须老儿说,可能跟我说么?"那少女笑道:"什么尊姓大名了?我姓钟,爹爹妈妈叫我作'灵儿'。尊姓是有的,大名可就没了,只有个小名。咱们到那边山坡上坐坐,你跟我说,你到无量山来干什么。"

两人并肩走向西北角的山坡。段誉一面走,一面说道:"我是从家里逃出来的,四处游荡,到普洱时身边没钱了,听人说那位马五德马五爷很是好客,就到他家里吃闲饭去。他正要上无量山来,我早听说无量山风景清幽,便跟着他来游山玩水。"钟灵点了点头,问道:"你干么要从家里逃出来?"段誉道:"爹爹要教我练武功,我不肯练。他逼得紧了,我只得逃走。"

钟灵睁着一对圆圆的大眼,向他上下打量,甚是好奇,问道:"你为什么不肯学武,怕辛苦么?"段誉道:"辛苦我才不怕呢。我只是想来想去想不通,不听爹爹的话。爹爹生气了,他和妈妈又吵了起来……"钟灵微笑道:"你妈总是护着你,跟你爹爹吵,是不是?"段誉道:"是啊。"钟灵叹了口气道:"我妈也是这样。"眼望西方远处,出了一会神,又问:"你什么事想来想去想不通?"

段誉道:"我从小受了佛戒。爹爹请了一位老师教我念四书五经、诗词歌赋,请了一位高僧教我念佛经。十多年来,我学的都是儒家的仁人之心,推己及人,佛家的戒杀戒嗔,慈悲为怀,忽然爹爹教我练武，学打人杀人的法子，我自然觉得不对头。爹爹跟我接连辩了三天，我始终不服。他把许多佛经的句子都背错了，解得也不对。"

钟灵道："于是你爹爹大怒，就打了你一顿，是不是？"

段誉摇头道："我爹爹不是打我一顿，他伸手点了我两处穴道。一霎时间，我全身好像有一千一万只蚂蚁在咬，又像有许许多多蚊子同时在吸血。爹爹说：'这滋味好不好受？我是你爹爹，待会自然跟你解了穴道。但若你遇到的是敌人，那时可教你死不了，活不成。你倒试试自杀看。'我给他点了穴道后，要抬起一根手指头也是不能，哪里还能自杀。再说，我活得好好地，又干么要自杀？后来我妈妈跟爹爹争吵，爹爹解了我的穴道。第二天我便偷偷的溜了。"

钟灵呆呆的听着，突然大声道："原来你爹爹会点穴，而且是天下一等一的点穴功夫，是不是伸一根手指在你身上什么地方一戳，你就动弹不得，麻痒难当？"段誉道："是啊，那有什么奇怪？"钟灵脸上充满惊奇的神色，道："你说那有什么奇怪？你竟说那有什么奇怪？武林之中，倘若有人能学到几下你爹爹的点穴功夫，你叫他磕一万个头、求上十年二十年他也愿意，你却偏偏不肯学，当真是奇怪之极了。"

段誉道："这点穴功夫，我看也没什么了不起。"钟灵叹了口气，道："你这话千万不能说，更加不能让人家知道了。"段誉奇道："为什么？"

钟灵道："你既不会武功，江湖上许多坏事就不懂得。你段家的点穴功夫天下无双，叫做'一阳指'。学武的人一听到'一阳指'三个字，那真是垂涎三尺，羡慕得十天十夜睡不着觉。要是有人知道你爹爹会这功夫，说不定有人起下歹心，将你绑架了去，要你爹爹用'一阳指'的穴道谱诀来换。那怎么办？"

段誉搔头道:"有这等事?我爹爹恼起上来,就得跟那人好好的打上一架。"锺灵道:"是啊。要跟你段家相斗,旁人自然不敢,可是为了'一阳指'的武功秘诀,那也就说不得了。何况你落在人家手里,事情就十分难办。这样罢,你以后别对人说自己姓段。"

段誉道:"咱们大理国姓段的人成千上万,也不见得个个都会这点穴的法门。我不姓段,你叫我姓什么?"锺灵微笑道:"那你便暂且跟我的姓罢!"段誉笑道:"那也好,那你得叫我做大哥了。你几岁?"锺灵道:"十六!你呢?"段誉道:"我大你三岁。"

锺灵摘起一片草叶,一段段的扯断,忽然摇了摇头,说道:"你居然不愿学'一阳指'的功夫,我总是难以相信。你在骗我,是不是?"

段誉笑了起来,道:"你将一阳指说得这么神妙,真能当饭吃么?我看你的闪电貂就厉害得多,只不过它一下子便咬死人,我可又不喜欢了。"锺灵叹道:"闪电貂要是不能一下子便咬死人,还有什么用?"段誉道:"你小小一个女孩儿,尽想着这些打架杀人的事干什么?"

锺灵道:"你是真的不知,还是在装腔作势?"段誉奇道:"什么?"锺灵手指东方,道:"你瞧!"

段誉顺着她手指瞧去,只见东边山腰里冒起一条条的袅袅青烟,共有十余丛之多,不知道是什么意思。

锺灵道:"你不想杀人打架,可是旁人要杀你打你,你总不能伸出脖子来让他杀罢?这些青烟是神农帮在煮炼毒药,待会用来对付无量剑的。我只盼咱们能悄悄溜了出去,别受到牵累。"

段誉摇了摇折扇,大不以为然,道:"这种江湖上的凶杀斗殴,越来越不成话了。无量剑中有人杀了神农帮的人,现今那容子矩给神农帮害了,还饶上了那龚光杰,一报还一报,已经抵过数啦。就算还有什么不平之处,也当申明官府,请父母官禀公断决,怎可动不动的便杀人放火？咱们大理国难道没王法了么？"

钟灵啧、啧、啧的三声，脸现鄙夷之色，道："听你口气倒像是什么皇亲国戚、官府大老爷似的。我们老百姓才不来理你呢。"抬头看了看天色，指着西南角上，低声道："待得有黑云遮住了月亮，咱们悄悄从这里出去，神农帮的人未必见到。"段誉道："不成！我要去见他们帮主，晓谕一番，不许他们这样胡乱杀人。"钟灵眼中露出怜悯的神色，道："段大哥，你这人太也不知天高地厚。神农帮阴险狠辣，善于使毒，刚才连杀二人的手段，你是亲眼见到了的。咱们别生事了，快些走罢。"段誉道："不成，这件事我非管一管不可，你倘若害怕，便在这里等我。"说着站起身来，向东走去。

钟灵待他走出数丈，忽地纵身追去，右手一探，往他肩头拿去。段誉听到了背后脚步声音，待要回头，右肩已被抓住。钟灵跟着脚下一勾，段誉站立不住，向前扑倒，鼻子撞上山石，登时流出鼻血。他气冲冲的爬起身来，怒道："你干么如此恶作剧？摔得我好痛。"钟灵道："我要再试你一试，瞧你是假装呢，还是真的不会武功，我这是为你好。"

段誉忿忿的道："好什么？"伸手背在鼻上一抹，只见满手是血，鲜血跟着流下，沾得他胸前殷红一滩。他受伤甚轻，但见血流得这么多，不禁"哎哟、哎哟"的叫了起来。

钟灵倒有些担心了，忙取出手帕去替他抹血。段誉心中气恼，伸手一推，道："不用你来讨好，我不睬你。"他不会武功，出手全无部位，随手推出，手掌正对向她胸膛。钟灵不及思索，自然而然的反手勾住他手腕，顺势一带一送，段誉登时直摔出去，砰的一声，后脑撞在石上，晕了过去。

钟灵见他一动不动的躺在地下，喝道："快起来，我有话跟你说。"待见他始终不动，心下有些慌了，过去俯身看时，只见他双目上挺,气息微弱,已然晕了过去,忙伸手捏他人中,又用力搓揉他胸口。

过了良久,段誉才悠悠醒转,只觉背心所靠处甚是柔软,鼻中闻到一阵淡淡的幽香,慢慢睁开眼来,但见锺灵一双明净的眼睛正焦急的望着自己。锺灵见他醒转,长长舒了口气,道:"幸好你没死。"段誉见自己身子倚靠在她怀中,后脑枕在她腰间,不禁心中一荡,随即觉到后脑撞伤处阵阵剧痛,忍不住"哎哟"一声大叫。

锺灵吓了一跳,道:"怎么啦?"段誉道:"我……我痛得厉害。"锺灵道:"你又没死,哇哇大叫些什么?"段誉道:"要是我死了,还能哇哇大叫么?"

锺灵噗哧一笑,扶起他头来,只见他后脑肿起了老大一个血瘤,足足有鸡蛋大小,虽不流血,想来也必十分痛楚,嗔道:"谁叫你出手轻薄下流,要是换作了别人,我当场便即杀了,叫你这么摔一交,可还便宜了你呢。"

段誉坐起身来,奇道:"我……我轻薄下流了?哪有此事?真是天大的冤枉。"

锺灵于男女之事似懂非懂,听了他的话,脸上微微一红,道:"我不跟你说了,总之是你自己不好,谁叫你伸手推我这里……这里……"段誉登时省悟,便觉不好意思,要说什么话解释,又觉不便措辞,只道:"我……我当真不是故意的。"说着站起身来。

锺灵也跟着站起,道:"不是故意,便饶了你罢。总算你醒了过来,可害我急得什么似的。"段誉道:"适才在剑湖宫中,若不是你出手相助,我定会多吃两记耳光。现下你摔了我两次,咱们大家扯了个直。总之是我命中注定,难逃此劫。"锺灵道:"你这么说,那是在生我的气了?"段誉道:"难道你打了我,还要我欢欢喜喜的说:'姑娘打得好,打得妙'?还要我多谢你吗?"锺灵拉着他的手,歉然道:"从今而后,我再也不打你啦。这一次你别生气罢。"段誉道："除非你给我狠狠的打还两下。"

锺灵很不愿意，但见他怒气冲冲的转身欲行，便仰起头来，说道："好，我让你打还两下就是。不过……不过你出手不要太重。"段誉道："出手不重，那还算什么报仇？我是非重不可。要是你不给打，那就算了。"

锺灵叹了口气，闭了眼睛，低声道："好罢！你打还之后，可不能再生气了。"

过了半响，没觉得段誉的手打下，睁开眼来，只见他似笑非笑的瞧着自己，锺灵奇道："你怎么还不打？"段誉伸出右手小指，在她左右双颊上分别轻弹一下，笑道："就是这么两下重的，可痛得厉害么？"锺灵大喜，笑道："我早知你这人很好。"

段誉见她站在自己身前，相距不过尺许，吹气如兰，越看越美，一时舍不得离开，隔了良久，才道："好啦，我的大仇也报过了，我要找那个司空玄帮主去了。"

锺灵急道："傻子，去不得的！江湖上的事你一点儿也不懂，犯了人家忌讳，我可救不得你。"段誉摇头笑道："不用为我担心，我一会儿就回来，你在这儿等我。"说着大踏步便向青烟升起处走去。

锺灵大叫阻止，段誉只是不听。锺灵怔了一阵，道："好，你说过有瓜子同吃，有刀剑齐挨！"追上去和他并肩而行，不再劝说。

两人走不到一盏茶时分，只见两个身穿黄衣的汉子快步迎上，左首一个年纪较老的喝道："什么人？来干什么？"段誉见这两人都是肩悬药囊，手执一柄刀身极阔的短刀，便道："在下段誉，有事求见贵帮司空帮主。"那老汉道："有什么事？"段誉道："待见到贵帮主后，自会陈说。"那老汉道："阁下属何门派？尊师上下如何称呼？"

段誉道："我没门派。我受业师父姓孟，名讳上述下圣，字继儒。我师父专研易理，于说卦、系辞之学有颇深的造诣。"他说的师父，是教他读经作文的师父。可是那老汉听到什么"易理"、"说卦、系辞"，还道是两门特异的武功，又见段誉折扇轻摇，颇似身负绝艺、深藏不露之辈，倒也不敢怠慢了，虽想不起武林中有哪一号叫做"孟述圣"的人物，但对方既说他"有颇深的造诣"，想来也不见得是信口胡吹，便道："既是如此，段少侠请稍候，我去通报。"

钟灵见他匆匆而去，转过了山坡，问道："你骗他易理、难理的，那是什么功夫？待会司空玄要是考较起来，只怕不易搪塞得过。"段誉道："周易我是读得很熟的，其中的微言大义，司空玄若要考较，未必便难得到我。"钟灵瞠目不知所对。

只见那老汉铁青着脸回来，说道："你胡说八道什么？帮主叫你去！"瞧他模样，显是受了司空玄的申斥。段誉点点头，和钟灵随他而行。

三人片刻间转过山坳，只见一大堆乱石之中团团坐着二十余人。段誉走近前去，见人丛中一个瘦小的老者坐在一块高岩之上，高出旁人，颏下一把山羊胡子，神态甚是倨傲，料来便是神农帮的帮主司空玄了，于是拱手一揖，说道："司空帮主请了，在下段誉有礼。"

司空玄点点头，却不站起，问道："阁下到此何事？"

段誉道："听说贵帮跟无量剑结下了冤仇，在下适才眼见无量剑中二人惨死，心下甚是不忍，特来劝解。要知冤家宜解不宜结，何况凶殴斗杀，有违国法，若教官府知道，大大的不便。请司空帮主悬崖勒马，急速归去，不可再向无量剑寻仇了。"

司空玄冷冷的听他说话，待他说完，始终默不作声，只是斜眼侧睨，不置可否。

段誉又道："在下这番是金玉良言，还望帮主三思。"司空玄仍是好奇地瞧着他，突然间仰天打个哈哈，说道："你这小子是谁，却来寻老夫的消遣？是谁叫你来的？"段誉道："有谁教我来么？我自己来跟你说的。"

司空玄哼了一声，道："老夫行走江湖四十年，从没见过你这等胆大妄为的胡闹小子。阿胜，将这两个小男女拿下了。"旁边一条大汉应声而出，伸手抓住了段誉右臂。

钟灵叫道："且慢！司空帮主，这位段相公好言相劝，你不允那也罢了，何必动蛮？"转头向段誉道："段大哥，神农帮不听你的话，咱们不用管人家的闲事了，走罢！"

那阿胜伸出大手，早将段誉的双手反在背后，紧紧握住，瞧着司空玄，只待他示下。司空玄冷冷的道："神农帮最不喜人家多管闲事。两个小娃娃来向我啰里啰唆，这中间多半另有蹊跷。阿洪，把这女娃娃也绑了起来。"另一名大汉应道："是！"伸手来抓钟灵。

钟灵身子一晃，斜退三步，说道："司空帮主，我可不是怕你。只是我爹妈不许我在外多惹是非。你快叫这人放了段大哥，莫要逼得我非出手不可，那就多有不便。"

司空玄哈哈大笑，道："女娃娃胡吹大气。阿洪，还不动手？"阿洪又应道："是！"伸手便向钟灵手臂握去。钟灵右臂一缩，左掌倏出，掌缘如刀，已在阿洪的颈中斩了下去。阿洪低头避过，钟灵右手拳斗地上击，砰的一声，正中阿洪下颏，打得他仰天摔出。

司空玄淡淡的道："这女娃娃还真的有两下子，可是要到神农帮来撒野，却还不够。"斜目向身旁一个高身材的老者使个眼色，右手一挥。这老者立即站起，两步跨近，他比钟灵几乎高了二尺，居高临下，双手伸出，十指如鸟爪，抓向钟灵肩头。

钟灵见来势凶猛，急于向旁闪避。那高老者左手五指从她脸前五寸处一掠而过，锺灵只感劲风凌厉，心下害怕，叫道："司空帮主，你快叫他住手。否则的话，我可要不客气了。将来爹爹骂我，你也没什么好。"她说话之间，那高老者已连续出手三次，每一次都被锺灵急闪避过。司空玄厉声道："抓住她！"高老者左手斜引，右手划了个小小圆圈，陡地五指翻转，已抓住锺灵右臂。

锺灵"啊"的一声惊呼，痛得花容失色，左手一抖，口中嘘嘘两声，突然间白光一闪，高老者闷哼一声，放脱了她手臂，坐倒在地。闪电貂在他手背上一口咬过，跃回锺灵手中。

司空玄身旁一名中年汉子急忙抢上前去，伸手扶起高老者，只觉他全身发颤，手背上黑漆一片。锺灵又是两声尖哨，闪电貂跃将出去，窜向抓住段誉的阿胜面门。阿胜伸手欲格，闪电貂就势一口，咬中了他掌缘。这阿胜武功不及高老者，更加抵受不住，当即缩作一团，大声叫嚷。锺灵挽了段誉的手臂，转身便走，低声道："祸已闯下了，快走！"

围在司空玄身旁的都是神农帮中的好手，这些人一生采药使药，可说什么毒物都见识过了，但这闪电貂来去如电，又如此剧毒，却是谁都不识其名。司空玄叫道："快抓住这女娃娃，莫让她走了。"四条汉子应声跃起，分从两侧包抄了上来。

锺灵连声呼哨，闪电貂从这人身上跃到那一人身上，只一霎眼间，已将四条汉子一一咬过。每条汉子不是滚倒在地，便缩成了一团。

神农帮帮众虽见这小貂甚是可怖，但在帮主之前谁也不敢退缩，又有七八人呼啸追来。锺灵叫道："要性命的便别过来！"那七八人各执兵刃，有的是药锄，有的是阔身短刀，只盼用兵刃挡得住闪电貂的袭击。但那小貂快过世间任何暗器，只后足在刀背上一点，一弹之下便已咬中敌人，刹那间七八人又皆滚倒。

司空玄撩起长袍，从怀中急速取出一瓶药水，倒在掌心，匆匆在手掌及下臂涂抹了，两三个起落，已拦在锺灵及段誉的身前，沉声喝道："站住了！"

闪电貂从锺灵掌心弹起，窜向司空玄鼻梁。司空玄竖掌一立，心下暗自发毛，不知自己这秘制蛇药是否奈何得了这只从所未见的毒貂，倘若无效，自己的性命和神农帮可都就此毁了。那貂儿刚张口往他掌心咬去，突然在空中一个转折，后足在他手指上一点，借力跃回。闪电貂体内聚集诸般蛇毒，司空玄的秘制蛇药极具灵效，善克蛇毒，闪电貂闻到药气强烈，立时抵受不住。司空玄大喜，左掌急拍而出，掌风凌厉，锺灵闪避不及，脚下一个踉跄，险些摔倒。掌风余势所至，噗的一声，将段誉击得仰天便倒。

锺灵大惊，连声呼哨，催动闪电貂攻敌。闪电貂再度窜出，但司空玄掌上蛇药正是它的克星，要待咬他头脸大腿，司空玄双掌飞舞，逼得它无法近前。

司空玄见这貂儿纵跳若电，心下也是害怕，不住口的连发号令。

数十名帮众从四面八方围将上来，手中各持一捆药草，点燃了火，浓烟直冒。段誉刚从地下爬起，突然一阵头晕，又即摔倒，迷迷糊糊之中只见锺灵的身子不住摇晃，跟着也即跌倒。两名帮众奔上来想揪住锺灵，闪电貂护主，跳过去在两人身上各咬了一口。众人大骇倒退，四下里团团围住，叫嚷吆喝，却无从下手。

司空玄叫道："东方烧雄黄，南方烧麝香，西方北方人人散开。"

诸帮众应命烧起麝香、雄黄。神农帮无药不备，药物更是无一而非上等精品。这麝香、雄黄质纯性强，一经烧起，登时发出气味辛辣的浓烟，顺着东南风向锺灵吹去。不料闪电貂却不怕药气，仍是矫夭灵活，霎时间又咬倒了五名帮众。

司空玄眉头一皱，计上心来，叫道："铲泥掩盖，将女娃娃连毒貂一起活埋了。"帮众手上有的是挖掘药物的锄头，当即在山坡上挖起大块泥土，纷向锺灵身上抛去。

段誉心想祸事由己而起，锺灵惨遭活埋，自己岂能独活，奋身跃起，扑在锺灵身上，抱住了她，叫道："左右是同归于尽。"只觉土石如雨，当头盖落。

司空玄听到他"左右是同归于尽"这句话，心中一动，见四下里滚倒在地的有二十余名帮众，其中七八名更是帮中重要人物，连自己两个师弟亦在其内，若将这女娃娃杀了，虽然出了一口恶气，但这貂儿毒性大异寻常，如不得她的独门解药，只怕难以救活众人，便道："留下二人活口，别盖住头脸。"

片刻之间，土石已堆到二人颈边。锺灵只觉身上沉重之极，段誉抱住了自己，两人身子都被埋在土中，只露出头脸在外，再也动弹不得。

司空玄阴恻恻的道："女娃娃，你要死是要活？"锺灵道："我自然要活。你若将我和段大哥害死，你这许多人也活不成了。"司空玄道："好！那你快取解治貂毒的药物出来，我便饶你一命。"锺灵摇头道："饶我一命是不够的，须得饶我们二人两命。"司空玄道："好罢！饶你两人小命，那也可以。解药呢？"锺灵道："我身上没解药。这闪电貂的剧毒只有我爹爹会治。我早跟你说过，你别逼我动手，否则一定惹得我爹爹骂我，你又有什么好处？"司空玄厉声道："小娃娃这时候还在胡说八道，老爷子一怒之下，让你活生生的饿死在这里。"

锺灵道："我跟你说的全是实话，你偏不信。唉，总而言之，这件事糟糕之极，只怕瞒不过我爹爹，那便如何是好？"司空玄道："你爹爹叫什么名字？"锺灵道："你这人年纪也不小啦，怎地如此不通情理？我爹爹的名字，怎能随便跟你说？"

司空玄行走江湖数十年，在武林中也算颇有名声，今日遇到了锺灵和段誉这两个活宝，倒也真是束手无策。他牙齿一咬，说道：

"拿火把来，待我先烧了这女娃娃的头发，瞧她说是不说。"一名帮众递过火把，司空玄拿在手里，走上两步。

锺灵在火光照耀之下看到他狰狞的眼色，心中害怕，叫道："喂，喂，你别烧我头发，这头发一烧光，头上可有多痛！你不信，先烧烧你自己的胡子看。"司空玄狞笑道："我当然明白很痛，又何必烧我的胡子才知。"举起火把，在锺灵脸前一晃。锺灵吓得尖声叫了起来。

段誉将她紧紧搂住，叫道："山羊胡子，这事是我惹起的，你来烧我的头发罢！"锺灵道："不行！你也痛的。"司空玄道："你既怕痛，那就快取解药出来，救治我众兄弟。"

锺灵道："你这人真笨得可以啦。我早跟你说，只有我爹爹能治闪电貂的毒，连我妈妈也不会。这闪电貂世所罕见，是天生神物，牙齿上的剧毒怪异之极，你道容易治么？"

司空玄听得四周被闪电貂咬过的人不住口怪声呻叫，料想这貂毒确是难当已极，否则这些人都是极要面子的好汉，纵使给人斫断一手一脚，也不能哼叫一声。他们早已由旁人敷上了解治蛇毒的药物，但听着这呻吟之声，显然本帮素有灵验的蛇药并不生效，更有人取出治蝎毒、治蜈蚣毒、治毒蜘蛛毒的诸般药，在给闪电貂咬过的小帮众身上试用，那些人只有叫得更加惨厉。司空玄怒目瞪着锺灵，喝道："你的老子是谁？快说他的名字！"

锺灵道："你真的要我说？你不害怕么？"

司空玄大怒，举起火把，便要往锺灵头发上烧去，突然间后颈中一下剧痛，已被什么东西咬了一口。司空玄大骇，忙提一口气护住心头，抛下火把，反手至颈后去抓，突觉手背上又是一痛。原来闪电貂被埋在土中之后，悄悄钻了出来，乘着司空玄不防，忽施奇袭。司空玄接连被咬了两口，只吓得心胆俱裂，当即盘膝坐地，运功驱毒。诸帮众忙铲沙土往闪电貂身上盖去。闪电貂跳起来咬倒两人，黑暗中白影闪了几闪，逃入草丛中不见了。

司空玄手下急忙取过蛇药，外敷内服，服侍帮主，又将一枚野山人参塞在他的口中。司空玄同时运功抗御两处貂毒，不到一盏茶时分，便已支持不住，一咬牙，左手从腰间抽出一柄短刀，刷的一下，将右手上臂砍了下来，正所谓毒蛇螫腕，壮士断臂，但后颈中了蛇毒，总不成将脑袋也砍了下来。诸帮众心下栗栗，忙倒金创药替他敷上，可是断臂处血如泉涌，金创药一敷上去便给血水冲掉。有人撕下衣襟，用力扎在他臂弯之处，血才渐止。

锺灵看到这等惨象，吓得脸也白了，不敢再作一声。司空玄沉声问道："给这鬼毒貂咬了，活得几日？"锺灵颤声道："我爹爹说，可活得七天，不过……不过你司空帮主内力深厚，武功了不起，只怕……一定能多活几日。"

司空玄哼了一声，道："拉这小子出来。"诸帮众答应了，将段誉从土石中拉了出来。锺灵急叫："喂，喂，这不干他的事，可别害他。"手足乱撑，想乘机爬出。诸帮众忙用泥土填满段誉先前容身的洞穴，锺灵随即转动不得，不禁放声大哭。

段誉心中也甚害怕，但强自镇定，微笑道："锺姑娘，大丈夫视死如归，在这些恶人之前不可示弱。"锺灵哭道："我不是大丈夫！我不要视死如归！我偏要示弱！"

司空玄沉声道："给这小子服了断肠散。用七日的份量。"一名帮众从药瓶中倒了半瓶红色药末，逼段誉吞服。锺灵大叫："这是毒药，吃不得的。"段誉一听"断肠散"之名，便知是厉害毒药，但想身落他人之手，又岂能拒不服药？当即慨然吞下，嗒了嗒滋味，笑道："味道甜咪咪的，司空帮主，你也吃半瓶么？"

司空玄怒哼一声。锺灵破涕为笑，随即又哭了起来。

司空玄道："这断肠散七日之后毒发，肚肠寸断而亡。你去取貂毒解药，若在七日之内赶回，我给你解毒，再放了这小姑娘。"

钟灵道:"单是解药还不够的,尚须我爹爹运使独门内功,才解得了这闪电貂之毒。"司空玄道:"那么叫他请你爹爹来此救你。"钟灵道:"你这人话倒说得容易,我爹爹岂肯出山?他是决不出谷一步的。"司空玄沉吟不语。

段誉道:"这样罢,咱们大伙儿齐去钟姑娘府上,请你尊大人医治解毒,不是更加快捷么?"钟灵道:"不成,不成!我爹爹有言在先,不论是谁,只要踏进我家谷中一步,便非死不可。"

司空玄心想:"此间无量剑之事未了,也不能离此他去。倘若误了这里的事,天山童姥怎能饶我?只有死得更惨。"后颈上貂咬之处麻痒越来越厉害,忍不住呻吟了几声。

钟灵道:"司空帮主,对不住了!"司空玄怒喝:"对不住个屁!"段誉道:"司空帮主,你对钟姑娘口出污言,未免有失君子风度。"

司空玄怒喝:"君子你个奶奶!"心想:"我身上给种下了'生死符',发作之时苦楚难熬,不如就此死了,一干二净。"向钟灵道:"我管不了这许多,你不去请你爹爹也成,咱们同归于尽便了。"言语中竟有凄恻自伤之意。

钟灵想了想,说道:"你放我出来,待我写封信给爹爹,求他前来救你。你派个不怕死的人送去。"司空玄道:"我叫这姓段的小子去,为什么另行派人?"钟灵道:"你这人真没记心!不论是谁踏进我家谷中一步,便非死不可。我早说过了的,是不是?我不愿段大哥死了,你知不知道?"司空玄阴沉沉的道:"他不能死,难道我手下的人便该死了?不去便不去,大家都死好了。瞧是你先死,还是我先死。"

钟灵呜呜咽咽的又哭了起来,叫道:"你老头儿好不要脸,只管欺侮我小姑娘!这会儿江湖上人人都知道啦!大家都在说神农帮司空帮主声名扫地,不是英雄好汉的行径。"

· 38 ·

司空玄自管运功抗毒，不去理她。

段誉道："由我去好了。锺姑娘，令尊见我是去报讯，请他前来救你，想来也不致于害我。"锺灵忽然面露喜色，道："有了！我教你个法儿，你别跟我爹爹说我在这里，他如杀了你，就不知我在什么地方了。不过你一带他到这儿，马上便得逃走，否则你要糟糕。"段誉点头道："这法子倒也使得。"

锺灵对司空玄道："司空帮主，段大哥一到便即逃走，你这断肠散的解药如何给他？"司空玄指着远处西北角的一块大岩石，道："我派人拿了解药，候在那边。段君逃到那块岩石之后，便能得到解药。"他要段誉请人前来救命，称呼上便客气些了，于是传下号令，命帮众将锺灵掘了出来，先用铁铐铐住她双手，再掘开她下身的泥土。

锺灵道："你不放开我双手，怎能写信？"司空玄道："你这小妮子刁钻古怪，要是写什么信，多半又要弄鬼。你拿一件身边的信物，叫段君去见令尊便了。"

锺灵笑道："我最不爱写字，你叫我不用写信，再好也没有。我有什么信物呢？嗯，段大哥，你将我这双鞋子脱下来，我爹爹妈妈见了自然认得。"

段誉点点头，俯身去除她鞋子，左手拿住她足踝，只觉入手纤细，不盈一握，心中微微一荡，抬起头来，和锺灵相对一笑。段誉在火光之下，见到她脸颊上亮晶晶地兀自挂着几滴泪珠，目光中却蕴满笑意，不由得看得痴了。

司空玄看得老大不耐烦，喝道："快去，快去，两个小娃娃尽是你瞧我、我瞧你的干什么？段兄弟，你赶快请了人回来，我自然放这小姑娘给你做老婆。你要摸她的脚，将来日子长着呢。"

段誉和锺灵都是满脸飞红。段誉忙除下锺灵脚上一对花鞋，揣入怀中，情不自禁的又向锺灵瞧去。锺灵格的一声，笑了出来。

·39·

司空玄道："段兄弟，早去早归！大家命在旦夕，倘若道上有甚耽搁，谁都没了性命。锺姑娘，此间前往尊府，几日可以来回？"锺灵道："走得快些，两天能到，最多四天，也便回来了。"司空玄稍觉放心，催道："快快去罢！"

锺灵道："我说道路给段大哥听，你们大伙儿走开些，谁都不许偷听。"司空玄挥了挥手，诸帮众都走得远远地。锺灵道："你也走开。"司空玄暗暗切齿，心道："待我伤愈之后，若不狠狠摆布你这小娃娃，我司空玄枉自为人了。"当下站起身来，也走了开去。

锺灵叹了口气，道："段大哥，咱二人今日刚会面，便要分开了。"段誉笑道："来回四天，那也没有什么。"

锺灵一双大眼向他凝视半晌，道："你先去见我妈妈，跟她说知情由，再让我妈去跟我爹说，事情就易办得多。"于是伸出脚尖，在地下划明道路。原来锺灵所居是在澜沧江西岸一处山谷之中，路程倒也不远，但地势十分隐秘，入口处又有机关暗号，若非指明，外人万难进谷。段誉记心极佳，锺灵所说的道路东转西曲，南弯北绕，他听过之后便记住，待锺灵说完，道："好，我去啦。"转身便走。

锺灵待他走出十余步，忽然想起一事，道："喂，你回来！"段誉道："什么？"又转身回来。锺灵道："你别说姓段，更加不可说起你爹爹会使一阳指。因为……因为我爹爹说不定会起别样心思。"段誉一笑，道："是了！"心想这姑娘小小年纪，心眼儿却多，当下哼着曲子，扬长而去。

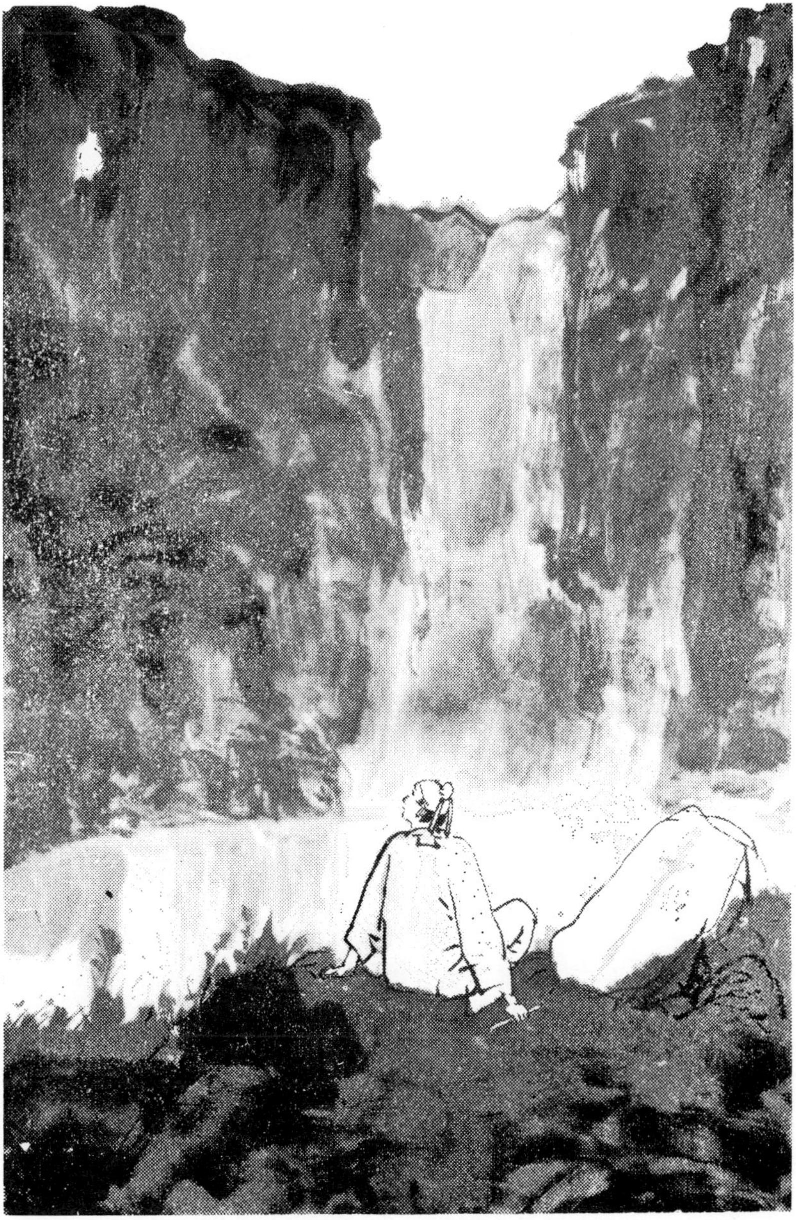

山崖上一条大瀑布如玉龙悬空,滚滚而下,倾入一座清澈异常的大湖之中。瀑布注入处湖水翻滚,只离得瀑布十余丈,湖水便一平如镜。月亮照入湖中,湖心也有一个皎洁的圆月。

二
玉壁月华明

　　折腾了这许久，月亮已渐到中天。段誉径向西行。他虽不会武功，但年轻力壮，脚下也甚迅捷，走出十余里，已绕到无量山主峰的后山，只听得水声淙淙，前面有条山溪。他正感口渴，寻声来到溪旁，月光下见溪水清澈异常，刚伸手入溪，忽听得远处地下枯枝格的一响，跟着有两人的脚步之声，段誉忙俯伏溪边，不敢稍动。

　　只听得一人道："这里有溪水，喝些水再走罢。"声音有些熟悉，随即想起，便是左子穆的弟子干光豪，段誉更加不敢动弹。只听两人走到溪水上游，跟着便有掬水和饮水之声。过了一会，干光豪道："葛师妹，咱们已脱险境，你走得累了，咱们歇一会儿再赶路。"一个女子声音嗯了一声。溪边悉率有声，想是二人坐了下来。

　　只听那女子道："你料得定神农帮不会派人守在这里吗？"语音微微发颤，显得甚是害怕。干光豪安慰道："你放心。这条山道再也隐僻不过，连我们东宗弟子来过的人也不多，神农帮决计不会知道。"那女子道："你又怎么知道这条小路？"干光豪道："师父每隔五天，便带众弟子来钻研'无量玉壁'上的秘奥，这么多年下来，大伙儿尽是呆呆瞪着这块大石头，什么也瞧不出来。师父老是说什么'成大功者，须得有恒心毅力'，又说什么'有志者事竟成'。可是我实在瞧得忒煞腻了，有时假装要大解，便出来到处乱走，才发现了这条小路。"

那女子轻轻一笑，道："原来你不用功，偷懒逃学。你众同门之中，该算你最没恒心毅力了。"干光豪笑道："葛师妹，五年前剑湖宫比剑，我败在你剑下之后……"那女子道："别再说你败在我剑下。当时你假装内力不济，故意让我，别人虽然瞧不出来，难道我自己也不知道？"

段誉听到这里，心道："原来这女子是无量剑西宗的。"

只听干光豪道："我一见你面，心里就发下了重誓，说什么也要跟你终身厮守。幸好今日碰上了千载难逢的良机，神农帮突然来攻，又有两个小狗男女带了一只毒貂来，闹得剑湖宫中人人手忙脚乱，咱们便乘机逃了出来，这不是有志者事竟成吗？"那女子轻轻一笑，柔声道："我也是有志者事竟成。"干光豪道："葛师妹，你待我这样，我一生一世，永远听你的话。"从语音中显得喜不自胜。

那女子叹了口气，说道："咱们这番背师私逃，武林中是再也不能立足了。该当逃得越远越好，总得找个十分隐僻的所在，悄悄躲将起来，别让咱们师父与同门发现了踪迹才好。想起来我实在害怕。"干光豪道："那也不用担心了。我瞧这次神农帮有备而来，咱们东西两宗，除了咱二人之外，只怕谁也难逃毒手。"那女子又叹了口气，道："但愿如此。"

段誉只听得气往上冲，寻思："你们要结为夫妇，见到师门有难，乘机自行逃走，那也罢了，怎地反盼望自己师长同门尽遭毒手？用心忒也狠毒。"想到他二人如此险狠，自己若给他们发觉，必定会给杀了灭口，当下更是连大气也不敢喘上一口。

那女子道："这'无量玉壁'到底有什么希奇古怪，你们在这里已住了十年，难道当真连半点端倪也瞧不出吗？"

干光豪道："咱们是一家人了，我怎么还会瞒你？师父说，许多年之前，那时是我太师父当东宗掌门。他在月明之夜，常见到玉壁上出现舞剑的人影,有时是男子,有时是女子,有时更是男女对使,互相击刺。玉壁上所显现的剑法之精,我太师父别说生平从所未见,连做梦也想像不到,那自是仙人使剑。我太师父只盼能学到几招仙剑,可是壁上剑影实在太快太奇,又是淡淡的若有若无,说什么也看不清楚,连学上半招也是难能。仙剑的影子又不是时时显现,有时晚晚看见,有时隔上一两个月也不显现一次。太师父沉迷于玉壁剑影,反将本门剑法荒疏了,也不用心督率弟子练剑,因此后来比剑便败给你们西宗。葛师妹,你太师父带同弟子入住剑湖宫,可见到了什么?"

那女子道:"听我师父说,这壁上剑影我太师父也见到了,可是后来便只见到一个女子使剑,那男剑仙却不见了。想来因为我太师父是女子,是以便只女剑仙现身指点。但过得两年,连那女剑仙也不见了。太师父也说,玉壁上显现的仙影身法剑法固然奇妙之极,然而太过模糊朦胧,又实在太快,说什么也看不清。这玉壁隔着深谷和剑湖,又不能飞渡天险,走近去看。太师父明明遇上了仙缘,偏无福泽学上一招半式,得以扬威武林,心中这份难受也就可想而知。仙影隐没之后,我太师父日日晚晚只在山峰上徘徊,对着玉壁出神,越来越憔悴,过不上半年就病死了。她老人家是倒在山峰上死的,便在奄奄一息之时,仍不许弟子们移她回入剑湖宫。我师父说,太师父断气之时,双眼还是呆呆的望着玉壁。"她顿了一顿,说道:"干师哥,你说世上当真有仙人?还是你我两位太师父都是说来骗人的?"

干光豪道:"若说你我两位太师父都编造这样一套鬼话来欺骗弟子,想来不会,骗信了人也没什么好处啊。再说,我听沈师伯说,他小时候亲眼就见到过这剑仙的影子。但世上是不是真有仙人,我就不知道了。"那女子道:"会不会有两位武林高人在玉壁之前使剑,影子映上了玉壁?"干光豪道:"太师父当时早就想到了。但玉壁之前就是剑湖，湖西又是深谷，那两位高人就算能凌波踏水，在湖面上使剑，太师父也必瞧得见。要说是在剑湖这一边的山上使剑，隔得这么远，影子也决计照不上玉壁去。"那女子道："我太师父去世后，众弟子每晚在玉壁之前焚香礼拜，祝祷许愿，只盼剑仙的仙影再现，但始终就没再看到一次。我师父只盼能再来瞧瞧，偏偏十年来两次比剑，都输了给你们东宗。"

干光豪道："自今而后，咱二人再也不分什么东宗西宗啦。我俩东宗西宗联姻，合为一体……"只听那女子鼻中唔唔几声，低声道："别……别这样。"显是干光豪有甚亲热举动，那女子却在推拒。干光豪道："你依了我，若是我日后负心，就掉在这水里，变个大忘八。"那女子格格娇笑，腻声道："你做忘八，可不是骂我不规矩吗？"

段誉听到这里，忍不住嗤的一声，笑了出来，这一笑既出，便知不妙，立即跳起身来，发足狂奔。只听得背后干光豪大喝："什么人？"跟着脚步声响，急步追来。

段誉暗暗叫苦，舍命急奔，一瞥眼间，西首白光闪动，一个女子手执长剑，正从山坡边奔来，显是要拦住他去路。段誉叫声："啊哟！"折而向东，心中只叫："南无救苦救难观世音菩萨，保佑弟子段誉得脱此难。"耳听得干光豪不停步的追来，过不多时，段誉跑得气也喘不过来了，只听干光豪叫道："葛师妹，你拦住了那边山口！"

段誉心想："我送了命不打紧，累得锺姑娘也活不成，还害死了神农帮这许多条人命，那真是罪过，阿弥陀佛，观世音菩萨。"心中又道："段誉啊段誉，他们变忘八也好，不规矩也好，跟你又有什么相干了？为什么要没来由的笑上一声？这一笑岂不是笑去几十条人命？人家是绝色美女，才一笑倾城，你段誉又是什么东西了，也来这么笑上一笑？倾什么东西？"心中自怨自艾，脚下却毫不稍慢，慌不择路，只管往林木深密之处钻去。

又奔出一阵，双腿酸软，气喘吁吁，猛听得水声响亮，轰轰隆隆，便如潮水大至一般，抬头一看，只见西北角上犹如银河倒悬，一条大瀑布从高崖上直泻下来。只听得背后干光豪叫道："前面是本派禁地，任何外人不得擅入。你再向前数丈，干犯禁忌，可叫你死无葬身之地。"段誉心想："我就算不闯你无量剑的禁地，难道你就能饶我了？最多也不过是死有葬地而已。有无葬身之地，似乎也没多大分别。"脚下加紧，跑得更加快了。干光豪大叫："快停步，你不要性命了吗？前面是……"

段誉笑道："我要性命，这才逃走……"一言未毕，突然脚下踏了个空。他不会武功，急奔之下，如何收势得住？身子登时直堕了下去。他大叫："啊哟！"身离崖边失足之处已有数十丈了。

他身在半空，双手乱挥，只盼能抓到什么东西，这么乱挥一阵，又下堕了百余丈，突然间蓬的一声，屁股撞上了什么物事，身子向上弹起，原来恰好撞到崖边伸出的一株古松。喀喇喇几声响，古松粗大的枝干登时断折，但下堕的巨力却也消了。

段誉再次落下，双臂伸出，牢牢抱住了古松的另一根树枝，登时挂在半空，不住摇晃。向下望去，只见深谷中云雾弥漫，兀自不见尽头。便在此时，身子一晃，已靠到了崖壁，忙伸出左手，牢牢揪住了崖旁的短枝，双足也找到了站立之处，这才惊魂略定，慢慢的移身崖壁，向那株古松道："松树老爷子，亏得你今日大显神通，救了我段誉一命。当年你的祖先为秦始皇遮雨，秦始皇封他为'五大夫'。救人性命，又怎是遮蔽风雨之可比？我要封你为'六大夫'，不，'七大夫'、'八大夫'。"

细看山崖中裂开了一条大缝，勉强可攀援而下。他喘息了一阵，心想："干光豪和他那个葛师妹，定然以为我已摔成了肉浆，万万料不到有'八大夫'救命。他们必定逃下山去,卿卿我我,东宗西宗合而为一去了。这谷底只怕凶险甚多,我这条性命反正是捡来的,送在哪里都是一样。不过观音菩萨保佑,最好还是别死。"

于是沿着崖缝,慢慢爬落。崖缝中尽多砂石草木,倒也不致一溜而下。只是山崖似乎无穷无尽,爬到后来,衣衫早给荆刺扯得东破一块,西烂一条,手脚上更是到处破损,也不知爬了多少时候,仍然未到谷底,幸好这山崖越到底下越是倾斜,不再是危崖笔立,到得后来他伏在坡上,半滚半爬,慢慢溜下,便快得多了。

但耳中轰隆轰隆的声音越来越响,不禁又吃惊起来:"这下面若是怒涛汹涌的激流,那可糟糕之极了。"只觉水珠如下大雨般溅到头脸之上,隐隐生疼。

这当儿也不容他多所思量,片刻间便已到了谷底,站直身子,不禁猛喝一声采,只见左边山崖上一条大瀑布如玉龙悬空,滚滚而下,倾入一座清澈异常的大湖之中。大瀑布不断注入,湖水却不满溢,想来另有泄水之处。瀑布注入处湖水翻滚,只离得瀑布十余丈,湖水便一平如镜。月亮照入湖中,湖心也是一个皎洁的圆月。

面对这造化的奇景,只瞧得目瞪口呆,惊叹不已,一斜眼,只见湖畔生着一丛丛茶花,在月色下摇曳生姿。云南茶花甲于天下,段誉素所喜爱,这时竟没想到身处危地,走过去细细品赏起来,喃喃的道:"此处茶花虽多,品类也只寥寥,只有这几本'羽衣霓裳',倒比我家的长得好。这几本'步步生莲',品种就不纯了。"

赏玩了一会茶花,走到湖边,抄起几口湖水吃了,入口清冽,甘美异常,一条冰凉的水线直通入腹中。定了定神,沿湖走去,寻觅出谷的通道。

这湖作椭圆之形,大半部隐在花树丛中,他自西而东、又自东向西,兜了个圈子,约有三里远近,东南西北尽是悬崖峭壁,绝无出路,只有他下来的山坡比较最斜,其余各处决计无法攀上,仰望高崖,白雾封谷,下来已这般艰难,再想上去,那是绝无这等能耐,心道:"就算武功绝顶之人,也未必能够上去,可见有没有武功,倒也无甚分别。"

这时天将黎明,但见谷中静悄悄地,别说人迹,连兽踪也无半点,唯闻鸟语间关,遥相和呼。他见了这等情景,又发起愁来,心想我饿死在这里不打紧,累了锺姑娘的性命,那可太也对不起人家,我爹爹妈妈又必天天忧愁记挂。

坐在湖边,空自烦恼,没半点计较处。失望之中,心生幻想:"倘若我变作一条游鱼,从瀑布中逆水而上,便能游上峭壁。"眼光逆着瀑布自下而上的看去,只见瀑布之右一片石壁光润如玉,料想千万年前瀑布比今日更大,不知经过多少年的冲激磨洗,将这半面石壁磨得如此平整,后来瀑布水量减少,才露了这片如琉璃、如明镜的石壁出来。

突然之间,干光豪与他葛师妹的一番说话在心头涌起,寻思:"看来这便是他们所说的'无量玉壁'了。他们说,当年无量剑东宗、西宗的掌门人,常在月明之夕见到玉壁上有舞剑的仙人影子。这玉壁贴湖而立,仙人的影子要映到玉壁上,确是非得在湖中舞剑不可。要是在我这边湖东舞剑,影子倒也能照映过去,可是东边高崖笔立,挡住了月光,没有月光,便无人影。啊,是了,定是湖面上有水鸟飞翔,影子映到山壁上去,远远望来,自然身法灵动,又快又奇。他们心中先入为主,认定是仙人舞剑,朦朦胧胧的却又瞧不出个所以然来,终于入了魔道。"

想明白此节,不禁哑然失笑。自从在剑湖宫中吃了酒宴,到此刻已有七八个时辰,早饿得狠了,见崖边一大丛小树上生满了青红色的野果,便去采了一枚,咬了一口,入口甚是酸涩,饥饿之下,也不加理会,一口气吃了十来枚,饥火少抑,只觉浑身筋骨酸痛,躺在草地上便即沉沉睡去。

这一觉睡得甚酣,待得醒转,日已偏西,湖上幻出一条长虹,艳丽无伦。段誉知道有瀑布处水气映日,往往便现彩虹,心想我临死之时,还得目睹美景,福缘大是不小,而葬身于湖畔花下,倒也风雅得紧,明湖绝丽,就可惜茶花并非佳种,略嫌美中不足。

睡了这觉之后,精神大振,心想:"说不定山谷有个出口,隐在花木山石之后。昨晚黑夜之中,又走得匆忙,是以未曾发现。"当即口中唱着曲子,兴高采烈的沿湖寻去。一路上在所有隐蔽之处都细细探寻了。但花树草丛之后尽是坚岩巨石,每一块坚岩巨石都连在高插入云的峭壁上,别说出路,连蛇穴兽窟也无一个。

他口中曲子越唱越低,心头也越来越沉重,待得回到睡觉之处,脚也软了,颓然坐倒,心想:"锺姑娘为了救我,却枉自送了性命。"

想到锺灵,伸手入怀,摸出她那对花鞋来在手中把玩,想像她足踝纤细,面容娇美,不自禁将鞋子拿到口边亲了几下,又揣入怀中,心想:"我这番一定是没命的了,锺姑娘也没命了。要是她也在这里,咱二人死在这碧湖之畔,倒也是件美事。只可惜她此刻伴着那山羊胡子司空玄,实在无味得紧。这当儿我正在想她,她多半也在想我罢。"

百无聊赖之中,又去摘酸果来吃,忽想:"什么地方都找过了,反是这里没找过。别要远在天边,近在眼前。"拨开酸果树丛,登时便摇了摇头。树丛后光秃秃地一大片石壁,爬满了藤蔓,哪里又有什么出路?但见这片石壁平整异常,宛然似一面铜镜,只是比之湖西的山壁却小得多了,心中一动:"莫非这才是真正的'无量玉壁'?"当即拉去石壁上的藤蔓。但见这石壁也只平整光滑而已,别无他异。

忽然动念:"我死在这深谷之中,永远无人得知,不妨在这片石壁上刻下几个字,嗯,就刻'大理段誉毕命于斯'八字,倒也好玩。"

于是将石壁上的藤蔓撕得干干净净,除下长袍,到湖中浸湿了,把湖水绞在石壁上,再拔些青草来洗刷一番,那石壁更显得莹白如玉。

在地下拣了一块尖石,便在石壁上划字,可是石壁坚硬异常,累了半天,一个"段"字刻得既浅且斜,殊无半点间架笔意,心想:"后人若是见到,还道我段誉连字也不会写,这八个字刻下来,委实遗臭万年。"又觉手腕酸痛,便抛下尖石不刻了。

到得天黑,吃了些酸果,躺倒又睡。睡梦中只见一对花鞋在眼前飞来飞去,绿鞋黄花,正是钟灵那对花鞋,忙伸手去捉,可是那对花鞋便如蝴蝶一般,上下飞舞,始终捉不到。过了一会,花鞋越飞越高,段誉大叫:"鞋儿别飞走了!"一惊而醒,才知是做了个梦,揉了揉眼睛,伸手一摸,一对花鞋好端端地便在怀中,站起身来,抬头只见月亮正圆,清光在湖面上便如镀了一层白银一般,眼光顺着湖面一路伸展出去,突然之间全身一震,只见对面玉壁上赫然有个人影。

这一惊当真非同小可,随即喜意充塞胸臆,大叫:"仙人,救我!仙人,救我!"那人影微微晃动,却不答话。段誉定了定神,凝神看去,那人影淡淡的看不清楚,然而长袍儒巾,显是个男子。他向前急冲几步,便到了湖边,又叫:"仙人,救我!"只见玉壁上的人影晃动几下,却大了一些。段誉立定脚步,那人影也即不动。

他一怔之下,便即省悟:"是我自己的影子?"身子左晃,壁上人影跟着左晃,身子向右侧去,壁上人影跟着侧右,此时已无怀疑,但兀自不解:"月亮挂于西南,却如何能将我的影子映到对面石壁上?"

回过身来,只见日间刻过一个"段"字的那石壁上也有一个人影,只是身形既小,影子也浓得多,登即恍然:"原来月亮先将我的影子映在这块小石壁上,再映到隔湖的大石壁上。我便如站在两面镜子之间,大镜子照出了小镜子中的我。"

微一凝思,只觉这迷惑了"无量剑"数十年的"玉壁仙影"之谜,更无丝毫神奇之处:"当年确有人站在这里使剑,人影映上玉壁。本来有一男一女,后来那男的不知是走了还是死了,只剩下一个女的,她在这幽谷中寂寞孤单,过不了两年也就死了。"想像佳人失侣,独处幽谷,终于郁郁而死,不禁黯然。

既明白了这个道理,心中先前的狂喜自即无影无踪,百无聊赖之际,便即手舞足蹈,拳打足踢,心想:"最好左子穆、双清他们这时便在崖顶,见到玉壁上忽现'仙影',认定这是仙人在演示神奇武功,于是将我这套'武功'用心学了去,拼命钻研,传之后世。哈哈,哈哈!"越想越有趣,忍不住纵声狂笑。

蓦地里笑声斗止,心中想到了一事:"这两位前辈既时时在此舞剑,那么若不是住在这谷中,便是有条出入此谷的路径。否则他们武功再高,若须时时攀山到这里来舞剑,终究也太麻烦了。偶一为之则可,总不能'时时'。"登时眼前出现了一线光明,心道:"明天我再好好寻找出路。那个干光豪不是说'有志者事竟成'么?哈哈,哈哈。他立志要娶他葛师妹为妻,我则立志要逃出生天。"

抱膝坐下,静观湖上月色,四下里清冷幽绝,心想:"'有志者事竟成',这话虽然不错,可是孔夫子言道:'知之者不如好之者,好之者不如乐之者。'这话更加合我脾胃。爹爹妈妈常叫我'痴儿',说我从小对喜爱的事物痴痴迷迷,说我七岁那年,对着一株'十八学士'茶花从朝瞧到晚,半夜里也偷偷起床对着它发呆,吃饭时想着它,读书时想着它,直瞧到它谢了,接连哭了几天。后来我学下棋,又是废寝忘食,日日夜夜,心中想着的便是一副棋枰,别的什么也不理。这一次爹爹叫我开始练武,恰好我正在研读《易经》,连吃饭时筷子伸出去夹菜,也想着这一筷的方位是

·52·

'大有'呢还是'同人'。我不肯学武,到底是为了不肯抛下《易经》不理呢,还是当真认定不该学打人杀人的法子?爹爹说我'强辞夺理',只怕我当真有点强辞夺理,也未可知。妈最明白我的脾气,劝我爹爹说:'这痴儿哪一天爱上了武功,你就是逼他少练一会儿,他也不会听。他此刻既然不肯学,硬揿着牛头喝水,那终究不成。'唉,要我立志做什么事可难得很,倒盼望我哪一天迷上了练武,爹爹、妈妈,还有伯父,自然欢喜得很。我练好了武功,不打人、不杀人就是了,练武也不是非杀人不可。伯父武功这样高强,但他性子仁慈,只怕从来没出手杀过一个人。只不过他要杀人,又怎用得着亲自动手?"

坐在湖边,思如走马,不觉时光之过,一瞥眼间,忽见身畔石壁上隐隐似有彩色流动,凝神瞧去,只见所刻的那个"段"字之下,赫然有一把长剑的影子,剑影清晰异常,剑柄、护手、剑身、剑尖,无一不是似到十足,剑尖斜指向下,而剑影中更发出彩虹一般的晕光,闪烁流动,游走不定。

心下大奇:"怎地影子中会有彩色?"抬头向月亮瞧去,却已见不到月亮,原来皓月西沉,已落到了西首峭壁之后,峭壁上有一洞孔,月光自洞孔彼端照射过来,洞孔中隐隐有光彩流动。登时省悟:"是了,原来这峭壁中悬有一剑,剑上镶嵌了诸色宝石,月光将剑影与宝石映到玉壁之上,无怪如此艳丽不可方物!"

又想:"须得凿空剑身,镶上宝石,月光方能透过宝石,映出这彩色影子。倘若剑刃上不凿出空洞,宝石便无法透光了。打造这柄怪剑,倒也费事得紧。"眼见宝剑所在的洞孔距地高达数十丈,无法上去瞧个明白,从下面望将上去,也只是隐约见到宝石微光,但照在石壁上的影子却奇幻极丽,观之神为之夺。

可是看不到一盏茶时分,月亮移动,影子由浓而淡,由淡而无,石壁上只余一片灰白。寻思:"这柄宝剑,想来便是那两位使

· 53 ·

剑的男女高人放上去的。山谷这么深险，无量剑中那些人任谁也没胆子爬下来探查，而站在高崖之上，既见不到小石壁，也见不到峭壁中的洞孔与所悬宝剑，这个秘密，无量剑的人就算再在高崖上对着石壁呆望一百年，那也决计不会发现。不过就算得到了宝剑，又有什么了不起了？"出了一会神，便又睡去。

　　睡梦之中，突然间一跳醒转，心道："要将这宝剑悬上峭壁，可也大大的费事，纵有极高强的武功，也不易办到。如此费力的安排，其中定有深意。多半这峭壁的洞孔之中，还藏着什么武学秘笈之类。"一想到武功，登时兴味索然："这些武学秘笈，无量剑的人当作宝贝，可是掉在我面前，我也不屑去拾起来瞧上几眼。"

　　次日在湖畔周围漫步游荡，堕入谷中已是第三日，心想再过得四天，肚中的断肠散剧毒发作，便再找到出路也已无用了。

　　当晚睡到半夜，便即醒转，等候月亮西沉。到四更时分，月亮透过峭壁洞孔，又将那彩色缤纷的剑影映到小石壁上。只见壁上的剑影斜指向北，剑尖对准了一块大岩石，段誉心中一动："难道这块岩石有什么道理？"走到岩边伸手推去，手掌沾到岩上青苔，但觉滑腻腻地，那块岩石竟似微微摇晃。他双手出力狠推，摇晃之感更甚，岩高齐胸，没二千斤也有一千斤，按理决计推之不动，伸手到岩石底下摸去，原来巨岩是凌空置于一块小岩石之顶，也不知是天生还是人力所安。他心中怦的一跳："这里有古怪！"

　　双手齐推岩石右侧，岩石又晃了一下，但一晃即回，石底发出藤萝之类断绝声音，知道大小岩石之间藤草缠结，其时月光渐隐，瞧出来一切都已模模糊糊，心想："今晚瞧不明白了，等天亮了再细细推究。"

　　于是躺在岩边又小睡片刻，直至天色大明，站起身来察看那大岩周遭情景，俯身将大小岩石之间的蔓草葛藤尽数拉去，拨净了泥沙，然后伸手再推，果然那岩石缓缓转动，便如一扇大门相似，只转到一半，便见岩后露出一个三尺来高的洞穴。

　　大喜之下，也没去多想洞中有无危险，便弯腰走进洞去，走得十余步，洞中已无丝毫光亮。他双手伸出，每一步跨出都先行试过虚实，但觉脚下平整，便似走在石板路上一般，料想洞中道路必是经过人工修整，欣喜之意更盛，只是道路不住向下倾斜，显是越走越低。突然之间，右手碰到一件凉冰冰的圆物，一触之下，那圆物当的一下，发出响声，声音清亮，伸手再摸，原来是个门环。

　　既有门环，必有大门，他双手摸索，当即摸到十余枚碗大的门钉，心中惊喜交集："这门里倘若住得有人，那可奇怪之极了。"提起门环当当当的连击三下，过了一会，门内无人答应，他又击了三下，仍然无人应门，于是伸手推门。那门似是用铜铁铸成，甚是沉重，但里面并未闩上，手劲使将上去，那门便缓缓的开了。他朗声说道："在下段誉，不招自来，擅闯贵府，还望主人恕罪。"停了一会，不听得门内有何声息，便举步跨了进去。

　　他不论眼睛睁得多大，仍然看不到任何物事，只觉霉气刺鼻，似乎洞内已久无人居。他继续向前，突然间砰的一声，额头撞上了什么东西。幸好他走得甚慢，这一下碰撞也不如何疼痛，伸手摸去，原来前边又是一扇门。他手上使劲，慢慢将门推开了，眼前陡然光亮。

　　他立刻闭眼，心中怦怦乱跳，过了片刻，才慢慢睁眼，只见所处之地是座圆形石室，光亮从左边透来，但朦朦胧胧地不似天光。

　　走向光亮之处，忽见一只大虾在窗外游过。这一下心下大奇，再走上几步，又见一条花纹斑斓的鲤鱼在窗外悠然而过。细看那窗时，原来是镶在石壁上的一块大水晶，约有铜盆大小，光亮便从水晶中透入。

　　双眼贴着水晶向外瞧去，只见碧绿水流不住晃动，鱼虾水族来回游动，极目所至，竟无尽处。他恍然大悟，原来处身之地竟在水底，当年建造石室之人花了偌大的心力，将外面的水光引了进来，这块大水晶更是极难得的宝物。定神凝思，登时暗暗叫苦："糟糕，糟糕。我这可走到剑湖的湖底来啦！一路上在黑暗之中摸索，已不知转了几个弯，既是深入湖底，那还是逃不出去。"

　　回过身来，只见室中放着一只石桌，桌前有凳，桌上竖着一面铜镜，镜旁放着些梳子钗钏之属，看来竟是闺阁所居。铜镜上生满了铜绿，桌上也是尘土寸积，不知已有多少年无人来此。

　　他瞧着这等情景，不由得呆了，心道："许多年之前，定是有个女子在此幽居，不知她为了何事，如此伤心，竟远离人间，退隐于斯！嗯，多半便是那个在石壁前使剑的女子。"出了一会神，再看那石室时，只见壁上东一块、西一块的镶满了铜镜，随便一数，便已有三十余面，寻思："想来这女子定是绝世丽质，爱侣既逝，独守空闺，每日里惟有顾影自怜。此情此景，实是令人神伤。"

　　在室中走去，一会儿书空咄咄，一会儿喟然长叹，怜惜这石室的旧主人。过了好一阵，突然心念一动："唉！我只顾得为古人难过，却忘了自己身陷绝境。"自言自语："我段誉乃是个臭男子，倘若死在此处，不免唐突佳人，该当死在门外湖边才是。否则后人来到，见到我的遗骸，还道是佳人的枯骨，岂不是……岂不是……"还没想到"岂不是"什么，忽见东首一面斜置的铜镜反映光亮，照向西南隅，石壁上似有一道缝，他忙抢将过去，使力推那石壁，果然是一道门，缓缓移开，露出一个洞来。向洞内望去，见有一道石级。

　　他拍手大叫，手舞足蹈一番，这才顺着石级走下。石级向下十余级后，面前隐隐约约的似有一门，伸手推门，眼前陡然一亮，失声惊呼："啊哟！"

　　眼前一个宫装美女，手持长剑，剑尖对准了他胸膛。

过了良久，只见那女子始终一动不动，他定睛看时，见这女子虽是仪态万方，却似并非活人，大着胆子再行细看，才瞧出乃是一座白玉雕成的玉像。这玉像与生人一般大小，身上一件淡黄色绸衫微微颤动；更奇的是一对眸子莹然有光，神采飞扬。段誉口中只说："对不住，对不住！我这般瞪眼瞧着姑娘，忒也无礼。"明知无礼，眼光却始终无法避开她这对眸子，也不知呆看了多少时候，才知这对眼珠乃是以黑宝石雕成，只觉越看越深，眼里隐隐有光彩流转。这玉像所以似极了活人，主因当在眼光灵动之故。

玉像脸上白玉的纹理中隐隐透出晕红之色，更与常人肌肤无异。段誉侧过身子看那玉像时，只见她眼光跟着转将过来，便似活了一般。他大吃一惊，侧头向右，玉像的眼光似乎也对着他移动。不论他站在哪一边，玉像的眼光始终向着他，眼光中的神色更是难以捉摸，似喜似忧，似是情意深挚，又似黯然神伤。

他呆了半晌，深深一揖，说道："神仙姊姊，小生段誉今日得睹芳容，死而无憾。姊姊在此离世独居，不也太寂寞了么？"玉像目中宝石神光变幻，竟似听了他的话而深有所感。

此时段誉神驰目眩，竟如着魔中邪，眼光再也离不开玉像，说道："不知神仙姊姊如何称呼？"心想："且看一旁是否留下姊姊芳名。"

当下四周打量，见东壁上写着许多字，但无心多看，随即回头去看那玉像，这时发现玉像头上的头发是真的人发，云鬟如雾，松松挽着一髻，鬟边插着一只玉钗，上面镶着两粒小指头般大的明珠，莹然生光。又见壁上也是镶满了明珠钻石，宝光交相辉映，西边壁上镶着六块大水晶，水晶外绿水隐隐，映得石室中比第一间石室明亮了数倍。

他又向玉像呆望良久，这才转头，见东壁上刮磨平整，刻着数十行字，都是《庄子》中的句子，大都出自《逍遥游》、《养生主》、《秋水》、《至乐》几篇，笔法飘逸，似以极强腕力用利器刻成，每一笔都深入石壁几近半寸。文末题着一行字云："无崖子为秋水妹书。洞中无日月，人间至乐也。"

段誉瞧着这行字出神半响，寻思："这'无崖子'和'秋水妹'，想来便是数十年前在谷底舞剑的那两位男女高人了。这座玉像多半便是那位'秋水妹'，无崖子得能伴着她长居幽谷密洞，的的确确是人间至乐。其实岂仅是人间至乐而已，天上又焉有此乐？"

眼光转到石壁的几行字上："藐姑射之山，有神人居焉，肌肤若冰雪，绰约若处子，不食五谷，吸风饮露。"当即转头去瞧那玉像，心想："庄子这几句话，拿来形容这位神仙姊姊，真是再也贴切不过。"走到玉像面前，痴痴的呆看，瞧着她那有若冰雪的肌肤，说什么也不敢伸出一根小指头去轻轻抚摸一下，心中着魔，鼻端竟似隐隐闻到兰麝般馥郁馨香，由爱生敬，由敬成痴。

过了良久，禁不住大声说道："神仙姊姊，你若能活过来跟我说一句话，我便为你死一千遍、一万遍，也如身登极乐，欢喜无限。"突然双膝跪倒，拜了下去。

跪下便即发觉，原来玉像前本有两个蒲团，似是供人跪拜之用，他双膝跪着的是个较大蒲团，玉像足前另有一较小蒲团，想是让人磕头用的。他一个头磕下去，只见玉像双脚的鞋子内侧似乎绣得有字。凝目看去，认出右足鞋上绣的是"磕首千遍，供我驱策"八字，左足鞋上绣的是"遵行我命，百死无悔"八个字。

这十六个字比蝇头还小，鞋子是湖绿色，十六个字以葱绿细丝绣成，只比底色略深，石室中光影朦胧，若非磕下头去，又再凝神细看，决计不会见到。只觉磕首千遍，原是天经地义之事，若能供其驱策，更是求之不得，至于遵行这位美人的命令，不论赴汤蹈火，自然百死无悔，绝无丝毫犹豫，神魂颠倒之下，当即"一五、一十、十五、二十……"口中数着，恭恭敬敬的向玉像磕起头来。

他磕到五六百个头，已觉腰酸背痛，头颈渐渐僵硬，但想无论如何必须支持到底，要磕满一千个头才罢。连神仙姊姊第一个命令也不遵行，还说什么"百死无悔"？待磕到八百余下，小蒲团面上一层薄薄的蒲草已然破裂，露出下面有物。他也不加理会，仍是毕恭毕敬的磕足一千个头，待要站起，蓦觉腰间酸软，仰天一交摔倒。

他就此躺着休息，只觉已遵玉像之命而做成了一件事，全身越是疲累酸疼，越是心中快慰。过了好一会，慢慢爬起身来，伸手到小蒲团的破裂处去掏摸，触手柔滑，里面是个绸包，心想："原来神仙姊姊早有安排，我若非磕足一千个头，小蒲团不会破裂，她赐给我的宝贝就不会出现了。"他于珠玉珍宝向来不放在心上，但这绸包既是神仙姊姊所赐，即使其中所包的只是树叶枯草、烂布碎纸，那也是无价的宝物。右手一经取出绸包，左手便即伸过去也拿住了，双手捧到胸前。

这绸包一尺来长，白绸上写着几行细字："汝既磕首千遍，自当供我驱策，终身无悔。此卷为我逍遥派武功精要，每日卯午酉三时，务须用心修习一次，若稍有懈惰，余将蹙眉痛心矣。神功既成，可至琅嬛福地遍阅诸般典籍，天下各门派武功家数尽集于斯，亦即尽为汝用。勉之勉之。学成下山，为余杀尽逍遥派弟子，有一遗漏，余于天上地下耿耿长恨也。"

他捧着绸包的双手不禁剧烈颤抖，只想："那是什么意思？我不要学武功，杀尽逍遥派弟子的事，更是决计不做。但神仙姊姊的命令焉可不遵？我向她磕足一千个头，便是答允供她驱策，奉行她的命令。可是她教我学武杀人，这便如何是好？"

脑海中一团混乱，又想："她叫我学她的逍遥派武功，却又吩咐我去杀尽逍遥派弟子，这就真正奇了。嗯，想来她逍遥派的师兄弟、师姊妹们害苦了她，因此她要报仇。她直到临终，此仇始终未报，于是想收个弟子来完成遗志。这些人既害得神仙姊姊这般伤心，自是大大的坏人恶人，尽数杀了也是该的。孔夫子说：'以直报怨'，就是这个道理。爹爹也说，遇上坏人恶人，你不杀他，他便要杀你，倘若不会武功，惟有任其宰割。这话其实也是不错的。"他父亲逼他练武之时，他搬出大批儒家、佛家的大道理来，坚称不可学武，他父亲于书本子上的学问颇不如他，难以辩驳。他此刻为玉像着迷，便觉父亲之言有理了。

又想："神仙姊姊仙去已数十年，世上也不知还有没有逍遥派。常言道：恶有恶报，说不定他们早已个个恶贯满盈，再不用我动手去杀。世上既已没了逍遥派弟子，神仙姊姊的心愿已偿，她在天上地下，也不用耿耿长恨了。"

言念及此，登时心下坦然，默默祷祝："神仙姊姊，你吩咐下来的事，段誉当然一定遵行不误，但愿你法力无边，逍遥派弟子早已个个无疾而终。"战战兢兢的打开绸包，里面是个卷成一卷的帛卷。

展将开来，第一行写着"北冥神功"。字迹娟秀而有力，便与绸包外所书的笔致相同。其后写道：

"庄子《逍遥游》有云：'穷发之北有冥海者，天池也。有鱼焉，其广数千里，未有知其修也。'又云：'且夫水之积也不厚，则其负大舟也无力。覆杯水于坳堂之上，则芥为之舟；置杯焉则胶，水浅而舟大也。'是故本派武功，以积蓄内力为第一要义。内力既厚，天下武功无不为我所用，犹之北冥，大舟小舟无不载，大鱼小鱼无不容。是故内力为本，招数为末。以下诸图，务须用心修习。"

段誉赞道："神仙姊姊这段话说得再也明白不过了。"再想："这北冥神功是修积内力的功夫，学了自然丝毫无碍。"左手慢慢展开帛卷，突然间"啊"的一声，心中怦怦乱跳，霎时间面红耳赤，全身发烧。

但见帛卷上赫然出现一个横卧的裸女画像，全身一丝不挂，面貌竟与那玉像一般无异。段誉只觉多瞧一眼也是亵渎了神仙姊姊，急忙掩卷不看。过了良久，心想："神仙姊姊吩咐：'以下诸图，务须用心修习。'我不过遵命而行，不算不敬。"

于是颤抖着手翻过帛卷，但见画中裸女嫣然微笑，眉梢眼角，唇边颊上，尽是娇媚，比之那玉像的庄严宝相，容貌虽似，神情却是大异。他似乎听到自己一颗心扑通、扑通的跳动之声，斜眼偷看那裸女身子时，只见有一条绿色细线起自左肩，横至颈下，斜行而至右乳。他看到画中裸女椒乳坟起，心中大动，急忙闭眼，过了良久才睁眼再看，见绿线通至腋下，延至右臂，经手腕至右手大拇指而止。他越看越宽心，心想看看神仙姊姊的手臂、手指是不打紧的，但藕臂葱指，毕竟也不能不为之心动。

另一条绿线却是至颈口向下延伸，经肚腹不住向下，至离肚脐数分处而止。段誉对这条绿线不敢多看，凝目看手臂上那条绿线时，见线旁以细字注满了"云门"、"中府"、"天府"、"侠白"、"尺泽"、"孔最"、"列缺"、"经渠"、"大渊"、"鱼际"等字样，至拇指的"少商"而止。他平时常听爹爹与妈妈谈论武功，虽不留意，但听得多了，知道"云门"、"中府"等等都是人身的穴道名称。

当下将帛卷又展开少些，见下面的字是："北冥神功系引世人之内力而为我有。北冥大水，非由自生。语云：百川汇海，大海之水以容百川而得。汪洋巨浸，端在积聚。此'手太阴肺经'为北冥神功之第一课。"下面写的是这门功夫的详细练法。

最后写道："世人练功，皆自云门而至少商，我逍遥派则反其道而行之，自少商而至云门，拇指与人相接，彼之内力即入我身，贮于云门等诸穴。然敌之内力若胜于我，则海水倒灌而入江河，凶险莫甚，慎之，慎之。本派旁支，未窥要道，惟能消敌内力，不能引而为我用,犹日取千金而复弃之于地,暴殄珍物,殊可哂也。"

段誉长叹一声,隐隐觉得这门功夫颇不光明,引人之内力而为己有,岂不是如同偷盗旁人财物一般?随即转念又想:"神仙姊姊这个譬喻说得甚好,百川汇海,是百川自行流入大海,并不是大海去强抢百川之水。我说神仙姊姊去偷盗别人财物,真是胡说八道。该打,该打!"

提起手来,在自己脸颊上各击一掌,左颊打得颇重,甚是疼痛,再打到右颊上那一掌自然而然放轻了些,心道:"坏人恶人来冒犯神仙姊姊,神仙姊姊才引他们的内力而为己用,那只是除去坏人恶人的为祸之力,犹似抢下屠夫手中的屠刀,又不是杀了屠夫。似神仙姊姊这样的人物,又怎会做丝毫坏事?"

再展帛卷,长卷上源源皆是裸女画像,或立或卧,或现前胸,或见后背,人像的面容都是一般,但或喜或愁,或含情凝眸,或轻嗔薄怒,神情各异。一共有三十六幅图像,每幅像上均有颜色细线,注明穴道部位及练功法诀。

帛卷尽处题着"凌波微步"四字,其后绘的是无数足印,注明"姊妹"、"无妄"等等字样,尽是易经中的方位。段誉前几日还正全心全意的钻研易经,一见到这些名称,登时精神大振,便似遇到故交良友一般。只见足印密密麻麻,不知有几千百个,自一个足印至另一个足印均有绿线贯串,线上绘有箭头,料是一套繁复的步法。最后写着一行字道:"猝遇强敌,以此保身,更积内力,再取敌命。"

段誉心道:"神仙姊姊所遗的步法,必定精妙之极,遇到强敌时脱身逃走,那就很好,'再取敌命'也就不必了。"

卷好帛卷,对之作了两个揖,珍而重之的揣入怀中,转身对那玉像道:"神仙姊姊,你吩咐我朝午晚三次练功,段誉不敢有违。今后我对人加倍客气,别人不会来打我,我自然也不会去吸他的内力。你这套'凌波微步'我更要用心练熟，眼见不对，立刻溜之大吉，就吸不到他的内力了。"至于"杀尽我逍遥派弟子"一节，却想也不敢去想。

见左侧有个月洞门，缓步走了进去，里面又是一间石室，有张石床，床前摆着一张小小的木制摇篮，他怔怔的瞧着这张摇篮，寻思："难道神仙姊姊生了个孩子？不对，不对，那样美丽的姑娘，怎么会生孩子？"想到"绰约如处子"的神仙姊姊生了个孩子，不禁沮丧失望之极，一转念间："啊，是了，这是神仙姊姊小时候睡的摇篮，是她爹爹妈妈给她做的，那个无崖子和秋水妹就是她的爹娘，对了，定是如此。"也不去多想自己的揣测是否有何漏洞，登时便高兴起来。

室中并无衾枕衣服，只壁上悬了一张七弦琴，弦线俱已断绝。又见床左有张石几，几上刻了十九道棋盘，棋局上布着二百余枚棋子，然黑白对峙，这一局并未下毕。琴犹在，局未终，而佳人已邈。段誉悄立室中，忍不住悲从中来，颊上流下两行清泪。

蓦地里心中一凛："啊哟，既有棋局，自必曾有两人在此下棋，只怕神仙姊姊就是那个'秋水妹'，和她丈夫无崖子在此下棋，唉，这个……这个……啊，是了，这局棋不是两个人下的，是神仙姊姊孤居幽谷，寂寥之际，自己跟自己下的。神仙姊姊，当日你为什么不高呼数声？段誉听到你娇嫩的呼叫，自然跃入深谷，来陪你下棋了。"走近去细看棋局，不由得越看越心惊。

但见这局棋变化繁复无比，倒似是弈人所称的"珍珑"，劫中有劫，既有共活，又有长生。段誉于弈理曾钻研数年，当日沉迷于此道之时，整日价就与帐房中的霍先生对弈。他天资聪颖，只短短一年时光，便自受让四子而转为倒让霍先生三子，棋力已可算是大理国的高手。但眼前这局棋后果如何，却实在推想不出，似乎黑棋已然胜定，但白棋未始没有反败为胜之机。他看了良久，棋局越来越朦胧，只见几上有两座烛台，兀自插着半截残烛，烛台的托盘上放着火刀火石和纸媒，于是打着了火，点烛再看，只看得头晕脑胀，心口烦恶。

站起身来，伸了个懒腰，蓦地心惊："这局棋实在太难，我便是再想上十天八天，也未必解得开，那时我的性命固已不在，锺姑娘也早给神农帮活埋在地下了。"自知若是再看棋局，又不知何时方能移开眼光，当即转过身子，反手拿起烛台，决不让目光再与棋局相触，心下突然一阵狂喜："是了，是了，这局棋如此繁复，是神仙姊姊独自布下的'珍珑'，并不是两个人下成的。妙之极矣！"

一抬头，只见石床床尾又有一个月洞门，门旁壁上凿着四字："琅嬛福地"。想起神仙姊姊写在帛卷外的字，心道："原来'琅嬛福地'便在这里。神仙姊姊言道，天下各门各派的武学典籍，尽集于斯。我不想学武功，这些典籍不看也罢。只不过神仙姊姊有命，违拗不得。"于是秉烛走进月洞门内。

一踏进门，举目四望，登时吁了口长气，大为宽心，原来这"琅嬛福地"是个极大的石洞，比之外面的石室大了数倍，洞中一排排的列满木制书架，可是架上却空洞洞地连一本书册也无。他持烛走近，见书架上贴满了签条，尽是"昆仑派"、"少林派"、"四川青城派"、"山东蓬莱派"等等名称，其中赫然也有"大理段氏"的签条。但在"少林派"的签条下注"缺易筋经"，在"丐帮"的签条下注"缺降龙十八掌"，在"大理段氏"的签条下注"缺一阳指法、六脉神剑剑法，憾甚"的字样。

想像当年架上所列，皆是各门各派武功的图谱经籍，然而架上书册却已为人搬走一空。这一来，段誉心中如一块大石落地，喜欢不尽："既然武功典籍都不见了，我不学武功，便算不得是不奉神仙姊姊的命令。"但内心即生愧意："段誉啊段誉，你以不遵神仙姊姊之令为喜，即是对她不忠。你不见武功典籍，该当沮丧懊恼才是,怎地反而喜欢?神仙姊姊天上地下有灵,原宥则个。"

见这"琅嬛福地"中并无其他门户,又回到玉像所处的石室,只与玉像的双眸一对,心下便又痴痴迷迷颠倒起来,呆看了半晌,这才一揖到地,说道:"神仙姊姊,今日我身有要事,只得暂且别过,救出锺家姑娘之后,再来和姊姊相聚。"

狠一狠心,拿着烛台,大踏步走出石室,待欲另寻出路,只见室旁一条石级斜向上引,初时进来时因一眼便见到玉像,于这石级全未在意。他跨步而上,一步三犹豫,几次三番的想回头去再瞧瞧那位玉美人,终于咬紧牙关,下了好大决心,这才克制住了。

走到一百多级时,已转了三个弯,隐隐听到轰隆轰隆的水声,又行二百余级,水声已然震耳欲聋,前面并有光亮透入。他加快脚步,走到石级的尽头,前面是个仅可容身的洞穴,探头向外一张,只吓得心中怦怦乱跳。

一眼望出去,外边怒涛汹涌,水流湍急,竟是一条大江。江岸山石壁立,嶙峋巍峨,看这情势,已是到了澜沧江畔。他又惊又喜,慢慢爬出洞来,见容身处离江面有十来丈高,江水纵然大涨,也不会淹进洞来,但要走到江岸,却也着实不易。当下手脚齐用,狼狈不堪的爬了上去,同时将四下地形牢牢记在心中,以备救人之事一了,再来此处,心想:"今后每一年中,总得有几个月在洞内陪伴神仙姊姊。"

江岸尽是山石,小路也没一条,七高八低的走出七八里地,见到一株野生桃树,树上结实累累,采来吃了个饱,精神为之一振,又走了十余里,才见到一条小径。沿着小径行去,将近黄昏,终于见到了过江的铁索桥,只见桥边石上刻着"善人渡"三个大字。

他心下大喜,锺灵指点他的途径正是要过"善人渡"铁索桥,这下子可走上了正道啦。当下扶着铁索,踏上桥板。那桥共是四条铁索，两条在下，上铺木板，以供行走，两条在旁作为扶手。一踏上桥，几条铁索便即晃动，行到江心，铁索晃得更加厉害，一瞥眼间，但见江水荡荡，激起无数泡沫，如快马奔腾般从脚底飞过，只要一个失足，卷入江水，任你多好的水性也难活命。他不敢向下再看，双眼望前，战战兢兢的颤声念诵："阿弥陀佛，阿弥陀佛！"一步步的终于挨到了桥头。

坐在桥边歇了一阵，才依着锺灵指点的路径，快步而行。走得大半个时辰，只见迎面黑压压的一座大森林，知道已到了锺灵所居的"万劫谷"谷口。走近前去，果见左首一排九株大松树参天并列，他自右数到第四株，依着锺灵的指点，绕到树后，拨开长草，树上出现一洞，心想："这'万劫谷'的所在当真隐蔽，若不是锺姑娘告知，又有谁能知道谷口竟会是在一株大松树中。"

钻进树洞，左手拨开枯草，右手摸到一个大铁环，用力提起，木板掀开，下面便是一道石级。他走下几级，双手托着木板放回原处，沿石级向下走去，三十余级后石级右转，数丈后折而向上，心想："在这里建造石级本是容易不过，可是这些石级，比之神仙姊姊洞中的反而远为不如。"上行三十余级，来到平地。

眼前大片草地，尽头处又全是一株株松树。走过草地，只见一株大松上削下了丈许长、尺许宽的一片，漆上白漆，写着九个大字："姓段者入此谷杀无赦"。八字黑色，那"杀"字却作殷红之色。

段誉心想："这谷主干么如此恨我姓段的？就算有姓段之人得罪了他，天下姓段之人成千成万，也不能个个都杀。"其时天色朦胧，这九个字又写得张牙舞爪，那个"杀"字下红漆淋漓，似是洒满了鲜血一般，更是惨厉可怖。寻思："锺姑娘叫我别说姓段，原来如此。她叫我在九个大字的第二字上敲击三下，便是要我敲这个'段'字了，她当时不明言'段'字，定是怕我生气。敲就敲好了，打什么紧？她救了我性命，别说只在一个'段'字上敲三下，

· 66 ·

就是在我段誉头上敲三下，那也无妨。"

见树上钉着一枚铁钉，钉上悬着一柄小铁锤，便提起来向那"段"字上敲去。铁锤击落，发出铮的一下金属响声，着实响亮，段誉出乎不意，微微一惊，才知这"段"字之下镶有铁板，板后中空，只因外面漆了白漆，一时瞧不出来。他又敲击了两下，挂回铁锤。

过了一会，只听得松树后一个少女声音叫道："小姐回来了！"语音中充满了喜悦。

段誉道："我受锺姑娘之托，前来拜见谷主。"那少女"咦"的一声，似乎颇感惊讶，道："你……你是外人么？我家小姐呢？"段誉见不到她身子，说道："锺姑娘遭遇凶险，我特地赶来报讯。"那女子惊问："什么凶险？"段誉道："锺姑娘为人所擒，只怕有性命危险。"那少女道："啊哟！你……你……你等一会，待我去禀报夫人。"段誉道："如此甚好。"心道："锺姑娘本来叫我先见她母亲。"

他站了半晌，只听得树后脚步声急，先前那少女说道："夫人有请。"说着转身出来，约莫十六七岁年纪，作丫鬟打扮，说道："尊客……公子请随我来。"段誉道："姊姊如何称呼？"那丫鬟摇了摇手，示意不可说话。段誉见她脸有惊恐之色，便也不敢再问。

那丫鬟引着他穿过一座树林，沿着小径向左首走去，来到一间瓦屋之前。她推开了门，向段誉招招手，让在一旁，请他先行。段誉走进门去，见是一间小厅，桌上点着一对巨烛，厅虽不大，布置却倒也精雅。他坐下后，那丫鬟献上茶来，说道："公子请用茶，夫人便即前来相见。"

段誉喝了两口茶，见东壁上四幅屏条，绘的是梅兰竹菊四般花卉，可是次序却挂成了兰竹菊梅；西壁上的四幅春夏秋冬，则挂成了冬夏春秋，心想："锺姑娘的爹娘是武人，不懂书画，那也怪不得。"

只听得环珮丁东，内堂出来一个妇人，身穿淡绿绸衫，约莫三十六七岁左右年纪，容色清秀，眉目间依稀与锺灵甚是相似，知道便是锺夫人了。段誉站起身来，长揖到地，说道："晚生段誉，拜见伯母。"一言出口，脸上登时变色，心中暗叫："啊哟，怎地我把自己姓名叫了出来？我只管打量她跟锺姑娘的相貌像不像，竟忘了捏造个假姓名。"

锺夫人一怔，裣衽回礼，说道："公子万福！"随即说道："你……你姓段？"神色间颇有异样。段誉既已自报姓名，再要撒谎已来不及了，只得道："晚生姓段。"锺夫人道："公子仙乡何处？令尊名讳如何称呼？"

段誉心想："这两件事可得说个大谎了，免得被她猜破我的身世。"便道："晚生是江南临安府人氏，家父单名一个'龙'字。"锺夫人脸有怀疑之色，道："可是公子说的却是大理口音？"段誉道："晚生在大理已住了三年，学说本地口音，只怕不像，倒教夫人见笑了。"

锺夫人长嘘了一口气，说道："口音像得很，便跟本地人一般无异，足见公子聪明。公子请坐。"

两人坐下后，锺夫人左看右瞧，不住的打量他。段誉给她看得浑身不自在，说道："晚生途中遇险，以致衣衫破烂，好生失礼。令爱身遭危难，晚生特来报讯。只以事在紧急，不及更换衣冠，尚请恕罪。"

锺夫人本来神色恍惚，一听之下，似乎突然从梦中惊醒，忙问："小女怎么了？"

段誉从怀里摸出锺灵的那对花鞋，说道："锺姑娘吩咐晚生以此为信物，前来拜见夫人。"锺夫人接过花鞋，道："多谢公子，不知小女遇上了什么事？"段誉便将如何与钟灵在无量山剑湖宫中相遇，如何自己多管闲事而惹上了神农帮，如何钟灵被迫放闪电貂咬伤多人，如何钟灵被扣而命自己前来求救，如何跌入山谷而耽搁多日等情一一说了，只是没提到洞中玉像一节。

钟夫人默不作声的听着，脸上忧色越来越浓，待段誉说完，悠悠叹了口气，道："这女孩子一出去就闯祸。"段誉道："此事全由晚生身上而起，须怪不得钟姑娘。"

钟夫人怔怔的瞧着他，低低的道："是啊，这原也难怪，当年……当年我也是这样……"段誉道："怎么？"钟夫人一怔，一朵红云飞上双颊，她虽人至中年，娇羞之态却不减妙龄少女，忸怩道："我……我想起了另外一件事。"说了这句话，脸上红得更厉害了，忙岔口道："我……我想这件事……有点……有点棘手。"

段誉见她扭扭捏捏，心道："这事当然棘手，可是你又何必羞得连耳根子也红了。你女儿可比你大方得多。"

便在此时，忽听得门外一个男子粗声粗气的说道："好端端地，进喜儿又怎会让人家杀了？"

钟夫人吃了一惊，低声道："外子来了，他……他最是多疑，段公子暂且躲一躲。"段誉道："晚生终须拜见前辈，不如……"钟夫人左手伸出，立时按住了他口，右手拉着他手臂，将他拖入东边厢房，低声道："你躲在这里，千万不可出半点声音。外子性如烈火，稍有疏虞，你性命难保，我也救你不得。"

莫看她娇怯怯的模样，竟是一身武功，这一拖一拉，段誉半点也反抗不得，只有乖乖听话的份儿，暗暗生气："我远道前来报讯，好歹也是个客人，这般躲躲闪闪的，可不像个小偷么？"钟夫人向他微微一笑，模样甚是温柔。段誉一见到这笑容，气恼登时消了，便点了点头。钟夫人转身出房，带上了房门，回到堂中。

跟着便听得两人走进堂来,一个男子叫了声:"夫人。"段誉从板壁缝中张去,见一个三十来岁的汉子作家人打扮,神色甚是惊惶;另一个黑衣男子身形极高极瘦,面向堂外,瞧不见他相貌,但见到他一双小扇子般的大手垂在身旁,手背上满是青筋,心想:"锺姑娘爹爹的手好大!"

锺夫人问道:"进喜儿死了?是怎么回事?"那家人道:"老爷派进喜儿和小的去北庄迎接客人。老爷吩咐说共有四位客人。今日中午先到了一位,说是姓岳。老爷曾吩咐说,见到姓岳的就叫他'三老爷'。进喜儿迎上前去,恭恭敬敬的叫了声'三老爷'。不料那人立刻暴跳起来,喝道:'我是岳老二,干么叫我三老爷?你存心瞧我不起!'拍的一掌,就把进喜儿打得头破血流,倒在地下。"锺夫人皱眉道:"世上哪有这等横蛮之人!岳老三几时又变成岳老二了?"

锺谷主道:"岳老三向来脾气暴躁,又是疯疯颠颠的。"说着转过身来。

段誉隔着板壁瞧去,不禁吃了一惊,只见他好长一张马脸,眼睛生得甚高,一个圆圆的大鼻子却和嘴巴挤在一块,以致眼睛与鼻子之间,留下了一大块一无所有的空白。锺灵容貌明媚照人,哪想到她的生身之父竟如此丑陋,幸好她只像母亲,半点也不似父亲。

锺谷主本来满脸不愉之色,一转过来对着娘子,立时转为柔和,一张丑脸上带了三分可亲神态,说道:"岳老三这等蛮子,我就是怕他惊吓了夫人,因此不让他进谷。这种小事,你也不必放在心上。"

段誉暗暗奇怪:"适才锺夫人一听丈夫到来,便吓得什么似的,但瞧锺谷主的神情,却是对她既爱且敬。"

锺夫人道:"怎么是小事了?进喜儿忠心耿耿的服侍了咱们这多年,却给你的猪朋狗友杀了,我心里难受得很。"锺谷主陪笑道:"是,是,你体惜下人,那是你的好心。"

钟夫人问那家人道:"来福儿,后来又怎样?"

来福儿道:"进喜儿给他打倒在地下,当时也还没死。小的连忙大叫:'二老爷,二老爷,你老人家别生气。'他就笑了起来,很是高兴。小的扶了进喜儿起来,摆酒席请那姓岳的吃。他问:'锺……锺……怎么不来接我?'小的说:'我们老爷还不知道二老爷大驾光临,否则早就亲自来迎接了。小的这就去禀报。'那人点点头,看见进喜儿战战兢兢的站在一旁侍候,就问他:'刚才我打了你一掌,你心里在骂我,是不是?'进喜儿忙道:'不,不!小的不敢,万万不敢。'那人道:'你心里一定在说我是个大恶人,恶得不能再恶了,哈哈!'进喜儿道:'不,不!二老爷是个大大的好人,一点儿也不恶。'那人眉毛竖了起来,喝道:'你说我一点儿也不恶?'进喜儿吓得浑身发抖,说道:'你……二老爷……一点也不恶,半……半点也不恶。'那人哇哇怒叫,突然伸出手来,扭断了进喜儿的脖子……"他语音发颤,显是惊魂未定。

钟夫人叹了口气,挥挥手道:"你这可受够了惊吓,下去歇一会儿罢。"来福儿应道:"是!"退出堂去。

钟夫人摇了摇头,叹口长气,说道:"我心里挺不痛快,要安静一会儿。"锺谷主道:"是。我这就去瞧岳老三,别要再生出什么事来。"锺夫人道:"我劝你还是叫他作'岳老二'的好。"锺谷主道:"哼,岳老三虽凶,我可也不怕他,只是念着他千里迢迢的赶来助拳,很给我面子,杀死进喜儿的事,也就不跟他计较了。"

锺夫人摇摇头,说道:"咱二人安安静静的住在这里,十年之中,我足不出谷,你心里还有什么不足的?为什么定要去请这'四大恶人'来闹个天翻地覆?你……平时对我甜言蜜语的说得好听,其实嘛,你一点也没把我放在心上。"锺谷主急道:"我……我怎么不将你放在心上?我去请这四个人来,还不是为了你?"锺夫人

· 71 ·

哼了一声，道："为了我，这可谢谢你啦。你要是真为我，那就听我的话，乖乖的把这'四大恶人'送走了罢！"

段誉在隔房听得好生奇怪："那岳老三毫没来由的出手杀人，实是恶之透顶，难道另外还有三个跟他一般恶的恶人？"

只见锺谷主在堂上大踏步踱来踱去，气呼呼的道："这姓段的辱我太甚，此仇不报，我锺万仇有何脸面生于天地之间？"

段誉心道："原来你名叫锺万仇。这个名字就取得不妥。常言道冤家宜解不宜结，记一仇已然不是好事，何况万仇？难怪你一张脸拉得这么长。以你如此形相，娶了锺夫人这般如花似玉的老婆，真是侥天下之大幸，该当改名为锺万幸才是。"

锺夫人蹙起眉头，冷冷的道："其实你是心中恨我，可不是恨人家。你若真要跟人家为难，干么不自个儿找上门去，一拳一脚的决个胜败？请人助拳，就算打赢了，也未必有什么光采。"锺万仇额头青筋暴起，叫道："人家手下虾兵蟹将多得很，你知不知道？我要单打独斗，他老是避不见面，我有什么法子。"锺夫人垂头不语，泪珠儿扑簌簌的掉在衣襟上。

锺万仇忙道："对不住，阿宝，好阿宝，你别生气，我不该对你这般大声嚷嚷的。"锺夫人不语，泪水掉得更多了。锺万仇扒头搔耳，十分着急，只是说："阿宝，你别生气，我一时管不住自己，真是该死。"

锺夫人低声道："你心中念念不忘的，总是记着那回事，我做人实在也没意味。你不如一掌打死了我，一了百了，也免得你心中老是不快活。你另外再去娶个美貌夫人便是。"

锺万仇提起手掌，在自己脸上拍拍两掌，说道："我该死，我该死！"

段誉见到他一只大手掌拍在长长的马脸之上，实是滑稽无比，再也忍耐不住，终于嗤的一声，笑了出来，笑声甫出，立知这一次的祸可闯得更加大了，只盼钟万仇没有听见，可是立即听到他暴喝："什么人？"跟着砰的一声，有人踢开房门，纵进房来。段誉只觉后领一紧，已被人抓将出去，重重摔在堂上，只摔得他眼前发黑，似乎全身骨骼都断裂了。

钟万仇随即左手抓住他后领，提将起来，喝道："你是谁？躲在我夫人房里干什么？"见到他容貌清秀，登时疑云大起，转头问钟夫人，道："阿宝，你……你……又……又……"

钟夫人嗔道："什么又不又的？又什么了？快放下他，他是来给咱们报讯的。"钟万仇道："报什么讯？"仍是提得段誉双脚离地，喝道："臭小子，我瞧你油头粉脸，决不是好东西，你干么鬼鬼祟祟的躲在我夫人房里？快说，快说！只要有半句虚言，我打得你脑袋瓜子稀巴烂。"砰的一拳击落，喀喇喇一声响，一张梨木桌子登时塌了半边。

段誉给他摔得好不疼痛，给他提在半空，挣扎不得，而听他言语，竟是怀疑自己跟钟夫人有甚苟且之事，心中不惧反怒，大声道："我姓段，你要杀就快快动手。不清不楚的胡言乱语什么？"

钟万仇提起右掌，怒喝："你这小子也姓段？又是姓段的，又……又是姓段的！"说到后来，愤怒之意竟尔变为凄凉，圆圆的眼眶中涌上了泪水。

突然之间，段誉对这条大汉不自禁的心生悲悯，料想此人自知才貌与妻子不配，以致动不动的就喝无名醋，其实也甚可怜，竟没再想到自己命悬人手，温言安慰道："我姓段，我以前从没见过钟夫人之面，你不必瞎疑心，不用难受。"

钟万仇脸现喜色，嘶哑着嗓子道："当真？你从来没见过……没见过阿宝的面？"段誉道："我来到这里，前后还不到半个时辰。"钟万仇裂开了大嘴巴，呵呵呵的笑了几声，说道："对，对，阿宝已有十年没出谷去了，十年之前，你还只八九岁年纪，自

·73·

然不能……不能……不能……"但兀自提着段誉不放。

锺夫人脸上一阵晕红,道:"快放下段公子!"锺万仇忙道:"是,是!"轻轻放下段誉,突然脸上又是布满疑云,说道:"段公子?段公子?你……你爹爹是谁?"

段誉心想:"我若再说谎话,倒似是有甚亏心事一般。"昂然道:"我刚才没跟锺夫人说实话,其实不该隐瞒。我名叫段誉,字和誉,大理人氏。我爹爹的名讳上正下淳。"

锺万仇一时还没想到"上正下淳"四字是什么意思,锺夫人颤声道:"你爹爹是……是段……段正淳?"段誉点头道:"正是!"

锺万仇大叫:"段正淳!"这三字当真叫得惊天动地,霎时间满脸通红,全身发抖,叫道:"你……你是段正淳这狗贼的儿子?"

段誉大怒,喝道:"你胆敢辱骂我爹爹?"

锺万仇怒道:"我为什么不敢?段正淳,你这狗贼,混帐王八蛋!"

段誉登时明白:他在谷外漆上"姓段者入此谷杀无赦"九个大字,料想他必是恨极了我爹爹,才迁怒于所有姓段之人,凛然道:"锺谷主,你既跟我爹爹有仇,就该光明正大的了断此事。你有种就去当面骂我爹爹,背后骂人,又算什么英雄好汉?我爹爹便在大理城中,你要找他,容易得紧,干么只在自己门口竖块牌子,说什么'姓段者入此谷杀无赦'?"

锺万仇脸上青一阵、红一阵,似乎段誉所说,句句打中了他的心坎,只见他眸子中凶光猛射,看来举手便要杀人,呆了半晌,突然间砰砰两拳,将两张椅子打得背断脚折,跟着飞腿踢出,板壁上登时裂出个大洞,叫道:"我不是怕斗不过你爹爹,我……我是怕……怕你爹爹知道……知道阿宝住在这里……"说到这句话时,声音中竟有呜咽之意,双手掩面,叫道:"我是胆小鬼,我是胆小鬼！"猛地发足奔出，但听得砰嘭、拍啦响声不绝，沿途撞倒了不少架子、花盆、石凳。

段誉愕然良久，心道："我爹爹知道你夫人住在这里，那又怎样了？难道便会来杀了她么？"但想自己所说的言语确是重了，刺得钟万仇如此伤心，深感歉仄，转过头来，只见钟夫人正凝望着自己。

钟夫人和他目光相接，立即转开，苍白的脸上霎时涌上一片红云，又过一会，低声问道："段公子，令尊这些年来身子安好？一切都顺遂罢？"

段誉听她问到自己父亲，当即站直身子，恭恭敬敬的答道："家严身子安健，托赖诸事平安。"

钟夫人道："那就很好。我……我也……"

段誉见她长长的睫毛下又是泪珠莹然，一句话没说完便背过身子，伸袖拭泪，不由得心生怜惜，安慰她道："伯母，钟谷主虽然脾气暴躁些，对你可实是敬爱之极。你两位姻缘美满，小小言语失和，伯母也不必伤心。"

钟夫人回过头来，微微一笑，说道："你这么一点儿年纪，又懂得什么姻缘美满不美满了。"

段誉见她这一笑颇有天真烂漫之态，心中一动，登时想起了钟灵，目光转过去瞧放在小几上的钟灵那对花鞋，心想："钟姑娘给那山羊胡子抓住了，便一刻时光也是难过，得赶快去救她才是。"说道："晚生适才言语无礼，请伯母带我去向谷主谢罪，这就请谷主启程，去相救令爱。"

钟夫人道："外子忙着接待他远道而来的朋友，确实是难以分身。公子刚才想必已经听到了，这几个朋友行为古怪，动不动便出手杀人，倘若对待他们礼数稍有不周，难免后患无穷。嗯，事到如今，我随公子去罢。"段誉喜道："伯母亲自前去，再好也没有了。"想起锺灵说过的一句话,问道:"伯母能治得闪电貂之毒么?"锺夫人摇了摇头,道:"我不能治。"段誉犹豫道:"这个……那么……"

锺夫人回进卧室,匆匆留下一张字条,略一结束,取了一柄长剑悬在腰间,回到堂中,说道:"咱们走罢!"当先便行。

段誉顺手将锺灵那对花鞋揣入怀中。锺夫人黯然摇头,想说什么话,终于忍住不说。

两人一走出树洞,锺夫人便加快脚步,别瞧她娇怯怯的模样,脚下却比段誉快速得多。

段誉终是不放心,说道:"伯母既不会治疗貂毒,只怕神农帮不肯便放了令爱。"

锺夫人淡淡的道:"谁要他们放人?神农帮胆敢扣留我女儿,要胁于我,那是活得不耐烦了。我不会救人,难道杀人也不会么?"

段誉不禁打了个寒噤,只觉她这几句轻描淡写的言语之中,所含杀人如草芥之意,实不下于那岳老三凶神恶煞的行径。

锺夫人问道:"你爹爹一共有几个妾侍?"段誉道:"没有,一个也没有。我妈妈不许的。"锺夫人道:"你爹爹很怕你妈妈吗?"段誉笑道:"也不是怕,多半是由爱生敬,就像谷主对伯母一样。"锺夫人道:"嗯,你爹爹是不是每天都勤练武功?这些年来,功力又大进了罢?"段誉道:"爹爹每天都练功的,功力怎样,我可一窍不通了。"锺夫人道:"他功夫没搁下,我……我就放心了。你怎地一点武功也不会?"

两人说话之间,已行出里许,段誉正要回答,忽听得一人厉声喊道:"阿宝,你……你到哪儿去?"段誉回过头来,只见锺万仇从大路上如飞般追来。

锺夫人伸手穿到段誉腋下，喝道："快走！"提起他身子，疾窜而前。段誉双足离地，在锺夫人提掖之下，已然身不由主。二前一后，三人顷刻间奔出数十丈。锺夫人轻功不弱于丈夫，但她终究多带了个人，锺万仇渐渐追近。又奔了十余丈，段誉觉到锺万仇的呼吸竟已喷到后颈。突然嗤的一声响，他背上一凉，后心衣服给锺万仇扯去了一块。

锺夫人左手运劲一送，将段誉掷出丈许，喝道："快跑！"右手已抽出长剑向后刺去。凭着锺万仇的武功，这一剑自是刺他不中，何况锺夫人绝无伤害丈夫之意，不过意在阻他追赶。不料她一剑刺出，只觉剑身微微受阻，剑尖竟已刺中了丈夫胸口。

原来锺万仇不避不让，反而挺胸迎剑。

锺夫人大吃一惊，急忙回头，只见丈夫一脸愤激之色，眼眶中隐隐含泪，胸口中剑处鲜血渗出，颤声道："阿宝，你……终于要离我而去了？"

锺夫人见这一剑刺中他胸口正中，虽不及心，但剑锋深入数寸，丈夫生死难料，惶急之下，忙拔出长剑，扑上去按住他的剑创，但见血如泉涌，从手指缝中喷了出来。

锺夫人怒道："我又不想伤你，你为什么不避？"锺万仇苦笑道："你……你……要离我而去，我……我还不如死了的好。"说着连连咳嗽。锺夫人道："谁说我离你而去？我出去几天就回来的。我是去救咱们女儿。我在字条上不写得明明白白的吗？"锺谷主道："我没见到什么字条。"锺夫人道："唉，你就是这么粗心。"三言两语，将锺灵被神农帮擒住的事说了。

段誉见到这等情形，早吓得呆了，定了定神，忙撕下衣襟，手忙脚乱的来给锺万仇裹伤。锺万仇忽地飞出左腿，将他踢了个筋斗，喝道："小杂种，我不要见你。"对锺夫人道："你骗我，我不信。明明是他……是他来叫你去。这小杂种是他儿子……他还出

· 77 ·

言羞辱于我……"说着大咳起来，这一咳，伤口中的血流得更加厉害了，向段誉道："上来啊，我虽身上受伤，却也不怕你的一阳指！上来动手啊。"

段誉这一交摔跌，左颊撞上了一块尖石，狼狈万状的爬起身来，半边脸上都是鲜血，说道："我不会使一阳指。就算会使，也不会跟你动手。"锺万仇又咳了几声，怒道："小杂种，你装什么蒜？你……你去叫你的老子来罢！"他这一发怒，咳得更加狠了。

锺夫人道："你这瞎疑心的老毛病终究不肯改。你既不能信我，不如我先在你面前死了干净。"说着拾起地下长剑，便往颈中刎去。

锺万仇一把抢过，脸上登现喜色，颤声道："阿宝，你真的不是随这小杂种而去？"

锺夫人嗔道："人家是好好的段公子，什么老杂种、小杂种的！我随段公子去，是要杀尽神农帮，救回咱们的宝贝女儿。"锺万仇听妻子说并非弃他而去，心中已然狂喜，见她轻嗔薄怒，爱怜之情更甚，陪笑道："既然如此，那就算是我的不是。不过……不过，我既追来，你又干么不停下来好好跟我说个明白？"锺夫人脸上微微一红，道："我不想你再见到段公子。"锺万仇突然又起疑心，问道："这小……这段公子，不是你的儿子罢？"

锺夫人又羞又怒，呸的一声，说道："你胡说八道什么？一会儿疑心他是我情郎，一会儿又疑心他是我儿子。老实跟你说，他是我的老子，是你的泰山老丈人。"说着不禁噗哧一声，笑了出来。

锺万仇一怔，随即明白妻子是说笑，当即捧腹狂笑。这一大笑，伤口中鲜血更似泉涌。

锺夫人流泪道："怎……怎么是好？"锺万仇大喜，伸手揽住她腰，道："阿宝，你为我这么担心，我便是立时死去，也不枉了。"锺夫人晕生双颊，轻轻推开了他，道："段公子在这儿，你也这么疯疯颠颠的。"锺万仇呵呵而笑，甚是欢悦，笑几声，咳几下。

锺夫人眼见丈夫神情委顿，脸色渐白，甚是担心，说道："我不去救灵儿啦，她自己闯的祸，让她听天由命罢。"扶起了丈夫，向段誉道："段公子，你去跟司空玄说：我丈夫是当年纵横江湖的'马王神'锺万仇。我是甘宝宝，有个外号可不大好听，叫作'俏药叉'。他倘若胆敢动我们女儿一根毫毛，叫他别忘了我们夫妻俩辣手无情。"她说一句，锺万仇便说一声："对，不错！"

段誉见到这等情景，料想锺万仇固不能亲行，锺夫人也不能舍了丈夫而去搭救女儿，单凭马王神锺万仇和俏药叉甘宝宝两人的名头，是否就此能吓倒司空玄，实在大有疑问，看来自己腹中这"断肠散"的剧毒，那是万万不能解救的了，心想："事情既已如此，多说也是无益。"便道："是，晚生这便前去传话。"

锺夫人见他说去便去，发足即行，作事之潇洒无碍，又使她记起心中那个人来，叫道："段公子，我还有一句话说。"轻轻放开锺万仇的身子，纵到段誉身前，从怀中摸出一件物事，塞在段誉手中，低声道："你将这东西赶去交给你爹爹，请他出手救我们的女儿。"

段誉道："我爹爹如肯出手，自然救得了锺姑娘，只不过此去大理路途不近，就怕来不及。"锺夫人道："我去借匹好马给你，请你在此稍候。别忘了跟你爹爹说'请他出手救我们的女儿'这十个字。"不等段誉回答，转身奔到丈夫身畔，扶起了他，径自去了。

段誉提起手来，见锺夫人塞在他手中的，是只镶嵌精致的黄金钿盒，揭开盒盖，见盒中有块纸片，色变淡黄，显是时日已久，纸上隐隐还溅着几滴血迹，上写"庚申年二月初五丑时女"十字，笔致柔弱，似是出于女子之手，书法可算十分拙劣，此外更无别物。段誉心道："这是谁的生辰八字？锺夫人要我去交给爹爹，不知有何用意？庚申年，庚申年……"屈指一算，那是十六年之前，

"……难道是锺姑娘的年庚八字？锺夫人要将女儿许配给我，因此要我爹爹去救他媳妇？"

正沉吟间，听得一个男子声音叫道："段公子！"

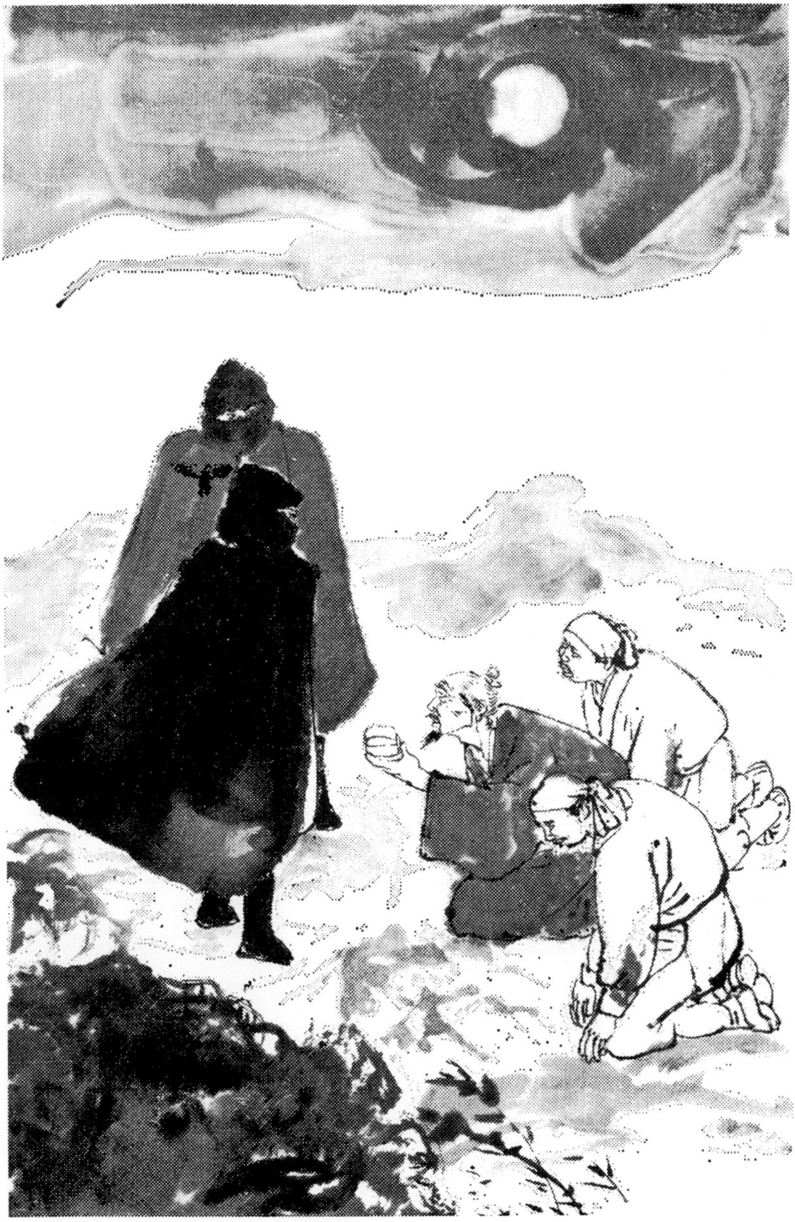

司空玄高举左掌,托着香粉,双膝跪地,朗声说道:"神农帮恭送两位圣使,恭祝童姥她老人家万寿圣安。"

三
马疾香幽

段誉回过头来,只见一个身穿家人服色的汉子快步走来,便是先前隔着板壁所见的来福儿。他走到近处,行了一礼,道:"小人来福儿,奉夫人之命陪公子去借马。"段誉点头道:"甚好。有劳管家了。"

当下来福儿在前领路,穿过大松林后,折而向北,走上另一条小路,行了六七里,来到一所大屋之前。来福儿上前执着门环,轻击两下,停了一停,再击四下,然后又击三下。

那门啊的一声,开了一道门缝。来福儿在门外低声和应门之人说了一阵子话。其时天色已黑,段誉望着天上疏星,忽地想起了谷中山洞的神仙姊姊来。

猛听得门内忽律律一声长声马嘶,段誉不自禁的喝采:"好马!"大门打开,探出一个马头,一对马眼在黑夜中闪闪发光,顾盼之际,已显得神骏非凡,嗒嗒两声轻响,一匹黑马跨出门来。马蹄着地甚轻,身形瘦削,但四腿修长,雄伟高昂。牵马的是个垂鬟小婢,黑暗中看不清面貌,似是十四五岁年纪。

来福儿道:"段公子,夫人怕你不能及时赶到大理,特向这里的小姐借得骏马,以供乘坐。这马脚力非凡,这里的小姐是我家姑娘的朋友,得知公子是去救我家姑娘,这才相借,实是天大的面

·83·

子。"段誉见过骏马甚多,单闻这马嘶鸣之声,已知是万中选一的良驹,说道:"多谢了!"便伸手去接马缰。

那小婢轻抚马颈中的鬣毛,柔声道:"黑玫瑰啊黑玫瑰,姑娘借你给这位公子爷乘坐,你可得乖乖的听话,早去早归。"那黑马转过头来,在她手臂上挨挨擦擦,神态极是亲热。那小婢将缰绳交给段誉,道:"这马儿不能鞭打,你待它越好,它跑得越快。"

段誉道:"是!"心想:"马名黑玫瑰,必是雌马。"说道:"黑玫瑰小姐,小生这厢有礼了!"说着向马作了一揖。那小婢嗤的一笑,道:"你这人倒也有趣。喂,可别摔下来啊。"段誉轻轻跨上马背,向小婢道:"多谢你家小姐!"那小婢笑道:"你不谢我么?"段誉拱手道:"多谢姊姊。回来时我多带些蜜饯果子给你吃。"那小婢道:"果子倒不用带。你千万小心,别骑伤了马儿。"

来福儿道:"此去一直向北,便是上大理的大路。公子保重。"段誉扬了扬手,那马放开四蹄,几个起落,已在数十丈外。

这黑玫瑰不用推送,黑夜中奔行如飞,段誉但觉路旁树林犹如倒退一般,不住从眼边跃过,更妙的是马背平稳异常,绝少颠簸起伏,心道:"这马如此快法,明日午后,准能赶到大理。"

不到一盏茶时分,便已驰出十余里之遥,黑夜中凉风习习,草木清气扑面而来。段誉心道:"良夜驰马,人生一乐。"突然前面有人喝道:"贼贱人,站住!"黑暗中刀光闪动,一柄单刀劈将过来。但黑马奔得极快,这刀砍落时,黑马已纵出丈许之外。段誉回头看去,只见两条大汉一持单刀、一持花枪,迈开大步急急赶来。两人破口大骂:"贼贱人!女扮男装,便瞒得过老爷了么?"一晃眼间,黑马已将二人抛得老远。两条大汉虽快步急追,片刻间连叫喊声也听不见了。

段誉寻思:"这两个莽夫怎地骂我'贼贱人',说什么女扮男装?是了,他们要找这黑玫瑰主人的晦气,认马不认人,真是莽撞。"又驰出里许,突然想起:"啊哟,不好!我幸赖马快,逃脱这二人的伏击。瞧这两条大汉似乎武功了得,倘若借马的小姐不知此事,毫没提防的走将出来,难免要遭暗算。我非得回去报讯不可!"当即勒马停步,说道:"黑玫瑰,有人要暗害你家小姐,咱们须得回去告知,请她小心,不可离家外出。"

当下掉转马头,又从原路回去,将到那大汉先前伏击之处,催马道:"快跑,快跑!"黑玫瑰似解人意,在这两声"快跑"的催促之下,果然奔驰更快。但那两条大汉却已不知去向。段誉更加急了:"倘若他二人到庄中去袭击那位小姐,岂不糟糕?"他不住吆喝"快跑",黑玫瑰四蹄犹如离地一般,疾驰而归。

将到屋前,忽地两条杆棒贴地挥来,直击马蹄。黑玫瑰不等段誉应变,自行纵跃而过,后腿飞出,砰的一声,将一名持杆棒的汉子踢得直掼了出去。

黑玫瑰一窜便到门前,黑暗中四五人同时长身而起,伸手来扣黑玫瑰的辔头。段誉只觉右臂上一紧,已给人扯下马来。有人喝道:"小子,你干什么来啦?瞎闯什么?"

段誉暗暗叫苦:"糟糕之极,屋子都让人围住了,不知主人是否已遭毒手。"但觉右臂给人紧紧握住,犹如套在一个铁箍中相似,半身酸麻,便道:"我来找此间主人,你这么横蛮干什么?"另一个苍老的声音道:"这小子骑了那贱人的黑马,定是那贱人的相好,且放他进去,咱们斩草除根,一网打尽。"

段誉心中七上八下,惊惶不定:"我这叫做自投罗网。事已如此,只有进去再说。"只觉握住他手臂那人松开了手,便整了整衣冠,挺身进门。

穿过一个院子,石道两旁种满了玫瑰,香气馥郁,石道曲曲折折的穿过一个月洞门,段誉顺着石道走去,但见两旁这边一个、那边一个,都布满了人。忽听得高处有人轻声咳嗽,他抬起头来,只见墙头上也站着七八人，手中兵刃上寒光在黑夜中一闪一闪。他暗暗心惊："庄子里未必有多少人，怎地却来了这许多敌人，难道真的要赶尽杀绝么？"但见这些人在黑暗中向他恶狠狠的瞪眼，有的手按刀柄，意示威吓。

段誉只有强自镇定，勉露微笑，只见石道尽处是座大厅，一排排落地长窗中透了灯火出来。他走到长窗之前，朗声道："在下有事求见主人。"

厅里一个嗓子嘶哑的声音喝道："什么人？滚进来。"

段誉心下有气，推开窗子，跨进门槛，一眼望去，厅上或坐或站，共有十七八人。中间椅上坐着个黑衣女子，背心朝外，瞧不见面貌，背影苗条，一丛乌油油的黑发作闺女装束。东边太师椅中坐着两个老妪，空着双手，其余十余名男女都手执兵刃。下首那老妪身前地下横着一人，颈中鲜血兀自汩汩流出，已然死去，正是领了段誉前来借马的来福儿。段誉心想这人对自己恭谨有礼，不料片刻间便惨遭横祸，说来也是因己之故，心下甚感不忍。

坐在上首那老妪满头白发，身子矮小，嘶哑着嗓子喝道："喂，小子！你来干什么？"

段誉推开长窗跨进厅中之时，便已打定了主意："既已身履险地，能设法脱身，自是上上大吉，否则瞧这些人凶神恶煞的模样，纵然跟他们多说好话，也是无用。"进厅后见来福儿尸横就地，更激起胸中气愤，昂首说道："老婆婆不过多活几岁年纪，如何小子长、小子短的，出言这等无礼？"

那老妪脸阔而短，满是皱纹，白眉下垂，一双眯成一条细缝的小眼中射出凶光杀气，不住上下打量段誉。坐在她下首的那老妪喝道："臭小子，这等不识好歹！瑞婆婆亲口跟你说话，算是瞧得起你小子了！你知道这位老婆婆是谁？当真有眼不识泰山。"这老妪甚是肥胖，肚子凸出，便似有了七八个月身孕一般，头发花白，满

· 86 ·

脸横肉，说话声音比寻常男子还粗了几分，左右腰间各插两柄阔刃短刀，一柄刀上沾满了鲜血，来福儿显是为她所杀。

段誉见到这柄血刀，气往上冲，大声道："听你们口音都是外路人，竟来到大理胡乱杀人，可知道大理虽是小邦，却也有王法。瑞婆婆什么来头，在下全然不知，她就算是大宋国的皇太后，也不能来大理擅自杀人啊。"

那胖老妪大怒，霍地站起，双手一挥，每只手中都已执了一柄短刀，喝道："我偏要杀你，你瞧怎么样？大理国中没一个好人，个个该杀。"段誉仰天打个哈哈，说道："蛮不讲理，可笑，可笑！"那胖老妪抢上两步，左手刀便向段誉颈中砍去。

当的一声，一柄铁拐杖伸过来将短刀格开，却是那瑞婆婆出手拦阻。她低声道："平婆婆且慢，先问个清楚，再杀不迟！"说着将铁拐杖靠在椅边，问段誉道："你是什么人？"

段誉道："我是大理国人。这胖婆婆说道大理国人个个该杀，我便是该杀之人了。"平婆婆怒道："你叫我平婆婆便是，说什么胖不胖的？"段誉笑道："你不妨自己摸摸肚皮，胖是不胖？"

平婆婆骂道："操你奶奶！"挥刀在他脸前一尺处虚劈两下，呼呼风响。段誉只吓得背上满是冷汗，一颗心怦怦乱跳，脸上却硬装洋洋自得。

瑞婆婆道："你这小子油头粉脸，是这小贱人的相好吗？"说着向那黑衣女郎的背心一指。段誉道："这位姑娘我生平从来没见过。不过瑞婆婆哪，我劝你说话客气些。你开口骂人，这位姑娘大人大量，不来跟你计较，你自己的人品可就不怎么高明了。"瑞婆婆呸的一声，道："你这小子倒教训我起来啦。你既跟这小贱人素不相识，到这里来干么？"

段誉道："我来向此间主人报个讯。"瑞婆婆道："报什么讯？"段誉叹了口气，道："我来迟了一步，报不报讯也是一样了。"瑞婆婆道:"报什么讯,快快说来。"语气愈益严峻。

段誉道:"我见了此间主人,自会相告,跟你说有什么用?"瑞婆婆微微冷笑,隔了片刻,才道:"你要当面说,那就快说罢。稍待片刻,你两个便得去阴世叙会了。"段誉道:"主人是哪一位?在下要谢过借马之德。"

他此言一出,厅上众人的目光一齐望向坐在椅上的那黑衣女郎。

段誉一怔:"难道这姑娘便是此间主人?她一个娇弱女子,给这许多强敌围住了,当真糟糕之极。"

只听那女郎缓缓的道:"借马给你,是我冲着人家的面子,用不着你来谢。你不赶去救人,又回来干什么?"她口中说话,脸孔仍是朝里,并不转头。

段誉道:"在下骑了黑玫瑰,途中遇到伏击,有人误认在下便是姑娘,口出不逊之言,在下觉得不妥,非来向姑娘报个讯息不可。"

那女郎道:"报什么讯?"她语音清脆动听,但语气中却冷冰冰地不带丝毫暖意,听来说不出的不舒服,似乎她对世上任何事情都漠不关心,又似乎对人人怀有极大敌意,恨不得将世人杀个干干净净。

段誉听她言语无礼,微觉不快,但随即想到她已落入强仇手中,处境凶险之极,心情有异,原亦难怪,反而起了同情之心,温言说道:"在下心想这两个强徒意欲加害姑娘,在下仗着马快,才得脱危难,但姑娘却未必知道有仇人来袭,因此上赶来报知,想请姑娘及早趋避,不料还是来迟了一步,仇人已然到临。真是抱憾之至。"

那女郎冷笑道:"你假惺惺的来讨好我,有什么用意?"段誉怒气上冲,朗声道:"在下与姑娘素不相识,只是既知有人意欲加害,岂可置之不理?'讨好'两字,从何说起?"那女郎道:"你知道我是谁？"段誉道："不知。"

那女郎道："我听来福儿说道，你全然不会武功，居然敢在万劫谷中直斥谷主之非，胆子当真不小。现下卷进了这场是非，你待怎样？"段誉一怔，说道："我本想来报了这讯，便即赶回家去。"说到这里，又叹了口气道："看来姑娘固然身处险境，我自己也是大祸临头了。却不知姑娘何以跟这干人结仇？"

那黑衣女郎冷笑一声，道："你凭什么问我？"段誉又是一怔，说道："旁人私事，我原不该多问。好啦，我讯已带到，这就对得住你了。"黑衣女道："你没料到要在这儿送了性命罢？可后悔么？"段誉听出她语气中大有讥嘲之意，朗声说道："大丈夫行事，但求义所当为，有何后悔可言？"

黑衣女郎哼了一声，道："凭你这点能耐，居然也自称大丈夫了。"段誉道："是否英雄好汉，岂在武功高下？武功纵然天下第一，倘若行事卑鄙龌龊，也就当不得'大丈夫'三字。"黑衣女郎道："嘿嘿，你路见不平，仗义报讯，原来是想作大丈夫。待会给人家乱刀分尸，一个斩成了十七八块的大丈夫，只怕也没什么英雄气概了。"

平婆婆突然粗声喝道："小贱人，尽拖延干么？起身动手罢！"双刀相击，铮铮之声甚是刺耳。

黑衣女郎冷冷的道："你已活了这大把年纪，要死也不争在这一刻。苏州那姓王的恶婆娘干自己不来跟我动手，却派你们这批奴才来跟我啰唆？"

瑞婆婆道："我们夫人何等尊贵，你这小贱人便想见我们夫人一面，也是千难万难。你知道好歹的，乖乖的跟我们去，向夫人叩几个响头，说不定我们夫人宽洪大量，饶了你的小命。这一次你再想逃走，那就乘早死了这条心。你师父呢？"

黑衣女子尖声叫道："我师父就在你背后！"

瑞婆婆、平婆婆等都吃了一惊，一齐转头。背后却哪里有人？

段誉见这干人个个神色惊惶，都上了个大当，忍不住哈哈大笑。平婆婆怒道："笑什么？"段誉笑道："可笑，可笑！"平婆婆又问："什么可笑？"段誉道："哈哈，可笑之极！"平婆婆问道："什么可笑之极？"段誉道："嘿嘿，可笑之极矣，可笑之极矣哉！"平婆婆怒道："什么可笑矣啊哉的？"

瑞婆婆道："平婆婆，别理这臭小子！"向黑衣女郎道："姑娘，你从江南一直逃到大理。我们万里迢迢的赶来，你想是不是还能善罢？我们就算人人都死在你手下，也非擒你回去不可。你出手罢！"

段誉听瑞婆婆的口气，对这黑衣女郎着实忌惮，不由得暗暗称奇，眼见大厅上十七八人横眉怒目，握着兵刃跃跃欲试，却没一个径自上前动手。平婆婆手握双刀，数次走近黑衣女郎背后，总是立即退回。

黑衣女郎道："喂，报讯的，这许多人要打我一个，你说怎么办？"段誉道："嗯，黑玫瑰就在外面，你若能突围而出，赶快骑了逃走。这马脚程极快，他们追你不上。"黑衣女郎道："那你自己呢？"段誉沉吟道："我跟他们素不相识，无怨无仇，说不定他们不来跟我为难，也未可知。"

黑衣女郎嘿嘿冷笑两声，道："他们肯这么讲理，也不会这许多人来围攻我一个了。你的小命是活不成的啦，要是我能逃脱，你有什么心愿，要我给你去办？"

段誉心下一阵难过，说道："你的朋友锺姑娘在无量山中给神农帮扣住了，她妈妈给了我这只盒子，要我送去给我爹爹，请他设法救人。倘若……倘若……姑娘能够脱身，最好能替在下办了此事，我感激不尽。"说着走上几步，将那只金钿小盒递了过去。走到离她背后约莫两尺之处，忽然闻到一阵香气，似兰非兰，似麝非麝，气息虽不甚浓，但幽幽沉沉，甜甜腻腻，闻着不由得心中一荡。

黑衣女郎仍不回头，问道："钟灵生得很美啊，是你的意中人么？"段誉道："不是，不是。钟姑娘年纪甚小，天真烂漫，我哪有……哪有此意？"黑衣女郎左臂伸后，将金钿盒子取了去。段誉见她手上戴了一只薄薄的丝质黑色手套，不露出半点肌肤，说道："我爹爹住在大理城中，你只须……"

黑衣女郎道："慢慢再说不迟。"将钿盒放入怀中，说道："姓祝的老头儿，你给我滚出去！"一个须发苍然的老者颤声道："你说什么？"黑衣女郎道："你快滚出厅去，我今天不想杀你。"那老者手中长剑一挺，喝道："你胡说什么？"声音发抖，也不知是出于愤怒，还是害怕。

黑衣女郎道："你又不是姓王的恶婆娘手下，只不过给这两个老太婆拉了来瞎凑热闹。一路之上，你对我还算客气，那些家伙老是想揭我面幕，你倒不断劝阻。哼，还算不该死，这就滚出去罢！"那老者脸如土色，手中长剑的剑尖慢慢垂了下来。

段誉劝道："姑娘，你叫他出去，也就是了，不该用这个'滚'字。你说话这么不客气，祝老爷子岂不要生气？"

哪知这姓祝老者脸色一阵犹豫、一阵恐惧，突然间当啷一声响，长剑落地，双手掩面，当真奔了出去。他刚伸手去推厅门，平婆婆右手一挥，一柄短刀疾飞出去，正中他后心。那老者一交摔倒，在地下爬了丈许，这才死去。

段誉怒道："喂，胖婆婆，这位老爷子是你们自己人啊，你怎地忽下毒手？"

平婆婆右手从腰间另拔一柄短刀，双手仍是各持一刀，全神贯注的凝视黑衣女郎，对段誉的说话宛似听而不闻。厅上余人都走上几步，作势要扑上攻击，眼见只须有人一声令下，十余件兵刃便齐向黑衣女郎身上砍落。

段誉见此情势，不由得义愤填膺，大喝："你们这许多人，围攻一个赤手空拳的孤身弱女，那还有王法天理么？"抢上数步，挡在黑衣女郎身后，喝道："你们胆敢动手？"他虽不会半点武功，但正气凛然，自有一股威风。

瑞婆婆见他一副有恃无恐的模样，心下倒不禁嘀咕，料想这少年若不是身怀绝技，故意装模作样，便是背后有极大的靠山。她奉命率众自江南来到大理追擒这黑衣女郎，在此异乡客地，实不愿多生枝节，说道："阁下定是要招揽这事了？"语气竟然客气了些。段誉道："不错，我不许你们以众凌寡，恃强欺弱。"瑞婆婆道："阁下属何门派？跟这小贱人是亲是故？受了何人指使，前来横加插手？"

段誉摇头道："我跟这位姑娘非亲非故，只是世上之事，总抬不过一个'理'字，我劝各位得罢手时且罢手，这许多人一起来欺侮一个孤身少女，未免太不光采。"低声道："姑娘快逃，我设法稳住他们。"

黑衣女郎也低声道："你为我送了性命，不后悔么？"段誉道："死而无悔。"黑衣女郎又问："你不怕死么？"段誉叹了口气，道："我自然怕死，可是……可是……"

黑衣女郎突然大声道："你手无缚鸡之力，逞什么英雄好汉？"右手突然一挥，两根彩带飞出，将段誉双手双脚分别缚住了。瑞婆婆、平婆婆等人见她突然袭击段誉，都是大出意料之外，群相惊愕之际，黑衣女郎左手连扬。段誉耳中只听得咕咚、砰嘭之声连响，左右都有人摔倒，眼前刀剑光芒飞舞闪烁，蓦地里大厅上烛光齐熄，眼前斗黑，自己如同腾云驾雾一般已被提在空中。

这几下变故实在来得太快，他霎时间不知身在何处，但听得四下里吆喝纷作："莫让贱人逃了！""留神她毒箭！""放飞刀！放飞刀！"跟着玎珰呛啷一阵乱响，他身子又是一扬，马蹄声响，已是身在马背，只是手脚都被缚住了，动弹不得。

　　只觉自己后颈靠在一人身上，鼻中闻到阵阵幽香，正是那黑衣女郎身上的香气。蹄声得得，既轻且稳，敌人的追逐喊杀声已在身后渐渐远去。黑玫瑰全身黑毛，那女郎全身黑衣，黑夜中一团漆黑，睁眼什么都瞧不见，惟有一股芬馥之气缭绕鼻际，更增几分诡秘。

　　黑玫瑰奔了一阵，敌人喧叫声已丝毫不闻。段誉道："姑娘，没料到你这么好本事，请放我起来罢。"黑衣女郎哼了一声，并不理睬。段誉手脚给带子紧紧缚住了，黑玫瑰每跨一步，带子束缚处便收紧一下，手脚越来越痛，加之脚高头低，斜悬马背，头脑中一阵阵的晕眩，当真说不出的难受，又道："姑娘，快放了我！"

　　突然间拍的一声，脸上热辣辣的已吃了一记耳光。那女郎冷冰冰的道："别啰唆，姑娘没问你，不许说话！"段誉怒道："为什么？"拍拍两下，又接连吃了两记耳光。这两下更加沉重，只打得他右耳嗡嗡作响。

　　段誉大声叫道："你动不动便打人，快放了我，我不要跟你在一起。"突觉身子一扬，砰的一声，摔到了地下，可是手足均被带子缚住，带子的另一端仍是握在那女郎手中，段誉便被黑玫瑰拉着，在地下横拖而去。

　　那女郎口中低喝，命黑玫瑰放慢脚步，问道："你服了么？听我的话了么？"

　　段誉大声道："不服，不服！不听，不听！适才我死在临头，尚自不惧。你小小折磨我一下，我怕……我怕……"他本想要说"我怕什么？"但此时恰好被拉过路上两个土丘，连抛两下，将两句"什么"都咽在口中，说不出来。

　　黑衣女郎冷冷的道："你怕了吧！"一拉彩带，将他提上马背。段誉道："我是说'我怕什么？'当然不怕！快放了我，我不愿给你牵着走!"那女郎哼的一声,道:"在我面前,谁有说话的份儿?我要折磨你,便要治得你死去活来,岂是'小小折磨'这么便宜?"说着左手一送,又将他抛落马背,着地拖行。

段誉心下大怒,暗想:"这些人口口声声骂你小贱人,原来大有道理。"叫道:"你再不放手,我可要骂人了。"那女郎道:"你有胆子便骂。我这一生之中,给人骂得还不够么?"段誉听她最后这句话颇有凄苦之意,一句"小贱人"刚要吐出口来,心中一软,便即忍住。

那女郎等了片刻,见他不再作声,说道:"哼,料你也不敢骂!"

段誉道:"我听你说得可怜,不忍心骂,难道还怕了你不成?"

那女郎一声呼哨,催马快行,黑玫瑰放开四蹄,急奔起来。这一来段誉可就苦了,头脸手足给道上的沙石擦得鲜血淋漓。那女郎叫道:"你投不投降?"段誉大声骂道:"你这不分好歹的泼辣女子!"那女郎道:"我本是泼辣女子,用得着你说?我自己不知道么?"

段誉道:"我……我……对你……对你……一片好心……"突然脑袋撞上路边一块突出的石头,登时昏了过去。

也不知过了多少时候,只觉头上一阵清凉,便醒了过来,接着口中汩汩进水,他急忙闭口,却忍不住咳嗽起来。这一来口鼻之中入水更多。原来他仍被缚在马后拖行,那女郎见他昏晕,便纵马穿过一条小溪,令他冷水浸身,便即醒转。幸好小溪甚窄,黑玫瑰几步间便跨了过去。段誉衣衫湿透,腹中又被水灌得胀胀地,全身到处是伤,当真说不出的难受。

那女郎道:"你服了么?"段誉心想:"世间竟有如此蛮不讲理的女子,也算是造物不仁,我段誉该有此劫,既落在她的手中,再跟她说话也是多余。"那女郎连问几声:"你服了么?苦头吃得够了么?"段誉不理不睬,只作没有听见。那女郎怒道:"你耳朵聋了么?怎地不答我的话?"段誉仍是不理。

那女郎勒住了马,要看看他是否尚未醒转。其时晨光曦微,东方已现光亮,却见他一双眼睛睁得大大的,怒气冲冲的瞪视着她,那女郎怒道:"好啊,你明明没昏过去,却装死跟我斗法。咱们便斗个明白,瞧是你厉害,还是我厉害。"说着跃下马来,轻轻一纵,已在一株大树上折了一根树枝,刷的一声,在段誉脸上抽了一记。

段誉这时首次和她正面朝相,见她脸上蒙了一张黑布面幕,只露出两个眼孔,一双眼亮如点漆,向他射来。段誉微微一笑,心道:"自然是你厉害。你这泼辣婆娘,有谁厉害得过你?"

那女郎道:"这当口亏你还笑得出!你笑什么?"段誉向她装个鬼脸,裂嘴又笑了笑。那女郎扬手拍拍拍的连抽了七八下。段誉早将生死置之度外,洋洋不理,奋力微笑。只是这女郎落手甚是阴毒,树枝每一下都打在他身上最吃痛的所在,他几次忍不住要叫出声来,终于强自克制住了。

那女郎见他如此倔强,怒道:"好!你装聋作哑,我索性叫你真的做了聋子。"伸手入怀,摸出一柄匕首来,刃锋长约七寸,寒光一闪一闪,向着他走近两步,提起匕首对准他左耳,喝道:"你有没听见我的说话?你这只耳朵还要不要了?"段誉仍是不理。那女郎眼露凶光,一提手,匕首便要往他耳中刺落。

段誉大急,叫道:"喂,你真刺还是假刺?你刺聋了我耳朵,有本事治得好吗?"那女郎哼的一声,说道:"姑娘杀了人也治得活,你若不信,那就试试。"段誉忙道:"我信,我信!那倒不用试了。"

那女郎见他开口说话,算是服了自己,也就不再折磨他了,提起他放上马鞍,自己跃上马背,这一次居然将他放得头高脚低,优待了些。段誉不再受那倒悬之苦,手足被缚处虽仍疼痛,但比之适才在地下横拖倒曳，却已有天渊之别，也就不敢再说话惹她生气。

行得大半个时辰，段誉内急起来，想要那女郎放他解手，但双手被缚，无法打手势示意，何况纵然双手自由，这手势实在也不便打，只得说道："我要解手，请姑娘放了我。"那女郎道："好啊，现下你不是哑巴了？怎地跟我说话了？"段誉道："事出无奈，不敢亵渎姑娘，姑娘身上好香，我倘成了'臭小子'，岂不大煞风景？"那女郎忍不住"嗤"的一声笑，心想事到如今，只得放他，于是拔剑割断了缚住他手足的带子，自行走开。

段誉给她缚了大半天，手足早已麻木不仁，动弹不得，在地下滚动了一会，方能站立，解完了手，见黑玫瑰站在一旁吃草，甚是驯顺，心想："此时不走，更待何时？"悄悄跨上马背，黑玫瑰也并不抗拒。段誉一提马缰，纵马向北奔驰。

那女郎听到蹄声，追了过来，但黑玫瑰奔行神速无比，那女郎轻功再高，也追它不上。段誉拱手道："姑娘，后会有期。"只说得这几个字，黑玫瑰已窜出二十余丈之外。他回过头来，只见那女郎的身子已被树木挡住，他得脱这女魔头的毒手，心下快慰无比，口中连连催促："好马儿，乖马儿！快跑，快跑！"

黑玫瑰奔出里许，段誉心想："耽搁了这么一天，不知是否还来得及相救锺姑娘？路上只有不吃饭，不睡觉，拼命的跑了，但不知黑玫瑰能不能挨？"正迟疑间，忽听得身后远远传来一声清啸。

黑玫瑰听得啸声，立时掉头，从来路奔了回去。段誉大吃一惊，忙叫："好马儿，乖马儿，不能回去。"用力拉缰，要黑玫瑰转头。不料黑玫瑰的头虽被缰绳拉得偏了，身子还是笔直的向前直奔，全不听他指挥。

瞬息之间，黑玫瑰已奔到了那女郎身前，直立不动。段誉哭笑不得，神色极是尴尬。那女郎冷冷的道："我本不想杀你，可是你私自逃走不算，还偷了我的黑玫瑰，这还算是大丈夫吗？"

段誉跳下马来，昂然道："我又不是你奴仆，要走便走，怎说得上'私自逃走'四字？黑玫瑰是你先前借给我的，我并没还你，可算不得偷。你要杀就杀好了。曾子曰：'自反而缩，虽千万人，吾往矣！'我自反而缩，自然是大丈夫。"

那女郎道："什么缩不缩的？你缩头我也是一剑。"显然不懂段誉这些引经据典的言语，手握剑柄，将长剑从鞘中抽出半截，说道："你如此大胆，难道我真的不敢杀你？你倚仗谁的势头，一再挺撞于我？"

段誉道："我对姑娘事事无愧于心，要倚仗谁的势头来了？"

那女郎两道清冷的眼光直射向他，段誉和她目光相对，毫无畏缩之意。两人相向而立，凝视半晌，刷的一声，那女郎还剑入鞘，喝道："你去罢！你的脑袋暂且寄存在你脖子上，等得姑娘高兴，随时来取。"段誉本已拚着必死之心，没料到她竟会放过自己，一怔之下，也不多说，转身一跛一拐的去了。

他走出十余丈，仍不听见马蹄之声，回头一望，只见那女郎兀自怔怔的站着出神，心想："多半她又在想什么歹毒主意，像猫耍耗子般，要将我戏弄个够，这才杀我。好罢，反正我也逃不了，一切只好由她。"哪知他越走越远，始终没听到那女郎骑马追来。

他接连走上几条岔道，这才渐渐放心，心下稍宽，头脸手足擦破处便痛将起来，寻思："这姑娘脾气如此古怪，说不定她父母双亡，一生遭逢过无数不幸之事。也说不定她相貌丑陋无比，以致不肯以面目示人，倒也是个可怜之人。啊哟，锺夫人那只黄金钿盒却还在她身边。"可是要回去向她取还，却无论如何不敢了，心想："我见了爹爹，最多答允跟他学武功，爹爹自然会去救锺姑娘，就算爹爹不亲自去，派些人去便是，这只金盒也没多大用处。只是我没了坐骑，这般徒步而去大理，势必半路上毒发而死。锺姑娘苦待救援,度日如年,她如见我既不回去,她父亲又不来相救,只道我没给她送信。好歹我得赶到无量山去,和她死在一块,也好教她明白我决不相负之意。"

心意已决,当即辨明方向,迈开大步,赶向无量山去。这澜沧江畔荒凉已极,连走数十里也不见人烟。这一日他唯有采些野果充饥,晚间便在山坳中胡乱睡了一觉。

第二日午后,经另一座铁索桥,重渡澜沧江,行出二十余里后,到了一个小市镇上。他怀中所携银两早在跌入深谷时在峭壁间失去。自顾全身衣衫破烂不堪,肚中又十分饥饿,想起帽上所镶的一块碧玉是贵重之物,于是扯了下来,拿到镇上唯一的一家米店去求售。米店本不是售玉之所,但这镇上只有这家米店较大,那店主见他气概轩昂,倒也不敢小觑了,却不识得宝玉的珍贵,只肯出二两银子相购。段誉也不理会,取了二两银子,想去买套衣巾,小镇上并无沽衣之肆,于是到饭铺中去买饭吃。

在板凳上坐落,两个膝头登时便从裤子破孔中露了出来,长袍的前后襟都已撕去,裤子后臀也有几个大孔,屁股触到凳面,但觉凉飕飕地,心想:"这等光屁股的模样实在太不雅观,该当及早设法才是。"饭店主人端上饭菜,说道:"今儿不逢集,没鱼没肉,相公将就吃些青菜豆腐下饭。"段誉道:"甚好,甚好。"端起饭碗便吃。他一生锦衣玉食,今日光着屁股吃此粗粝,只因数日没饭下肚,全凭野果充饥,虽是青菜豆腐,却也吃得十分香甜。

吃到第三碗饭时,忽听得店门外有人说道:"娘子,这里倒有家小饭店,且看有什么吃的。"一个女子声音笑道:"瞧你这副吃不饱的馋相儿。"

段誉听得声音好熟,立时想到正是无量剑的干光豪与他那葛师妹,心下惊慌,急忙转身朝里,暗想:"怎么叫起'娘子'来了?嗯,原来做了夫妻啦。我这一卦是'无妄卦','六三,无妄之灾；或系之牛，行人之得，邑人之灾。'这位干老兄得了老婆，我段公子却又遇上了灾难。"

只听干光豪笑道："新婚夫妻，怎吃得饱？"那葛师妹啐了一口，低声笑道："好没良心！要是老夫老妻，那就饱了？"语音中满含荡意。两人走进饭店坐落，干光豪大声叫道："店家，拿酒饭来，有牛肉先给切一盆……咦！"

段誉只听得背后脚步声响，一只大手搭上了右肩，将他身子扳转，登时与干光豪面面相对。段誉苦笑道："干老兄，干大嫂，恭喜你二位百年好合，白首偕老，无量剑东宗西宗合并归宗。"

干光豪哈哈大笑，回头向那葛师妹望了一眼，段誉顺着他目光瞧去，见那葛师妹一张鹅蛋脸，左颊上有几粒白麻子，倒也颇有几分姿色。只见她满脸错愕之色，渐渐的目露凶光，低沉着嗓子道："问个清楚，他怎么到这里来啦？附近有无量剑的人没有？"

干光豪脸上登时收起笑容，恶狠狠的道："我娘子的话你听见了没有？快说。"段誉心想："我胡说八道一番，最好将他们吓得快快逃走。否则这二人非杀了我灭口不可。"说道："贵派有四位师兄，手提长剑，刚才匆匆忙忙的从门外走过，向东而去，似乎是在追赶什么人。"

干光豪脸色大变，向那葛师妹道："走罢！"那葛师妹站起身来，右掌虚劈，作个杀人的姿式。干光豪点点头，拔出长剑，径向段誉颈中斩落。

这一剑来得好快，段誉见到那葛师妹的手势，便知不妙，早已缩身向后，可是仍然避不开，眼见白刃及颈，突然间嗤的一声轻响，干光豪仰天便倒，长剑脱手掷出。跟着又是嗤的一声。那葛师妹正要跨出店门，听得干光豪的呼叫，还没来得及转头察看，便已摔倒在门槛上。两人都是身子扭了几下，便即不动。只见干光豪喉头插了一枝黑色小箭，那葛师妹则是后颈中箭。听这嗤嗤两响，正是那黑衣女郎昨晚灭烛退敌的发射暗器之声。

段誉又惊又喜,回过头来,背后空荡荡地并无一人。却听得店门外嘘溜溜一声马嘶,果见那黑衣女郎骑了黑玫瑰缓缓走过。

段誉叫道:"多谢姑娘救我!"抢出门去。那女郎一眼也没瞧他,自行策马而行。段誉道:"若不是你发了这两枝短箭,我这当儿脑袋已不在脖子上啦。"那女郎仍不理睬。

店主人追将出来,叫道:"相……相公,出……出了人命啦!可不得了啊!"段誉道:"啊哟,我还没给饭钱。"伸手要去掏银子,却见黑玫瑰已行出数丈,叫道:"死人身上有银子,他们摆喜酒请客,你自己拿罢!"急急忙忙的追到马后。

那女郎策马缓行,片刻间出了市镇。段誉紧紧跟随,说道:"姑娘,你好人做到底,送佛送到西,不如去连锺姑娘也一并救了罢。"那女郎冷冷的道:"锺灵是我朋友,我本来要去救她。可是我最恨人家求我。你求我去救锺灵,我就偏偏不去救了。"段誉忙道:"好,好。我不求姑娘。"那女郎道:"可是你已经求过了。"段誉道:"那么我刚才说过的不算。"那女郎道:"哼,你是男子汉大丈夫,说过的话怎能不算?"

段誉心道:"先前我在她面前老是自称大丈夫,她可见了怪啦,说不得,为了救锺姑娘一命,只好大丈夫也不做了。"说道:"我不是男子汉大丈夫,我……我是全靠姑娘救了一条小命的可怜虫。"

那女郎嗤的一声笑,向他打量片刻,说道:"你对锺灵这小鬼头倒好。昨晚你宁可性命不要,也是非充大丈夫不可,这会儿居然肯做可怜虫了。哼,我不去救锺灵。"

段誉急道:"那……那又为什么啊?"那女郎道:"我师父说,世上男人就没一个有良心的,个个都会花言巧语的骗女人,心里净是不怀好意。男人的话一句也听不得。"段誉道:"那也不尽然啊,好像……好像……"一时举不出什么例子,便道:"好像姑娘的爹爹,就是个大大的好人。"那女郎道:"我师父说,我爹爹就不是好人!"

段誉眼见那女郎催得黑玫瑰越走越快,自己难以追上,叫道:"姑娘,慢走!"

突然间人影晃动,道旁林中窜出四人,拦在当路。黑玫瑰斗然停步,倒退了两步。只见这四人都是年轻女子,一色的碧绿斗篷,手中各持双钩,居中一人喝道:"你们两个,便是无量剑的干光豪与葛光珮,是不是?"

段誉道:"不是,不是。干光豪和葛姑娘,早已那个……那个了。"那女子道:"什么那个、那个了?你二人一男一女,年纪轻轻,结伴同行,瞧模样定是私奔,还不是无量剑干葛两个叛徒?"段誉笑道:"姑娘说话太也无理。葛光珮脸上有麻子点儿,这位姑娘却是花容月貌,大大不同。"那女子向黑衣女郎喝道:"把面罩拉下来!"

蓦地里嗤嗤嗤嗤四声,黑衣女郎发出四枝短箭,铮铮两响,两个女子挥钩格落,另外两女子却中箭倒地。这四箭射出之前全无朕兆,去势又是快极,居然仍有两箭未中。黑衣女郎立即跃下马背,身在半空时已拔剑在手,左足一着地,右足立即跨前,刷刷两剑,分攻两名女子。两女也正挥钩攻上,一女抵挡黑衣女郎,另一名女子挺钩向段誉刺去。

段誉"啊哟"一声,钻到了黑玫瑰肚子底下。那女子一怔,万万料想不到此人竟会出此怪招,正欲挺钩到马底去刺段誉,背心上一痛,登时摔倒,却是黑衣女郎乘机射了她一箭。但便是这么一分神,黑衣女郎左臂已被敌人钩中,嘶的一声响,拉下半只袖子,露出雪白的手臂,臂上划出一条尺来长的伤口,登时鲜血淋漓。

黑衣女郎挥剑力攻。但那使钩女子武功着实了得,双钩挥动,招数巧妙,酣斗片刻,黑衣女郎左腿中钩,划破了裤子。她连射两箭,都被对方挥钩格开。那女子连声喝问:"你是什么人?你剑法不是无量剑的!"黑衣女郎不答,剑招加紧,突然"啊"的一声叫,长剑被单钩锁住,敌人手腕急转,黑衣女郎把捏不住,长剑脱手飞出,急忙跃开。那使钩女子双钩连刺,却都被她闪过。

段誉早就瞧得焦急万分,苦于无力上前相助,眼见黑衣女郎危殆,无法多想,抱起地下一具死尸,双手将死尸头前脚后的横持了,便似挺着一根巨棒,向那使钩女子疾冲过去。

使钩女子吃了一惊,眼见迎面冲来的正是自己姊妹的脑袋,心中一阵悲痛,右手钩向段誉面门刺去,可是中间隔着一具尸体,这一钩差了半尺,便没刺到段誉,砰的一下,胸口已给尸体脑袋撞中,就在这时,一枝短箭射入她右眼,仰天便倒。

段誉瞥眼见黑衣女郎左膝跪地,叫道:"姑娘,你……你没事罢。"奔过去要扶。那女郎站起身来,不料段誉慌乱中兀是持着尸体,将死尸的脑袋向着她胸口撞去。那女郎在死尸脑袋上一推,段誉"啊"的一声,摔了出去,尸体正好压在他身上。

那女郎见到他这等狼狈模样,忍不住笑出声来,想起适才这一战实是凶险万分,若不是先出其不意的杀了两人,又得段誉在旁援手,只怕连一个使钩女子也斗不过,这四个女子不知是什么来头,怎地武功了得?叫道:"喂,傻子,你抱着个死人干什么?"

段誉爬起身来,放下尸体,说道:"罪过,罪过。唉,真正对不住了。你们认错了人,客客气气的问个明白就是了,胡说八道的,难怪惹得姑娘生气,这岂不枉送了性命?姑娘,其实你也不用出手杀人,除下面幕来给她们瞧上一眼,不是什么事也没了?"

那女郎厉声道:"住嘴!我用得着你教训?谁叫她们说我跟你私……私……什么的?"段誉道:"是,是。这是她们胡说的不是,不过姑娘还是不必杀人。啊,你……你的伤口得包扎一下。"

眼见她大腿上也露出雪白的肌肤，不敢多看，忙转过了头。

那女郎听他老是责备自己不该杀人，本想上前挥手便打，听他提及伤口，登觉腿臂处伤口疼痛，幸好这两钩都入肉不深，没伤到筋骨，当即取出金创药敷上，撕破敌人的斗篷，包扎了腿臂的伤口。

段誉将尸体逐一拖入草丛之中，说道："本来该当替你们起个坟墓才是，可惜这里没铲子。唉，四位姑娘年纪轻轻，容貌虽不算美，也不丑陋……"

那女郎听他说到容貌美丑，问道："喂，你怎地知道我脸上没麻子，又是什么花容月貌了？"段誉笑道："这是想当然耳！"那女郎道："什么'想当然耳'？"段誉道："'想当然耳'，就是想来当然是这样的。"那女郎道："瞎说！你做梦也想不到我相貌，我满脸都是大麻子！"段誉道："未必，未必！过谦，过谦！"

那女郎见衣袖裤脚都给铁钩钩破了，便从尸体上除下一件斗篷，披在身上。段誉突然叫道："啊哟！"猛地想起自己裤子上有几个大洞，光着屁股跟这位姑娘在一起，成何体统？急忙倒身而行，不敢以屁股对着那女郎，也从一具尸体上除下斗篷，披在自己身上。那女郎嗤的一声笑。段誉面红过耳，想起自己裤子上的大破洞，实是羞愧无地。

那女郎在四具尸体上拔出短箭，放入怀中，又在钩伤她那女子的尸身上踢了两脚。

段誉道："你的短箭见血封喉，剧毒无比。劝姑娘今后若非万不得已，千万不可再用，杀伤人命，实是有干天和，倘若……"那女郎喝道："你再跟我啰唆，要不要试试见血封喉的味道？"右手一扬，嗤的一声响，一枝毒箭从段誉身侧飞过，插入地下。

段誉登时吓得面色惨白，再也不敢多说。那女郎道："封了你的喉，你还能不能跟我啰唆？"说着过去拔起短箭，对着段誉又是一扬。段誉吓了一跳，急忙倒退。

那女郎笑了起来,将短箭放入囊中,向他瞪了一眼,说道:"你穿了这件斗篷,活脱便是个姑娘。把斗篷拉起来遮住头顶。再撞上人,人家也不会说咱们一男一女……"段誉道:"是,是。"依言除下头上方巾,揣入怀中,拉起斗篷的头罩套在头上。那女郎拍手大笑。

段誉见她笑得天真,心想:"瞧你这神情,只怕比我年纪还小,怎地杀起人来却这等辣手?"见她斗篷的胸口绣着一头黑鹫,昂首蹲踞,神态威猛,自己斗篷上的黑鹫也是一模一样,摇头叹道:"姑娘人家,衣衫上不绣花儿蝶儿,却绣上这般凶霸霸的鸟儿,好勇斗狠,唉。"说着又摇了摇头。

那女郎瞪眼道:"你讥讽我么?"段誉道:"不是,不是!不敢,不敢!"那女郎道:"到底是'不是',还是'不敢'?"段誉道:"是不敢。"那女郎便不言语了。

段誉问道:"你伤口痛不痛?要不要休息一下?"那女郎道:"伤口当然痛!我在你身上割两刀,瞧你痛不痛?"段誉心道:"泼辣横蛮,莫此为甚。"那女郎又道:"你当真关心我痛不痛吗?天下可没这样好心的男子。你是盼望我快些去救锺灵,只不过说不出口。走罢!"说着走到黑玫瑰之旁,跃上马背,手指西北方,道:"无量剑的剑湖宫是在那边,是不是?"段誉道:"好像是的。"

两人缓缓向西北方行去。走了一会,那女郎问道:"金盒子里的时辰八字是谁的?"段誉心道:"原来你已打开来看过了。"说道:"我不知道。"那女郎道:"是锺灵的,是不是?"段誉道:"真的不知道。"那女郎道:"还在骗人?锺夫人将她女儿许配了给你,是不是?给我老老实实的说。"段誉道:"没有,的确没有。我段誉倘若欺骗了姑娘,你就给我来个见血封喉。"

那女郎问道:"你姓段?叫作段誉?"段誉道:"是啊,名誉的'誉'。"那女郎道："哼！你名誉挺好么？我瞧不见得。"段誉笑道："名誉挺坏的'誉'，也就是这个字。"那女郎道："这就对啦！"段誉道："姑娘尊姓？"那女郎道："我为什么要跟你说？你的姓名是你自己说的，我又没问你。"

走了一段路，那女郎道："待会咱们救出了锺灵，这小鬼头定会跟你说我的姓名，你不许听。"段誉忍笑道："好，我不听。"那女郎似乎也觉这件事办不到，说道："就算你听到了，也不许记得。"段誉道："是，我就算记得了，也要拼命想法子忘记。"那女郎道："呸，你骗人，当我不知道么？"

说话之间，天色渐渐黑将下来，不久月亮东升，两人乘着月亮，觅路而行。走了约莫两个更次，远远望见对面山坡上繁星点点，烧着一堆火头，火头之东山峰耸峙，山脚下数十间大屋，正是无量剑剑湖宫。段誉指着火头，道："神农帮就在那边。咱们悄悄过去，抢了锺灵就逃，好不好？"

那女郎冷冷的道："怎么逃法？"段誉道："你和锺灵骑了黑玫瑰快奔，神农帮追你们不上的。"那女郎道："你呢？"段誉道："我给神农帮逼着服了断肠散的毒药，司空玄帮主说是服后七天，毒发身亡，须得设法先骗到解药，这才逃走。"

那女郎道："原来你已给他们逼着服了毒药。你怎么不想及早设法解毒，仍来给我报讯？"段誉道："我本以为黑玫瑰脚程快，报个讯息，也耽搁不了多少时候。"那女郎道："你到底是生来心好呢，还是个傻瓜？"段誉笑道："只怕各有一半。"

那女郎哼了一声，道："你的解药怎生骗法？"段誉踌躇道："本来说好，是用闪电貂的解药，去换断肠散解药。他们拿不到毒貂解药，这断肠散的解药，倒是不大容易骗到手。姑娘，你有什么法子？"那女郎道："你们男人才会骗人，我有什么骗人的法子？跟他们硬要，要锺灵，要解药！"

段誉心头一凛,知道她又要大杀一场,心想:"最好……最好……"但"最好"怎样,自己可全无主意。

两人并肩向火堆走去。行到离中央的大火堆数十丈处,黑暗中突然跃出两人,都是手执药锄,横持当胸。一人喝道:"什么人?干什么的?"

那女郎道:"司空玄呢?叫他来见我。"

那两人在月光下见那女郎与段誉身披碧绿锦缎斗篷,胸口绣着一只黑鹫,登时大惊,立即跪倒。一人说道:"是,是!小人不知是灵鹫宫圣使驾到,多……多有冒犯,请圣使恕罪。"语音颤抖,显是害怕之极。

段誉大奇:"什么灵鹫宫圣使?"随即省悟:"啊,是了,我和这姑娘都披上了绿色斗篷,他们认错人了。"跟着又记起数日前在剑湖宫中听到锺灵说道,她偷听到司空玄跟帮中下属的说话,奉了缥缈峰灵鹫宫天山童姥的号令,前来占无量山剑湖宫,然则神农帮是灵鹫宫的部属,难怪这两人如此惶惧。

那女郎显然不明就里,问道:"什么灵……"段誉怕她露出马脚,忙逼紧嗓子道:"快叫司空玄来。"那两人应道:"是,是!"站起身来,倒退几步,这才转身向大火堆奔去。

段誉向那女郎低声道:"灵鹫宫是他们的顶头上司。"扯下斗篷头罩,围住了口鼻,只露出一对眼睛。

那女郎还待再问,司空玄已飞奔而至,大声说道:"属下司空玄恭迎圣使,未曾远迎,尚请恕罪。"抢到身前,跪下磕头,说道:"神农帮司空玄,恭请童姥万寿圣安!"

段誉心道:"童姥是什么人?又不是皇帝、皇太后,什么万寿圣安的,不伦不类。"当下点了点头,道:"起来罢。"司空玄道:"是!"又磕了两个头,这才站起。这时他身后已跪满了人,

· 106 ·

都是神农帮的帮众。

段誉道:"锺家那小姑娘呢?带她过来。"两名帮众也不等帮主吩咐,立即飞奔到大火堆畔,抬了锺灵过来。段誉道:"快松了绑。"司空玄道:"是。"拔出匕首,割断锺灵手足上绑着的绳索。段誉见她安好无恙,心下大喜,逼紧着嗓子说道:"锺灵,过来。"锺灵道:"你是什么人?"司空玄厉声喝道:"圣使面前,不得无礼。她老人家叫你过去。"锺灵心想:"管你是什么老人家小人家,反正你不让人家绑我,山羊胡子又这样怕你,听你的吩咐便了。"便走到段誉面前。

段誉伸左手拉住她手,扯在身边,捏了捏她手,打个招呼,料想她难以明白,也就不理会了,对司空玄道:"拿断肠散的解药来!"

司空玄微觉奇怪,但立即吩咐下属:"取我药箱来,快,快!"微一沉吟间,便即明白:"啊哟,定是那姓段的小子去求了灵鹫宫圣使,以致圣使来要人要药。"药箱拿到,他打开箱盖,取出一个瓷瓶,恭恭敬敬的呈上,说道:"请圣使赐收。这解药连服三天,每天一次,每次一钱已足。"段誉大喜,接在手中。

锺灵忽道:"喂,山羊胡子,这解药你还有吗?你答允了给我段大哥解毒的。要是尽数给了人家,段大哥请得我爹爹给你解毒时,岂不糟了?"段誉心下感激,又捏了捏她手。司空玄道:"这个……这个……"锺灵急道:"什么这个那个的?你解不了他的毒,我叫爹爹也不给你解毒。"

那黑衣女郎忍不住喝道:"锺灵,别多嘴!你段大哥死不了。"锺灵听得她语音好熟,"咦"的一声,转头向她瞧去,见到她的面幕,登时便认了出来,欢然道:"啊,木……"立时想到不对,伸手按住了自己嘴巴。

司空玄早在暗暗着急,屈膝说道:"启禀两位圣使:属下给这小姑娘所养的闪电貂咬伤了,毒性厉害,两位圣使开恩。"段誉心想若不给他解毒,只怕他情急拼命,对那黑衣女郎道:"姊姊,童姥的灵丹圣药,你便给他一些罢。"司空玄听得有童姥的灵丹圣药,大喜过望,在地下连连磕头,砰砰有声,说道:"多谢童姥大恩大德,圣使恩德,属下共有一十九人给毒貂咬伤。"

那女郎心想:"我有什么'童姥的灵丹圣药'?只是我臂上腿上都受了伤,要照顾两个人可不容易。且听着这姓段的,要耍这山羊胡子便了。"从怀中取出一个小瓷瓶,道:"伸手。"司空玄道:"是,是!"摊开了手掌,双目下垂,不敢正视。那女郎在他左掌中倒了些绿色药末,说道:"内服一点儿,便可解毒了。"心道:"我这香粉采集不易,可不能给你太多了。"

司空玄当她一拔开瓶塞,便觉浓香馥郁,冲鼻而至,他毕生钻研药性,却也全然猜不到是何种药物配成,待得药粉入掌,更是香得全身舒泰,心想天山童姥神通广大,这灵丹圣药果然非同小可,大喜之下,连连称谢,只是掌中托着药末,不敢再磕头了。

段誉见大功告成,说道:"姊姊,走罢!"得意之际,竟忘了逼紧嗓子,幸好司空玄等全未起疑。

司空玄道:"启禀圣使:无量剑左子穆不识顺逆,兀自抗命。属下只因中毒受伤,又断了一条手臂,未能迅速办妥此事,有负童姥恩德,实是罪该万死。自当即刻统率部属,攻下剑湖宫。请圣使在此督战。"

段誉道:"不用了。我瞧这剑湖宫也不必攻打了,你们即刻退兵罢!"

司空玄大惊,素知童姥的脾气,所派使者说话越是和气,此后责罚越重,灵鹫宫圣使惯说反话,料定圣使这几句话是怪他办事不力,忙道:"属下该死,属下该死。请圣使在童姥驾前美言几句。"

段誉不敢多说,挥了挥手,拉着锺灵转身便走。司空玄高举左掌托着香粉，双膝跪地，朗声说道："神农帮恭送两位圣使，恭祝童姥她老人家万寿圣安。"他身后帮众一直跪在地下，这时齐声说道："神农帮恭送两位圣使，恭祝童姥她老人家万寿圣安。"

段誉走出数丈，见这干人兀自跪在地下，实在觉得好笑不过，大声说道："恭祝你司空玄老人家也万寿圣安。"

司空玄一听之下，只觉这句反话煞是厉害，登时吓得魂不附体，险些晕倒。他身后两人见帮主簌簌发抖，生怕他掌中的灵丹圣药跌落，急忙抢上扶住。

段誉和二女行出数十丈，再也听不到神农帮的声息。钟灵不住口中作哨，想召唤闪电貂回来，却始终不见，说道："木姊姊，多谢你和这位姊姊前来救我，我要留在这儿。"

那女郎道："留在这儿干么？等你的毒貂吗？"钟灵道："不！我在这儿等段大哥，他去请我爹爹来给神农帮这些人解毒。"转头向段誉道："这位姊姊，你那些断肠散的解药，给我一些罢。"那女郎道："这姓段的不会再来了。"钟灵急道："不会的，不会的。他说过要来的，就算我爹爹不肯来，段大哥自己还是会来。"那女郎道："哼，男子说话就会骗人，他的话又怎信得？"钟灵呜咽道："段大哥不会骗……骗我的。"

段誉哈哈大笑，掀开斗篷头罩，说道："钟姑娘，你段大哥果然没骗你。"

钟灵向他凝视半晌，喜不自胜，扑上去搂住他脖子，叫道："你没骗我，你没骗我！"

那女郎突然抓住她后领，提起她身子，推在一旁，冷冷的道："不许这样！"钟灵吃了一惊，但心中欣喜，也不以为意，说道："木姊姊，你两个怎地会遇见的？"那女郎哼了一声，不加理睬。

段誉道："咱们一路走，一路说。"他担心司空玄发现解药不

·109·

灵,追将上来。那女郎跃上马背,遥自前行。段誉于是将别来情由简略对锺灵说了,但于那女郎虐待他的事却避而不提,只说她救了自己性命。锺灵大声道:"木姊姊,你救了段大哥,我可不知该怎么谢你才好。"那女郎怒道:"我自救他,关你什么事?"锺灵向段誉伸伸舌头,扮个鬼脸。

那女郎说道:"喂,段誉,我的名字,不用锺灵这小鬼跟你说,我自己说好了,我叫木婉清。"段誉道:"啊,水木清华,婉兮清扬。姓得好,名字也好。"木婉清道:"好过你的一段木头,名誉极坏。"段誉哈哈大笑。

锺灵拉住段誉左手,轻轻的道:"段大哥,你待我真好。"段誉道:"只可惜你的貂儿找不到了。"锺灵又吹了几下口哨,说道:"那也没什么,等这些恶人走了,过些时候我再来找。你陪我来找,好不好?"段誉道:"好啊!"想起了那洞中玉像,又道:"以后我时时会到这里来的。"木婉清怒道:"不许你来。她要找貂儿,自己来好了。"段誉向锺灵伸伸舌头,扮个鬼脸,两人相对微笑。

三人不再说话,缓缓行出数里。木婉清忽然问道:"锺灵,你是二月初五的生日,是不是?"她骑在马上,说话时始终不回过头来。锺灵道:"是啊,木姊姊怎么知道?"木婉清大怒,厉声道:"段誉,你还不是骗人?"一提马缰,黑玫瑰急冲而前。

忽听得西北角上有人低声呼啸,跟着东北角上有人拍拍拍拍的连续击了四下手掌。一条人影迎面奔来,到得与三人相距七八丈处,倏然停定,嘶哑着嗓子喝道:"小贱人,你还逃得到哪里?"听这声音,正是瑞婆婆。便在此时,背后一人嘿嘿冷笑,段誉急忙回头,星月微光之中,见到正是那平婆婆,双手各握短刀,闪闪发亮。跟着左边右边又各到了一人,左边是个白须老者,手中横执一柄铁铲,右首那人是个年纪不大的汉子,手持长剑。段誉依稀记得,这两人都曾参与围攻木婉清。

木婉清冷笑道:"你们阴魂不散,居然一直追到了这里,能耐倒是不小。"平婆婆道:"你这小贱人就是逃到天边,我们也追到天边。"木婉清嗤的一声,射出一枝短箭。那使剑汉子眼明手快,挥剑挡开。木婉清从鞍上纵身而起,向那老者扑去。

那老者白须飘动,年纪已着实不小,应变倒是极快,右手一抖,铁铲向木婉清撩去。木婉清身未落地,左足在铲柄上一借力,挺剑指向平婆婆。平婆婆挥刀格去,擦的一声,刀头已被剑锋削断,白刃如霜,直劈下来。瑞婆婆急挥铁拐向木婉清背心扫去。木婉清不及剑伤平婆婆,长剑平拍,剑刃在平婆婆肩头一按,身子已轻飘飘的窜了出去。她若不是急于闪开瑞婆婆这一拐,长剑直削而非平拍,平婆婆已被劈成两片。

这几下变招兔起鹘落,迅捷无比,平婆婆勇悍之极,刚才千钧一发的从鬼门关中逃了出来,却丝毫不惧,又向木婉清刷刷刷三刀,木婉清急闪避过。便在此时,瑞婆婆和两个男子同时攻上。木婉清剑光霍霍,在四人围攻下穿插来去。

锺灵在数丈外不住向段誉招手,叫道:"段大哥,快来。"段誉奔将过去,问道:"怎么?"锺灵道:"咱们快走。"段誉道:"木姑娘受人围攻,咱们怎能一走了之?"锺灵道:"木姊姊本领大得紧,她自有法子脱身。"段誉摇头道:"她为救你而来,倘若如此舍她而去,于心何安?"锺灵顿足道:"你这书呆子!你留在这里,又能帮得了木姊姊的忙吗?唉,可惜我的闪电貂还没回来。"

这时瑞婆婆等二女二男与木婉清斗得正紧,瑞婆婆的铁拐和那老者的铁铲都是长兵刃,舞开来呼呼风响。木婉清耳听八方,将段誉与锺灵的对答都听在耳里。

只听段誉又道:"锺姑娘,你先走罢!我若负了木姑娘,非做人之道,倘若她敌不过人家,我在旁好言相劝,说不定也可挽回

· 111 ·

大局。"锺灵道："你除了白送自己一条性命，什么也不管用。快走罢！木姊姊不会怪你的。"段誉道："若不是木姑娘好心相救，我这条性命早就没有了。迟送半日，便多活了半日，倒也不无小补。"锺灵急道："你这呆子，再也跟你缠夹不清。"拉住他的手臂便走。

段誉叫道："我不走，我不走！"但他没锺灵力大，给她拉着，跟跄而行。

忽听木婉清尖声叫道："锺灵，你自己给我快滚，不许拉他。"锺灵拉得段誉更快，突然间嗤的一声，她头髻一颤，一枝短箭插上了她发髻。木婉清喝道："你再不放手，我射你眼睛。"锺灵知她说得出，做得到，相识以来虽然颇蒙她垂青，毕竟为时无多，没什么深厚交情，她既说要射自己眼睛，那就真的要射，只得放开了段誉的手臂。

木婉清喝道："锺灵，快给我滚到你爹爹、妈妈那里去，快走，快走！你若耽在旁边等你的段大哥，我便射你三箭。"口中说话，手上不停，连续架开袭来的几件兵刃。

锺灵不敢违拗，向段誉道："段大哥，你一切小心。"说着掩面疾走，没入黑暗之中。

木婉清喝走锺灵，在四人之间穿来插去，腿上钩伤处隐隐作痛，剑招忽变，一缕缕剑光如流星飘絮，变幻无定。忽听得那老者大叫一声，胁下中剑。木婉清刷刷刷三剑，将瑞婆婆和那使剑汉子逼得跳出圈子相避，剑锋回转，已将平婆婆卷入剑光之中。顷刻之间，平婆婆身上已受了三处剑伤。她毫不理会，如疯虎般向木婉清扑去。余下三人回身再斗。平婆婆滚近木婉清身畔，右手短刀往她小腿上削去。木婉清飞腿将她踢了个筋斗，就在此时，瑞婆婆的铁拐已点到眉心。木婉清迅即回转长剑，格开铁拐，顺势向敌人分心便刺。

瑞婆婆斜身闪过，横拐自保。木婉清轻呼一口气，正待变招，突然间噗的一声，左肩上一阵剧痛，原来那老者受伤之后，使不动铁铲，拔出钢锥扑上，乘虚插入她肩头。木婉清反手一掌，只打得那老者一张脸血肉模糊，登时气绝。瑞婆婆等却又已上前夹击。平婆婆大叫："小贱人受了伤，不用拿活口了，杀了便算。"

段誉见木婉清受伤，心中大急，待要依样葫芦，抢过去抱起那老者的尸体冲撞，但隔着相斗的四人，抢不过去，情急之下，扯下身上斗篷，冲上去猛力挥起，罩上平婆婆头顶。平婆婆眼不见物，大惊之下，急忙伸手去扯，不料忘了自己手中兀自握着短刀，一刀斩在自己脸上，叫得犹如杀猪一般。

木婉清无暇拔去左肩上的钢锥，强忍疼痛，向瑞婆婆急攻两剑，向使剑汉子刺出一剑，这三剑去势奥妙，瑞婆婆右颊立时划出一条血痕，使剑汉子颈边被剑锋一掠而过。两人受伤虽轻，但中剑的部位却是要害之处，大惊之下，同时向旁跳开，伸手往剑伤上摸去。

木婉清暗叫："可惜，没杀了这两个家伙。"吸一口气，纵声呼啸，黑玫瑰奔将过来。木婉清一跃而上，顺手拉住段誉后颈，将他提上马背。二人共骑，向西急驰。

没奔出十余丈，树林后忽然齐声呐喊，十余人窜出来横在当路。中间一个高身材的老者喝道："小贱人，老子在此等候你多时了。"伸手便去扣黑玫瑰的辔头。木婉清右手微扬，嗤嗤连声，三枝短箭射了出去。人丛中三人中箭，立时摔倒。那老者一怔之下，木婉清一提缰绳，黑玫瑰蓦地里平空跃起，从一干人头顶跃了过去。众人忌惮她毒箭厉害，虽发足追来，却各舞兵刃护住身前，与马上二人相距越来越远。但听那干人纷纷怒骂："贼丫头，又给她逃了！""任你逃到天边，也要捉到你来抽筋剥皮！""大伙儿追啊！"

木婉清任由黑玫瑰在山中乱跑，来到一处山冈，只见前面是个深谷，只得纵马下山，另觅出路。这无量山中山路迂回盘旋，东绕西转，难辨方向。

突然听到前面人声："那马奔过来了！""向这边追！""小贱人又回来啦！"木婉清重伤之下，无力再与人相斗，急忙拉转马头，从右首斜驰出去。这时慌不择路，所行的已非道路，幸亏黑玫瑰神骏，在满山乱石的山坡上仍是奔行如飞。又驰了一阵，黑玫瑰前脚突然一跪，右前膝在岩石上撞了一下，奔驰登缓，一跛一拐的颠蹶起来。

段誉心中焦急，说道："木姑娘，你让我下马罢，你一个人容易脱身。他们跟我无冤无仇，便拿住了我也不打紧。"木婉清哼的一声，道："你知道什么？你是大理人，要是给他们拿住了，一刀便即砍了。"段誉道："奇哉怪也，大理人这么多，杀得光吗？姑娘还是先走的为是。"

木婉清左肩背上一阵阵疼痛，听得段誉还是啰唆个不住，怒道："你给我住口，不许多说。"段誉道："好，那么你让我坐在你后面。"木婉清道："干什么？"段誉道："我的斗篷罩在那胖婆婆头上了。"木婉清道："那又怎样？"段誉道："我裤子上破了几个大洞，坐在姑娘身前，这个光……光……对着姑娘……嘿嘿，太……太也失礼。"

木婉清伤处痛得难忍，伸手抓住他肩头，咬着牙一用力，只捏得他肩骨格格直响，喝道："住嘴！"段誉吃痛，忙道："好啦，好啦，我不开口便是。"

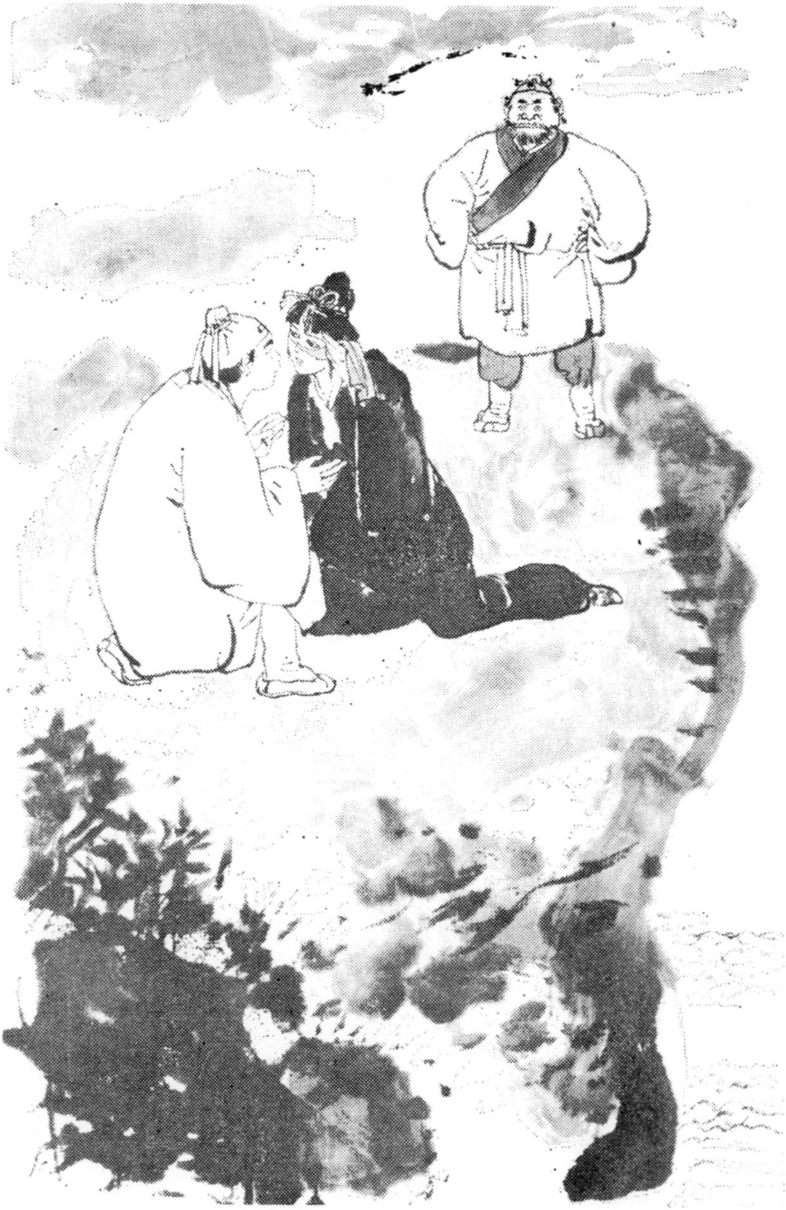

木婉清向段誉招了招手，说道："你过来。"段誉一跛一拐的走到她身前。木婉清背脊向着南海鳄神，低声道："你是世上第一个见到我容貌的男子！"缓缓拉开了面幕。

四

崖高人远

奔出数里,黑玫瑰走上了一条长岭,山岭渐见崎岖,黑玫瑰行得更加慢了,背后呐喊声隐隐传来。段誉叫道:"黑玫瑰啊,今日说什么也要辛苦你些,劳你驾跑得快一点儿罢!"又行里许,回头望见刀光闪烁,追兵渐近。木婉清不住催喝:"快,快!"

黑玫瑰奋蹄加快脚步,突然之间,前面出现一条深涧,阔约数丈,黑黝黝的深不见底。黑玫瑰一声惊嘶,陡地收蹄,倒退了几步。

木婉清见前无去路,后有追兵,问道:"我要纵马跳将过去。你随我冒险呢,还是留下来?"段誉心想:"马背上少了一人,黑玫瑰便易跳得多。"说道:"姑娘先过去,再用带子来拉我。"木婉清一回头,见追兵已相距不过数十丈,说道:"来不及啦!"拉马退了数丈,叫道:"嘘!跳过去!"伸掌在马肚上轻轻拍了两下。

黑玫瑰放开四蹄,急奔而前,到得深涧边上,使劲纵跃,直窜了过去。段誉但觉腾云驾雾一般,一颗心也如从他腔中跳出来一般。

黑玫瑰受了主人催逼,出尽全力的这么一跃,前脚双蹄勉强踏到了对岸,但两边实是相距太宽,它彻夜奔驰,腿上又受了伤,后蹄终没能踏上山石,身子登时向深谷中堕去。

木婉清应变奇速,从马背上腾身而起,随手抓了段誉,向前窜出。段誉先行着地,木婉清跟着摔下,正好跌在他的怀中。段誉怕她受伤,双手牢牢抱住,只听得黑玫瑰长声悲嘶,已堕入下面万丈深谷之中。

木婉清心中难过,忙挣脱段誉的抱持,奔到涧边,但见白雾封谷,已看不到黑玫瑰的身躯,突然间一阵眩晕,只觉天旋地转,脚下一软,登时昏倒在地。

段誉大吃一惊,生怕她摔入谷中,急忙上前拉住,见她双目紧闭,已然晕了过去。正没做理会处,忽听得对涧有人大声叫道:"放箭,放箭!射死这两个小贼!"段誉抬起头来,只见对涧已站了七八人,忙俯身抱起木婉清,转身急奔,突然间飕的一声,一枝羽箭从耳畔擦过。

他跌跌撞撞的冲了几步,蹲低了身子,抱着木婉清而行,飕的一声,又有一箭从头顶飞过。段誉见左首有块大岩石,当即扑过去躲在石后,霎时间但听得噗噗噗之声不绝于耳,无数暗器都打在石上,弹了开去。段誉一动也不敢动,突然呼的一声,一块拳头大的石子投了过来,飞过岩石,落在他身旁,投石之人显是臂力极强,居然将这样大一块石头投出十数丈外,只是相距远了,难以取得准头。段誉心想此处未脱险境,当下抱起木婉清,一鼓作气的向前疾奔,奔出十余丈,料想敌人的羽箭暗器再也射不到了,这才止步。

他喘了几口气,将木婉清稳稳的放在草地之上,转身缩在山岩之后,向前望去。

只见对崖上黑压压的站满了人,指手划脚,纷纷议论,偶尔山风吹送过来几句,都是怒骂呼喝之言,看来这些人一时无法追得过来。段誉心想:"倘若他们绕着山道,从那一边爬上山来,咱二人仍是无法得脱毒手。"

快步走向山崖彼端一望,不由得吓得脚也软了,几乎站立不定。只见崖下数百丈处波涛汹涌,一条碧绿大江滚滚而过,原来已到了澜沧江边。江水湍急无比,从这一边是无论如何上不来的,但敌人倘若走到谷底,然后再攀援而上,终究能来杀了自己和木婉清。他叹了一口气,心想暂脱危难,也是好的,以后如何,且待事到临头再说,适才说过的那句话又涌向心头:"多活得半日,却也不无小补。"

回到木婉清身边,见她仍然昏迷未醒,正想设法相救,只见她背后左肩上赫然插着一枚钢锥,鲜血已染满了半边衣衫。段誉大吃一惊,在马背上时坐在她身前,适才仓皇逃命,没发觉她竟然受此重伤,脑中第一件想到的是:"莫非她已经死了?"当即拉开她面幕,伸指到她鼻底一试,幸好微微尚有呼吸,心想:"须得拔去钢锥,止住流血。"伸手抓住锥柄,咬紧牙关,用力一拔,钢锥应手而起。他不知闪避,一股鲜血只喷得满头满脸都是。

木婉清痛得大叫一声,醒了转来,但跟着又晕了过去。

段誉死命按住她的伤口,不让鲜血流出,可是血如泉涌,却哪里按得住?他无法可施,随手在地下拔些青草,放在口中嚼烂了,敷上她伤口,但鲜血涌出,立将草泥冲开,忽地记起:"先前她中了钩伤,曾从怀中取出药来敷上,不久便止了血。"

轻轻伸手到她怀中,将触手所及的物事一一掏了出来,见是一只黄杨木梳子、一面小铜镜、两块粉红色的手帕,另有三只小木盒、一个瓷瓶。他见到这些闺阁之物,不禁一呆,这时方始意会到,眼前这人是个姑娘,自己伸手到她衣袋中乱掏乱寻,未免太也无礼,而这些梳镜巾盒之属,和这个杀人不眨眼的魔头却又实在难以联在一起。

他曾见木婉清从瓷瓶倒了些绿色粉末给司空玄,冒充是童姥的灵药,可不知这些绿粉能不能止血,揭开一只盒子,登时幽香扑鼻,见盒中盛的乃是胭脂。第二只盒子装的是半盒白色粉末,第三

· 119 ·

盒是黄色粉末，放近鼻端嗅了嗅，白色粉末并无气息，黄色粉末却极为辛辣，一嗅之下，登时打个喷嚏，心想："不知这是金创药，还是杀人的毒药？倘若用错了，岂不糟糕。"伸指用力捏木婉清的人中，过了半晌，她微微睁开眼来。

段誉大喜，忙问："木姑娘，哪一盒药能止血治伤？"木婉清道："红色的。"说了三字，又闭上眼睛。段誉再问："红色的？"她便不答了。段誉好生奇怪，心想红色的这一盒明明是胭脂，怎能治伤？但她既如此说，且试一试再说，总是胜于将毒药敷上了伤口。

于是将她伤口附近的衣衫撕破一些，伸指挑些胭脂，轻轻敷上。手指碰到她伤口时，木婉清迷迷糊糊中仍是觉痛，身子一缩。段誉安慰道："莫怕，莫怕，咱们先止了血再说。"说也奇怪，这胭脂竟然灵效无比，涂上伤口不久，流血便慢慢少了；又过了一会，伤口中渗出淡黄色水泡。段誉自言自语："金创药也做得像胭脂一般，女孩儿家的心思可真有趣。"

他累了半天，到这时心神才略略宁定，听得对崖上叫骂喧哗声已然止息，寻思："莫非他们真的从谷中攻上来么？"伏在地下爬到崖边一张，一颗心不禁怦怦乱跳，不出所料，果见对面山崖上十余人正慢慢向谷底攀援而下。山谷虽深，总有尽头，这些人只须到了谷底，便可攀到这边崖上，看来最多过得两三个时辰，敌人便即攻到了。

虽然身处绝境，总不能束手待毙，相度四周地势，见处身所在是座高崖，一面临江，三面皆是深谷，无路可逃，他长长叹了口气，将木婉清抱到一块突出的岩石底下，以避山风，然后弓着身子搬集石块，聚在崖边低洼之处。好在崖上到处全是乱石，没多时便搬了五六百块。诸事就绪，便坐在木婉清身旁闭目养神。

这一坐倒，便觉光屁股坐在沙砾之上，刺得微微生痛，心道：

"我二人这是'夬卦','九四,臀无肤,其行次且;牵羊悔亡,闻言不信。''次且'者,赵趄也,却行不顺也,这一卦再准也没有了。我是'臀无肤'。这'肤'字如改成个'裤'字,就更加妙。她老是说男子爱骗人,正是'闻言不信'。可是她'牵羊悔亡',我岂不是成了一头羊?但不知她是不是后悔?"

他彻夜未睡,实已疲累不堪,想了几句《易经》,便欲睡去,然知敌人不久即至,却哪里敢睡着?只闻到木婉清身上发出阵阵幽香,适才试探她鼻息之时,曾揭起她鼻子以下的面幕,当时悬念她生死,没留神她嘴巴鼻子长得如何,这时却不敢无端端的再去揭开她面幕瞧个清楚,回想起来,似乎她脸上肌肤白嫩,至少不会是她所说的那般"满脸大麻皮"。

此刻木婉清昏迷不醒,倘若悄悄揭开她面幕一看,她决计不会知道,他又想看,又不敢看,思潮起伏不定:"我跟她在此同生共死,十九要同归于尽,倘若直到一命呜呼之时仍然不曾见过她一面,岂不是死得好冤?"但心底隐隐又怕她当真是满脸的大麻皮,寻思:"她若不是丑逾常人,何以老是戴上面幕,不肯以真面目示人?这姑娘行事凶恶,料想和'清秀美丽'四字无缘,不看也罢。"

一时心意难决,要想起个卦来决疑,却越来越倦,竟尔朦朦胧胧的睡去了。

也不知睡了多少时候,突然间听到喀喇声响,急忙奔到崖边,只见五六名汉子正悄没声的从这边山崖攀将上来。只是山崖陡峭,上得极为艰难。段誉暗叫:"好险,好险!"拿起一块石头,向崖边投了下去,叫道:"别上来,否则我可不客气了。"

他居高临下,投石极是方便,攀援上山的众汉子和他相距数十丈,暗器射不上来,听到他的叫声,便即停步,但迟疑了片刻,随即在山石后躲躲闪闪的继续爬上。段誉将五六块石头乱投下去,只听得啊、啊两声惨呼,两名汉子被石块击中,堕入下面深谷,显是粉身碎骨而亡。其余汉子见势头不对，纷纷转身下逃，一人逃得急了，陡崖上一个失足，又是摔得尸骨无存。

段誉自幼从高僧学佛，连武艺也不肯学，此时生平第一次杀人，不禁吓得脸如土色。他原意是投石惊走众人，不意竟然连杀两人，又累得一人摔死，虽然明知若不拒敌，敌人上山后自己与木婉清必然无幸，但终究难过之极。

他呆了半晌，回到木婉清身边，只见她已然坐起，倚身山石。段誉又惊又喜，道："木姑娘，你……你好啦！"木婉清不答，目光从面幕的两个圆孔中射出来，凝视着他，颇有严峻凶恶之意。段誉柔声劝道："你躺着再歇一会儿，我去找些水给你喝。"木婉清道："有人想爬上山来，是不是？"

段誉眼中泪水夺眶而出，举袖擦了擦眼泪，呜咽道："我失手打死了两人，又……又吓得……吓得跌死了一人。"木婉清见他哭泣，好生奇怪，问道："那便怎样？"段誉呜咽道："上天有好生之德，我……我无故杀人，罪业非小。"顿足又道："这三人家中或有父母妻儿，闻知讯息，定必悲伤万分，我……我如何对得起他们？如何对得起他们的家人？"木婉清冷笑道："你也有父母妻儿，是不是？"段誉道："我父母是有的，妻儿却还没有。"

木婉清眼光中突然闪过一阵奇怪的神色，但这目光一瞬即逝，随即回复原先锋利如刀、寒冷若冰的神情，说道："他们上得山来，杀不杀你？杀不杀我？"段誉道："那多半是要杀的。"木婉清道："哼！你是宁可让人杀死，却不愿杀人？"

段誉低头沉思，道："倘若单是为我自己，我决不愿杀人。不过……不过，我不能让他们害你。"木婉清厉声道："为什么？"段誉道："你救过我，我自然要救你。"木婉清道："我问你一句话，你若有半分虚言，我袖中短箭立时取你性命。"说着右臂微抬，对准了他。段誉道："你杀了这许多人，原来短箭是从袖中射出来的。"

木婉清道:"呆子,你怕不怕我?"段誉道:"你又不会杀我,我怕什么?"木婉清狠狠的道:"你惹恼了我,姑娘未必不杀你。我问你,你见过我的脸没有?"段誉摇摇头,道:"没有。"木婉清道:"当真没有?"她话声越来越低,额上面幕湿了一片,显是用力多了,冷汗不住渗出,但话声仍是十分严峻。

段誉道:"我何必骗你?你其实不用'闻言不信'。"木婉清道:"我昏去之时,你何以不揭我面幕?"段誉摇头道:"我只顾治你背上伤口,没想到此事。"木婉清又气又急,喘息道:"你……你见到我背上肌肤了?你……你在我背上敷药了?"段誉道:"是啊,你的胭脂膏真灵,我万万料想不到这居然是金创药膏。"

木婉清道:"你过来,扶我一扶。"段誉道:"好!你原不该说这许多话,多歇一会,再想法子逃生。"说着走过去扶她,手掌尚未碰到她手臂,突然间拍的一声,左颊上热辣辣的吃了一记耳光。她虽在重伤之余,出手仍是极为沉重。

段誉给她打得头晕眼花,身子打了个旋,双手捧住面颊,怒道:"你……你干么打我?"木婉清怒道:"大胆小贼,你……你竟敢碰我身上肌肤,竟敢……竟敢看我的背脊……"急怒之下,登时晕倒,横斜在地。

段誉一惊,也不再记她掌掴之恨,忙抢过去扶起。只见她背脊上又有大量血水渗出,适才她出掌打人,使力大了,本在慢慢收口的伤处复又破裂。

段誉一怔:"木姑娘怪我不该碰她身上肌肤,但若不救,她势必失血过多而死。事已如此,只好从权,最多不过给她再打两记耳光而已。"于是撕下衣襟,给她擦去伤口四周的血渍,但见她肌肤晶莹如玉,皓白如雪,更闻到阵阵幽香,当下不敢多看,匆匆忙忙的挑些胭脂膏儿,敷上伤口。

·123·

这一次木婉清不久便即醒转，一睁眼，便向他恶狠狠的瞪视。段誉怕她再打，离得远远地。木婉清道："你……你又……"觉到背上伤口处阵阵清凉，知道段誉又替自己敷上了新药。段誉道："我……我不能见死不救。"木婉清只是喘气，没力气说话。

段誉听到左首淙淙水声，走将过去，见是一条清澈的山溪，于是洗净了双手，俯下身去喝了几口，双手捧着一掬清水，走到木婉清身边，道："张开嘴来，喝水罢！"木婉清微一迟疑，流了这许多血后，委实口渴得厉害，于是揭起面幕一角，露出嘴来。

其时日方正中，明亮的阳光照在她下半张脸上。段誉见她下颏尖尖，脸色白腻，一如其背，光滑晶莹，连半粒小麻子也没有，一张樱桃小口灵巧端正，嘴唇甚薄，两排细细的牙齿便如碎玉一般，不由得心中一动："她……她实是个绝色美女啊！"这时溪水已从手指缝中不住流下，溅得木婉清半边脸上都是水点，有如玉承明珠，花凝晓露。段誉一怔，便不敢多看，转头向着别处。

木婉清喝完了他手中溪水，道："还要，再去拿些来。"段誉依言再去取水，接连捧了三次，她方始解渴。

段誉爬到崖边张望，只见对面崖上还留着七八名汉子，手中各持弓箭，监视着这边。再向山谷中望时，不见有人爬上，但料知敌人决不会就此死心，势必是另筹攻山之策。

他摇了摇头，又到溪边捧些水喝了，再洗去脸上从木婉清伤口中喷出来的血渍，心想："那断肠散的解药，吃不吃其实也不相干，不过还是吃了罢。"从怀中取出瓷瓶，倒些解药送入口中，和些溪水吞服了，心道："这解药苦得很，远不如断肠散甜甜的好吃。唉，想不到木姑娘竟是这般美貌。最好是来个'睽'卦'初六'、'丧马'，'见恶人无咎'。"

又想："这崖顶上有水无食，敌人其实不必攻山，数日之后，咱二人饿也饿死了。"垂头丧气的回到木婉清身前，说道："可惜这山上没果子，否则也好采几枚来给你解饥。"

木婉清道："这些废话，说来有什么用？"过了一会，问道："你怎么识得锺家小妞儿的？"段誉将如何在剑湖宫中初识锺灵、自己如何受辱而承她相救等情一一说了。

木婉清一声不响的听完，冷笑道："你不会武功，却多管江湖上闲事，不是活得不耐烦了么？"段誉歉然道："我自作自受，也没话好说，只是连累姑娘，心中好生不安。"

木婉清道："你连累我什么？这些人的仇怨是我自己结下的，世上便没你这个人，他们还不是一般的来围攻我？只不过若没有你，我便可以了无牵挂……杀个……杀个痛快，给他们乱刀分尸，也胜于在这荒山上饿死。"她说到"了无牵挂"四字，顿了一顿，觉得亲口承认牵挂于他，大是不该，不由得脸上一阵发烧。只是面幕遮住了她脸，段誉全没觉得，而她语音有异，段誉也没留神，只道她伤后体弱，说话不畅，便安慰她道："姑娘休息得几天，待背上伤处好了，那时再冲杀出去，他们也未必拦得住你。"木婉清冷笑道："你倒说得稀松平常，我这伤几天之内怎好得了？对方好手着实不少……"

猛听得对面崖上一声厉啸，只震得群山鸣响。木婉清不禁全身一震，颤声道："那……那是谁？内功这等了得？"一伸手，抓住了段誉的手臂。只听得啸声回绕空际，久久不绝，群山所发出的回声来去冲击，似乎群鬼夜号，齐来索命。其时虽是天光白日，段誉于一刹那间好似眼前天也黑了下来。过了良久，啸声才渐渐止歇。

木婉清道："这人武功厉害得紧，我说什么也是没命的了。你……你快快想法子逃命去罢，不用再管我了。"段誉微笑道："木姑娘，你把段誉看得忒也小了。姓段的虽然名誉极坏，也不至于是这样的人。"

木婉清一双妙目向他凝视半响，目光中竟流露不胜凄婉之情，柔声道："'名誉极坏'什么的，是我跟你闹着玩的，你别放在心上。你又何苦要陪着我一起死，那……那又有什么用？你逃得性命，有时能想念我一刻，也就是了。"

段誉从未听过她说话如此温柔，这啸声一起，她突然似乎变作了另一个人，只不过她恶狠狠、冷冰冰的说惯了，这些斯斯文文的话说来不免有些生硬，微笑道："木姑娘，我喜欢听你这么说话，那才像是个斯文美貌的好姑娘。"

木婉清哼的一声，突然厉声道："你怎么知道我美貌？你见过我的相貌了，是不是？"手上一紧，便如一只铁箍般扣住了段誉的手臂。段誉叹了口气，道："我拿水给你喝时，见到你一半脸孔。便只一半容貌，便是世上罕有的美人儿。"

木婉清虽然凶狠，终究是女孩儿家，得人称赞，不免心头窃喜，何况她长带面幕，向来只听别人称赞自己武功了得，从没赞她容貌的，心中一高兴，便放松了手，道："你快去找个山洞什么的躲了起来，不论见到什么，都不许出来。只怕那人顷刻间便要上来了。"

段誉吃了一惊，道："不能让他上来。"跳起身来，奔到崖边，突然间眼前一花，只见一个黄色人影快速无伦的正扑上山来。山坡极为陡削，那人却登山如行平地，比之猿猴犹更矫捷。段誉心下骇然，叫道："喂，你再上来，我要用石头掷你了！"那人哈哈大笑，反而纵跃得更加快了。

段誉见他在这一笑之间，便又上升了丈许，无论如何不能让他上山，但又不愿再杀伤人命，便拾起一块石头在那人身旁几丈外投了下去。石头虽不甚大，但自高而落，呼呼声响，势道颇足惊人，段誉叫道："喂，你瞧见了么？要是我投在你身上，你便没命了，快快退回去罢。"那人冷冷笑道："臭小子，你不要狗命了？敢对我这等无礼!"

段誉见他又纵上数丈,情势已渐危急,当下举起几块石头,对准他头顶掷了下去。双目一闭,不敢瞧他堕崖而亡的惨状。只听得呼呼两声,那人纵声长笑。段誉心中奇怪,睁开眼来,但见几块石头正向深谷中跌落,那人却是丝毫无恙。段誉这一下可就急了,忙将石头接二连三的向他掷去。

那人待石头落到头顶,伸掌推拨,石头便即飞开,有时则轻轻一跃,避过石头。段誉一口气投了三十多块石头,只不过略阻他上跃之势,却损不到他毫发。段誉眼见他越跃越近,再也奈何他不得,狰狞可怖的面目已隐约可辨,忙回身奔到木婉清身旁,叫道:"木……木姑娘,那……那人好生厉害,咱们快逃。"木婉清冷冷的道:"来不及啦。"

段誉还待再说,猛然间背心上一股大力推到,登时凌空飞出,一交摔入树丛之中,只跌得昏天黑地,幸好着地之处长满了矮树,除了脸上擦破数处,并未受伤。他挣扎着爬起,只见那人已站在木婉清之前。

段誉快步奔前,挡在木婉清身前,问道:"尊驾是谁?为何出手伤人?"木婉清惊道:"你……你快逃,别在这里。"

那人哈哈大笑,说道:"逃不了啦。老子是南海鳄神,武功天下第……第……嘿嘿,两个小娃娃一定听到过我的名头,是不是?"

段誉心中怦怦乱跳,强自镇定,向那人瞧去,第一眼便见到他一个脑袋大得异乎寻常,一张阔嘴中露出白森森的利齿,一对眼睛却是又圆又小,便如两颗豆子,然而小眼中光芒四射,向段誉脸上骨碌碌的一转,段誉不由得打了一个寒噤。但见他中等身材,上身粗壮,下肢瘦削,颏下一丛钢刷般的胡子,根根似戟,却瞧不出他年纪多大。身上一件黄袍,长仅及膝,袍子是上等锦缎,甚是华贵,下身却穿着条粗布裤子,污秽褴褛,颜色难辨。十根手指又尖又长，宛如鸡爪。段誉初见时只觉此人相貌丑陋，但越看越觉他五官形相、身材四肢，甚而衣着打扮，尽皆不妥当到了极处。

木婉清道："你过来，站在我身旁。"段誉道："他……他会不会伤你？"木婉清冷笑道："凭你这点点微末道行，能挡得住'南海鳄神'吗？"但见他居然奋不顾身的来保护自己，却也不禁感动。

段誉心想不错，这怪人如要逐走自己，原只一举手之劳，倒是别惹怒他才是，于是站到木婉清身畔，说道："原来尊驾外号叫作'南海鳄神'，武功天下第……第……那个，久闻大名，如雷贯耳。在下这几天来见识了不少英雄好汉，实以尊驾的武功最是厉害。我投了几十块石头打你，居然一块也打不着。尊驾武功高强，了不起之至。"心想："我虽然大送高帽，可是他的确武功高强，这马屁倒也不是违心之拍。"

南海鳄神听段誉大赞他武功厉害，心下得意之极，干笑了两声，道："小子的本领稀松平常，眼光倒还不错。你滚开罢，老子饶你性命。"段誉大喜，道："那你老人家连木姑娘也一起饶了罢！"南海鳄神一双圆眼一沉，一伸手，将段誉推得登登登接连退出几步，沉声道："你走上一步，老子便不饶你了。"段誉心想："这种江湖人物说得出，做得到，我还是站着不动的为妙。"

只见南海鳄神圆睁一双小眼，不住向木婉清打量，问道："'小煞神'孙三霸是你杀的，是不是？"木婉清道："不错。"南海鳄神道："他是我心爱的弟子，你知不知道？"段誉暗暗叫苦："糟糕，糟糕！木姑娘杀了他心爱的弟子，这事就不易善罢了。我就是给他连戴十顶高帽子，只怕也不管事。"木婉清道："杀的时候不知道，过了几天才知道。"南海鳄神道："你怕我不怕？"木婉清道："不怕！"

南海鳄神一声怒吼，声震山谷，喝道："你胆敢不怕我？

你……你好大的胆子！仗着谁的势头了？"

木婉清冷冷的道："我便是仗了你的势。"南海鳄神一呆，喝道："胡说八道！你能仗我什么势了？"木婉清道："你位列'四大恶人'，这么高的身份，这么大的威名，岂能和一个身受重伤的女子动手？"这几句话捧中有套，南海鳄神一怔之下，仰天哈哈大笑，说道："这话倒也有理。"

段誉听到"四大恶人"四字，心想原来他是锺灵之父锺万仇请来的朋友，不妨拉拉锺万仇的交情，或许有点用处，待听他说"这话倒也有理"，忙道："江湖上到处都说南海鳄神是大大的英雄好汉，别说决不欺侮受了伤的女子，便是受了伤的男子也不打。大家又说，南海鳄神连单身男人也不打，对手越多，他打起来越高兴，这才显得他老人家武功高强。"

南海鳄神眯着一对圆眼，笑吟吟的听着，不住点头，问道："这话倒也有理。你听谁说的？"段誉道："无量剑东宗掌门左子穆，西宗掌门辛双清，神农帮帮主司空玄，万劫谷谷主'马王神'锺万仇，他夫人'俏药叉'甘宝宝，还有来自江南的瑞婆婆、平婆婆，嘿嘿，太多，太多，我也记不清那许多了。"

南海鳄神点头道："你这小子有意思。下次你听到有谁说老子英雄了得，须得牢牢记住他姓名。"转头问木婉清道："听说你武功不错啊，怎地会受了重伤，是给谁伤的？"

木婉清悻悻的道："他们四个打我一个啊。倘若是你南海鳄神，当然不怕，敌人越多越好，我可不成了。"南海鳄神道："这话倒也有理。四个人打一个姑娘，好不要脸。"段誉忙道："是啊。真正的英雄好汉，连单打独斗也不干，哪有四个打一个之理？只可惜你老人家当时没见到，否则你一手一个，登时便将他们打得筋折骨断。"南海鳄神摇头道："不对！不对！不对！"

他大脑袋一摇，说声"不对"，段誉心中就是一跳，他连说三声"不对",段誉心中大跳了三下,不知什么地方说错了,却听他道:"我不把人家打得筋折骨断。我只这么喀喇一声,扭断了他龟儿子的脖子。筋折骨断,不一定死,那不好玩。扭断脖子,龟儿子就活不成了。你要是不信,我就扭了你的脖子试试。"

段誉忙道:"我信,我信,那倒不用试了。"随即记起,锺万仇的家人进喜儿接待"四大恶人"之一的岳老二,只因叫错了一句"三老爷",又说他是"大大的好人",便给他扭断了脖子,看来这人便是岳老二了,说道:"是啊,你是恶得不能再恶的大恶人,有人说你是岳老二,我说该当叫岳老大才是。你岳老大扭人脖子,哪里还能让他活命?"

南海鳄神大喜,抓住了他双肩连连摇晃,笑道:"对,对!你这小子真聪明,知道我是恶得不能再恶的大恶人。岳老大是不行,老二是不错的。"

段誉只给他抓得双肩疼痛入骨,仍然强装笑容,说道:"谁说的?'岳老大'三字,当之无愧。"心中暗暗惭愧:"段誉啊段誉,你为了要救木姑娘,说话太也无耻,谄谀奉承,全无骨气。圣贤之书,读来何用?"又想:"倘若为我自己,那是半句违心之论也决计不说的,贪生怕死,算什么大丈夫了?只不过为了木姑娘,也只得委屈一下了。易象曰:'柔顺利贞,君子攸行',就是以柔克刚的道理。"言念及此,心下稍安。

南海鳄神放开段誉肩头,向木婉清道:"岳老二是英雄好汉,不杀受了伤的女子……"段誉心想:"他始终不敢自居老大,不知那个老大更是何等恶人?"生怕得罪了他,不敢多问。只听他续道:"……下次待你人多势众之时,我再杀你便了,今日不能杀你了。我且问你,我听你说,你长年戴了面幕,不许别人见你容貌,倘若有人见到了,你如不杀他,便得嫁他,此言可真?"

段誉大吃一惊,只见木婉清点了点头,不由得惊疑更甚。

南海鳄神道："你干么立下这个怪规矩？"木婉清道："这是我在师父跟前立下的毒誓，若非如此，师父便不传我武艺。"南海鳄神问道："你师父是谁？这等希奇古怪，乱七八糟，放屁，放屁！"木婉清傲然道："我敬重你是前辈，尊你一声老人家。你出言不逊，辱我师父，却是不该。"

南海鳄神手起一掌，击在身旁一块大石之上，登时石屑纷飞，几粒石屑溅到段誉脸上，弹得他甚是疼痛。段誉暗想："一个人的武功竟可练到这般地步，如果击上血肉之躯，别人还有命么？"却见木婉清目不稍瞬，浑不露畏惧之意。

南海鳄神向她瞪视半晌，道："好，算你说得有理。你师父是谁？嘿嘿，这等……这等……嘿嘿。"木婉清道："我师父叫做'幽谷客'。"南海鳄神沉吟道："'幽谷客'？没听见过。没有名气！"木婉清道："我师父隐居幽谷，才叫'幽谷客'啊！怎能与你这般大名鼎鼎的人物相比？"

南海鳄神点头道："这话倒也有理。"突然提高声音，喝道："我那徒儿孙三霸，是不是想看你容貌，因而给你害死？"木婉清冷冷的道："你知道自己徒儿的脾气。他只消学得你本事十成中的一成，我便杀他不了。"南海鳄神点头道："这话倒也有理。"但想到自己这一门的规矩，向来一徒单传，孙三霸一死，十余年传功督导的心血化为乌有，越想越恼，大喝一声："他妈的！"

木婉清和段誉见他一张脸皮突转焦黄，神情狰狞可怖，均是心下骇然，只听他大声道："我要给徒儿报仇！"

段誉说道："岳二爷，你说过不伤她性命的。再说，你的徒弟学不到你武功的一成，死了反而更好，免得活在世上，教你大失面子。"南海鳄神点头道："这话倒也有理。岳老二的面子是万万失不得的。"问木婉清道："我徒儿看到了你容貌没有？"木婉清咬牙道："没有！"南海鳄神道："好！三霸这小子死不瞑目，让我来瞧瞧你的相貌。看你到底是个丑八怪，还是个天仙般的美女。"

木婉清这一惊当真非同小可，自己曾在师父之前立下毒誓，倘若南海鳄神伸手来强揭面幕，自己自然无法杀他，难道能嫁给此人？忙道："你是武林中的成名高人，岂能作这等卑鄙下流之事？"

南海鳄神冷笑道："我是恶得不能再恶的大恶人，作事越恶越好。老子生平只有一条规矩，乃是不杀无力还手之人。此外是无所不为，无恶不作。你乖乖的自己除下面幕来，不必麻烦老子动手。"木婉清颤声道："你当真非看不可？"南海鳄神怒道："你再啰里啰唆，就不但除你面幕，连你全身衣衫也剥你妈个清光。老子不扭断你脖子，却扭断你两只手、两只脚，这总可以罢？"

木婉清心道："我杀他不得，惟有自尽。"向段誉使个眼色，叫他赶快逃生。段誉摇了摇头，只见南海鳄神钢髯抖动，"嘿"的一声，伸出鸡爪般的五指，便去抓她面幕。

木婉清一揿袖中机括，噗噗噗，三枝短箭如闪电般激射而出，一齐射中南海鳄神小腹。哪知跟着拍拍拍三声响，三枝箭都落在地下，似乎他衣内穿着什么护身皮甲。木婉清身子一颤，又是三枝毒箭射出，两枝奔向他胸膛，第三枝直射面门。射向他胸膛的两枝毒箭仍是如中硬革，落在地下。第三枝箭将到面门，南海鳄神伸出中指，轻轻在箭杆上一弹，那箭登时飞得无影无踪。

木婉清抽出长剑，便往自己颈中抹去，只是重伤之后，出手不快，南海鳄神一把抢过，掷在地下，嘿嘿两声冷笑，说道："我的规矩，只是不杀无力还手之人，你射我六箭，那是向我先动手了。我要先看看你的脸蛋，再取你小命。这是你自己先动手的，可怪不得我坏了规矩。"

段誉叫道："不对！"南海鳄神转头道："怎么？"段誉道："你是英雄好汉，不能欺侮身受重伤的女子。"南海鳄神道："她向我连射六枝毒箭，你没瞧见么？是身受重伤的女子欺侮英雄好汉，并不是英雄好汉欺侮身受重伤的女子。"段誉道:"这还是不对。"南海鳄神怒道:"怎么还是不对?放屁!"段誉道:"你的规矩,乃是'不杀无力还手之人'这八个字,是不是?"南海鳄神圆睁豆眼,道:"不错!"段誉道:"这八个字能不能改?"南海鳄神怒道:"老子的规矩定了下来,自然不能改。"段誉道:"一个字都不能改?"南海鳄神道:"半个字也不能改。"段誉道:"倘若改了,那是什么?"南海鳄神怒道:"那是乌龟儿子王八蛋!"

段誉道:"很好,很好!你没有打木姑娘,木姑娘却放箭射你,这并不是'还手',这叫做'先下手为强'。倘若你出手打她,她重伤之下,决计没有招架还手之力。因此她是有力偷袭,无力还手。你如杀她,那便是改了你的规矩,你如改了规矩,那便是乌龟儿子王八蛋。"他幼读儒经佛经,于文义中的些少差异,辨析甚精,什么"是不为也,非不能也",什么"白马非马,坚石非石",什么"有相无性,非常非断",钻研得一清二楚,当此紧急关头,抓住了南海鳄神一句话,便跟他辩驳起来。

南海鳄神狂吼一声,抓住了他双臂,喝道:"你胆敢骂我是乌龟儿子王八蛋!"又开五指,便要伸向他头颈。

段誉道:"你如改了规矩,便是乌龟儿子王八蛋。倘若规矩不改,便不是乌龟儿子王八蛋。你爱不爱做乌龟儿子王八蛋,全瞧你改不改规矩。"

木婉清见他生死系于一线,在这如此凶险的情境之下,仍是"乌龟儿子王八蛋"的骂个不休,心想南海鳄神必定狂性大发,扭断了他脖子,心下一阵难过,眼泪夺眶而出,转过了头,不忍再看。

不料南海鳄神给他这几句话僵住了,心想我如扭断他的脖子,便是杀了一个无力还手之人,岂非成了乌龟儿子王八蛋?一对小眼瞪视着他,左手渐渐使劲。段誉的臂骨格格作响,几欲断折,痛得几欲晕去,大声道:"我无力还手,你快杀了我罢!"南海鳄神道："我才不上你的当呢，你想叫我做乌龟儿子王八蛋，是不是？"说着提起他的身子，重重往地下摔落。段誉只跌得眼前一片昏黑，似乎五脏六腑都碎裂了。

南海鳄神喃喃的道："我不上当！我不杀你这两个小鬼。"一伸手，抓住木婉清身上所披的绿缎斗篷，嘶的一响，扯将下来。木婉清惊呼一声，缩身向后。南海鳄神扬手挥出，那斗篷飞将起来，乘风飘起，宛似一张极大的荷叶，飘出山崖，落向澜沧江上，飘飘荡荡的向下游飞去。南海鳄神狞笑道："你不取下面幕，老子再剥你的衣衫！"

木婉清向段誉招了招手，道："你过来。"段誉一跛一拐的走到她身前，凄然摇头。木婉清转头向他，背脊向着南海鳄神，低声道："你是世上第一个见到我容貌的男子！"缓缓拉开了面幕。

段誉登时全身一震，眼前所见，如新月清晖，如花树堆雪，一张脸秀丽绝俗，只是过于苍白，没半点血色，想是她长时面幕蒙脸之故，两片薄薄的嘴唇，也是血色极淡，段誉但觉她楚楚可怜，娇柔婉转，哪里是一个杀人不眨眼的女魔头？

木婉清放下面幕，向南海鳄神道："你要看我面貌，须得先问过我丈夫。"

南海鳄神奇道："你已嫁了人么？你丈夫是谁？"

木婉清指着段誉道："我曾立过毒誓，若有哪一个男子见到了我脸，我如不杀他，便得嫁他。这人已见了我的容貌，我不愿杀他，只好嫁他。"

段誉大吃一惊，道："这……这个……"

南海鳄神一呆，转过头来。段誉见他一双如蚕豆般的小眼向自己从上至下、又从下至上的细看，只给他瞧得心中发毛，背上发冷，只怕他狂怒之下，扑上来便扭断自己脖子。

忽听南海鳄神"啧啧啧"的赞美数声，脸现喜色，说道："妙极,妙极!快快转过身来!"段誉不敢违抗,转过身来。南海鳄神又道:"妙极,妙极!你很像我,你很像我!"

不管他说什么话,都不及"你很像我"这四字令段誉与木婉清如此诧异,二人均想:"这话莫名其妙之至,你武功高强,容貌丑陋,像你什么啊?何况还加上一个'很'字?"

南海鳄神一跳,跃到了段誉身边,摸摸他后脑,捏捏他手脚,又在他腰眼里用力揿了几下,裂开了一张嘴,哈哈大笑,道:"你真像我,真的像我!"拉住了他手臂,道:"跟我去罢!"段誉摸不着半点头脑,问道:"你叫我去哪里?"南海鳄神道:"跟着我去便是。快快叩头!求我收你为弟子。你一求,我立即答允。"

这一下当真大出段誉意料之外,嗫嚅道:"这个……这个……"

南海鳄神手舞足蹈,似乎拾到了天下最珍贵的宝贝一般,说道:"你手长足长,脑骨后凸,腰胁柔软,聪明机敏,年纪不大,又是男人,真是武学奇材。你瞧,我这后脑骨,不是跟你一般么?"说着转过身来。段誉摸摸自己后脑,果觉自己的后脑骨和他似乎生得相像,哪料到他说"你很像我",只不过是两人的一块脑骨相同。

南海鳄神笑吟吟的转身,说道:"咱们南海一派,向来有个规矩,每一代都是单传,只能收一个徒儿。我那死了的徒儿'小煞神'孙三霸,后脑骨远没你生得好,他学不到我一成本事,死得很好,一干二净,免得我亲手杀他,以便收你这个徒儿。"

段誉不禁打了个寒噤,心想这人如此残忍毒辣,只见到有人资质较好,便要杀了自己徒儿,以便另换弟子,别说自己不愿学武,便是要学武功,也决计不肯拜这等人为师。但自己倘若拒绝,大祸便即临头,正当无计可施之际,南海鳄神忽然大喝:"你们鬼鬼祟祟的干什么?都给我滚过来!"

只见树丛之中钻出十几个人来,瑞婆婆、平婆婆、那使剑汉子

· 135 ·

都在其内。原来南海鳄神一上崖顶,段誉不能再掷石阻敌,这一干人便乘机攀了上来。

这些人伏在树丛之中,虽都屏息不动,却哪里逃得过南海鳄神的耳朵?他乍得段誉这等良材美质,心中高兴,一时倒也不发脾气,笑嘻嘻的向瑞婆婆等横了一眼,喝道:"你们上来干什么?是来恭喜我老人家收了个好徒儿么?"

瑞婆婆向木婉清一指,说道:"我们是来捉拿这小贱人,给伙伴们报仇。"

南海鳄神怒道:"这小姑娘是我徒儿的老婆,谁敢拿她?他妈的,都给我滚开!"

众人面面相觑,均感诧异。

段誉大着胆子道:"我不能拜你为师。我早有了师父啦。"南海鳄神大怒,喝道:"你师父是谁?他的本领还大得过我么?"段誉道:"我师父的功夫,料想你半点也不会。这《周易》中的'卦象'、'系辞',你懂么?这'明夷'、'未济'的道理,你倒说给我听听。"南海鳄神搔了搔头皮,什么"卦象"、"系辞",什么"明夷"、"未济",果然连听也没听见过,可不知是什么神奇武功。

段誉见他大有为难之色,又道:"看来这些高深的本事你都是不会的了。因此老英雄的一番好意,我只有心领了,下次我请师父来跟你较量较量,且看谁的本事大。倘若你胜过了我师父,我再拜你为师不迟。"

南海鳄神怒道:"你师父是谁?我还怕了他不成?什么时候比武?"

段誉原是一时缓兵之计,没料到他竟会真的订约比武,正踌躇间,忽听得远处传来一阵尖锐悠长的铁哨声,越过数个山峰,破空而至。这哨声良久不绝,吹哨者胸中气息竟似无穷无尽、永远不需换气一般。崖上众人初听之时,也不过觉得哨声凄厉,刺人耳鼓,但越听越是惊异,相顾错愕。

南海鳄神拍了拍自己后脑,叫道:"老大在叫我,我没空跟你多说。你师父什么时候跟我比武?在什么地方?快说,快说!"

段誉吞吞吐吐的道:"这个……我可不便代我师父订什么约会。你一走,这些人便将我们二人杀了,我怎能……怎能去告知我师父?"说着向瑞婆婆等人一指。

南海鳄神头也不回,左手反手伸出,已抓住那使剑汉子的胸口,身向左侧,右手五根手指揿住他头盖,左手右转,右手左转,双手交叉一扭,喀喇一声,将那汉子的脖子扭断了。那人脸朝背心,一颗脑袋软软垂将下来。他右手已将长剑拔出了一半,出手也算极快,但剑未出鞘,便已身死。

这汉子先前与木婉清相斗,身子矫捷,曾挥剑击落她近身而发的毒箭,但在南海鳄神这犹似电闪的一扭之下,竟无半点施展余地,旁观众人无不吓得呆了。南海鳄神随手一抖,将他尸身掷在一旁。瑞婆婆手下三名大汉齐声虎吼,扑将上来。南海鳄神右足连踢三脚。三名大汉高高飞起,都摔入谷中去了。惨呼声从谷中传将上来,群山回响,段誉只听得全身寒毛直竖。瑞婆婆等无不吓得倒退。南海鳄神笑道:"喀喇一响,扭断了脖子,好玩,好玩。老子扭一个脖子不够,还要扭第二个。哪一个逃得慢的,老子便扭断他的脖子。"

瑞婆婆、平婆婆等吓得魂飞魄散,飞快的奔到崖边,纷纷攀援而下。

南海鳄神连声怪笑,向段誉道:"你师父有这本事吗?你拜我为师,我即刻教你这门本事。你老婆武功不错,她如不听你话,你喀喇一下,就扭断了她的脖子……"

突然间铁哨声又作,这次却是叽叽、叽叽的声音短促,但仍是连续不绝。南海鳄神叫道:"来啦,来啦!你奶奶的,催得这么紧。"向段誉道:"你乖乖的等在这里,别走开。"急步奔出,往崖边纵身跳了下去。

段誉又惊又喜:"他这一跳下去,可不是死了么?"奔到崖边看时,只见他正一纵一跃的往崖下直落,一堕数丈,便伸手在崖边一按,身子跃起,又堕数丈,过不多时,已在谷口的白云中隐没。

段誉伸了伸舌头,回到木婉清身边,笑道:"幸亏姑娘有急智,将这大恶人骗倒了。"木婉清道:"什么骗倒了?"段誉道:"这个……姑娘说第一个见到你面貌的男子,你便得……便得……"

木婉清道:"谁骗人了?我立过毒誓,怎能不算?从今而后,你便是我的丈夫了。不过我不许你拜这恶人为师,学了他的本事来扭我脖子。"

段誉一呆,说道:"这是危急中骗骗那恶人的,如何当得真?我怎能做姑娘的……姑娘的……那个丈夫?"木婉清扶着岩壁,颤巍巍的站起身来,说道:"什么?你不要我么?你嫌弃我,是不是?"

段誉见她恼怒之极,忙道:"姑娘身子要紧,这一时戏言,如何放在心上?"木婉清跨前一步,拍的一声,重重打了他一个耳光,但腿上一软,站立不住,一交摔在他怀中。段誉忙伸手搂住。

木婉清给他抱住了,想起他是自己丈夫,不禁全身一热,怒气便消了,说道:"快放开我。"

段誉扶着木婉清坐倒,让她仍是靠在岩壁之上,心想:"她性子本已乖张古怪,重伤之后,只怕更是胡里胡涂。眼下只有顺着她些,她说什么,我便答应什么。这'困'卦中不是说'有言不信'吗?既然遇'困',也只好'有言不信'了。否则的话,我既做大恶人的徒弟,又做这恶姑娘的丈夫,我段誉岂不也成了小恶人了？"想到此处，不禁暗暗好笑，便柔声慰道："你别生气，我来找些什么吃的。"

木婉清道："这高崖光秃秃地，有什么可吃的？好在那些人都给吓走了。待我歇一歇，养足力气，背你下山。"段誉连连摇手，说道："这个……这个……这万万不可，你路也走不动，怎么还能背我？"

木婉清道："你宁可自己性命不要，也不肯负我。郎君，我木婉清虽是个杀人不眨眼的女子，却也愿为自己丈夫舍了性命。"这几句话说来甚是坚决。

段誉道："多谢你啦，你养养神再说。以后你不要再戴面幕了，好不好？"木婉清道："你叫我不戴，我便不戴。"说着拉下了面幕。

段誉见到她清丽的容光，又是一呆，突然之间，腹中一阵剧烈的疼痛，不由得"啊哟"一声，叫了出来。这阵疼痛便如一把小刀在肚腹中不住绞动，将他肠子一寸寸的割断。段誉双手按住肚子，额头汗珠便如黄豆般一粒粒渗出来。

木婉清惊道："你……你怎么啦？"段誉呻吟道："这……这断肠散……断肠散……"木婉清道："啊哟，你没服解药吗？"段誉道："我服过了。"木婉清道："只怕份量不够。"从他怀中取出瓷瓶，倒些解药给他服下，但见他仍是痛得死去活来，拉着他坐在自己身旁，安慰道："现下好些了么？"段誉只痛得眼前一片昏黑，呻吟道："越来越痛……越痛了。这解药只怕是假……假的。"

木婉清怒道："这司空玄使假药害人，待会咱们去把神农帮杀个干干净净。"段誉道："咱们……咱们给他的也是……也是假药。司空玄以直报怨，倒也……倒也怪他不得。"

木婉清怒道："什么怪他不得？咱们给他假药不打紧，他怎么能给咱们假药？"用袖子给他抹了抹汗，见他脸色惨白，不由得一

· 139 ·

阵心酸，垂下泪来，呜咽道："你……你不能就此死了！"将右颊凑过去贴住他左颊，颤声道："郎……郎君，你可别死！"

段誉的上身给她搂着，他一生之中，从未如此亲近过一个青年女子，脸上贴的是嫩颊柔腻，耳中听到的是"郎君、郎君"的娇呼，鼻中闻到的是她身上的幽香细细，如何不令他神魂飘荡？便在此时，腹中的疼痛恰好也渐渐止歇了。原来司空玄所给的并非假药，只是这断肠散实是霸道之极的毒药，此时发作之期渐近，虽然服了解药后毒性渐渐消除，腹中却难免一阵阵时歇时作的剧痛。这情形司空玄自然知晓，只是当时不敢明言，生怕惹恼了灵鹫宫的圣使。

木婉清听他不再呻吟，问道："现下痛得好些了么？"段誉道："好一些了。不过……不过……"木婉清道："不过怎样？"段誉道："如果你离开了我，只怕又要痛起来。"木婉清脸上一红，推开他的身子，嗔道："原来你是假装的。"

段誉登时羞得满脸通红，无地自容，但腹中又是一阵剧痛，忍不住又呻吟起来。

木婉清握住了他手，说道："郎君，如果你死了，我也不想活了。咱俩同到阴曹地府，再结夫妻。"段誉不愿她为自己殉情，说道："不，不！你得先替我报仇，然后每年来扫祭我的坟墓。我要你在我墓上扫祭三十年、四十年，我这才死得瞑目。"木婉清道："你这人真怪，人死之后，还知道什么？我来扫墓，于你有什么好处？"

段誉道："那你陪着我一起死了，我更加没有好处。喏，我跟你说，你这么美貌，如果年年来给我扫一次墓，我地下有知，瞧着你也开心。但如你陪着我一起死了，大家都变成了骷髅白骨，就没这么好看了。"

木婉清听他称赞自己，心下欢喜，但随即想到，今日刚将自己终身托付于他，他转眼却便要死去，不由得珠泪滚滚而下。

· 140 ·

段誉伸手搂住了她纤腰，只觉触手温软，柔若无骨，心中又是一动，便低头往她唇上吻去。他生平第一次亲吻女子，不敢久吻，便即仰头向后，痴痴的瞧着她美丽的脸庞，叹道："只可惜我命不久长，这样美丽的容貌，没多少时刻能见到了。"

木婉清给他一吻之后，一颗心怦怦乱跳，红晕生颊，娇羞无限，本来全无血色的脸上更增三分艳丽，说道："你是世间第一个瞧见我面貌的男子，你死之后，我便划破脸面，再也不让第二个男子瞧见我的本来面目。"

段誉本想出言阻止，但不知如何，心中竟然感到一阵妒意，实不愿别的男子再看到她这等容光艳色，劝阻之言到了口边，竟然说不出来，却问道："你当年为什么要立这样一个毒誓？这誓虽然古怪，倒也……倒也挺好！"

木婉清道："你既是我夫郎，说了给你听那也无妨。我是个无父无母之人，一生出来便给人丢在荒山野地，幸蒙我师父救了去。她辛辛苦苦的将我养大，教我武艺。我师父说天下男子个个负心，假使见了我的容貌，定会千方百计的引诱我失足，因此从我十四岁上，便给我用面幕遮脸。我活了十八年，一直跟师父住在深山里，本来……"

段誉插口道："嗯，你十八岁，小我一岁。"

木婉清点点头，续道："今年春天，我们山里来了一个人，是师父的师妹'俏药叉'甘宝宝派他送信来的……"段誉又插口道："'俏药叉'甘宝宝？那不是钟灵的妈妈？"木婉清道："是啊，她是我师叔。"突然脸一沉，道："我不许你老是记着钟灵这小鬼。你是我丈夫，就只能想着我一个。"段誉伸伸舌头，做个鬼脸。

木婉清怒道："你不听吗？我是你的妻子，也就只想着你一个，别的男子，我都当他们是猪、是狗、是畜生。"段誉微笑道："我可不能。"木婉清伸手欲打，厉声问道："为什么？"段誉笑道："我的妈妈，还有你的师父，那不都是'别的女子'吗？我怎能当她们都是畜生？"木婉清愕然，终于点了点头，说道："但你不能老是想着钟灵那小鬼。"段誉道："我没有老是想着她。你提到钟夫人，我才想到钟灵。你师父的信里说什么啊？"

木婉清道："我不知道。师父看了那信，十分生气，将那信撕得粉碎，对送信的人说：'我都知道了，你回去罢。'那人去后，师父哭了好几天，饭也不吃，我劝她别烦恼，她只不理，也不肯说什么原因，只说有两个女人对她不起。我说：'师父，你不用生气。这两个坏女人这样害苦你，咱们就去杀了。'师父说：'对！'于是我师徒俩就下山来，要去杀这两个坏女人。师父说，这些年来她一直不知，原来是这两个坏女人害得她这般伤心，幸亏甘宝宝跟她说了，又告知她这两个女人的所在。"

段誉心道："钟夫人好似天真烂漫、娇娇滴滴的，却原来这般工于心计。这可是借刀杀人啊。她自己恨这两个女子，却要你师父去杀了她们。"

木婉清续道："我们下山之时，师父命我立下毒誓，倘若有人见到了我的脸，我若不杀他，便须嫁他。那人要是不肯娶我为妻，或者娶我后又将我遗弃，那么我务须亲手杀了这负心薄幸之人。我如不遵此言，师父一经得知，便立即自刎。我师父说得出，做得到，可不是随口吓我。"

段誉暗暗心惊，寻思："天下任何毒誓，总说若不如此，自己便如何身遭恶报。她师父却以自刎作为要胁，这誓确是万万违背不得。"

木婉清又道："我师父便似是我父母一般，待我恩重如山，我如何能不听她的吩咐？何况她这番嘱咐，全是为了我好。当时我毫不思索，便跪下立誓。我师徒下得山来，便先到苏州去杀那姓王的坏女人。可是她住的地方十分古怪，岔来岔去的都是河滨港湾，我跟师父杀了那姓王坏女人的好些手下，却始终见不到她本人。后来我师父说，咱二人分头去找，一个月后倘若会合不到，便分头到大理来，因为另一个坏女人住在大理。哪知这姓王坏女人手下有不少武功了得的男女奴才，瑞婆婆和平婆婆这两个老家伙，便是这群奴才的头脑。我寡不敌众，边打边逃的便来到大理，找到了甘师叔。她叫我在她万劫谷外的庄子里住，说等我师父到来，再一起去杀大理那个坏女人。不料我师父没来，瑞婆婆这群奴才却先到了。以后的事，你就都知道了。"

她说得有些倦了，闭目养神片刻，又道："我初时只道你便如师父所说，也像天下所有的男子一般，都是无情无义之辈。哪知你借了我黑玫瑰去后，居然赶着回来向我报讯，这就不容易了。这群奴才围攻我，你不会武功，好心护着我。我……我又不是没良心之人，心中自然感激。"段誉心道："你将我拖在马后，浸入溪水，动不动就打我耳光，原来是心中感激。对啦！倘若不是心中感激，早就一箭射死我了。"

木婉清又道："你给我治伤，见到了我背心，我又见到了你的光屁股。我早在想，不嫁你只怕不行了。后来这南海鳄神苦苦相逼，我只好让你看我的容貌。"说到这里，转头向段誉凝视，妙目中露出脉脉柔情。

段誉心中一动："难道，难道她真的对我生情了么？"说道："你见到我光……光什么的，不用放在心上。刚才为事势所迫，你出于无奈，那也不用非遵守这毒誓不可。"

木婉清大怒，厉声道："我发过的誓，怎能更改？你的光屁股挺好看么？丑也丑死了。你如不愿娶我，乘早明言，我便一箭将你射死，以免我违背誓言。"

段誉欲待辩解，突然间腹中剧痛又生，他双手按住了肚子，大声呻吟。木婉清道："快说，你肯不肯娶我为妻？"段誉道：

"我……我肚子……肚子好痛啊!"木婉清道:"你到底愿不愿做我丈夫?"段誉心想反正这么痛将下去,总是活不久长了,何必在身死之前又伤她的心,令她终身遗恨?便点头道:"我……我愿娶你为妻。"

木婉清手指本已扣住袖中发射毒箭的机括,听他这么说,登时欢喜无限,一张俏脸如春花初绽,手离机括,笑吟吟的搂住了他,说道:"好郎君,我跟你揉揉肚子。"段誉道:"不,不!咱俩还没成婚!男女……男女授受不亲……这个……这个使不得。"木婉清道:"呸,怎地刚才又亲我了?"段誉道:"我见你生得太美,实在忍不住,可对不住了。"木婉清笑道:"也不用说对不住,你亲我,我也很欢喜呢。"段誉心道:"她天真无邪,才是真的,锺夫人可是假的。锺灵年纪小,也是真的。"

木婉清道:"是了!你饿得太久,痛起来加倍厉害些。我去割些这家伙的肉给你吃。"说着扶住石壁站起,要去割那给南海鳄神扭断了脖子的使剑汉子尸体上的肉。

段誉大吃一惊,登时忘了腹中疼痛,大声道:"人肉吃不得的,我宁死也不吃。"木婉清奇道:"为什么不能吃?我跟师父在山里之时,老虎肉也吃,豹子肉也吃,依你说都吃不得么?"段誉道:"老虎豹子自然能吃,人肉却吃不得!"木婉清道:"人肉有毒么?我倒不知道。"段誉道:"不是有毒。你是人,我是人,这汉子也是人。人肉不能吃的。"木婉清道:"为什么?我见豺狼饿了,就吃另外的豺狼。"段誉叹道:"是啊,倘若人也吃人,那不是跟豺狼一样了吗?"

木婉清自幼只跟师父在一起,从未和第三人相处,她师父性情怪僻,向来不跟她说起世事,是以她于世间的道德规矩、礼义律法,什么都不知道,这时听段誉说"人不能吃人",只是将信将疑,睁大一双俏眼,颇感诧异。

段誉道："你胡乱杀人，也是不对的。子曰：'己所不欲，勿施于人。'你不想给人杀了，也就不该杀人。别人有了危难苦楚，该当出手帮助，才是做人的道理。"

木婉清道："那么我逢到危难苦楚，别人也来帮我么？为什么我遇见的人，除了师父和你之外，个个都是想杀我、害我、欺侮我，从来不好好待我？老虎豹子要咬我、吃我，我便将它杀了。那些人要害我、杀我，我自然也将他们杀了。那有什么不同？"

这几句话只问得段誉哑口无言，只得道："原来世间的事情，你一点儿也不懂。"木婉清道："你不会武功，却来理武林中的事，我看世间的事情，你也懂不了多少。"段誉点点头苦笑，道："这话倒也有理。"

木婉清哼了一声，说道："什么'这话倒也有理'？你还没拜师父，倒已学会了师父的话。"段誉笑道："南海鳄神还明白有理无理，那也就没算恶得到家……"

忽听得木婉清"啊"的一声惊呼，扑入段誉怀中，叫道："他……他又来了……"段誉转过头来，只见崖边黄影一晃，南海鳄神跃了上来。

他见到段誉，裂嘴笑道："你还没磕头拜师，我放心不下，生怕给哪一个不要脸的家伙抢先收了去做徒儿。老大说，天下什么都是先下手为强，后下手遭殃，好东西拿到了手才是你的，给人家抢去之后，再要抢回来就不容易了。老大的话总是不错的，我打他不过，就得听他的话。喂，小子，快快磕头拜师罢。"

段誉心想此人要强好胜，爱戴高帽，但输给老大却是直言不讳，眼见他左眼肿起乌青，嘴角边也裂了一大块，定是给那个老大打的，世上居然还有武功胜于他的，倒也奇了，拜师是决计不拜的，只有跟他东拉西扯，说道："刚才老大吹哨子叫你去，跟你打了一架？"南海鳄神道："是啊。"段誉道："你一定打赢了，老大给你打得落荒而逃,是不是?"

南海鳄神摇头道:"不是,不是!他武功还是比我强得多。多年不见,我只道这次就算仍然打他不过,抢不到'四大恶人'中的老大,至少也能跟他斗上一二百个回合,哪知道三拳两脚,就给他打得躺在地下爬不起来。老大仍是他做,我做老二便了。不过我倒也在他胯上重重踢了一脚。他说:'岳老三,你武功很有长进了啊。'老大赞我武功很有长进,老大的话总是不错的。"

段誉道:"你是岳老二,不是岳老三。"南海鳄神脸有惭色,道:"多年不见,老大随口乱叫,他忘记了。"段誉道:"老大的话总是不错的。不会叫错了你排行罢?"

不料这句话正踏中了南海鳄神的痛脚,他大吼一声,怒道:"我是老二,不是老三。你快跪在地下,苦苦求我收你为徒,我假装不肯,你便求之再三,大磕其头,我才假装勉强答允,其实心中却十分欢喜。这是我南海派的规矩,以后你收徒儿,也该这样,不可忘了。"段誉道:"这规矩能不能改?"南海鳄神道:"当然不能。"段誉道:"倘若改了,你便又是乌龟儿子王八蛋了?"南海鳄神道:"正是。"

段誉道:"这规矩倒是挺好,果然万万不能改,一改便是乌龟儿子王八蛋了。"南海鳄神道:"很好,快跪下求我罢。"

段誉摇头道:"我不跪在地下大磕其头,也不苦苦求你收我为徒。"

南海鳄神怒极,一张脸又转成焦黄,裂开了阔嘴,露出满口利齿,便如要扑上来咬人一般,叫道:"你不磕头求我?"段誉道:"不磕头,不求你。"南海鳄神踏上一步,喝道:"我扭断你的脖子!"段誉道:"你扭好了,我无力还手!"南海鳄神左手一探,抓住他胸膛,右手已揪住他头盖。段誉道:"我无力还手,你杀了我,你便是什么?"南海鳄神道:"我便是乌龟儿子王八蛋。"段誉道:"不错。"

南海鳄神无法可施,心想:"我既不能杀他,他又不肯求我,这就难了。"一瞥眼,见木婉清满脸关切的神色,灵机一动,猛地纵身过去,抓住她后领,将她身子高高提起,反身几下跳跃,已到了崖边,左足翘起,右足使招"金鸡独立"势,在那千仞壁立的高崖上摇摇晃晃,便似要和木婉清一齐摔将下去。

段誉不知他是在卖弄武功,生怕伤害了木婉清性命,惊叫:"小心,快过来!你……你快放手!"

南海鳄神狞笑道:"小子!你很像我,我非收你做徒儿不可。我要到那边山头上去等几个人……"说着向远处一座高峰一指,续道:"没功夫在这里跟你干耗。你快来求我收为徒儿,我便饶了你老婆的性命,否则的话,哼哼!契里格拉,刻!"双手作个扭断木婉清头颈的手势,突然一个转身,向下跃落,右掌贴住山壁,带着木婉清便溜了下去。

段誉大叫:"喂,喂,小心!"奔到崖边,只见他已提着木婉清溜了十余丈。段誉颓然坐倒,腹中又大痛起来。

木婉清被南海鳄神抓住背心,在高崖上向下溜去,只见他左掌贴住崖壁,每当下溜之势过快,两人的身子便会微微一顿,想是他以掌力阻住下溜。此时木婉清别说无力反抗,纵是有力,也决不敢身在半空而稍有挣扎。到得后来,她索性闭上了眼,过了一会,身子突然向上一弹,已然着地。南海鳄神丝毫没有耽搁,着地即行。他是中等个子,木婉清在女子之中算是长挑身材,两人倘若并肩而立,差不多齐头,但南海鳄神抬臂将她提起,如举婴儿,竟似丝毫不费力气。

他在乱石嶙峋、水气濛濛的谷底纵跃向前,片刻间便已穿过谷底,到了山谷彼端。大声说道:"你是我徒儿的老婆,暂且不来难为于你。这小子若不来拜我为师,嘿嘿,那时他不是我徒儿,你也不是我徒儿的老婆了。南海鳄神见了美貌的娘儿们,向来先奸后杀,那是决不客气的。"

木婉清不自禁的打了一个寒战,说道:"我丈夫不会武功,在那高崖顶上如何下来?他念我心切,势必舍命前来拜你为师,一个失足,便跌得粉身碎骨,那时你便没徒儿了。这般像得你十足的人才,你一生一世再也找不到了。"

南海鳄神点头道:"这话倒也有理。我没想到这小子不会下山。"突然间长啸一声。

过不多时,山坡边转出两名黄袍汉子来,躬身向南海鳄神行礼。南海鳄神大声道:"到那边高崖顶上,瞧着那小子。他如肯来拜我为师,立刻背他来见我。他要是不肯,就跟他耗着,可别伤了他。那是老子拣定了的徒儿,千万不可让他拜别人为师。"那两名汉子应道:"是!"

南海鳄神一吩咐完毕,提着木婉清又走。木婉清心下略慰,情知段誉到来之前,自己当无危险,只是这郎君执拗无比,要他拜南海鳄神这等凶残之人为师,只怕宁死不屈,又想:"他对我似乎颇有侠义心肠,却无夫妻情意,未必肯为了我而作此恶人门徒。唉,只盼他平安无恙,别从崖上摔下来才好。又不知他肚子痛得怎样了?"

她心头思潮起伏,南海鳄神已提着她上了山峰。这人的内力当真充沛悠长,上山后也不休憩,足不停步的便即下山,接连翻过四个山头,才到了四周群山中的最高峰上。

他放下木婉清,拉开裤子,便对着一株大树撒尿。木婉清心想此人粗鄙无礼之极,急忙转身走开,取出面幕,罩在脸上,心想自己容貌娇美,如果给他多瞧上几眼,只怕他兽性大发,什么师父门徒全都不顾了,当下坐在一块大岩石旁,闭目养神。

南海鳄神撒完尿后拉好裤子，走到她身前，说道："你罩上面幕，那就很好，否则给我多看上一会儿，只怕大大不妥。"木婉清心想："你倒也有几分自知之明。"南海鳄神道："你怎么不说话？又闭上了眼假装睡着，你瞧我不起，是不是？"

木婉清摇摇头，睁开眼来，说道："岳老前辈，你的名字叫作什么？日后我丈夫做了你徒儿，我须得知道你名字才是。"南海鳄神道："我叫岳……岳……他奶奶的，我的名字是我爸爸给取的，名字不好听。我爸爸没做一件好事，简直是狗屁王八蛋！"

木婉清险些笑出声来，心道："你爸爸是狗屁王八蛋，你自己是什么？连自己爸爸也骂，真是枉称为人了。"但随即想起自己也不知道父亲是谁，师父只说他是个负心汉子，只怕比南海鳄神也好不了多少，心下又是黯然神伤。

只见他向东走几步，又向西走几步，没片刻儿安静，木婉清只瞧得心烦意乱，又闭上了眼，但脚步声仍是响个不停，说道："你刚才上山下山，却不累么？干么不坐下来歇歇？"南海鳄神喝道："你别多管闲事！老子就是不爱坐。"木婉清只好不去理他，随即又想起了段誉，心中只觉一阵甜蜜，一阵凄凉。

突然间半空中飘来有如游丝般的轻轻哭声，声音甚是凄婉，隐隐约约似乎是个女子在哭叫："我的儿啊，我的儿啊！"南海鳄神"呸"的一声，在地下吐了口痰，说道："哭丧的来啦！"提高声音叫道："哭什么丧？老子在这儿等得久了。"那声音仍是若有若无的叫道："我的儿啊，为娘的想得你好苦啊！"

木婉清奇道："是你妈妈来了吗？"南海鳄神怒道："什么我的妈妈？胡说八道！这婆娘是'无恶不作'叶二娘，'四大恶人'之一。她这个'恶'字排在第二。总有一日，我这'凶神恶煞'的外号要跟她对掉过来。"

木婉清恍然大悟:"原来外号中那'恶'字排在第二的,便是天下第二恶人。"问道:"那么第一恶人的外号叫什么?第四的又叫什么?"

南海鳄神狠霸霸的道:"你少问几句成不成?老子不爱跟你说。"

忽然一个女子声音幽幽说道:"老大叫'恶贯满盈',老四叫'穷凶极恶'。"

木婉清哪想得到这叶二娘说到便到,悄没声的已欺上峰来,不由得吃了一惊,忙转头往她看去。只见她身披一袭淡青色长衫,满头长发,约莫四十来岁年纪,相貌颇为娟秀,但两边面颊上各有三条殷红血痕,自眼底直划到下颊,似乎刚被人用手抓破一般。她手中抱着个两三岁大的男孩,肥头胖脑的甚是可爱。

木婉清本想这"无恶不作"叶二娘既排名在"凶神恶煞"南海鳄神之上,必定是个狠恶可怖之极的人物,哪知居然颇有姿色,不由得又向她瞧了几眼。叶二娘向她嫣然一笑,木婉清全身一颤,只觉她这笑容之中似乎隐藏着无穷愁苦、无限伤心,自己忍不住便要流泪,忙转过了头,不敢看她。

南海鳄神道:"三妹,老大、老四他们怎么还不来?"叶二娘幽幽的道:"瞧你这副鼻青目肿的模样,早就给老大狠狠揍过一顿了,居然还老起脸皮,假装问老大为什么还不来。你明明是老三,一心一意要爬过我的头去。你再叫一声三妹,做姊姊的可不跟你客气了。"南海鳄神怒道:"不客气便不客气,你是不是想打上一架?"叶二娘淡淡一笑,说道:"你要打架,随时奉陪。"

她手中抱着的小儿忽然哭叫:"妈妈,妈妈,我要妈妈!"叶二娘拍着他哄道:"乖孩子,我是你妈妈。"那小儿越哭越响,叫道:"我要妈妈,我要妈妈,你不是我妈妈。"叶二娘轻轻摇晃他身子,唱起儿歌来:"摇摇摇,摇到外婆桥,外婆叫我好宝宝……"那小儿仍是哭叫不休。

南海鳄神听得甚是烦躁,喝道:"你哄什么?要弄死他,乘早弄死了罢。"

叶二娘脸上笑咪咪地,不停口的唱歌:"……糖一包,果一包,吃了还要留一包。"

木婉清只听得毛骨悚然,越想越怕。听南海鳄神之言,叶二娘竟是要弄死小儿,不由得又是愤怒,又是害怕,听着叶二娘不断哄那小儿:"乖宝宝,妈妈拍乖宝,乖宝快睡觉。"语气中充满了慈爱,心想南海鳄神之言未必是真。

南海鳄神怒道:"你每天要害死一个婴儿,却这般装腔作势,真是不要脸之至!"叶二娘柔声道:"你别大声吆喝,吓惊了我的乖孩儿。"

南海鳄神猛地伸手,疾向那小儿抓去,想抓过来摔死了,免得他啼哭不休,乱人心意。哪知他出手极快,叶二娘却比他更快,身如鬼魅般一转,南海鳄神这一抓便落了空。叶二娘嗲声嗲气的道:"啊哟,三弟,你平白无端的欺侮我孩儿作甚?"南海鳄神喝道:"我要摔死这小鬼。"叶二娘柔声哄那小儿道:"心肝宝贝,乖孩儿,妈妈疼你惜你,别怕这个丑八怪三叔,他斗不过你妈。你白白胖胖的,多么有趣,妈妈要玩到你晚上,这才弄死你,这会儿可还舍不得。"

木婉清听了这几句,忍不住要作呕,心想:"叶二娘确应排名在南海鳄神之上。这岳老三注定了要做'凶神恶煞',一辈子也别想爬过她头去。"

南海鳄神一抓不中,似知再动手也是无用,不住的走来走去,喃喃咒骂,突然大声喝道:"滚过来!那小子呢?怎不带他来拜我为师?"

两名黄衣汉子从山岩后畏畏缩缩的出来,远远站定,正是南海鳄神吩咐他们去背段誉前来的那两人。一人结结巴巴的道："小……小人上得那边山崖，不……不见有人。到处……到处都找不到。"

木婉清大吃一惊："难道他……他竟然摔死了。"

只听南海鳄神喝道："是不是你们去得迟了，那小子没福，在山谷中摔死了？"那两人不敢走近，另一人道："小人两个在山……山谷中仔细看过，没见到他尸首。"南海鳄神喝道："他还会飞上天去了不成？你们这两个鬼东西胆敢骗我？"两人立即跪下，砰砰砰的大力磕头，哀求饶命。只听得呼呼两声，南海鳄神掷了两块大石过去，登时将两人砸死。

这两人找不着段誉，木婉清也早已恨极他们误事，南海鳄神将他们砸死，她只觉一阵痛快，霎时之间心思如潮："他不在崖上，山谷中又无尸首，却到哪里去了呢？定是摔在偏僻之处，那两人找寻不到，又或是那两人明明见到尸首，却不敢直说？"她早已拿定了主意，段誉若死，她也决不能活，何况自己落在南海鳄神手中，倘若不死，不知要受尽多少折磨荼毒。但不见段誉的尸首，总还存着一线指望，却也不肯就此胡里胡涂的死去。

南海鳄神烦恼已极，不住咒骂："老大、老四这两个龟儿子到这时候还不来，我可不耐烦再等了。"叶二娘道："你胆敢不等老大？"南海鳄神道："老大叫我跟你说，咱们在这山顶上等他，要等足七天，七天之后他倘若仍然不来，便叫咱们到万劫谷锺万仇家里等他，不见不散。"叶二娘淡淡的道："我早说你给老大狠狠的揍过了，这可不能赖了罢？"南海鳄神怒道："谁赖了？我打不过老大，那不错，给他揍了，那也不错，却不是狠狠的。"

叶二娘道："原来不是狠狠的揍……乖宝别哭，妈妈疼你……嗯，是轻轻的揍了一顿……乖宝心肝肉……"

南海鳄神悻悻的道："也不是轻轻的揍。你小心些，老大要揍你，你也逃不了。"叶二娘道："我又不想做叶大娘，老大干么会跟我过不去？乖宝心肝……"南海鳄神怒道："你别叫他妈的乖宝心肝了，成不成？"

叶二娘笑道："三弟你别发脾气，你知不知道老四昨儿在道上遇到了对头，吃亏着实不小。"南海鳄神奇道："什么？老四遇上了对头，是谁？"

叶二娘道："这小丫头的模样儿不对，她心里在骂我不该每天弄死一个孩子。你先宰了她，我再说给你听。"南海鳄神道："她是我徒儿的老婆，我如宰了她，我徒儿就不肯拜师了。"叶二娘道："你徒儿不是在山谷中摔死了吗？"南海鳄神道："那也未必，倘若摔死了，总有尸首。多半他躲了起来，过一会便来苦苦求我收他为徒。"

叶二娘笑道："那么我来动手罢，叫你徒儿来找我便是。她这对眼睛生得太美，叫人见了好生羡慕，恨不得我也生上这么一对，我先挖出她的眼珠子。"木婉清背上冷汗淋漓，却听南海鳄神道："不成！我点了她昏睡穴，让她睡这他妈的一天两晚。"不待叶二娘答话，便伸指在木婉清腰间和胁下连点两指。木婉清只感头脑一阵昏眩，登时不省人事。

木婉清昏迷中不知时刻之过，待得神智渐复，只觉得身上极冷，耳中却听到一阵桀桀笑声，这笑声虽说是笑，其中却无半分笑意，声音忽尔尖，忽尔粗，难听已极，木婉清知道自己只要稍有动弹，对方立时发觉，难免便有暴虐手段来对付自己，虽感四肢麻木，却不敢运气活血。

只听南海鳄神道："老四，你不用胡吹啦，三妹说你吃了人家的大亏，你还抵赖什么？到底有几个敌人围攻你？"那声音忽尖忽粗的人道："七个家伙打我一个，个个都是第一流高手。我本领

· 153 ·

再强,也不能将这七大高手一古脑儿杀得精光啊。"木婉清心道:"原来老四'穷凶极恶'到了。"很想瞧瞧这"穷凶极恶"是怎么样一号人物,却不敢转头睁眼。

只听叶二娘道:"老四就爱吹牛,对方明明只有两人,另外又从哪里钻出五个高手来?天下高手真有这么多?"老四怒道:"你怎么又知道了,你是亲眼瞧见的么?"叶二娘轻轻一笑,道:"若不是我亲眼瞧见,我自然不会知道。那两人一个使根钓鱼杆儿,另一个使一对板斧,是也不是?嘻嘻,你捏造出来的另外那五个人,可又使什么兵刃了?"老四大声说道:"当时你既在旁,怎么不来帮我?你要我死在人家手里才开心,是不是?"叶二娘笑道:"'穷凶极恶'云中鹤,谁不知你轻功了得?斗不过人家,难道还跑不过人家么?"

木婉清心道:"原来老四叫作云中鹤。"

云中鹤更是恼怒,声音越提越高,说道:"我老四栽在人家手下,你又有什么光采?咱们'四大恶人'这次聚会,所为何来?难道还当真是给锺万仇那脓包蛋卖命?他又没送老婆女儿陪我睡觉。老大跟大理皇府仇深似海,他叫咱们来,大伙儿就联手齐上,我出师不利,你却隔岸看火烧,幸灾乐祸,瞧我跟不跟老大说?"

叶二娘轻轻一笑,说道:"四弟,我一生之中,可从来没见过似你这般了得的轻功,云中一鹤,当真是名不虚传。逝如轻烟,鸿飞冥冥,那两个家伙固然望尘莫及,连我做姊姊的也追赶不上。否则的话,我岂有袖手旁观之理?"似乎她怕云中鹤向老大告状,忙说些讨好的言语。云中鹤哼了一声,似乎怒气便消了。

南海鳄神问道:"老四,跟你为难的到底是谁?是皇府中的狗腿子么?"云中鹤怒道:"九成是皇府中的人。我不信大理境内,此外还有什么了不起的能人。"叶二娘道:"你两个老说什么大闹皇府不费吹灰之力,要割大理皇帝的狗头,犹似探囊取物,我总说别把事情瞧得太容易了,这会儿可信了罢?"

云中鹤忽道:"老大到这时候还不到,约会的日期已过了三天,他从来不是这样子的,莫非……莫非……"叶二娘道:"莫非也出了什么岔子?"南海鳄神怒道:"呸!老大叫咱们等足七天,还有整整四天,你心急什么?老大是何等样的人物,难道也跟你一样,打不过人家就跑?"叶二娘道:"打不过就跑,这叫做识时务者为俊杰。我是担心他真的受到七大高手、八大好汉围攻,纵然力屈,也不服输,当真应了他的外号,来个'恶贯满盈'。"

南海鳄神连吐唾涎,说道:"呸!呸!呸!老大横行天下,怕过谁来?在这小小的大理国又怎会失手?他奶奶的,肚子又饿了!"拿起地下的一条牛腿,在身旁的一堆火上烤了起来,过不多时,香气渐渐透出。

木婉清心想:"听他们言语,原来我在这山峰上已昏睡了三天。段郎不知有何讯息?"她已四日不食,腹中饥饿已极,闻到烧烤牛肉的香气,肚中不自禁的发出咕咕之声。

叶二娘笑道:"小妹妹肚子饿了,是不是?你早已醒啦,何必装腔作势的躺着不动?你想不想瞧瞧咱们'穷凶极恶'云老四?"

南海鳄神知道云中鹤好色如命,一见到木婉清的姿容,便是性命不要,也图染指,不像自己是性之所至,这才强奸杀人,忙撕了一大块半生不熟的牛腿,掷到木婉清身前,喝道:"你到那边去,给我走得远远的,别偷听我们说话。"

木婉清放粗了喉咙,将声音逼得十分难听,问道:"我丈夫来过了么?"

南海鳄神怒道:"他妈的,我到那边山崖和深谷中亲自仔细寻过,不见这小子的丝毫踪迹。这小子定是没死,不知给谁救去了。我在这儿等了三天,再等他四天,七天之内这小子若是不来,哼哼,我将你烤来吃了。"

木婉清心下大慰，寻思："这南海鳄神非是等闲之辈，他既去寻过，认定段郎未死，定然不错。唉，可不知他是否会将我挂在心上，到这儿来救我？"当即检起地下的牛肉，慢慢走向山岩之后。她久饿之余，更觉疲乏，但静卧了三天，背上的伤口却已愈合。

只听叶二娘问道："那小子到底有什么好？令你这般爱才？"南海鳄神笑道："这小子真像我，学我南海一派武功，多半能青出于蓝。嘿嘿，天下四大恶人之中，我岳老……岳老二虽甘居第二，说到门徒传人，却是我的徒弟排定了第一，无人可比。"

木婉清渐走渐远，听得南海鳄神大吹段誉资质之佳，世间少有，心中又是欢喜，又是愁苦，又有几分好笑："段郎书呆子一个，会什么武功？除了胆子不小之外，什么也不行。南海鳄神如果收了这个宝贝徒儿，南海派非倒大霉不可。"在一块大岩下找了一个隐僻之处，坐下来撕着牛腿便吃，虽然饿得厉害，但这三四斤重的大块牛肉，只吃了小半斤也便饱了。暗自寻思："等到第七天上，段郎若真负心薄幸，不来寻我，我得设法逃命。"想到此处，心中一酸："我就算逃得性命，今后的日子又怎么过？"

如此心神不定，一晃又是数日。度日如年的滋味，这几天中当真尝得透了。日日夜夜，只盼山峰下传上来一点声音，纵使不是段誉到来，也胜于这般苦挨茫茫白日、漫漫长夜。每过一个时辰，心中的凄苦便增一分，心头翻来覆去的只是想："你若当真有心前来寻我，就算翻山越岭不易，第二天、第三天也必定来了，直到今日仍然不来，决无更来之理。你虽不肯拜这南海鳄神为师，然而对我真是没丝毫情义么？那你为什么又来吻我抱我？答应娶我为妻？"

越等越苦，师父所说"天下男子无不负心薄幸"之言尽在耳边响个不住，自己虽说"段郎未必如此"，终于也知只是自欺而已。幸好这几日中，南海鳄神、叶二娘和云中鹤并没向她啰唣。

那三人等候"恶贯满盈"这天下第一恶人到来，心情之焦急虽然及不上她，可也是有如热锅上蚂蚁一般，万分烦躁。木婉清和三人相隔虽远，三人大声争吵的声音却时时传来。

到得第六天晚间，木婉清心想："明日是最后一天，这负心郎是决计不来的了。今晚乘着天黑，须得悄悄逃走才是。否则一到天明，可就再也难以脱身。"她站起身来，活动了一下身子，将养了六日六夜之后，虽然精神委顿，伤处却仗着金创药灵效已好了七八成，寻思："最好是待他们三人吵得不可开交之时，我偷偷逃出数十丈，找个山洞什么的躲了起来。这三人定往远处追我，说不定会追出数十里外，决不会想到我仍是在此峰上。待三人追远，我再逃走。"

转念又想："唉，他们跟我无冤无仇，追我干什么？我逃走也好，不逃也好，他们又怎会放在心上？"

几次三番拔足欲行，总是牵挂着段誉："倘若这负心郎明天来找我呢？明天如不能和他相见，此后便永无再见之日。他决意来和我同生共死，我却一走了之，要是他不肯拜师，因而被南海鳄神杀死，岂不是我对他不起么？"

思前想后，柔肠百转，直到东方发白，仍是下不了决心。

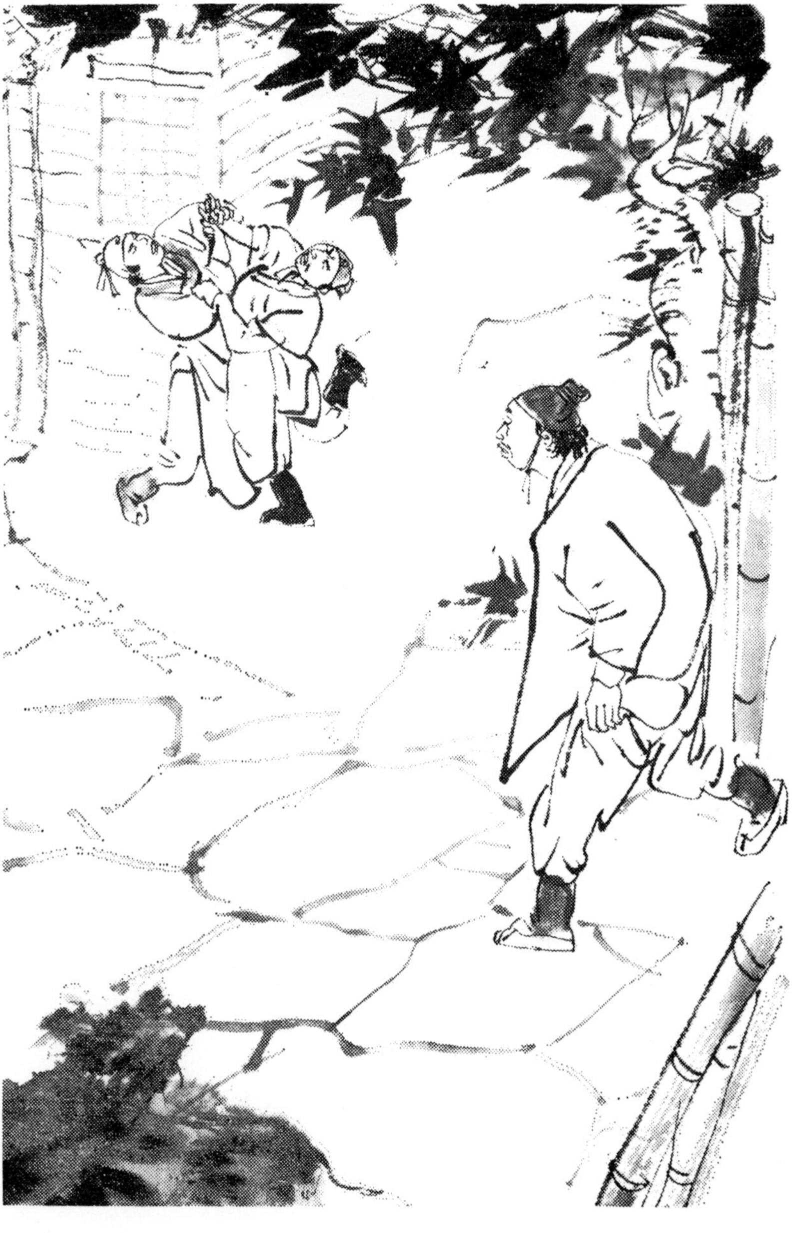

郁光标全身如欲虚脱,骇极大叫:"吴师弟,吴光胜!快来,快来!"吴光胜正在上茅厕,听他叫声惶急,双手提着裤子赶来。

五

微步縠纹生

天色一明,倒为她解开了难题,反正逃不走的了,"这负心郎来也罢,不来也罢,我在这里等死便是。"正想到凄苦处,忽听得拍的一声,数十丈外从空落下一物,跌入了草丛。木婉清心想:"那是什么?"当即伏下,听草丛中再无声响发出,悄悄爬将过去,要瞧个究竟。

爬到草丛边上,拨开长草向前看时,不由得全身寒毛直竖。只见草丛中丢着六个婴儿的尸身,有的仰天,有的侧卧,日前所见叶二娘手中所抱那个肥胖男婴也在其内,心下又惊又怒:"这无恶不作叶二娘,果真每天要害死一个婴儿。却不知为了什么?她在峰上六天,已杀了六个婴儿。"瞧六个死婴儿身上都无伤痕血渍,也不知那恶婆叶二娘是用什么法子弄死的,其中只一个死婴衣着光鲜,其余五个都是穿的农家粗布衣衫,想必便是从无量山中农家盗来的。木婉清此番随师出山,杀人不少,但所杀者尽是心怀不善的江湖豪客,这等全没来由的残害婴儿,教她亲眼得见,不禁全身发抖。

忽然眼前青影闪动,一个人影捷如飞鸟般向山下驰去,一起一落,形如鬼魅,正是"无恶不作"叶二娘。木婉清见她这等奔行神速,纵是师父也是远远不及,霎时间百感丛生,千愁并至,双腿一软,坐倒在地。

她呆了一阵,将六具童尸并排放在一起,捧些石子泥沙,掩盖在尸首之上。蓦地里觉到背后微有凉气侵袭,她左足急点,向前窜出。只听一阵忽尖忽粗的笑声自身后发出,一人说道:"小姑娘,你老公撇下你不要了,不如跟了我罢。"正是"穷凶极恶"云中鹤。

他人随声到,手爪将要搭到木婉清肩膀,斜刺里一掌拍到,架开他手,却是南海鳄神。他哇哇怒吼,喝道:"老四,我南海派门下,决不容你欺侮。"云中鹤几个起落,已避在十余丈外,笑道:"你徒儿收不成,这姑娘便不是南海派门下。"木婉清见这人身材极高,却又极瘦,便似是根竹杆,一张脸也是长得吓人。

南海鳄神喝道:"你怎知我徒儿不来?是你害死了他,是不是?是了,定是你瞧我徒儿资质太好,将他捉拿了去,想要收他为徒。你坏我大事,先捏死了你再说。"这人也真横蛮到了极处,也不问云中鹤是否真的暗中作了手脚,便向他扑将过去。

云中鹤叫道:"你徒儿是方是圆,是尖是扁,我从来没见过,怎说是我收了起来?"说着迅捷之极的连避南海鳄神两下闪电似的扑击。南海鳄神骂道:"放屁!谁信你的话?你定是打架输了,一口冤气出在我徒儿身上。"云中鹤道:"你徒儿是男的还是女的?"南海鳄神道:"自然是男的,我收女徒弟干么?"云中鹤道:"照啊!我云中鹤只抢女人,从来不要男人,难道你不知么?"

南海鳄神本已扑在空中,听他这话倒也有理,猛使个"千斤坠",落将下来,右足踏上一块岩石,喝道:"那么我徒儿哪里去了?为什么到这时候还不来拜师?"云中鹤笑道:"嘿嘿,你南海派的事,我管得着么?"南海鳄神苦候段誉,早已焦躁万分,一腔怒火无处发泄,喝道:"你胆敢讥笑我?"

木婉清心想:"若能挑拨这两个恶人斗个两败俱伤,实有莫大的好处。"当即大声道:"不错,你徒儿定是给这云中鹤害了,否则他在那高崖之上,自己如何能够下来?这云中鹤轻功了得,定是窜到崖上,将你徒儿带到隐僻之处杀了,以免南海派中出一个厉害人物,否则怎么连尸首也找不到?"

南海鳄神伸手一拍自己脑门,对云中鹤道:"你瞧,我徒弟的媳妇儿也这么说,难道还会冤枉你么?"

木婉清道:"我丈夫言道,他能拜到你这般了不起的师父,真是三生有幸,定要用心习艺,光大南海派的门楣,使你南海鳄神的名头更加威震天下,让什么'恶贯满盈'、'无恶不作',都瞧着你羡慕的不得了。哪知道云中鹤起了毒心,害死了你的好徒儿,从今以后,你再也找不到这般像你的人来做徒儿啦!"她说一句,南海鳄神拍一下脑门。木婉清又道:"我丈夫的后脑骨长得跟你一模一样,天资又跟你一模一样的聪明,像这样十全十美的南海派传人,世间再也没第二个了。这云中鹤偏偏跟你为难,你还不替你的乖徒儿报仇?"

南海鳄神听到这里,目中凶光大盛,呼的一声,纵身向云中鹤扑去。云中鹤明知他是受了木婉清的挑拨,但一时说不明白,自知武功较他稍逊,见他扑到,拔足便逃。南海鳄神双足在地下一点,又扑了过去。

木婉清叫道:"他逃走了,那便是心虚。若不是他杀了你徒儿,何必逃走?"南海鳄神吼道:"对,对!这话有理!还我徒儿的命来!"两人一追一逃,转眼间便绕到了山后。木婉清暗暗欢喜,片刻之间,只听得南海鳄神吼声自远而近,两人从山后追逐而来。

云中鹤的轻功比南海鳄神高明得多,他一个竹杆般的瘦长身子摇摇摆摆,东一晃,西一飘,南海鳄神老是跟他相差了一大截。两人刚过木婉清眼前,刹那间又已转到了山后。待得第二次追逐过来,云中鹤猛地一个长身,飘到木婉清身前,伸手便往她肩头抓去。木婉清大吃一惊,右手急挥,嗤的一声,一枝毒箭向他射去。云中鹤向左挪移半尺,避开毒箭,也不知他身形如何转动,长臂竟抓到了木婉清面门。木婉清急忙闪避，终于慢了一步，脸上斗然一凉，面幕已被他抓在手中。

云中鹤见到她秀丽的面容，不禁一呆，淫笑道："妙啊，这小娘儿好标致。只是不够风骚，尚未十全十美……"说话之间，南海鳄神已然追到，呼的一掌，向他后心拍去。云中鹤右掌运气反击，蓬的一声大响，两股掌风相碰，木婉清只觉一阵窒息，气也透不过来，丈余方圆之内，尘沙飞扬。云中鹤借着南海鳄神这一掌之力，向前纵出二丈有余。南海鳄神吼道："再吃我三掌。"云中鹤笑道："你追我不上，我也打你不过。再斗一天一晚，也不过是如此。"

两人追逐已远，四周尘沙兀自未歇，木婉清心想："我须得设法拦住这云中鹤，否则两人永远动不上手。"等两人第三次绕山而来，木婉清纵身而上，嗤嗤嗤响声不绝，六七枝毒箭向云中鹤射去，大声叫道："还我夫君的命来。"云中鹤听着短箭破空之声，知道厉害，窜高伏低，连连闪避。木婉清挺起长剑，刷刷两剑向他刺去。云中鹤知她心意，竟不抵敌，飘身闪避。但这样一阻，南海鳄神双掌已左右拍到，掌风将他全身圈住。

云中鹤狞笑道："老三，我几次让你，只是为了免伤咱们四大恶人的和气，难道我当真怕了你不成？"双手在腰间一掏，两只手中各已握了一柄钢抓，这对钢抓柄长三尺，抓头各有一只人手，手指箕张，指头发出蓝汪汪的闪光，左抓向右，右抓向左，封住了身前，摆着个只守不攻之势。

南海鳄神喜道："妙极，七年不见，你练成了一件古怪兵刃，瞧老子的！"解下背上包袱，取了两件兵刃出来。

木婉清情知自己倘若加入战团，徒劳无益，当即退开几步。只见南海鳄神右手握着一把短柄长口的奇形剪刀，剪口尽是锯齿，宛然是一只鳄鱼的嘴巴，左手拿着一条锯齿软鞭，成鳄鱼尾巴之形。

· 164 ·

云中鹤斜眼向这两件古怪兵刃瞧了一眼，右手钢抓挺出，蓦地向南海鳄神面门抓去。南海鳄神左手鳄尾鞭翻起，拍的一声，将钢抓荡开。云中鹤出手快极，右手钢抓尚未缩回，左手钢抓已然递出。只听得喀喇一声响，鳄嘴剪伸将上来，夹住他钢抓一绞。这钢抓是纯钢打就，但鳄嘴剪的剪口不知是何物铸成，竟将钢抓的五指剪断了两根。总算云中鹤缩手得快，保住了钢抓上另外的三指，但他所练抓法，十根手指每一指都有功用，少了两指，威力登时减弱，心下甚是懊丧。南海鳄神狂笑声中，鳄尾鞭疾卷而上。

突然间一条青影从二人之间轻飘飘的插入，正是叶二娘到了。她左掌横掠，贴在鳄尾鞭上，斜向外推，云中鹤已乘机跃开。叶二娘道："老三、老四，干什么动起家伙来啦？"一转眼看到木婉清的容貌，脸色登时一变。

木婉清见她手中又抱着一个男婴，约莫三四岁年纪，锦衣锦帽，唇红面白，甚是可爱，才知她适才下山，原来去寻觅婴儿。木婉清见到她眼中发出异样光芒，忙转过头不敢看她，只听得那婴儿大声叫道："爸爸！爸爸！山山要爸爸。"叶二娘柔声道："山山乖，爸爸待会儿就来啦。"木婉清想到草丛中那六具童尸的可怖情状，再听到她这般慈爱亲切的抚慰言语，登时打个寒战。

云中鹤笑道："二姊，老三新练成的鳄嘴剪和鳄尾鞭可了不起啊。适才我跟他练了几手玩玩，当真难以抵挡。这七年来你练了什么功夫？能敌得过老三这两件厉害家伙吗？只怕你也不成罢。"他不提南海鳄神冤枉自己害死了他门徒，轻描淡写的几句话，便想引得叶二娘和南海鳄神动手。

叶二娘上峰之时，早已看到二人实是性命相搏，决非练武拆招，当下淡淡一笑，说道："这七年来我勤修内功，兵刃拳脚上都生疏了，定然不是老三和你的对手。"

忽听得山腰中一人长声喝道："兀那妇人，你抢去我儿子干么？快还我儿子来！"声音甫歇，人已窜到峰上，身法甚是利落。这人四十来岁年纪，身穿古铜色缎袍，手提长剑。

南海鳄神喝道："你这家伙是谁？到这里来大呼小叫。我的徒儿是不是你偷了去？"叶二娘笑道："这位老师是'无量剑'东宗掌门人左子穆先生。剑法倒也罢了，生个儿子却挺肥白可爱。"

木婉清登即恍然："原来叶二娘在无量山中再也找不到小儿，竟将无量剑掌门人的小儿掳了来。"

叶二娘道："左先生，令郎生得真有趣，我抱来玩玩，明天就还给你。你不用着急。"说着在山山的脸颊上亲了亲，轻轻抚摸他头发，显得不胜爱怜。左山山见到父亲，大声叫唤："爸爸，爸爸！"左子穆伸出左手，走近几步，说道："小儿顽劣不堪，没什么好玩的，请即赐还，在下感激不尽。"他见到儿子，说话登时客气了，只怕这女子手上使劲，当下便捏死了他儿子。

南海鳄神笑道："这位'无恶不作'叶三娘，就算是皇帝的太子公主到了她手中，那也是决计不还的。"

左子穆身子一颤，道："你……你是叶三娘？那么叶二娘……叶二娘是尊驾何人？"他曾听说"四大恶人"中有个排名第二的女子叶二娘，每日清晨要抢一名婴儿来玩弄，弄到傍晚便弄死了，只怕这"叶三娘"和叶二娘乃是姊妹妯娌之属，性格一般，那可糟了。

叶二娘格格娇笑，说道："你别听他胡说八道的，我便是叶二娘，世上又有什么叶三娘了？"

左子穆一张脸霎时之间全无人色。他一发觉幼儿被擒，便全力追赶而来，途中已觉察她武功远在自己之上，初时还想这妇人素不相识，与自己无怨无仇，不见得会难为了儿子，一听到她竟然便是"无恶不作"叶二娘，又想喝骂、又想求恳的言语塞在咽喉之中，竟然说不出口来。

叶二娘道："你瞧这孩儿皮光肉滑，养得多壮！血色红润，晶莹透明，毕竟是武学名家的子弟，跟寻常农家的孩儿大不相同。"一面说，一面拿起孩子的手掌对着太阳，察看他血色，啧啧称赞，便似常人在菜市购买鸡鸭鱼羊、拣精拣肥一般。

左子穆见她一副馋涎欲滴的模样，似乎转眼便要将自己的儿子吃了，如何不惊怒交进？明知不敌，也得拼命，当下使招"白虹贯日"，剑尖向她咽喉刺去。

叶二娘浅笑一声，将山山的身子轻轻移过，左子穆这一剑倘若继续刺去，首先便刺中了爱儿。幸好他剑术精湛，招数未老，陡然收势，剑尖在半空中微微一抖，一个剑花，变招斜刺叶二娘右肩。叶二娘仍不闪避，将山山的身子一移，挡在身前。霎时之间，左子穆上下左右连刺四剑，叶二娘以逸待劳，只将山山略加移动，这四下凌厉狠辣的剑招便都只使得半招而止。山山却已吓得放声大哭。

云中鹤给南海鳄神追得绕山三匝，钢抓又断了二指，一口愤气无处发泄，突然间纵身而上，左手钢抓疾往左子穆头顶抓落。左子穆长剑上撩，使招"万卉争艳"，剑光乱颤，牢牢将上盘封住。当的一声轻响，两件兵刃相交，左子穆一招"顺水推舟"，剑锋正要乘势向敌人咽喉推去，蓦地里钢抓手指合拢，竟将剑刃抓住。

左子穆大吃一惊，却不肯就此撒剑，急运内力回夺，噗的一下，云中鹤右手钢抓已插入他肩头。幸好这柄钢抓的五根手指已被南海鳄神削去了两根，左子穆所受创伤稍轻，但也已鲜血迸流，三根钢指拿住了他肩骨牢牢不放。云中鹤上前补了一脚，将他踢倒，这几下兔起鹘落，一个名门大派的掌门人竟无招架余地。

南海鳄神赞道："老四，这两下子不坏，还不算丢脸。"

叶二娘笑吟吟的道："左大掌门，你见到我们老大没有？"左子穆右肩骨被钢指抓住，丝毫动弹不得，强忍痛楚，说道："你老大是谁？我没见过。"南海鳄神也问："你见过我徒儿没有？"左子穆又道："你徒儿是谁？我没见过。"南海鳄神怒道："你既不知我徒儿是谁,怎能说没有见过?放你妈的狗臭屁!三妹,快将他儿子吃了。"叶二娘道:"你二姊是不吃小孩儿的。左大掌门,你去罢,我们不要你的性命。"

左子穆道:"既是如此,叶……叶二娘,请你还我儿子,我去另外给你找三四个小孩儿来。左某永感大德。"叶二娘笑咪咪的道:"那也好!你去找八个孩儿来。我们这里一共四人,每人抱两个,够我八天用的了。老四,你放了他。"

云中鹤微微一笑,松了机括,钢指张开。左子穆咬牙站起身来,向叶二娘深深一揖,伸手去抱孩儿。叶二娘笑道:"你也是江湖上的人物,怎地不明规矩?没八个孩儿来换,我随随便便就将你孩子还你?"

左子穆见儿子被她搂在怀里,虽是万分不愿,但格于情势,只得点头道:"我去挑选八个最肥壮的孩子给你,望你好好待我儿子。"叶二娘不再理他,口中又低声哼起儿歌来,只道:"乖孙子,你奶奶疼你。"左子穆既在眼前,她就不肯叫孩子为"孩儿"了。

左子穆听这称呼,她竟是要做自己老娘,当真啼笑皆非,向儿子道:"山山,乖孩子,爸爸马上就回来抱你。"山山大声哭叫,挣扎着要扑到他的怀里。左子穆恋恋不舍的向儿子瞧了几眼,左手按着肩头伤处,转过头来,慢慢向崖下走去。

突然间山峰后传来一阵尖锐的铁哨子声,连绵不绝。南海鳄神和云中鹤同时喜道:"老大到了!"两人纵身而起,一溜烟般向铁哨声来处奔去,片刻间便已隐没在岩后。

叶二娘却漫不在乎,仍是慢条斯理的逗弄孩儿,向木婉清斜看一眼,笑道:"木姑娘,你这对眼珠子挺美啊,生在你这张美丽的脸上,更加不得了。左大掌门,你给我帮个忙,去挖了这小姑娘的眼珠。"

左子穆儿子在人掌握,不得不听从吩咐,说道:"木姑娘,你还是顺从叶二娘的话罢，也免得多吃苦头。"说着挺剑便向木婉清刺去。木婉清叱道："无耻小人！"仗剑反击，剑尖直指左子穆的左肩，三招过去，身子斜转，突然间左手向后微扬，嗤嗤嗤，三枝毒箭向叶二娘射去，要攻她个出其不意。左子穆大叫："别伤我孩儿。"

不料这三箭去得虽快，叶二娘左手衫袖一拂，已卷下三枝短箭，甩在一旁，随手除了山山右脚的一只小鞋，向她后心掷去。木婉清听到风声，回剑挡格，但重伤之余，出剑不准，鞋子顺着剑锋滑溜而前，噗的一声，打在她右腰。叶二娘在鞋上使了阴劲，木婉清急运内力相抗，但一口气提不上来，登时半身酸麻，长剑呛啷落地，便在此时，山山的第二只鞋子又已掷到，这一次正中胸口。她眼前一黑，再也支持不住，一交坐倒。左子穆剑尖斜处，已抵住她胸口，左手便去挖她右眼。

木婉清低叫一声："段郎！"身子前扑，往剑尖上迎去，宁可死在他剑下，胜于受这挖目之惨。

左子穆缩剑向后，猛地里手腕一紧，长剑把捏不住，脱手上飞，势头带得他向后跌了两步。三人都是一惊，不约而同抬头向长剑瞧去。只见剑身被一条细长软索卷住，软索尽头是根铁杆，持在一个身穿黄衣的军官手中。这人约莫三十来岁年纪，脸上英气逼人，不住的嘿嘿冷笑。叶二娘认得他是七日前与云中鹤相斗之人，武功颇为不弱，然而比之自己尚差了一筹，也不去惧他，只不知他的同伴是否也到了，斜目瞧去，果见另一个黄衣军官站在左首，这人腰间插着一对板斧。

叶二娘正要开言，忽听得背后微有响动，当即转身，只见东南和西南两边角上，各自站着一人，所穿服色与先前两人相同，黄衣褚幞头，武官打扮。东南角上的手执一对判官笔，西南角上的则手执熟铜齐眉棍，四人分作四角，隐隐成合围之势。

左子穆朗声道："原来宫中褚、古、傅、朱四大护卫一齐到了，在下无量剑左子穆这厢有礼。"说着向四人团团一揖。那持判官笔的护卫朱丹臣抱拳还礼，其余三人却并不理会。

那最先赶到的护卫褚万里抖动铁杆，软索上所卷的长剑在空中不住晃动，阳光照耀下闪闪发光。他冷笑一声，说道："'无量剑'在大理也算是个名门大派，没想到掌门人竟是这么一个卑鄙之徒。段公子呢？他在哪里？"

木婉清本已决意一死，忽来救星，自是喜出望外，听他问到段公子，更是情切关心。

左子穆道："段……段公子？是了，数日之前，曾见过段公子几面……现今却不知……却不知到哪里去了。"

木婉清道："段公子已给这婆娘的兄弟害死了。"说着手指叶二娘，又道："那人叫做什么'穷凶恶极'云中鹤，身材又高又瘦，好似竹杆模样……"

褚万里大吃一惊，喝道："当真？便是那人？"那手持熟铜棍的护卫傅思归听得段誉被人害死，悲怒交集，叫道："段公子，我给你报仇。"熟铜棍向叶二娘当头砸落。

叶二娘闪身避开，叫道："啊哟，大理国褚古傅朱四大护卫我的儿啊，你们短命而死，我做娘的好不伤心！你们四个短命的小心肝，黄泉路上，等一等你的亲娘叶二娘啊。"褚、古、傅、朱四人年纪也小不了她几岁，她却自称亲娘，"我的儿啊"、"短命的小心肝啊"叫将起来。

傅思归大怒，一根铜棍使得呼呼风响，霎时间化成一团黄雾，将她裹在其中。叶二娘双手抱着左子穆的幼儿，在铜棍之间穿来插去的闪避，铜棍始终打她不着。那孩儿大声惊叫哭喊。左子穆急叫："两位停手，两位停手！"

另一个护卫从腰间抽出板斧,喝道:"'无恶不作'叶二娘果然名不虚传,待我古笃诚领教高招。"人随声到,着地卷去,出手便是"盘根错节十八斧"绝招,左一斧,右一斧的砍她下盘。叶二娘笑道:"这孩子碍手碍脚,你先将他砍死了罢。"将手中孩子往下一送,向斧头上迎去。古笃诚吃了一惊,急忙收斧,不料叶二娘裙底一腿飞出,正中他肩头,幸好他躯体粗壮,挨了这一腿只略一踉跄,并未受伤,立即扑上又打。叶二娘以小孩为护符,古笃诚和傅思归兵刃递出去时便大受牵制。

左子穆急叫:"小心孩子!这是我的小儿,小心,小心!傅兄,你这一棍打得偏高了。古兄,你的斧头别……别往我孩儿身上招呼。"

正混乱间,山背后突然飘来一阵笛声,清亮激越,片刻间便响到近处,山坡后转出一个宽袍大袖的中年男子,三绺长须,形貌高雅,双手持着一枝铁笛,兀自凑在嘴边吹着。朱丹臣快步上前,走到他身边,低声说了几句。那人吹笛不停,曲调悠闲,缓步向正自激斗的三人走去。猛地里笛声急响,只震得各人耳鼓中都是一痛。他十根手指一齐按住笛孔,鼓气疾吹,铁笛尾端飞出一股劲风,向叶二娘脸上扑去。叶二娘一惊之下转脸相避,铁笛一端已指向她咽喉。

这两下快得惊人,饶是叶二娘应变神速,也不禁有些手足无措,百忙中腰肢微摆,上半身硬硬生生的向后让开尺许,将左山山往地下一抛,伸手便向铁笛抓去。宽袍客不等婴儿落地,大袖挥出,已卷起了婴儿。叶二娘刚抓到铁笛,只觉笛上烫如红炭,吃了一惊:"笛上敷有毒药?"急忙撒掌放笛,跃开几步。宽袍客大袖挥出,将山山稳稳的掷向左子穆。

叶二娘一瞥眼间,见到宽袍客左掌心殷红如血,又是一惊:"原来笛上并非敷有毒药,乃是他以上乘内力,烫得铁笛如同刚从镕炉中取出来一般。"不由自主的又退了数步，笑道："阁下武功好生了得，想不到小小大理，竟有这样的高人。请问尊姓大名？"

那宽袍客微微一笑，说道："叶二娘驾临敝境，幸会，幸会。大理国该当一尽地主之谊才是。"左子穆抱住了儿子，正自惊喜交集，冲口而出："尊驾是高……高君侯么？"那宽袍客微笑不答，问叶二娘道："段公子在哪里？还盼见告。"

叶二娘冷笑道："我不知道，便是知道，也不会说。"突然纵身而起，向山峰飘落。宽袍客道："且慢！"飞身追去，蓦地里眼前亮光闪动，七八件暗器连珠般掷来，分打他头脸数处要害。宽袍客挥动铁笛，一一击落。只见她一飘一晃，去得已远，再也追不上了。再瞧落在地下的暗器时，每一件各不相同，均是悬在小儿身上的金器银器，或为长命牌，或为小锁片，他猛地想起："这都是被她害死的众小儿之物。此害不除，大理国中不知更将有多少小儿丧命。"

褚万里一挥铁杆，软索上卷着的长剑托地飞出，倒转剑柄，向左子穆飞去。左子穆伸手挽住，满脸羞惭，无言可说。褚万里转向木婉清，问道："到底段公子怎样了？是真的为云中鹤所害么？"

木婉清心想："这些人看来都是段郎的朋友，我还是跟他们说了实话，好一齐去那边山崖上仔细寻访。"正待开言，忽听得半山里有人气急败坏的大叫："木姑娘……木姑娘……你还在这儿么？南海鳄神，我来了，你千万别害木姑娘！拜不拜师父，咱们慢慢商量……木姑娘，木姑娘，你没事罢？"

宽袍客等一听，齐声欢呼："是公子爷！"

木婉清苦等他七日七夜，早已心力交瘁，此刻居然听到他的声音，惊喜之下，只觉眼前一黑，便即晕了过去。

昏迷之中，耳边只听有人低呼："木姑娘，木姑娘，你，你快醒来！"她神智渐复，觉得自己躺在一人怀中，被人抱着肩背，便欲跳将起来,但随即想到:"是段郎来了。"心中又是甜蜜,又是酸苦,缓缓睁开眼来,眼前一双眼睛清净如秋水,却不是段誉是谁?只听他喜道:"啊,你终于醒转了。"木婉清泪水滚滚而下,反手一掌,重重打了他个耳光,身子却仍躺在他怀里,一时无力挣扎跃起。

段誉抚着自己脸颊,笑道:"你动不动的便打人,真够横蛮的了!"问道:"南海鳄神呢?他不在这里等我么?"木婉清道:"人家已等了你七日七夜,还不够么?他走啦。"段誉登时神采焕发,喜道:"妙极,妙极!我正好生担心。他若硬要逼我拜他为师,可不知如何是好了。"

木婉清道:"你既不愿做他徒儿,又到这儿来干么?"段誉道:"咦!你落在他手中,我若不来,他定要难为你,那怎么得了?"木婉清心头一甜,道:"哼!你这人良心坏极,我恨不得一剑杀了你。干么你迟不来,早不来,直等他走了,你到了帮手,这才来充好人?这七天七晚之中,你又不来寻我?"

段誉叹了口气,道:"我一直为人所制,动弹不得,日夜牵挂着你,真是焦急死了。我一得脱身,立即赶来。"

那日南海鳄神掳了木婉清而去,段誉独处高崖,焦急万状:"我若不赶去求这恶人收我为徒,木姑娘性命难保。可是要我拜这恶人为师,学那喀喇一声、扭断脖子的本事,终究是干不得的。他教我这套功夫之时,多半还要找些人来让我试练,试了一个又一个,那可糟糕之极。好在这恶人虽然凶恶之至,倒也讲理,我怎地跟他辩驳一场,叫他既放了木姑娘,又不必收我为徒。"

在崖边徘徊彷徨,肚中又隐隐痛将起来,突然想到:"啊哟,不好,胡涂透顶,我怎地忘了?我在那山洞之中,早已拜了神仙姊姊为师,已算是'逍遥派'的门徒。'逍遥派'的弟子,又怎能改投南海鳄神门下？对了，我这就跟这恶人说去，理直气壮，谅他非连说'这话倒也有理'不可。"

转念又想："这恶人势必叫我露几手'逍遥派'的武功来瞧瞧，我一点也不会，他自然不信我是'逍遥派'弟子。"跟着想起："神仙姊姊吩咐，叫我每天朝午晚三次，练她那个卷轴中的神功，这几天搞得七荤八素，可半次也没练过，当真该死之至。"心下歉疚，正要伸手入怀去摸那卷轴，忽听得身后脚步声响，他转过身来，吃了一惊，只见崖边陆陆续续的上来数十人。

当先一人便是神农帮帮主司空玄，其后却是无量剑东宗掌门左子穆、西宗掌门辛双清，此外则是神农帮帮众，无量剑东西宗的弟子，数十人混杂在一起。段誉心道："怎地双方不打架了？化敌为友，倒也很好。"只见这数十人分向两旁站开，恭恭敬敬的躬身，显是静候什么大人物上来。

片刻间绿影晃动，崖边窜上八个女子，一色的碧绿斗篷，斗篷上绣着黑鹫。段誉暗暗叫苦："我命休矣！"这八个女子四个一边的站在两旁，跟着又有一个身穿绿色斗篷的女子走上崖来。这女子二十来岁年纪，容貌清秀，眉目间却隐含煞气，向段誉瞪眼道："你是什么人？在这里干什么？"

段誉一听此言，心中大喜："她不知我和木姑娘杀过她四个姊妹，又冒充过什么灵鹫宫圣使。幸好我的斗篷已裹在那胖老太婆平婆婆身上，木姑娘的斗篷又飘入了澜沧江。死无对证，跟她推个一干二净便了。"说道："在下大理段誉，跟着朋友到这位左先生的无量宫中作客……"

左子穆插口道："段朋友，无量剑已归附天山灵鹫宫麾下，无量宫改称'无量洞'，那无量宫三字，今后是不能叫的了。"

段誉心道："原来你打不过人家，认输投降了，这主意倒也高明。"说道："恭喜，恭喜。左先生弃暗投明，好得很啊。"

左子穆心想:"我本来有什么'暗'？现下又有什么'明'了？"但这话自然是不能说的，惟有苦笑。

段誉续道:"在下见到司空帮主跟左先生有点误会，一番好意想上前劝解，却不料弄得一团糟。本是奉司空帮主之命去取解药，岂知却遇上一个大恶人，叫作南海鳄神岳老三，说我资质不错，要收我为徒。我说我不学武功，可是这南海鳄神不讲道理，将我抓到了这里，高高搁起，要我非拜他为师不可。在下手无缚鸡之力。"说着双手一摊，又道:"这般高峰险崖，那说什么也下不去的。姑娘问我在这里干什么？那便是等死了。"他这番话倒无半句虚言，前段属实，后段也不假，只不过中间漏去了一大段，心想:"孔夫子笔削《春秋》，述而不作。删削删削，不违圣人之道，撒谎便非君子了。"

那女子"嗯"了一声，说:"四大恶人果是到了大理。岳老三要收你为徒，你的资质有什么好？"也不等段誉回答，眼光向司空玄与左子穆两人扫去，问道:"他的话不假罢？"

左子穆道:"是。"司空玄道:"启禀圣使，这小子不会半点武功，却老是乱七八糟的瞎捣乱。"

那女子道:"你们说见到那两个冒充我姊妹的贱人逃到了这山峰上，却又在哪里？段相公，你可见到两个身穿绿色斗篷、跟我们一样打扮的女子没有？"

段誉道:"没有啊，没见到两个跟姊姊一样打扮的女子。"心道:"穿了绿色斗篷冒充你们的，是一个男子和一个女子。我没照镜子，瞧不见自己；木姑娘是'一个女子'，不是'两个女子'。"

那女子点点头，转头问司空玄道:"你在灵鹫宫属下，时候不少了罢？"司空玄战战兢兢的道:"有……有八年啦。"那女子道:"连我们姊妹也认不出，这么胡涂，还能给童姥她老人家办什么事？今年生死符的解药，不用指望了罢。"司空玄脸如土色，跪

· 175 ·

倒在地，不住磕头，求道："圣使开恩，圣使开恩。"

段誉心想："这山羊胡子倒还没死，难道木姑娘给他的假解药管用，还是灵鹫宫给了他什么灵丹妙药？那'生死符的解药'，却又是什么东西？"

那女子对司空玄不加理睬，对辛双清道："带了段相公下去。四大恶人若来啰唣，叫他们上缥缈峰灵鹫宫来找我。擒拿那两个冒牌小贱人的事，着落在你们无量洞头上。哼哼，好大的胆子！还有，干光豪、葛光珮两个叛徒，务须抓回来杀了。见到我那四位姊妹，说我叫她们径行回灵鹫宫，我不等她们了。"她说一句，辛双清答应一句，眼光竟不敢和她相接。那女子说罢，再也不向众人多瞧一眼，径自下峰，她属下八名女子跟随在后。

司空玄一直跪在地下，见九女下峰，忙跃起身来奔到崖边，叫道："符圣使，请你上覆童姥，司空玄对不起她老人家。"奔向高崖的另一边，涌身向澜沧江中跳了下去。

众人齐声惊呼。神农帮帮众纷纷奔到崖边，但见浊浪滚滚，汹涌而过，帮主早已不知去向，有的便捶胸哭出声来。

无量剑众人见司空玄落得如此下场，面面相觑，尽皆神色黯然。

段誉心道："这位司空玄帮主之死，跟我的干系可着实不小。"心下甚是歉疚。

辛双清指着无量剑东宗的两名男弟子道："你们照料着段相公下去。"那两人一个叫郁光标，一个叫吴光胜，一齐躬身答应。

段誉在郁吴二人携扶拖拉之下，好不辛苦的来到山脚，吁了一口长气，向左子穆和辛双清拱手道："多承相救下山，这就别过。"眼望南海鳄神先前所指的那座高峰，心想："要上这座山峰，可比适才下峰加倍艰难，看来无量剑的人也不会这么好心，又将我拉上峰去。为了相救木姑娘，那也只有拼命了。"

不料辛双清道："你不忙走，跟我一起去无量洞。"段誉忙道:"不,不。在下有要事在身,不能奉陪。恕罪,恕罪。"辛双清哼了一声,做个手势。郁吴两人各伸一臂,挽住了段誉双臂,径自前行。段誉叫道:"喂,喂,辛掌门,左掌门,我段誉可没得罪你们啊。刚才那位圣使姊姊吩咐你们带我下山,现今山已下了,我也已谢过了你们,又待怎地?"

辛双清和左子穆均不理会。段誉在郁吴两人左右挟持之下,抗拒不得,只有跟着他们来到无量洞。

郁吴两人带着他经过五进屋子,又穿过一座大花园,来到三间小屋之前。吴光胜打开房门,郁光标在他背上重重一推,推进门内,随即关上木门,只听得喀喇一声响,外面已上了锁。

段誉大叫:"你们无量剑讲理不讲?这可不是把我当作了犯人吗?无量剑又不是官府,怎能胡乱关人?"可是外面声息阒然,任他大叫大嚷,没一人理会。

段誉叹了口长气,心想:"既来之,则安之。那也只有听天由命了。"适才下峰行路,实已疲累万分,眼见房中有床有桌,躺在床上放头便睡。

睡不多久,便有人送饭来,饭菜倒也不恶。段誉向送饭的仆役道:"你去禀告左辛两位掌门,说我有话……"一句话没说完,郁光标在门外粗声喝道:"姓段的,你给我安安静静的,坐着也罢,躺着也罢,再要吵吵嚷嚷,莫怪我们不客气。你再开口说一句话,我就打你一个耳括子。两句话,两个耳光,三句三个。你会不会计数?"

段誉当即住口,心想:"这些粗人说得出,做得到。给木姑娘打几个耳光,痛在脸上,甜在心里。给你老兄打上几掌,滋味可大不相同。"吃了三大碗饭,倒在床上又睡,心想:"木姑娘这会儿不知怎么样了?最好是她放毒箭射死了那南海鳄神,脱身逃走,再

· 177 ·

来救我出去。唉,我怎地盼望她杀人?"胡思乱想一会,便睡着了。

这一觉睡到次日清晨才醒。只见房中陈设简陋,窗上铁条纵列,看来竟然便是无量剑关人的所在,只是空间宽敞,倒无局促之感,心想第一件事,须得遵照神仙姊姊嘱咐,练她的"北冥神功",于是从怀中摸出卷轴,放在桌上,一想到画中的裸像,一颗心便怦怦乱跳,面红耳赤,急忙正襟危坐,心中默告:"神仙姊姊,我是遵你吩咐,修习神功,可不是想偷看你的贵体,亵渎莫怪。"

缓缓展开,将第一图后的小字看了几遍。这等文字上的功夫,在他自是犹如家常便饭一般,看一遍即已明白,第二遍已然记住,读到第三遍后便有所会心。他不敢多看图中女像,记住了像上的经脉和穴位,便照着卷轴中所记的法门练了起来。

文中言道:本门内功,适与各家各派之内功逆其道而行,是以凡曾修习内功之人,务须尽忘已学,专心修习新功,若有丝毫混杂岔乱,则两功互冲,立时颠狂呕血,诸脉俱废,最是凶险不过。文中反覆致意,说的都是这个重大关节。段誉从未练过内功,于这最艰难的一关竟可全然不加措意,倒也方便。

只小半个时辰,便已依照图中所示,将"手太阴肺经"的经脉穴道存想无误,只是身上内息全无,自也无法运息通行经脉。跟着便练"任脉",此脉起于肛门与下阴之间的"会阴穴",自曲骨、中极、关元、石门诸穴直通而上,经腹、胸、喉,而至口中下齿缝间的"断基穴"。任脉穴位甚多,经脉走势却是笔直一条,十分简易,段誉顷刻间便记住了诸穴的位置名称,伸手在自己身上一个穴道、一个穴道的摸过去。此脉仍是逆练,由断基、承浆、廉泉、天突一路向下至会阴而止。

图中言道:"手太阴肺经暨任脉,乃北冥神功根基,其中拇指之少商穴及两乳间之膻中穴,尤为要中之要,前者取,后者贮。人有四海:胃者水谷之海,冲脉者十二经之海,膻中者气之海,脑者髓之海是也。食水谷而贮于胃，婴儿生而即能，不待练也。以少商取人内力而贮之于我气海，惟逍遥派正宗北冥神功能之。人食水谷，不过一日，尽泄诸外。我取人内力，则取一分，贮一分，不泄无尽，愈积愈厚，犹北冥天池之巨浸，可浮千里之鲲。"

段誉掩卷凝思："这门功夫纯系损人利己，将别人辛辛苦苦练成的内力，取来积贮于自身，岂不是如同食人之血肉？又如盘剥重利，搜刮旁人钱财而据为己有？我已答应了神仙姊姊，不练是不成的了，但我此生决不取人内力。"

转念又想："伯父常说，人生于世，不衣不食，无以为生，而一粥一饭，半丝半缕，尽皆取之于人。取人之物，殆无可免，端在如何报答。取之者寡而报之者厚，那就是了。取于为富不仁之徒，用于贫困无依之辈，非但无愧于心，且是仁人义士的慈悲善举，儒家佛家，其理一般。取民脂民膏以供奉一己之穷奢极欲，是为残民以逞；以之兼善天下，普施于众，则为万家生佛。是以不在取与不取，而在用之为善为恶。"想明白了此节，倒也不觉修习这门功夫是如何不该了。

心下坦然之余，又想："总而言之，我这一生要多做好事，不做坏事。巨象可负千斤，蝼蚁仅曳一芥，力大则所做好事亦大，做起坏事来也厉害。以南海鳄神的本领，若是专做好事，岂非造福不浅？"想到这里，觉得就算拜了南海鳄神为师，只要专扭坏人的脖子，似乎"这话倒也有理"。

卷轴中此外诸种经脉修习之法甚多，皆是取人内力的法门，段誉虽然自语宽解，总觉习之有违本性，单是贪多务得，便非好事，当下暂不理会。

卷到卷轴末端，又见到了"凌波微步"那四字，登时便想起《洛神赋》中那些句子来："凌波微步，罗袜生尘……转盼流精，光润玉颜。含辞未吐，气若幽兰。华容婀娜，令我忘餐。"曹子建那些千古名句，在脑海中缓缓流过："秾纤得衷，修短合度，肩若削成，腰如约素，延颈秀项，皓质呈露，芳泽无加，铅华弗御。云髻峨峨，修眉连娟。丹唇外朗，皓齿内鲜。明眸善睐，辅靥承权。瑰姿艳逸，仪静体闲。柔情绰态，媚于语言……"想到神仙姊姊的姿容体态，"皎若太阳升朝霞，灼若芙蓉出绿波"，但觉依她的吩咐行事，实是人生至乐，当真百死不辞，万劫无悔，心想："我先来练这'凌波微步'，此乃逃命之妙法，非害人之本领也，练之有百利而无一害。"

卷轴上既绘明步法，又详注易经六十四卦的方位，他熟习易经，学起来自不为难。但有时卷轴上步法甚怪，走了上一步后，无法接到下一步，直至想到须得凭空转一个身，这才极巧妙自然的接上了；有时则须跃前纵后、左窜右闪，方合于卷上的步法。他书呆子的劲道一发，遇到难题便苦苦钻研，一得悟解，乐趣之大，实是难以言宣，不禁觉得："武学之中，原来也有这般无穷乐趣，实不下于读书诵经。"

如此一日过去，卷上的步法已学得了两三成，晚饭过后，再学了十几步，便即上床。迷迷糊糊中似睡似醒，脑子中来来去去的不是少商、膻中、关元、中极诸穴道，便是同人、大有、归妹、未济等易卦。

睡到中夜，猛听得江昂、江昂、江昂几下巨吼，登时惊醒，过不多久，又听得江昂、江昂、江昂几下大吼，声音似是牛吽，却又多了几分凄厉之意，不知是什么猛兽。他知无量山中颇多毒虫怪兽，听得吼声停歇，便也不以为意，着枕又睡。

却听得隔室有人说道："这'莽牯朱蛤'已好久没出现了，今晚忽然鸣叫，不知主何吉凶？"另一人道："咱们东宗落到这步田地，吉是吉不起来的，只要不凶到家，就已谢天谢地了。"段誉知是那两名男弟子郁光标与吴光胜，料来他们睡在隔壁，奉命监视，以防自己逃走。

只听那吴光胜道:"咱们无量剑归属了灵鹫宫,虽然从此受制于人,不得自由,却也得了个大靠山,可说好坏参半。我最气不过的,西宗明明不及咱们东宗,干么那位符圣使却要辛师叔作无量洞之主,咱们师父反须听她号令。"郁光标道:"谁教灵鹫宫中自天山童姥以下个个都是女人哪?她们说天下男子没一个靠得住。听说这位符圣使倒是好心,派辛师叔做了咱们头儿,灵鹫宫对无量洞就会另眼相看。你瞧,符圣使对神农帮司空玄何等辣手,对辛师叔的脸色就好得多。"吴光胜道:"郁师哥,这个我可又不明白了。符圣使对隔壁那小子怎地又客客气气?什么'段相公'、'段相公'的,叫得好不亲热。"

段誉听他们说到自己,更加凝神倾听。

郁光标笑道:"这几句话哪,咱们可只能在这里悄悄的说。一个年轻姑娘,对一个小白脸客客气气,'段相公'、'段相公'的叫……"他说到"段相公"三字时,压紧了嗓子,学着那灵鹫宫姓符圣使的腔调,自行再添上几分娇声嗲气,"……你猜是什么意思?"吴光胜道:"难道符圣使瞧中了这小白脸?"郁光标道:"小声些,别吵醒了小白脸。"接着笑道:"我又不是符圣使肚里的圣蛔虫,又怎明白她老人家的圣意?我猜辛师叔也是想到了这一着,因此叫咱们好好瞧着他,别让他走了。"吴光胜道:"那可要关他到几时啊?"郁光标道:"符圣使在山峰上说:'辛双清,带了段相公下去,四大恶人若来啰唣,叫他们上缥缈峰灵鹫宫找我。'……"这几句话又是学着那绿衣女子的腔调,"……可是带了段相公下山怎么样?她老人家不说,别人也就不敢问。要是符圣使有一天忽然派人传下话来:'辛双清,把段相公送上灵鹫宫来见我。'咱们却已把这姓段的小白脸杀了,放了,岂不是糟天下之大糕?"吴光胜道:"要是符圣使从此不提,咱们难道把这小白脸在这里关上一辈子,以便随时恭候符圣使号令到来?"郁光标笑道:"可不是吗?"

段誉心里一连串的只叫:"苦也!苦也!"心道:"这位姓符的圣使姊姊尊称我一声'段相公',只不过见我是读书人,客气三分,你们歪七缠八,又想到哪里去啦?你们就把我关到胡子白了,那位圣使姊姊也决不会再想到我这个老白脸。"

正烦恼间,只听吴光胜道:"咱二人岂不是也要……"突然江昂、江昂、江昂三响,那"莽牯朱蛤"又吼了起来。吴光胜立即住口。隔了好一会,等莽牯朱蛤不再吼叫,他才又说道:"莽牯朱蛤一叫,我总是心惊肉跳,瘟神爷不知这次又要收多少条人命。"郁光标道:"大家说莽牯朱蛤是瘟神爷的坐骑,那也是说说罢啦。文殊菩萨骑狮子,普贤菩萨骑白象,太上老君骑青牛,这莽牯朱蛤是万毒之王,神通广大,毒性厉害,故老相传,就说它是瘟菩萨的坐骑,其实也未必是真的。"

吴光胜道:"郁师兄,你说这莽牯朱蛤到底是什么样儿?"郁光标笑道:"你想不想瞧瞧。"吴光胜笑道:"那还是你瞧过之后跟我说罢。"郁光标道:"我一见到莽牯朱蛤,毒气立时冲瞎了眼睛,跟着毒质入脑,只怕也没功夫来跟你说这万毒之王的模样儿了。还是咱哥儿俩一起去瞧瞧罢。"说着只听得脚步声响,又是拔下门闩的声音。

吴光胜忙道:"别……别开这玩笑。"话声发颤,抢过去上回门闩,郁光标笑道:"哈哈,我难道真有这胆子去瞧?瞧你吓成了这副德性。"吴光胜道:"这种玩笑还是别开的为妙,莫要当真惹出什么事来。太太平平的,这就睡罢!"

郁光标转过话题,说道:"你猜干光豪跟葛光珮这对狗男女,是不是逃得掉?"吴光胜道:"隔了这么久还是不见影踪,只怕当真给他们逃掉了。"郁光标道:"干光豪有多大本事,我可知道得一清二楚,这人贪懒好色,练剑又不用心,就只甜嘴蜜舌的骗女人倒有几下散手。大伙儿东南西北都找遍了,连灵鹫宫的圣使也亲自出马,居然仍是给他们溜了,老子就是不信。"吴光胜道:"你不信可也得信啊。"

郁光标道:"我猜这对狗男女定是逃入深山,撞上了莽牯朱蛤。"吴光胜"啊"的一声,大有惊惧之意。郁光标道:"这二人定是尽拣荒僻的地方逃去,一见到莽牯朱蛤,毒气入脑,全身化为一滩脓血,自然影踪全无。"吴光胜道:"你猜的倒也有几分道理。"郁光标道:"什么几分道理?若不是遇上了莽牯朱蛤,那就岂有此理。"吴光胜道:"说不定他二人耐不住啦,就在荒山野岭里这个那个起来,昏天黑地之际,两人来一招'鲤鱼翻身',啊哟,乖乖不得了,掉入了万丈深谷。"两人都吃吃吃的淫笑起来。

段誉寻思:"木姑娘在那小饭铺中射死了干葛二人,无量剑的人不会查不到啊。嗯,是了,定是那饭铺老板怕惹祸,快手快脚的将两具尸身埋了。无量剑的人去查问,市集上的人见到他们手执兵器,凶神恶煞的模样,谁也不敢说出来。"

只听吴光胜道:"无量剑东西宗逃走了一男一女两个弟子,也不是什么大事。皇帝不急太监急,灵鹫宫的圣使又干么这等着紧,非将这二人抓回来不可?"郁光标道:"这你就得动动脑筋,想上一想了。"吴光胜沉默半响,道:"你知道我的脑筋向来不灵,动来动去,动不出什么名堂来。"

郁光标道:"我先问你:灵鹫宫要占咱们的无量宫,那为了什么?"吴光胜道:"听唐师哥说,多半是为了后山的无量玉壁。符圣使一到,三番四次的,就是查问无量玉壁上的仙影啦、剑法啦这些东西。对啦!咱们都遵照符圣使的吩咐,立下了毒誓,玉壁仙影的事,以后谁也不敢泄漏,可是干光豪与葛光珮呢,他们可没立这个誓,既然叛离了本派,那还有不说出去的?"吴光胜一拍大腿,叫道:"对,对!灵鹫宫是要杀了这两个家伙灭口。"

郁光标低声喝道:"别这么嚷嚷的,隔壁屋里有人,你忘了吗?"吴光胜忙道:"是,是。"停了一会,说道:"干光豪这家伙倒是艳福不浅,把葛光珮这白白嫩嫩的小麻皮搂在怀里,这么剥得她白羊儿似的,啧啧啧……他妈的,就算后来化成了一滩脓血,那也……那也……嘿嘿。"

两人此后说来说去,都是些猥亵粗俗的言语,段誉便不再听,可是隔墙的淫猥笑话不绝传来,不听却是不行,于是默想"北冥神功"中的经脉穴道,过不多时,便潜心内想,隔墙之言说得再响,却一个字也听不到了。

次日他又练那"凌波微步",照着卷中所绘步法,一步步的试演。这步法左歪右斜,没一步笔直进退,虽在室中,只须挪开了桌椅,也尽能施展得开,又学得十来步,蓦地心想:"待会送饭之人进来,我只须这么斜走歪步,立时便绕过了他,抢出门去,他未必能抓得我着。岂不是立刻便可逃走,不用在这屋里等到变成老白脸了?"想到此处,喜不自胜,心道:"我可要练得纯熟无比,只要走错了半步,便给他一把抓住。说不定从此在我脚上加一副铁镣,再用根铁链锁住,那时凌波微步再妙,步来步去总是给铁链拉住了,欲不为老白脸亦不可得矣。"说着脑袋摆了个圈子。

当下将已学会了的一百多步从头至尾默想一遍,心道:"我可要想也不想,举步便对。唉,我段誉这样一个臭男子,却去学那洛神宓妃袅袅娜娜的凌波微步,我又有什么'罗袜生尘'了?光屁股生尘倒是有的。"哈哈一笑,左足跨出,既踏"中孚",立转"既济"。不料甫上"泰"位,一个转身,右脚踏上"蛊"位,突然间丹田中一股热气冲将上来,全身麻痹,向前撞出,伏在桌上,再也动弹不得。

他一惊之下,伸手撑桌,想站起身来,不料四肢百骸没一处再听使唤,便要移动一根小指头儿也是不能,就似身处梦魇之中,愈着急,愈使不出半点力道。

他可不知这"凌波微步"乃是一门极上乘的武功,所以列于卷轴之末,原是要待人练成"北冥神功",吸人内力,自身内力已颇为深厚之后再练。"凌波微步"每一步踏出,全身行动与内力息息相关,决非单是迈步行走而已。段誉全无内功根基,走一步,想一想,退一步,又停顿片刻,血脉有缓息的余裕,自无阻碍。他想熟之后,突然一气呵成的走将起来,体内经脉错乱,登时瘫痪,几乎走火入魔。幸好他没跨得几步,步子又不如何迅速,总算没到绝经断脉的危境。

他惊惶之中,出力挣扎,但越使力,胸腹间越难过,似欲呕吐,却又呕吐不出。他长叹一声,只有不动,这一任其自然,烦恶之感反而渐消。当下便这么一动不动的伏在桌上,眼见那个卷轴兀自展在面前,百无聊赖之中,再看卷上未学过的步法,心中虚拟脚步,一步步的想下去。大半个时辰后,已想通了二十余步,胸口烦恶之感竟然大减。

未到正午,所有步法已尽数想通。他心下默念,将卷轴上所绘的六十四卦步法,自"明夷"起始,经"贲"、"既济"、"家人",一共踏遍六十四卦,恰好走了一个大圈而至"无妄",自知全套步法已然学会,大喜之下,跳起身来拍手叫道:"妙极,妙极!"这四个字一出口,才知自身已能活动。原来他内息不知不觉的随着思念运转,也走了一个大圈,胶结的经脉便此解开。

他又惊又喜,将这六十四卦的步法翻来覆去的又记了几遍,生怕重蹈覆辙,极缓慢的一步步踏出,踏一步,呼吸几下,待得六十四卦踏遍,脚步成圆,只感神清气爽,全身精力弥漫,再也忍耐不住,大叫:"妙极,妙极,妙之极矣!"

郁光标在门外粗声喝道:"大叫小呼的干什么?老子说过的话,没有不算数的,你说一句话,吃一个耳光。"说着开锁进门,说道:"刚才你连叫三声,该吃三个耳光。姑念初犯,三折一,让你吃一个耳光算了。"说着踏上两步,右掌便往段誉脸上打去。

这一掌并非什么精妙招数,但段誉仍无法挡格,脑袋微侧,足下自然而然的自"井"位斜行,踏到了"讼"位,竟然便将这一掌躲开了。郁光标大怒,左拳迅捷击出。段誉步法未熟,待得要想该走哪一步,砰的一声,胸口早着,一拳正中"膻中穴"。

那"膻中"是人身大穴,郁光标一拳既出,便觉后悔,生怕出手太重,闯出祸来,不料拳头打在段誉身上,手臂立时酸软无力,心中更有空空荡荡之感,但微微一怔,便即无事,见段誉没有受伤,登即放心,说道:"你躲过耳光,胸口便吃一拳好的,一般算法!"反身出门,又将门锁上了。

段誉给他一拳打中,声音甚响,胸口中拳处却全无所感,不禁暗自奇怪。他自不知郁光标这一拳所含的内力,已尽数送入了他的膻中气海,积贮了起来。

那也是事有凑巧,这一拳倘若打在别处,他纵不受伤,也必疼痛非凡,膻中气海却正是积贮"北冥真气"的所在。他修习神功不过数次,可说全无根基,要他以拇指的少商穴去吸人内力,经"手太阴肺经"送至任脉的天突穴,再转而送至膻中穴贮藏,莫说他绝无这等能为,纵然修习已成,也不肯如此吸他人内力以为己有。但对方自行将内力打入他的膻中穴,他全无抗拒之能,一拳中体,内力便入,实是自天外飞到他袋中的横财,他自己却兀自浑浑噩噩,全不知情,只想:"此人好生横蛮,我说几句'妙极',又碍着他什么了?平白无端的便打我一拳。"

这一拳的内力在他气海中不住盘旋抖动,段誉登觉胸口窒闷,试行存想任脉和手太阴肺经两路经脉,只觉有一股淡淡的暖气在两处经脉中巡行一周，又再回入膻中穴，窒闷之感便消。他自不知只这么短短一个小周天的运行，这股内力便已永存体内，再也不会消失了。段誉自全无内力而至微有内力，便自胸口给郁光标这么猛击一拳而始。

也幸得郁光标内力平平，又未曾当真全力以击，倘若给南海鳄神这等好手一拳打在膻中要穴，段誉全无内力根基，膻中气海不能立时容纳，非经脉震断、呕血身亡不可。郁光标内力所失有限，也就未曾察觉。

午饭过后，段誉又练"凌波微步"，走一步，吸一口气，走第二步时将气呼出，六十四卦走完，四肢全无麻痹之感，料想吸呼顺畅，便无害处。第二次再走时连走两步吸一口气，再走两步始行呼出。这"凌波微步"是以动功修习内功，脚步踏遍六十四卦一个周天，内息自然而然的也转了一个周天。因此他每走一遍，内力便有一分进益。

他却不知这是在修练内功，只盼步子走得越来越熟，越走越快，心想："先前那郁老兄打我脸孔，我从'井'位到'讼'位，这一步是不错的，躲过了一记耳光，跟着便该斜踏'蛊'位，胸口那一拳也就可避过了。可是我只想上一想，没来得及跨步，对方拳头便已打到。这'想上一想'，便是功夫未熟之故。要凭此步法脱身，不让他们抓住，务须练得纯熟无比，出步时想也不想。'想也不想'与'想上一想'，两字之差，便有生死之别。"

当下专心致志的练习步法，每日自朝至晚，除了吃饭睡觉、大便小便之外，竟是足不停步。有时想到："我努力练这步法，只不过想脱身逃走，去救木姑娘，并非遵照神仙姊姊的嘱咐，练她的'北冥神功'。"想想过意不去，就练一练手太阴肺经和任脉，敷衍了事，以求心之所安，至于别的经脉，却暂行搁在一边了。

这般练了数日，"凌波微步"已走得颇为纯熟，不须再数呼吸，纵然疾行,气息也已无所窒滞。心意既畅,跨步时渐渐想到《洛神赋》中那些与"凌波微步"有关的句子:"髣髴兮若轻云之蔽月,飘飖兮若流风之回雪","忽焉纵体,以遨以嬉","神光离合,乍阴乍阳","竦轻躯以鹤立,若将飞而未翔","体迅飞凫,飘忽若神","动无常则,若危若安。进止难期,若往若还"。

尤其最后这十六个字,似乎更是这套步法的要旨所在,只是心中虽然领悟,脚步中要做到"动无常则,若危若安,进止难期,若往若还",可不知要花多少功夫的苦练,何年何月方能臻此境地了。以此刻的功夫,敌人伸手抓来,是否得能避过,却半点也无把握,有心再练上十天半月,以策万全,但屈指算来和木婉清相别已有七日,悬念她陪着南海鳄神度日如年的苦处,决意今日闯将出去,心想那送饭的仆人无甚武功,要避过他料来也不甚难。

坐在床沿,心中默想步法,耐心等候。待听得锁启门开,脚步声响,那仆人托着饭盘进来,段誉慢慢走过去,突然在饭盘底下一掀,饭碗菜碗登时乒乒乓乓的向他头上倒去。那仆人大叫:"啊哟!"段誉三脚两步,抢出门去。

不料郁光标正守在门外,听到仆人叫声,急奔进门。门口狭隘,两人登时撞了个满怀。段誉自"豫"位踏"观"位,正待闪身从他身旁绕过,不料左足这一步却踏在门槛之上。

这一下大出他意料之外,"凌波微步"的注释之中,可没说明"要是踏上门槛,脚下忽高忽低,那便如何?"一个踉跄,第三步踏向"比"位这一脚,竟然重重踹上了郁光标的足背,"要是踏上别人足背,对方哇哇叫痛,冲冲大怒,那便如何?"这个法门,卷轴的步法秘诀中更无记载,料想那洛神"翩若惊鸿、婉若游龙"的在洛水之中凌波微步,多半也不会踏上门槛,踹人脚背。段誉慌张失措之际,只觉左腕一紧,已被郁光标抓住,拖进门来。

数日计较，不料想事到临头，如意算盘竟打得粉碎。他心中连珠价叫苦，忙伸右手去扳郁光标的手指，同时左手出力挣扎。但郁光标五根手指牢牢抓住了他左腕，又怎扳得开？

突然间郁光标"咦"的一声，只觉手指一阵酸软，忍不住便要松手，急忙运劲，再行紧握，但立时又即酸软。他骂道："他妈的！"再加劲力，转瞬之间，连手腕、手臂也酸软起来。他自不知段誉伸手去扳他手指，恰好是以大拇指去扳他大拇指，以少商穴对准了他少商穴，他正用力抓住段誉左腕，这股内力却源源不绝的给段誉右手大拇指吸了过去。他每催一次劲，内力便消失一分。

段誉自也丝毫不知其中缘故，但觉对方手指一阵松、一阵紧，自己只须再加一把劲，似乎便可扳开他手指而脱身逃走，当此紧急关头，插在他拇指与自己左腕之间的那根大拇指，又如何肯抽将出来？

郁光标那天打他一拳，拳上内力送入了他膻中气海。单是这一拳，内力自也无几，但段誉以此为引，走顺了手太阴肺经和任脉间的通道。此时郁光标身上的内力，便顺着这条通道缓缓流入他的气海，那正是"北冥神功"中百川汇海的道理。两人倘若各不使劲，两个大拇指轻轻相对，段誉不会"北冥神功"，自也不能吸他内力。但此时两人各自拼命使劲，又已和郁光标早几日打他一拳的情景相同，以自身内力硬生生的逼入对方少商穴中，有如酒壶斟酒，酒杯欲不受而不可得。

初时郁光标的内力尚远胜于他，倘若明白其中关窍，立即松手退开，段誉也不过夺门而出、逃之夭夭而已。但郁光标奉命看守，岂能让这小白脸脱身？手臂酸软，便即催劲，渐觉一只手臂抓他不住，于是左臂也伸过去抓住了他左臂。这一来，内力流出更加快了，不多时全身内力竟有一半转到了段誉体内。

僵持片刻，此消彼长，劲力便已及不上段誉，内力越流越快，到后来更如江河决堤,一泻如注,再也不可收拾,只盼放手逃开,但拇指被段誉五指抓住了,挣扎不脱。此时已成反客为主之势,段誉却丝毫不知,还是在使劲扳他手指,慌乱之中,浑没想到"扳开他手指"早已变成了"抓住他手指"。

郁光标全身如欲虚脱,骇极大叫:"吴师弟,吴光胜!快来,快来!"吴光胜正在上茅厕,听得郁师兄叫声惶急,双手提着裤子赶来。郁光标叫道:"小子要逃。我……我按他不住。"吴光胜放脱裤子,待要扑将上去帮同按住段誉。郁光标叫道:"你先拉开我!"叫声几乎有如号哭。

吴光胜应道:"是!"伸手扳住他双肩,要将他从段誉身上拉起,同时问道:"你受了伤吗?"心想以郁师兄的武功,怎能奈何不了这文弱书生。他一句话出口,便觉双臂一酸,好似没了力气,忙催劲上臂,立即又是一阵酸软。原来此时段誉已吸干了郁光标的内力,跟着便吸吴光胜的,郁光标的身子倒成了传递内力的通路。

段誉既见对方来了帮手,郁光标抓住自己左腕的指力又忽然加强,心中大急,更加出力去扳他手指。吴光胜只觉手酸脚软,连叫:"奇怪,奇怪!"却不放手。

那送饭的仆役见三人缠成一团,郁吴二人脸色大变,似乎势将不支,忙从三人背上爬出门去,大叫:"快来人哪,那姓段的小白脸要逃走啦!"

无量剑弟子听到叫声,登时便有二人奔到,接着又有三人过来,纷纷呼喝:"怎么啦?那小子呢?"段誉给郁吴二人压在身底,新来者一时瞧他不见。

郁光标这时已然上气不接下气,再也说不出话来。吴光胜的内力也已十成中去了八成,气喘吁吁的道:"郁师兄给……给这小子抓住了,快……快来帮手。"

当下便有两名弟子扑上,分别去拉吴光胜的手臂,只一拉之下，手臂便即酸软，两人的内力又自吴光胜而郁光标、再自郁光标注入了段誉体内。其时段誉膻中穴内已积贮了郁吴二人的内力，再加上新来二人的部份内力，已胜过那二人合力。那二人一觉手臂酸软无力，自然而然的催劲，一催劲便成为硬送给段誉的礼物。段誉体内积蓄内力愈多，吸引对方内力便愈快，内力的倾注初时点点滴滴，渐而涓涓成流。

余下三人大奇。一名弟子笑道："你们闹什么把戏？叠罗汉吗？"伸手拉扯，只拉得两下，手臂也似黏住了一般，叫道："邪门，邪门！"其余两名弟子同时去拉他。三人一齐使力，刚拉得松动了些，随即臂腕俱感乏力。

无量剑七名弟子重重叠叠的挤在一道窄门内外，只压得段誉气也透不过来，眼见难以逃脱，只有认输再说，叫道："放开我，我不走啦！"对方的内力又源源涌来，只塞得他膻中穴内郁闷难当，胸口如欲胀裂。他已不再去扳郁光标的拇指，可是拇指给他的拇指压住了，难以抽动，大叫："压死我啦，压死我啦！"

郁光标和吴光胜此时固已气息奄奄，先后赶来的五名弟子也都仓皇失措，惊骇之下拼命使劲，但越是使劲，内力涌出越快。

八个人叠成一团，六个人大声叫嚷，谁也听不见旁人叫些什么。过得一会，变成四个人呼叫，接着只剩下三人。到后来只有段誉一人大叫："压死我啦，快放开我，我不逃了。"他每呼叫一声，胸口郁闷便似稍减，当下不住口的呼叫，声虽嘶而力不竭，越叫越响亮。

忽听得有人大声叫道："那婆娘偷了我孩儿去啦，大家快追！你们四人截住大门，你们三人上屋守着，你们四人堵住东边门，你们五个堵住西边门。别……别让这婆娘抱我孩子走了！"虽是发号施令，语音中却充满着惊惶。

段誉依稀听得似是左子穆的声音，脑海中立时转过一个念头：

"什么女人偷了他的孩儿去啦？啊，是木姑娘救我来啦，偷了他儿子，要换她的丈夫。来个走马换将，这主意倒是不错。"当即住口不叫。一定神间，便觉郁光标抓住他手腕的五指已然松了，用力抖了几下，压在他身上的七人纷纷跌开。

他登时大喜："他们师父儿子给木姑娘偷了去，大家心慌意乱，再也顾不得捉我了。"当即从人堆上爬了出来，心下诧异："怎地这些人爬在地下不动？是了，定是怕他们师父责罚，索性假装受伤。"一时也无暇多想这番推想太也不合情理，拔足便即飞奔，做梦也想不到，七名无量剑弟子的内力已尽数注入他的体内。

段誉三脚两步，便抢到了屋后，什么"既济"、"未济"的方位固然尽皆抛到了脑后，"轻云蔽月，流风回雪"的神姿更加只当是曹子建的满口胡柴，当真是急急如丧家之犬，忙忙似漏网之鱼，眼见无量剑群弟子手挺长剑，东奔西走，大叫："别让那婆娘走了！""快夺回小师弟回来！""你去那边，我向这边追！"心想："木姑娘这'走马换将'之计变成了'调虎离山'，更加妙不可言。我自然要使那第三十六计了。"当下钻入草丛，爬出十余丈远，心道："我这般手脚同时落地，算是'凌波微爬'，还是什么？"

耳听得喊声渐远，无人追来，于是站起身来，向后山密林中发足狂奔。奔行良久，竟丝毫不觉疲累，心下暗暗奇怪，寻思："我可别怕得很了，跑脱了力。"于是坐在一棵树下休息，可是全身精力充沛，惟觉力气太多，又用得什么休息？

心道："人逢喜事精神爽，到后来终究会支持不住的。'震'卦六二：'勿逐，七日得。'今天可不正是我被困的第七日吗？'勿逐'两字，须得小心在意。"当下将积在膻中穴的内力缓缓向手太阴肺经脉送去，但内力实在太多，来来去去，始终不绝，运到后来,不禁害怕起来:"此事不妙,只怕大有凶险。"反正胸口窒闷已减,便停了运息,站起身来又走,只想:"我怎地去和木姑娘相会,告知她我已脱险?左子穆的孩儿可以还他了,也免得他挂念儿子,提心吊胆。"

行出里许,乍听得吱吱两声,眼前灰影晃动,一只小兽迅捷异常的从身前掠过,依稀便是钟灵的那只闪电貂,只是它奔得实在太快,看不清楚,但这般奔行如电的小兽,定然非闪电貂不可。段誉大喜,心道:"钟姑娘到处找你不着,原来你这小家伙逃到了这里。我抱你去还给你主人,她一定喜欢得不得了。"学着钟灵吹口哨的声音,嘘溜溜的吹了几下。

灰影一闪,一只小兽从高树上急速跃落,蹲在他身前丈许之处,一对亮晶晶的小眼骨碌碌地转动,瞪视着他,正便是那只闪电貂。段誉又嘘溜溜的吹了几下,闪电貂上前两步,伏在地下不动。

段誉叫道:"乖貂儿,好貂儿,我带你去见你主人。"吹几下口哨,走上几步,闪电貂仍是不动。段誉曾摸过它的背脊,知它虽然来去如风,齿有剧毒,但对主人却十分顺驯,见它灵活的小眼转动不休,甚是可爱,吹几下口哨,又走上几步,慢慢蹲下,说道:"貂儿真乖。"缓缓伸手去抚它背脊,闪电貂仍然伏着不动。段誉轻抚貂背柔软光滑的皮毛,柔声道:"乖貂儿,咱们回家去啦!"左手伸过去将貂儿抱了起来。

突然之间,双手一震,跟着左腿一下剧痛,灰影闪动,闪电貂已跃在丈许之外,仍是蹲在地下,一双小眼光溜溜的瞪着他。段誉惊叫:"啊哟!你咬我。"只见左腿裤脚管破了一个小孔,急忙捋起裤筒,见左腿内侧给咬出了两排齿印,鲜血正自渗出。

他想起神农帮帮主司空玄自断左臂的惨状,只吓得魂不附体,只叫:"你……你……怎么不讲道理?我是你主人的朋友啊!哎唷!"左腿一阵酸麻,跪倒在地,双手忙牢牢按住伤口上侧,想阻毒质上延,但跟着右腿酸麻,登时摔倒。他大惊之下,双手撑地,想要站起,可是手臂也已麻木无力。他向前爬了几步,闪电貂仍一动不动的瞧着他。

段誉暗暗叫苦,心想:"我可实在太也卤莽,这貂儿是锺姑娘养熟了的,只听她一人的话。我这口哨多半也吹得不对。这……这可如何是好?"明知给闪电貂一口咬中,该当立即学司空玄的榜样,挥刀斩断左腿,但手边既无刀剑,也没司空玄这般当机立断的刚勇,再者刚学会了"凌波微步",少了一腿,只能施展"凌波独脚跳",那可无味得紧了。

只自怨自艾得片刻,四肢百骸都渐渐僵硬,知道剧毒已延及全身,到后来眼睛嘴巴都合不拢来,神智却仍然清明,心想:"我这般死法,模样实在太不雅观,这般张大了口,是白痴鬼还是馋鬼?不过百害之中也有一利,木姑娘见到我这个光屁股大嘴僵尸鬼,心中作呕,悲戚思念之情便可大减,于她身子颇有好处。"

猛听得江昂、江昂、江昂三声大吼,跟着噗、噗、噗声响,草丛中跃出一物,段誉大惊:"啊哟,万毒之王'莽牯朱蛤'到了。那两人说一见此物,全身便化为脓血,那便如何是好?"跟着便想:"胡涂东西?一滩脓血跟光屁股大口僵尸相比,哪个模样好看些?当然是宁为脓血,毋为丑尸。"但听江昂、江昂叫声不绝,只是那物在己之右,头颈早已僵直,无法转头去看,却是欲化脓血而不可得。好在噗、噗、噗响声又作,那物向闪电貂跃去。

段誉一见,不禁诧异万分,跃过来的只是一只小小蛤蟆,长不逾两寸,全身殷红胜血,眼睛却闪闪发出金光。它嘴一张,颈下薄皮震动,便是江昂一声牛鸣般的吼叫,如此小小身子,竟能发出偌大鸣叫,若非亲见,说什么也不能相信,心想:"这名字取得倒好,声若牯牛,全身朱红,果然是莽牯朱蛤。但既然如此,一见之下化为脓血的话便决计不对。'莽牯朱蛤'这个名字,定是见过它的人给取的。一滩脓血又怎能想出这个贴切的名字来？"

闪电貂见到朱蛤，似乎颇有畏缩之意，转头想逃，却又不敢逃，突然间纵身扑起。朱蛤嘴一张，江昂一声叫，一股淡淡的红雾向闪电貂喷去，闪电貂正跃在空中，给红雾喷中，当即翻身摔落，一扑而上咬住了朱蛤的背心。段誉心道："毕竟还是貂儿厉害。"不料心中刚转过这个念头，闪电貂已仰身翻倒，四腿挺了几下，便即一动不动了。

段誉心中叫声"啊哟！"这闪电貂虽然咬"死"了他，他却知纯系自己不会驯貂、卤莽而为之故，倒也没怨怪这可爱的貂儿，眼见它毙命，心下痛惜："唉，锺姑娘倘若知道了，可不知有多难过。"

只见朱蛤跃上闪电貂尸身，在它颊上吮吸，吸了左颊，又吸右颊。段誉心道："莽牯朱蛤号称万毒之王，倒是名不虚传。貂儿齿有剧毒，咬在它身上反而毒死了自己，现下这朱蛤又去吮吸貂儿毒囊中的毒质。闪电貂固然活泼可爱，莽牯朱蛤红身金眼，模样也美丽之极，谁又想得到外形绝丽，内里却具剧毒。神仙姊姊，我可不是说你。"

那朱蛤从闪电貂身上跳下，江昂、江昂的叫了两声。草丛中簌簌声响，游出一条红黑斑斓的大蜈蚣来，足有七八寸长。朱蛤扑将上去，那蜈蚣游动极快，迅速逃命。朱蛤接连追扑几下，竟没扑中，它江昂一声叫，正要喷射毒雾，那蜈蚣忽地笔直对准了段誉的嘴巴游来。

段誉大惊，苦于半点动弹不得，连合拢嘴巴也是不能，心中只叫："喂，这是我嘴巴，老兄可莫弄错了，当作是蜈蚣洞……"簌簌细响，那蜈蚣竟然老实不客气的爬上他舌头。段誉吓得几欲晕去，但觉咽喉、食道自上向下的麻痒落去，蜈蚣已钻入了他肚中。

岂知祸不单行，莽牯朱蛤纵身一跳，便也上了他舌头，但觉喉

· 195 ·

头一阵冰凉，朱蛤竟也钻入他肚中追逐蜈蚣去了，朱蛤皮肤极滑，下去得更快。段誉听得自己肚中隐隐发出江昂、江昂的叫声，但声音郁闷，只觉天下悲惨之事，无过于此，而滑稽之事亦无过于此，只想放声大哭，又想纵声大笑，但肌肉僵硬，又怎发得出半点声音？眼泪却滚滚而下，落在土上。

顷刻之间，肚中便翻滚如沸，痛楚难当，也不知朱蛤捉住了蜈蚣没有，心中只叫："朱蛤仁兄，快快捉住蜈蚣，爬出来罢，在下这肚子里可没什么好玩。"过了一会，肚中居然不再翻滚，江昂、江昂的叫声也不再听到，疼痛却更是厉害。

又过半晌，他嘴巴突然合拢，牙齿咬住了舌头，一痛之下，舌头便缩进嘴里。他又惊又喜，叫道："朱蛤仁兄，快快出来。"张大了嘴让它出来，等了良久，全无动静。他张口大叫："江昂、江昂、江昂！"想引朱蛤爬出。岂知那朱蛤不知是听而不闻，还是听得叫声不对，不肯上当，竟然在他肚中全不理睬。

段誉焦急万状，伸手到嘴里去挖，又哪里挖得着，但挖得几下，便即醒觉："咦，我的手能动了。"一挺腰便即站起，全身四肢麻木之感不知已于何时失去。他大叫："奇怪，奇怪！"心想："这位万毒之王在我肚里似有久居之计，这般安居乐业起来，如何了得？非请它来个乔迁之喜不可。"当下双手撑地，头下脚上的倒转过来，两只脚撑在一株树上，张大了嘴巴，猛力摇动身子，摇了半天，莽牯朱蛤全无动静，竟似在他肚中安土重迁，打定主意要老死是乡了。

段誉无法可施，隐隐也已想到："多半这位万毒之王和那条蜈蚣均已做到了我肚中的食物，以毒攻毒，反而解了我身上的貂毒。我吃了这般剧毒之物，居然此刻肚子也不痛了，当真希奇古怪。"他可不知一般毒蛇毒虫的毒质混入血中，立即致命，若是吃在肚里，只须口腔、喉头、食道和肠胃并无内伤，那便全然无碍，是以人被毒蛇咬中，可用口吮出毒质。只是天下毒质千变万化，自不能一概而论。这莽牯朱蛤虽具奇毒，入胃也是无碍，反而自身为段誉的胃液所化。就这朱蛤而言，段誉的胃液反是剧毒，竟将它化成了一团脓血。

段誉站直身子，走了几步，忽觉肚中一团热气，有如炭火，不禁叫了声："啊哟！"这团热气东冲西突，无处宣泄，他张口想呕它出来，但说什么也呕它不出，深深吸一口气，用力喷出，只盼莽牯朱蛤化成的毒气随之而出，哪知一喷之下，这团热气竟化成一条热线，缓缓流入了他的任脉，心想："好罢，咱们一不做，二不休，朱蛤老兄你阴魂不散，缠上了区区在下，我的膻中气海便作了你的葬身之地罢。你想几时毒死我，段誉随时恭候便了。"依法呼纳运息，暖气果然顺着他运熟了的经脉，流入了膻中气海，就此更无异感。

闹了这半天，居然毫不疲累，当下捧些土石，盖在闪电貂的尸身之上，默默祷祝："闪电貂小弟弟，下次我带你主人锺姑娘，来你坟前祭奠，捉几条毒蛇给你上供。你刚才咬了我一口，出于无心，这事我不会跟你主人说，免得她怪你，你放心好啦。"

出得林来，不多时见到左子穆仗剑急奔，心想："他是在追木姑娘，我可不能置身事外。"当下悄悄跟随在后。此时他身上已有七名无量剑弟子的内力，毫不费力的便跟着他一路上峰。左子穆挂念儿子安危，也没留神有人跟随。段誉怕他转身动蛮，又抓住自己来跟木婉清"走马换将"，和他相距甚远，来到半山腰时，想到即可与木婉清相会，心中热切，又怕南海鳄神久等不耐，伤害了她，忍不住纵声大呼。

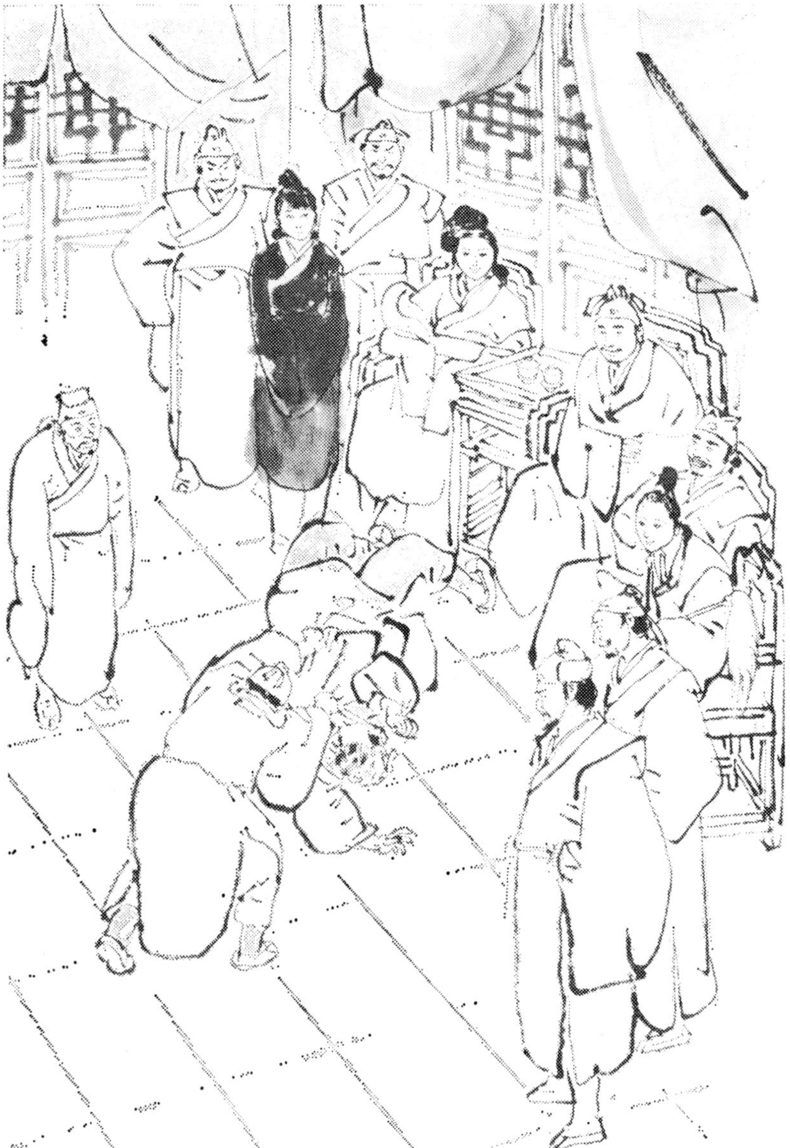

南海鳄神一惊之下,急运内力挣扎,突觉内力自膻中穴急泻而出,全身便似脱力一般,更是惊惶无已。段誉已将他身子倒举起来,头下脚上的摔落,腾的一声,南海鳄神一个秃秃的大脑袋撞在地下。

六
谁家子弟谁家院

段誉将木婉清搂在怀里,又是欢喜,又是关心,只问:"木姑娘,你伤处好些了么?那恶人没欺侮你罢?"木婉清嗔道:"我是你什么人?还是木姑娘、木姑娘的叫我。"

段誉见她轻嗔薄怒,更增三分丽色,这七日来确是牵记得她好苦,双臂一紧,柔声道:"婉妹,婉妹!我这么叫你好不好?"说着低下头来,去吻她嘴唇。木婉清"啊"的一声,满脸飞红的跳将起来,道:"有旁人在这儿,你,你……怎么可以?噫!那些人呢?"四周一看,只见那宽袍客和褚、古、傅、朱四人都已影踪不见,左子穆也已抱着儿子走了,周围竟是一个人也无。

段誉道:"有谁在这里?是南海鳄神么?"眼光中又流露出惊恐之色。木婉清问道:"你来了有多久啦?"段誉道:"刚只一会儿。我上得峰来,见你晕倒在地,此外一个人也没有。婉妹,咱们快走,莫要给南海鳄神追上来。"木婉清道:"好!"自言自语道:"真奇怪,怎么这些人片刻间走了个干干净净。"

忽听得岩后一人长声吟道:"仗剑行千里,微躯敢一言。"高吟声中,转出一个人来,正是那四大护卫之一的朱丹臣。段誉喜叫:"朱兄!"朱丹臣抢前两步,躬身行礼,喜道:"公子爷,天幸你安然无恙,刚才这位姑娘那几句话,真吓得我们魂不附体。"

·201·

段誉拱手还礼，道："原来你们已见过了？你……你怎么到这儿来啦？真是巧极。"

朱丹臣微笑道："我们四兄弟奉命来接公子爷回去，倒不是巧合。公子爷，你可也忒煞大胆，孤身闯荡江湖。我们寻到了马五德家中，又赶到无量山来，这几日可教大伙儿担心得够了。"段誉笑道："我也吃了不少苦头。伯父和爹爹大发脾气了，是不是？"朱丹臣道："那自然是很不高兴了。不过我们出来之时，两位爷台的脾气已发过了，这几日定是挂念得紧。后来善阐侯得知四大恶人同来大理，生怕公子爷撞上了他们，亲自赶了出来。"

段誉道："高叔叔也来寻我了么？这如何过意得去？他在哪里？"朱丹臣道："适才我们都在这儿。高侯爷出手赶走了一个恶女人，听到公子爷的叫声，他们都放了心，命我在这儿等公子爷。他们追踪那恶女人去了。公子爷，咱们这就回府去罢，免得两位爷台多有牵挂。"段誉道："原来你……你一直在这儿。"想到自己与木婉清言行亲密，都给他瞧见听见了，不禁满脸通红。

朱丹臣道："适才我坐在岩石之后，诵读王昌龄诗集，他那首五绝'仗剑行千里，微躯敢一言。曾为大梁客，不负信陵恩。'寥寥二十字之中，倜傥慷慨，真乃令人倾倒。"说着从怀中取出一卷书来，正是《王昌龄集》。段誉点头道："王昌龄以七绝见称，五绝似非其长。这一首却果是佳构。另一首《送郭司仓》，不也绸缪雅致么？"随即高吟道："映门淮水绿，留骑主人心。明月随良掾，春潮夜夜深。"朱丹臣一揖到地，说道："多谢公子。"

段誉和木婉清适才一番亲密之状、缠绵之意，朱丹臣尽皆知闻，只是见段誉脸嫩害羞，便用王昌龄的诗句岔开了。他所引"曾为大梁客"云云，是说自当如侯嬴、朱亥一般，以死相报公子。段誉所引王昌龄这四句诗，却是说为主人者对属吏深情诚厚，以友道相待。两人相视一笑，莫逆于心。

木婉清不通诗书，心道："这书呆子忘了身在何处，一谈到诗文，便这般津津有味。这个武官却也会拍马屁，随身竟带着本书。"她可不知朱丹臣文武全才，平素耽读诗书。

段誉转过身来，说道："木……木姑娘，这位朱丹臣朱四哥，是我最好的朋友。"朱丹臣恭恭敬敬的行礼，说："朱丹臣参见姑娘。"

木婉清还了一礼，见他对己恭谨，心下甚喜，叫了声："朱四哥。"

朱丹臣笑道："不敢当此称呼。"心想："这姑娘相貌美丽，刚才出手打公子耳光，手法灵动，看来武功也颇了得。公子爷吃了个耳光，竟笑嘻嘻的不以为意。他为了这个姑娘，竟敢离家这么久，可见对她已十分迷恋。不知这女子是什么来历。公子爷年轻，不知江湖险恶，别要惑于美色，闹了个身败名裂。"笑嘻嘻的道："两位爷台挂念公子，请公子即回府去。木姑娘若无要事，也请到公子府上作客，盘桓数日。"他怕段誉不肯回家，但若能邀得这位姑娘同归，多半便肯回去了。

段誉踌躇道："我怎……怎么对伯父、爹爹说？"木婉清红晕上脸，转过了头。

朱丹臣道："那四大恶人武功甚高，适才善阐侯虽逐退了叶二娘，那也是攻其无备，带着三分侥幸。公子爷千金之体，不必身处险地，咱们快些走罢。"段誉想起南海鳄神的凶恶情状，也是不寒而栗，点头道："好，咱们就走。朱四哥，对头既然厉害，你还是去帮高叔叔罢。我陪同木姑娘回家去。"朱丹臣笑道："好容易找到了公子爷，在下自当护送公子回府。木姑娘武功卓绝，只是瞧姑娘神情，似乎受伤后未曾复元，途中假如邂逅强敌，多有未便，还是让在下稍效绵薄的为是。"

木婉清哼了一声，道："你跟我说话，不用叽哩咕噜的掉书包,我是个山野女子,没念过书。你文诌诌的话哪,我只懂得一半。"朱丹臣笑道:"是,是!在下虽是武官,却偏要冒充文士,酸溜溜的积习难除,姑娘莫怪。"

段誉不愿就此回家,但既给朱丹臣找到了,料想不回去也是不行,只有途中徐谋脱身之计,当下三人偕行下峰。木婉清一心想问他这七日七夜之中到了何处,但朱丹臣便在近旁,说话诸多不便,只有强自忍耐。朱丹臣身上携有干粮,取出来分给两人吃了。

三人到得峰下,又行数里,只见大树旁系着五匹骏马,原来是古笃诚等一行骑来的。朱丹臣走去牵过三匹,让段誉与木婉清上了马,自己这才上马,跟随在后。当晚三人在一处小客店中宿歇,分占三房。朱丹臣去买了一套衫裤来,段誉换上之后,始脱"臀无裤"之困。

木婉清关上房门,对着桌上一枝红烛,支颐而坐,心中又喜又愁,思潮起伏:"段郎不顾危难,前来寻我,足见他对我情意深重。这几天来我心中不断痛骂他负心薄幸,那可是错怪他了。瞧那朱丹臣对他如此恭谨,看来他定是大官的子弟。我一个姑娘儿家,虽与他订下了婚姻,但这般没来由的跟着到他家里,好不尴尬。似乎他伯父和爹爹待他很凶,他们倘若对我轻视无礼,那便如何?哼哼,我放毒箭将他全家一古脑儿都射死了,只留段郎一个。"正想到凶野处,忽听得窗上两下轻轻弹击之声。

木婉清左手一扬,煽灭了烛火,只听得窗外段誉的声音说道:"是我。"木婉清听他深夜来寻自己,一颗心怦怦乱跳,黑暗中只觉双颊发烧,低声问:"干什么?"段誉道:"你开了窗子,我跟你说。"木婉清道:"我不开。"她一身武艺,这时候居然怕起这个文弱书生来,自己也觉奇怪。段誉不明白她为什么不肯开窗,说道:"那么你快出来,咱们赶紧得走。"木婉清伸指刺破窗纸,问道:"为什么?"段誉道:"朱四哥睡着了,别惊醒了他。我不愿回家去。"

木婉清大喜,她本在为了要见到段誉父母而发愁,当下轻轻推开窗子,跳了出去。段誉低声道:"我去牵马。"木婉清摇了摇手,伸臂托住他腰,提气一纵,上了墙头,随即带着他轻轻跃到墙外,低声道:"马蹄声一响,你朱四哥便知道了。"段誉低声笑道:"多亏你想得周到。"

两人手携着手,径向东行。走出数里,没听到有人追来,这才放心。木婉清道:"你干么不愿回家?"段誉道:"我这一回家,伯父和爹爹定会关着我,再也不能出来。只怕再见你一面也不容易。"木婉清心中甜甜的甚是喜欢,道:"不到你家去最好。从此咱两人浪荡江湖,岂不逍遥快活?咱们这会儿到哪里去?"段誉道:"第一别让朱四哥、高叔叔他们追到。第二须得躲开那南海鳄神。"木婉清点头道:"不错。咱们往西北方去,最好是找个乡下人家,先避避风头,躲他个十天半月,待我背上的伤全好,那就什么都不怕了。"当下两人向西北方而行,路上也不敢逗留说话,只盼离无量山越远越好。

行到天明,木婉清道:"姑苏王家那批奴才定然还在找我。白天赶道,惹人眼目,咱们得找个歇宿之处。日间吃饭睡觉,晚上行路。"段誉于江湖上的事什么也不懂,道:"任凭你拿主意便是。"木婉清道:"待会吃过饭后,你跟我好好的说,七日七夜中到哪里去了,若有半句虚言,小心你的……"一言未毕,忽然"咦"的一声。

只见前面柳荫下系着三匹马,一人坐在石上,手中拿着一卷书,正自摇头摇脑的吟哦,却不是朱丹臣是谁?段誉也见到了,吃了一惊,拉着木婉清的手,急道:"快走!"

木婉清心中雪亮,知道昨晚两人悄悄逃走,全给朱丹臣知觉了,他料得段誉不会轻功,定然行走不快,辨明了二人去路,便乘马绕道,拦在前路,当下皱眉道:"傻子,给他捉住了,还逃得了么?"

便迎将上去,说道:"哼!大清早便在这儿读书,想考状元吗?"

朱丹臣一笑,向段誉道:"公子,你猜我是在读什么诗?"跟着高声吟道:"古木鸣寒鸟,空山啼夜猿。既伤千里目,还惊九折魂。岂不惮艰险?深怀国士恩。季布无二诺,侯嬴重一言。人生感意气,功名谁复论?"

段誉道:"这是魏徵的《述怀》罢?"朱丹臣笑道:"公子爷博览群书,佩服佩服。"段誉明白他所以引述这首诗,意思说我半夜里不辞艰险的追寻于你,为的是受了你伯父和父亲大恩,不敢有负托付;下面几句已在隐隐说他既已答允回家,说过了的话可不能不算。

木婉清过去解下马匹缰绳,说道:"到大理去,不知我们走的路对不对?"朱丹臣道:"左右无事,向东行也好,向西行也好,终究会到大理。"昨日他让段誉乘坐三匹马中脚力最佳的一匹,这时他却拉到自己身边,以防段木二人如果驰马逃走,自己尽可追赶得上。

段誉上鞍后,纵马向东。朱丹臣怕他着恼,一路上跟他说些诗词歌赋,只可惜不懂《易经》,否则更可投其所好。但段誉已是兴高采烈,大发议论。木婉清却一句话也插不进去。不久上了大路,行到午牌时分,三人在道旁一家小店中吃面。

忽然人影一闪,门外走进个又高又瘦的人来,一坐下,便伸掌在桌上一拍,叫道:"打两角酒,切两斤熟牛肉,快,快!"

木婉清不用看他形相,只听他说话声音忽尖忽粗,十分难听,便知是"穷凶极恶"云中鹤到了,幸好她脸向里厢,没与他对面朝相,当即伸指在面汤中一蘸,在桌上写道:"第四恶人"。朱丹臣蘸汤写道:"快走,不用等我。"木婉清一扯段誉衣袖,两人走向内堂。朱丹臣闪入了屋角暗处。

云中鹤来到店堂后，一直眼望大路，听到身后有人走动，回过头来，见到木婉清的背影刚在壁柜后隐没，喝道："是谁，给我站住了！"离座而行，长臂伸出，便向木婉清背后抓来。

朱丹臣捧着一碗面汤，从暗处突然抢出，叫声："啊哟！"假装失手，一碗滚热的面汤夹脸向他泼去。两人相距既近，朱丹臣泼得又快，小小店堂中实无回旋余地，云中鹤立即转身，一碗热汤避开了一半，余下一半仍是泼上了脸，登时眼前模糊一片，大怒之下，伸手疾向朱丹臣抓去，准拟抓他个破胸开膛。但朱丹臣汤碗一脱手，随手便掀起桌子，桌上碗碟杯盘，齐向云中鹤飞去。噗的一声响，云中鹤五指插入桌面，碗碟杯盘随着一股劲风袭到。

客店中仓卒遇敌，饶是他武功高强，也闹了个手忙脚乱，急运内劲布满全身，碗碟之类撞将上去，一一反弹出来，但汁水淋漓，不免狼狈万状。只听得门外马蹄声响，已有两人乘马向北驰去。云中鹤伸袖抹去眼上的面汤，猛觉风声飒然，有物点向胸口。他吸一口气，胸口陡然缩了半尺，左掌从空中直劈下来，反掌疾抓，四根手指已抓住了敌人点来的判官笔。朱丹臣急忙运劲还夺。他内力差了一筹，这一夺原本无法奏功，一件心爱的兵刃势要落入敌手，幸好云中鹤满手汤汁油腻，手指滑溜，拿捏不紧，竟被他抽回兵刃。

数招一过，朱丹臣已知敌人应变灵活，武功厉害，大叫："使铁杆子的，使板斧的，快快堵住了门，竹篙子逃不走啦。"他曾听褚万里和古笃诚说过，那晚与一个形如竹篙的人相遇，两人合力，才勉强取胜，是以虚张声势的叫将起来。云中鹤不知是计，心道："糟糕，使铁杆子和板斧的两个家伙原来埋伏在外，我以一敌三，更非落败不可。"当下无心恋战，冲入后院，越墙而走。朱丹臣大叫："竹篙子逃走啦，快追，这一次可不能再让他溜掉！"奔到门外，翻身上马，追赶段誉去了。

段誉和木婉清驰出数里，便收缰缓行，过不多时，听得马蹄声响，朱丹臣骑马追来。两人勒马相候，正待询问，木婉清忽道："不好！那人追来了！"只见大道上一人一晃一飘，一根竹篙般冉冉而来。

朱丹臣骇然道："这人轻功如此了得。"扬鞭在段誉的坐骑臀上抽了一记，三匹马十二只马蹄上下翻飞，顷刻间将云中鹤远远抛在后面。奔了数里，木婉清听得坐骑气喘甚急，只得收慢，但就这么一停，云中鹤又已追到。此人短程内的冲刺虽不如马匹，长力却是绵绵不绝。

朱丹臣知道诡计被他识破，虚声恫吓已不管用，看来二十里路之内，非给他追及不可。只要到得大理城去，自然天大的事也不必怕，但三匹马越奔越慢，情势渐急。又奔出数里，段誉的坐骑突然前腿一跪，将他摔了下来。木婉清飞身下鞍，抢上前去，不等段誉着地，已一把抓住他后心，正好她的坐骑奔到身旁，她左手在马鞍上一按，带着段誉一同跃上马背。朱丹臣遥遥在后，以便阻挡敌人，段誉这一堕马，便无法相救，见木婉清及时出手，不禁脱口叫道："好身法！"

一声甫毕，突然脑后风响，兵器袭到，朱丹臣回过判官笔，当的一声格开钢抓。云中鹤乘势拖落，五根钢铸的手指只抓得马臀上鲜血淋漓。那马吃痛，一声悲嘶，奔得反而更加快了，不多时和云中鹤便相距甚远。但这么一来，一马双驮，一马受伤，无论如何难以持久，朱丹臣和木婉清都暗暗焦急。

段誉却不知事情凶险，问道："这人很厉害么？难道朱四哥打他不过？"木婉清摇头道："只可惜我受了伤，使不出力气，不能相助朱四哥跟这恶人一拼。"突然心生一计，说道："我假装堕马受伤，躺在地下，冷不防射他两箭，或许能得手。你骑了马只管走，不用等待。"段誉大急，反转双臂，左手勾住她头颈，右手抱住她腰，连叫："使不得，使不得！我不能让你冒险！"木婉清羞得满面通红,嗔道:"呆子,快放开我。给朱四哥瞧在眼里,成什么样子?"段誉一惊,道:"对不起!你别见怪。"木婉清道:"你是我丈夫,又有什么对不起了?"

说话之间,回头又已望见云中鹤冉冉而来,朱丹臣连连挥手,催他们快逃,跟着跃下马来,拦在道中,虽然明知斗他不过,也要多挡他一时刻,免得他追上段誉。不料云中鹤一心要追上木婉清,陡然间斜向冲入道旁田野,绕过了朱丹臣,疾向段木二人追来。

木婉清用力鞭打坐骑,那马口吐白沫,已在挨命。段誉道:"倘若咱们骑的是你那黑玫瑰,料这恶人再也追赶不上。"木婉清道:"那还用你说?"

那马转过了一个山冈,迎面笔直一条大道,并无躲避之处,只见西首绿柳丛中,小湖旁有一角黄墙露出。段誉喜道:"好啦!咱们向这边去。"木婉清道:"不行!那是死地,无路可走!"段誉道:"你听我的话便不错。"拉缰拨过马头,向绿柳丛中驰去。

奔到近处,木婉清见那黄墙原来是所寺观,匾额上写的似乎是"玉虚观"三字,心下飞快盘算:"这呆子逃到了这里,前无去路。我且躲在暗处,射这竹篙子一箭。"转眼间坐骑已奔到观前,猛听得身后一人哈哈大笑,正是云中鹤的声音,相距已不过数丈。

只听得段誉大叫:"妈妈,妈妈,快来啊!妈!"木婉清心下恼怒,喝道:"呆子,住口!"云中鹤笑道:"这当儿便叫奶奶爷爷,也不中用了。"纵身扑上。木婉清左掌贴在段誉后心,运劲推出,叫道:"逃进观里去!"同时右臂轻挥,一箭向后射出。云中鹤缩头闪开,见木婉清跃离马鞍,左手钢抓倏地递出,搭向她肩头。木婉清身子急缩,已钻到了马腹之下,飕飕飕连射三箭。云中鹤东闪西晃,后跃相避。

便在此时,观中走出一个道姑,见段誉刚从地下哎唷连声的爬起身来,便上前伸臂揽住了他,笑道:"又在淘什么气了,这么大呼小叫的？"

木婉清见这道姑年纪虽较段誉为大，但容貌秀丽，对段誉竟然如此亲热，而段誉伸右臂围住了那道姑的腰，更是一脸的喜欢之状，不由得醋意大盛，顾不得强敌在后，纵身过去，发掌便向那道姑迎面劈去，喝道："你揽着他干么？快放开！"段誉急叫："婉妹，不得无礼！"木婉清听他回护那道姑，气恼更甚，脚未着地，掌上更增了三分内劲。那道姑拂尘一挥，尘尾在半空中圈了一个小圈，已卷住她手腕。木婉清只觉拂尘上的力道着实不小，跟着被拂尘一扯，不由自主的往旁冲出几步，这才站定，又急又怒的骂道："你是出家人，也不怕丑！"

云中鹤初时见那道姑出来，姿容美貌，心中一喜："今日运道来了，一箭双雕，两个娘儿一并掳了去。"待见那道姑拂尘一出手，便将木婉清攻势凌厉的一掌轻轻化开，知道这道姑武功了得，便纵身上了马鞍，静观其变，心道："两个娘儿都美，随便抢到一个，也就罢了。"

那道姑怒道："小姑娘，你胡说八道些什么？你……你是他什么人？"

木婉清道："我是段郎的妻子，你快放开他。"

那道姑一呆，忽然眉花眼笑，拉着段誉的耳朵，笑道："是真是假？"段誉笑道："也可说是真，也可说是假。"那道姑伸手在他面颊上重重扭了一把，笑道："没学到你爹半分武功，却学足了爹爹的风流胡闹，我不打断你的狗腿才怪。"侧头向木婉清上下打量，说道："嗯，这姑娘也真美，就是太野，须得好好管教才成。"

木婉清怒道："我野不野关你什么事？你再不放开他，我可要放箭射你了。"那道姑笑道："你倒射射看。"段誉大叫："婉妹，不可！你知道她是谁？"说着伸手搂住了那道姑的项颈。木婉清更是恼怒欲狂，手腕一扬，飕飕两声，两枝毒箭向那道姑射去。

那道姑本来满脸笑容,蓦地见到小箭,脸色立变,拂尘挥出,裹住了两枝小箭,厉声喝道:"'修罗刀'秦红棉是你什么人?"木婉清道:"什么'修罗刀'秦红棉?没听见过。快放开我段郎。"她明明见到此刻早已是段郎搂住道姑,而非道姑搂住段郎,还觉仍是这道姑不好。

段誉见那道姑气得脸色惨白,劝道:"妈,你别生气。"

"妈,你别生气"这五字钻入了木婉清的耳中,不由得她不大吃一惊,几乎不信自己的耳朵,叫道:"什么,她……她是你妈妈?"

段誉笑道:"刚才我大叫'妈妈',你没听见么?"转头向那道姑道:"妈,她是木婉清木姑娘,儿子这几日连遇凶险,很受恶人的欺侮,亏得木姑娘几次救了儿子性命。"

忽听得柳树丛外有人大叫:"玉虚散人!千万小心了,这是四大恶人之一!"跟着一人急奔而至,正是朱丹臣。他见那道姑神色有异,还道她已吃了云中鹤的亏,颤声道:"你……你和他动过了手么?"

云中鹤朗声笑道:"这时动手也还不迟。"一句话刚说完,双足已站上马鞍,便如马背上竖了一根旗杆,突然身子向前伸出,右足勾住马鞍,两柄钢抓同时向那道姑抓去。那道姑斜身欺到马左,拂尘卷着的两枝小箭激飞而出。云中鹤闪身避过。那道姑抢上挥拂尘击他左腿,云中鹤竟不闪避,左手钢抓勾向她背心。那道姑侧身避过,拂尘回击。云中鹤向前迈了一步,左足踏上了马头,居高临下,右手钢抓横扫而至。

朱丹臣喝道:"下来。"纵身跃上马臀,左判官笔点向他左腰。云中鹤左手钢抓一挡,以长攻短,反击过去。玉虚散人拂尘抖处,又袭向他的下盘。云中鹤双手钢抓飞舞,以一敌二,竟然不落下风。木婉清见他站在马上,不必守护胸腹,颇占便宜,飕的一箭射出,穿入那马左眼。那马一声惨嘶,便即跪倒。玉虚散人拂尘圈转，已缠住了云中鹤右手钢抓的手指。朱丹臣奋身而上，连攻三招。玉虚散人和云中鹤同时奋力回夺。

云中鹤内力虽然强得多，但分了半力去挡架朱丹臣的判官笔，又要防备木婉清的毒箭，只感手臂一震，拂尘和钢抓同时脱手，直飞上天。他料知今日已讨不了好去，骂道："大理国的家伙，专会倚多取胜。"双足在马鞍一登，身子如箭般飞出，左手钢抓勾住一株大柳树的树枝，一个翻身，已在数丈之外。木婉清一箭射去，拍的一声，短箭钉在柳树上，云中鹤却鸿飞冥冥，已然不知所踪。跟着当啷啷一声响亮，拂尘和钢抓同时落在地下。

朱丹臣躬身向玉虚散人拜倒，恭恭敬敬的行礼，说道："丹臣今日险些性命难保，多蒙相救。"玉虚散人微微一笑，道："十多年没动兵刃，功夫全搁下了。朱兄弟，这人是什么来历？"朱丹臣道："听说四大恶人齐来大理。这人位居四大恶人之末，武功已如此了得，其余三人可想而知。请……请你还是到王府中暂避一时，待料理了这四个恶人之后再说。"

玉虚散人脸色微变，愠道："我还到王府中去干什么？四大恶人齐来，我敌不过，死了也就是了。"朱丹臣不敢再说，向段誉连使眼色，要他出言相求。

段誉拾起拂尘，交在母亲手里，把云中鹤的钢抓抛入了小湖，说道："妈，这四个恶人委实凶恶得紧，你既不愿回家，我陪你去伯父那里。"玉虚散人摇头道："我不去。"眼圈一红，似乎便要掉下泪来。段誉道："好，你不去，我就在这儿陪你。"转头向朱丹臣道："朱四哥，烦你去禀报我伯父和爹爹，说我母子俩在这儿合力抵挡四大恶人。"

玉虚散人笑了出来，道："亏你不怕羞，你有什么本事，跟我合力抵挡四大恶人？"她虽给儿子引得笑了出来，但先前存在眼眶中的泪水终于还是流下脸颊，她背转了身，举袖抹拭眼泪。

木婉清暗自诧异:"段郎的母亲怎地是个出家人?眼看云中鹤这一去,势必会同其余三个恶人联手来攻,他母亲如何抵敌?她为什么一定坚执不肯回家躲避?啊,是了!天下男子负心薄幸的为多,段郎的父亲定是另有爱宠,以致他母亲着恼出家。"这么一想,对她大起同情之意,说道:"玉虚散人,我帮你御敌。"

玉虚散人细细打量她相貌,突然厉声道:"你给我说实话,到底'修罗刀'秦红棉是你什么人?"木婉清也气了,说道:"我早跟你说过了,我从来没听见过这名字。秦红棉是男是女,是人是畜生,我全不知情。"

玉虚散人听她说到"是人是畜生",登时释然,寻思:"她若是修罗刀的后辈亲人,决不会说'畜生'两字。"虽听她出言挺撞,脸色反而温和了,笑道:"姑娘莫怪!我适才见你射箭的手法姿式,很像我所识的一个女子,甚至你的相貌也有三分相似,以致起疑。木姑娘,令尊、令堂的名讳如何称呼?你武功很好,想必是名门之女。"木婉清摇头道:"我从小没爹没娘,是师父养大我的。我不知爹爹、妈妈叫什么名字。"玉虚散人道:"那么尊师是哪一位?"木婉清道:"我师父叫作'幽谷客'。"玉虚散人沉吟道:"幽谷客?幽谷客?"向着朱丹臣,眼色中意示询问。

朱丹臣摇了摇头,说道:"丹臣僻处南疆,孤陋寡闻,于中原前辈英侠,多有未知。这'幽谷客'前辈,想必是位隐逸山林的高士。"这几句话,便是说从来没听见过"幽谷客"的名字。

说话之间,忽听得柳林外马蹄声响,远处有人呼叫:"四弟,公子爷无恙么?"朱丹臣叫道:"公子爷在这儿,平安大吉。"片刻之间,三乘马驰到观前停住,褚万里、古笃诚、傅思归三人下马走近,拜倒在地,向玉虚散人行礼。

木婉清自幼在山野之中长大,见这些人礼数啰唆,颇感厌烦,心想:"这几个人武功都很高明,却怎地见人便拜?"

玉虚散人见这三人情状狼狈，傅思归脸上受了兵刃之伤，半张脸裹在白布之中，古笃诚身上血迹斑斑，褚万里那根长长的铁杆子只剩下了半截，忙问："怎么？敌人很强么？思归的伤怎样？"傅思归听她问起，又勾起了满腔怒火，大声道："思归学艺不精，惭愧得紧，倒劳王妃挂怀了。"玉虚散人幽幽的道："你还叫我什么王妃？你记心须得好一点才是。"傅思归低下了头，说道："是！请王妃恕罪。"他说的仍是"王妃"，当是以往叫得惯了，不易改口。

朱丹臣道："高侯爷呢？"褚万里道："高侯爷受了点儿内伤，不便乘马快跑，这就来了。"玉虚散人轻轻"啊"的一声，道："高侯爷也受了伤？不……不要紧么？"褚万里道："高侯爷和南海鳄神对掌，正斗到激烈处，叶二娘突然自后偷袭，侯爷无法分手，背心上给这婆娘印了一掌。"玉虚散人拉着段誉的手，道："咱们瞧瞧高叔叔去。"娘儿俩一齐走出柳林，木婉清也跟着出去。褚万里等将坐骑系在柳树上，跟随在后。

远处一骑马缓缓行来，马背上伏着一人。玉虚散人等快步迎上，只见那人正是高昇泰。段誉快步抢上前去，问道："高叔叔，你觉得怎样？"高昇泰道："还好。"抬起头来，见到了玉虚散人，挣扎着要下马行礼。玉虚散人道："高侯爷，你身上有伤，不用多礼。"但高昇泰已然下马，躬身说道："高昇泰敬问王妃安好。"玉虚散人回礼，说道："誉儿，你扶住高叔叔。"

木婉清满腹疑窦："这姓高的武功着实了得，一枝铁笛，数招间便惊退了叶二娘，怎地见了段郎的母亲却也这般恭敬？也称她为'王妃'，难道……段郎……段郎他……竟是什么王子么？可是这书呆子行事莫名其妙，哪里像什么王子了？"

玉虚散人道："侯爷请即回大理休养。"高昇泰道："是！四大恶人同来大理，情势极是凶险，请王妃暂回王府。"玉虚散人叹了口气，说道："我这一生一世，那是决计不回去的了。"高昇泰道："既是如此，我们便在玉虚观外守卫。"向傅思归道："思归，你即速回去禀报。"傅思归应道："是！"快步奔向系在玉虚观外的坐骑。

玉虚散人道："且慢！"低头凝思。傅思归便即停步。

木婉清见玉虚散人脸色变幻，显是心中疑难，好生不易决断。午后日光斜照在她面颊之上，晶莹华彩，虽已中年，芳姿不减，心道："段郎的妈妈美得很啊，这模样挺像是画中的观音菩萨。"

过了半晌，玉虚散人抬起头来，说道："好，咱们一起回大理去，总不成为我一人，叫大伙儿冒此奇险。"段誉大喜，跳了起来，搂住她头颈，叫道："这才是我的好妈妈呢！"傅思归道："属下先去报讯。"奔回去解下坐骑，翻身上马，向北急驰而去。褚万里牵过马来，让玉虚散人、段誉、木婉清三人乘坐。

一行人首途前赴大理，玉虚散人、木婉清、段誉、高昇泰四人乘马，褚万里、古笃诚、朱丹臣三人步行相随。行出数里，迎面驰来一小队骑兵。褚万里快步抢在头里，向那队长说了几句话。那队长一声号令，众骑兵一齐跃下马背，拜伏在地。段誉挥了挥手，笑道："不必多礼。"那队长下令让出三匹马来，给褚万里等乘坐，自己率领骑兵，当先开路。铁蹄铮铮，向大道上驰去。

木婉清见了这等声势，料知段誉必非常人，忽生忧虑："我还道他只是个落魄江湖的书生，因此上要嫁便嫁。瞧这小子的排场不小，倘若他是什么皇亲国戚，或是朝中大官，说不定瞧不起我这山野女子。师父言道，男人越富贵，越没良心，娶妻子要讲究什么门当户对。哼哼，他好好娶我便罢，倘若三心两意，推三阻四，我不砍他几剑才怪。我才不理他是多大的来头呢？"一想到这事，心里再也藏不住，纵马驰到段誉身边，问道："喂，你到底是什么人？咱们在山顶上说过的话，算数不算？"

·215·

段誉见马前马后都是人，她忽然直截了当的问起婚姻大事，不禁颇为尴尬，笑道："到了大理城内，我慢慢跟你说。"木婉清道："你若是负……负心……我……我……"说了两个"我"字，终于说不下去了。段誉见她胀红了粉脸，眼中泪水盈盈，更增娇艳，心中爱念大盛，低声道："我是求之不得，你放心，我妈妈也很喜欢你呢。"

木婉清破涕为笑，低声道："你妈妈喜不喜欢我，我又理她作甚？"言下之意自是说："只要你喜欢我，那就成了。"

段誉心中一荡，眼光转处，只见母亲正似笑非笑的望着自己两人，不由得大窘。

申牌时分，离大理城尚有二三十里，迎面尘头大起，成千名骑兵列队驰来，两面杏黄旗迎风招展，一面旗上绣着"镇南"两个红字，另一面旗上绣着"保国"两个黑字。段誉叫道："妈，爹爹亲自迎接你来啦。"玉虚散人哼了一声，勒停了马。高昇泰等一干人一齐下马，让在道旁。段誉纵马上前，木婉清略一犹豫，也纵马跟了上去。

片刻间双方驰近，段誉大叫："爹爹，妈回来啦。"

两名旗手向旁让开，一个紫袍人骑着一匹大白马迎面奔来，喝道："誉儿，你当真胡闹之极，累得高叔叔身受重伤，瞧我不打断你的两腿。"

木婉清吃了一惊，心道："哼，你要打断段郎的双腿，就算你是他的父亲，那也决计不成。"只见这紫袍人一张国字脸，神态威猛，浓眉大眼，肃然有王者之相，见到儿子无恙归来，三分怒色之外，倒有七分欢喜。木婉清心道："幸好段郎的相貌像他妈妈，不像你。否则似你这般凶霸霸的模样，我可不喜欢。"

段誉纵马上前，笑道："爹爹，你老人家身子安安好。"那紫袍人佯怒道："好什么？总算没给你气死。"段誉笑道："这趟若不是儿子出去，也接不到娘回来。儿子所立的这场汗马功劳，着实了不起。咱们就将功折罪，爹，你别生气罢。"紫袍人哼了一声，道："就算我不揍你，你伯父也饶你不过。"双腿一夹，白马行走如飞，向玉虚散人奔去。

木婉清见那队骑兵身披锦衣，甲胄鲜明，兵器擦得闪闪生光，前面二十人手执仪仗，一面朱漆牌上写着"大理镇南王段"六字，另一面虎头牌上写着"保国大将军段"六字。她虽是天不怕、地不怕的性儿，见了这等威仪排场，心下也不禁肃然，问段誉道："喂，这镇南王、保国大将军，就是你爹爹吗？"

段誉笑着点头，低声道："那就是你公公了。"

木婉清勒马呆立，霎时间心中一片茫然。她呆了半晌，纵马又向段誉身边驰去。大道上前后左右都是人，她心中突然只觉说不出的孤寂，须得靠近段誉，才稍觉平安。

镇南王在玉虚散人马前丈余处勒定了马，两人你望我一眼，我望你一眼，谁都不开口。段誉道："妈，爹爹亲自接你来啦。"玉虚散人道："你去跟伯母说，我到她那里住几天，打退了敌人之后，我便回玉虚观去。"镇南王陪笑道："夫人，你的气还没消吗？咱们回家之后，我慢慢跟你陪礼。"玉虚散人沉着脸道："我不回家，我要进宫去。"

段誉道："很好，咱们先进宫去，拜见了伯父、伯母再说。妈，这次儿子溜到外面去玩，伯父一定生气，爹爹多半是不肯给我说情的了。还是你帮儿子去说几句好话罢。"玉虚散人道："你越大越不成话了，须得让伯父重重打一顿板子才成。"段誉笑道："打在儿身上，痛在娘心里，还是别打的好。"玉虚散人给他逗得一笑，道："呸！打得越重越好，我才不可怜呢。"

镇南王和玉虚散人之间本来甚是尴尬，给段誉这么插科打诨，玉虚散人开颜一笑，僵局便打开了。段誉道："爹，你的马好，怎地不让给妈骑?"玉虚散人说道:"我不骑!"向前直驰而去。

段誉纵马追上,挽住母亲坐骑的辔头。镇南王已下了马,牵过自己的马去。段誉嘻嘻直笑,抱起母亲,放在父亲的白马鞍上,笑道:"妈,你这么一位绝世无双的美人儿,骑了这匹白马,更加好看了。可不真是观世音菩萨下凡吗?"玉虚散人笑道:"你那木姑娘才是绝世无双的美人儿,你取笑妈这老太婆么?"

镇南王转头向木婉清看去。段誉道:"她……她是木姑娘,是儿子结交的……结交的好朋友。"镇南王见了儿子神色,已知其意,见木婉清容颜秀丽,暗暗喝采:"誉儿眼光倒是不错。"见木婉清眼光中野气甚浓,也不过来拜见,心道:"原来是个不知礼数的乡下女孩儿。"心中记挂着高昇泰的伤势,快步走到他身边,说道:"泰弟,你内伤怎样?"伸指搭他腕脉。高昇泰道:"我督脉上受了些伤,并不碍事,你……你不用损耗功力……"一言未毕,镇南王已伸出右手食指,在他后颈中点了三指,右掌按住他腰间。

镇南王头顶冒起丝丝白气,过了一盏茶时分,才放开左掌。高昇泰道:"淳哥,大敌当前,你何苦在这时候为我耗损内力?"镇南王笑道:"你内伤不轻,早治一刻好一刻。待得见了大哥,他就不让我动手,自己要出指了。"

木婉清见高昇泰本来脸色白得怕人,但只这片刻之间,双颊便有了红晕,心道:"原来段郎的爹爹内功深厚之极,怎地段郎他……他却又全然不会武功?"

褚万里牵过一匹马来,服侍镇南王上马。镇南王和高昇泰并骑徐行,低声询问敌情。段誉与母亲有说有笑,在铁甲卫士前后拥卫之下向大理城驰去,却不免将木婉清冷落了。

黄昏时分,一行人进了大理城南门。"镇南"、"保国"两面大旗所到之处,众百姓大声欢呼:"镇南王爷千岁!""大将军千

· 218 ·

岁！"镇南王挥手作答。

木婉清见大理城内人烟稠密，大街上青石平铺，市肆繁华。过得几条街道，眼前笔直一条大石路，大路尽头耸立着无数黄瓦宫殿，夕阳照在琉璃瓦上，金碧辉煌，令人目为之眩。一行人来到一座牌坊之前，一齐下马。木婉清见牌坊上写着四个大金字："圣道广慈"，心想："这定是大理国的皇宫了。段郎的伯父竟住在皇宫之中，想必位居高官，也是个什么王爷、大将军之流。"

一行人走过牌坊，木婉清见宫门上的匾额写着"圣慈宫"三个金字。一个太监快步走将出来，说道："启禀王爷：皇上与娘娘在王爷府中相候，请王爷、王妃回镇南王府见驾。"镇南王道："是了！"段誉笑道："妙极，妙极！"玉虚散人横他一眼，嗔道："妙什么？我在皇宫中等候娘娘便是。"那太监道："娘娘吩咐，务请王妃即时朝见，娘娘有要紧事和王妃商量。"玉虚散人低声道："有什么要紧事了？诡计多端。"段誉知道这是皇后故意安排，料到他母亲不肯回自己王府，是以先到镇南王府中去相候，实是撮合他父母和好的一番美意，心下甚喜。

一行人出牌坊后上马，折而向东，行了约莫两里路，来到一座大府第前。府门前两面大旗，旗上分别绣的是"镇南"、"保国"两字，府额上写的是"镇南王府"。门口站满了亲兵卫士，躬身行礼，恭迎王爷、王妃回府。

镇南王首先进了府门，玉虚散人踏上第一级石阶，忽然停步，眼眶一红，怔怔的掉下泪来。段誉半拉半推，将母亲拥进了大门，说道："爹，儿子请得母亲回来，立下大功，爹爹有什么奖赏？"镇南王心中喜欢，道："你向娘讨赏，娘说赏什么，我便照赏。"玉虚散人破涕为笑，道："我说赏你一顿板子。"段誉伸了伸舌头。

高昇泰等到了大厅上，分站两旁，镇南王道："泰弟，你身上有伤，快坐下。"段誉向木婉清道："你在此稍坐片刻，我见过皇上、皇后,便来陪你。"木婉清实是不愿他离去,但也无法阻止,只得委委曲曲的点了点头,径在首座第一张椅上坐了下来。其余诸人一直站着,直等镇南王夫妇和段誉进了内堂,高昇泰这才坐下,但褚万里、古笃诚、朱丹臣等人却仍垂手站立。

木婉清也不理会,放眼看那大厅,只见正中一块横匾,写着"邦国柱石"四个大字,下首署着"丁卯御笔"四个小字,楹柱中堂悬满了字画,一时也看不了这许多,何况好多字根本不识。侍仆送上清茶,恭恭敬敬的举盘过顶。木婉清心想:"这些人古怪真多。"又见只有她自己与高昇泰两人有茶。朱丹臣等一干人迎敌之时威风八面,到了镇南王府,却恭谨肃立,大气也不敢透一口,哪里像什么身负上乘武功的英雄好汉?

过得半个时辰,木婉清等得不耐烦起来,大声叫道:"段誉,段誉,干么还不出来?"

大厅上虽站满了人,但人人屏息凝气,只声不出,木婉清突然大叫,谁都吓了一跳。高昇泰微笑道:"姑娘少安毋躁,小王爷这就出来。"木婉清奇道:"什么小王爷?"高昇泰道:"段公子是镇南王世子,那不是小王爷么?"木婉清自言自语:"小王爷,小王爷!这书呆子像什么王爷?"

只见内堂走出一名太监,说道:"皇上有旨:着善阐侯、木婉清进见。"高昇泰见那太监出来,早已恭恭敬敬的站立。木婉清却仍大剌剌的坐着,听那太监直呼己名,心中不喜,低声道:"姑娘也不称一声,我的名字是你随便叫得的么?"高昇泰道:"木姑娘,咱们去叩见皇上。"

木婉清虽是天不怕、地不怕,听说要去见皇帝,心头也有些发毛,只得跟在高昇泰之后,穿长廊,过庭院,只觉走不完的一间间屋子,终于来到一座花厅之外。

那太监报道:"善阐侯、木婉清朝见皇上、娘娘。"揭开了帘子。

高昇泰向木婉清使个眼色，走进花厅，向正中坐着的一男一女跪了下去。

木婉清却不下跪，见那男人长须黄袍，相貌清俊，问道："你就是皇帝么？"

这居中而坐的男子，正是大理国当今皇帝段正明，帝号称为保定帝。大理国于五代后晋天福二年建国，比之赵匡胤陈桥兵变、黄袍加身还早了廿三年。大理段氏其先为武威郡人，始祖段俭魏，佐南诏大蒙国蒙氏为清平官，六传至段思平，官通海节度使，丁酉年得国，称太祖神圣文武帝。十四传而到段正明，已历一百五十余年。是时北宋汴梁哲宗天子在位，年岁尚幼，太皇太后高氏垂帘听政。这位太皇太后任用名臣，废除苛政，百姓康乐，华夏绥安，实是中国历代第一位英明仁厚的女主，史称"女中尧舜"。大理国僻处南疆，历代皇帝崇奉佛法，虽自建帝号，对大宋一向忍让恭顺，从来不以兵戎相见。保定帝在位十一年，改元三，曰保定、建安、天祐，其时正当天祐年间，四境宁静，国泰民安。

保定帝见木婉清不向自己跪拜，开口便问自己是否皇帝，不禁失笑，说道："我便是皇帝了。你说大理城里好玩么？"木婉清道："我一进城便来见你了，还没玩过。"保定帝微笑道："明儿让誉儿带你到处走走，瞧瞧我们大理的风光。"木婉清道："很好，你陪我们一起去吗？"她此言一出，众人都忍不住微笑。

保定帝回视坐在身旁的皇后，笑道："皇后，这娃儿要咱们陪她，你说陪不陪？"皇后微笑未答。木婉清向她打量了几眼，道："你是皇后娘娘吗？果然挺美丽的。"保定帝呵呵大笑，说道："誉儿，木姑娘天真诚朴，有趣得紧。"

木婉清问道："你为什么叫他誉儿？他常说的伯父，就是你了，是不是？他这次私逃出外，很怕你生气，你别打他了，好不好？"保定帝微笑道："我本要重重打他五十记板子，既是姑娘说情，那就饶过了。誉儿，你还不谢谢木姑娘。"

段誉见木婉清逗得皇上高兴，心下甚喜，知道伯父性子随和，便向木婉清深深一揖，说道："谢过木姑娘说情之德。"木婉清还了一礼，低声道："你伯父答允不打你，我就放心了，谢倒是不用谢的。"转头又向保定帝道："我只道皇帝总是个很凶很可怕的人，哪知道你……你很好！"

保定帝除了幼年时曾得父皇、母后如此称赞之外，十余年来人人见他恭敬畏惧，从未有人赞过他"你很好"三字，但见木婉清犹如浑金璞玉，全然不通世故人情，对她更增三分喜欢，向皇后道："你有什么东西赏她？"

皇后从左腕上褪下一只玉镯，递了过去，道："赏了你罢。"

木婉清上前接过，戴上自己手腕，嫣然一笑，道："谢谢你啦。下次我也去找一件好看的东西送给你。"皇后微微一笑，说道："那我先谢谢你啦。"

忽听得西首数间屋外屋顶上阁的一声响，跟着邻室的屋上又是阁的一响。

木婉清一惊，知有敌人来袭，那人来得好快。但听得飕飕数声，几个人上了屋顶，褚万里的声音喝道："阁下深夜来到王府，意欲何为？"

一个嗓子嘶哑的粗声道："我找徒儿来啦！快叫我乖徒儿出来见我。"正是南海鳄神。

木婉清吃惊更甚，虽知王府中戒备森严，卫士如云，镇南王、高升泰、玉虚散人，以及褚古傅朱诸人均武功高强，但南海鳄神实在太也厉害，如再得叶二娘、云中鹤，以及那个未曾露过面的"天下第一恶人"相助，四恶联手，倘要强掳段誉，只怕也是不易阻挡。

· 222 ·

只听褚万里喝道："阁下高徒是谁？镇南王府之中，哪有阁下的徒儿？快快退去！"

突然间嗤的一声响，半空中伸下一张大手，将厅门上悬着的帘子撕为两半，人影一晃，南海鳄神已站在厅中。他豆眼骨溜溜的一转，已见到段誉，哈哈大笑，叫道："老四说得不错，乖徒儿果然在此。快快求我收你为徒，跟我去学功夫。"说着伸出鸡爪般的手来，抓向段誉肩头。

镇南王见他这一抓来势劲急，着实厉害，生怕他伤了爱子，当即挥掌拍去。两人手掌相碰，砰的一声，均感内力受震。南海鳄神心下暗惊，问道："你是谁？我来带领我的徒儿，关你什么事？"镇南王微笑道："在下段正淳。这孩子是我儿子，几时拜你为师了？"

段誉笑道："他硬要收我为徒，我说早已拜过师父了，可是他偏偏不信。"

南海鳄神瞧瞧段誉，又瞧瞧镇南王段正淳，说道："老的武功倒很强，小的却是一点不会，我就不信你们是爷儿俩。段正淳，咱们马马虎虎，就算他是你的儿子好了。可是你教武功的法子不对，你儿子太过脓包。可惜，嘿嘿，可惜。"段正淳道："可惜什么？"南海鳄神道："你儿子很像我，是块极难得的学武材料，只须跟我学得十年，包他成为武林中一个了不起的高手。"

段正淳又是好气，又是好笑，但适才跟他对掌，已知此人武功好生了得，正待回答，段誉已抢着说道："岳老三，你武功不行，不配做我师父，你回南海万鳄岛去再练二十年，再来跟人谈论武学。"南海鳄神大怒，喝道："凭你这小子，也配说我武功不行？"

段誉道："我问你：'风雷、益。君子以见善则迁，有过则改'，那是什么意思？"南海鳄神一呆，怒道："那有什么意思？胡说八道。"段誉道："你连这几句最浅近的话也不懂，还谈什么武学？我再问你：'损上益下，民说无疆。自上下下，其道大

· 223 ·

光。'那又是什么意思？"

保定帝、镇南王、高昇泰等听到他引《易经》中的话来戏弄此人，都不禁好笑。木婉清虽不懂他说些什么，但猜到多半是酸秀才在掉书包。

南海鳄神一怔之间，只见各人脸上均有嘲笑之意，料想段誉说的多半不是好话，大吼一声，便要出掌相击。段正淳踏上半步，拦在他与儿子之间。

段誉笑道："我说的都是武功秘诀，其中奥妙无穷，料你也不懂。你这等井底之蛙，居然想做我师父，岂不笑歪了天下人的嘴巴？哈哈，我拜的师父有的是玉洞神仙，有的是饱学宿儒，有的是大德高僧。你啊，再学十年，也未必能拜我为师。"

南海鳄神大吼："你拜的师父是谁？叫他出来，露几手给我瞧瞧。"

段正淳见来者只是四恶之一，武功虽然不弱，比自己可还差了一等，不妨拿这浑人来戏耍一番，以博皇上、皇后与夫人一粲，当下由得儿子信口胡说，也不出言阻止。

段誉见伯父脸上笑嘻嘻地，父亲又对己纵容，更加得意了，向南海鳄神道："好，你有胆子便在这里，我去请我师父来，你可别吓得逃走。"南海鳄神怒道："我岳老二一生纵横江湖，怕过谁来？快去，快去。"段誉转身出房。

南海鳄神向各人脸上逐一瞧去，只见人人都是脸露微笑，心想："我这徒儿武功这等差劲，狗屁不如，他师父会有什么能耐？老子半点也不用怕他。"

只听得靴声橐橐，两个人走近房来。段誉在门外说道："岳老三这家伙逃走了么？爹，你别让他逃走，我师父来啦。"南海鳄神吼道："我逃什么？他妈的，快叫你师父进来。你不肯改投明师，想是你的暗师不答允。我先把你狗屁师父的脖子扭断，你没了师父,就非拜我为师不可。哈哈,这主意高明之极。"

他自称自赞声中,段誉带了一人进来,众人一见,忍不住哈哈大笑。

这人小帽长袍,两撇焦黄鼠须,眯着一双红眼睛,缩头耸肩,形貌猥琐,玉虚散人等认得乃是王府中管帐师爷的手下霍先生。这人整日价似睡非睡,似醒非醒,专爱和王府中的仆役赌博。这时带着七分酒意,胸前满是油腻,被段誉拖着手臂,畏畏缩缩的不敢进来。一进花厅,便向保定帝和皇后叩下头去。保定帝不认得他是谁,说道:"罢了!"

段誉挽着霍先生的手臂,向南海鳄神道:"岳老三,我诸位师尊之中,以这位师父武功最浅,你须先胜得了他,方能跟我另外的师父比武。"南海鳄神哇哇大叫,说道:"三招之内,我岳老二若不将他摔个稀巴烂,我拜你为师。"段誉眼光一亮,说道:"你这话是真是假?男子汉大丈夫,说过的话倘若不作数,便是乌龟儿子王八蛋。"南海鳄神叫道:"来,来,来!"段誉道:"倘若只比三招,那就不用我师父动手,我自己来接你三招也成。"

南海鳄神听到云中鹤的传言,匆匆忙忙赶来大理镇南王府,一心只想擒去段誉,要他作南海一派的传人,待得和段正淳对了一掌,始有惧意,觉得要在这许多高手环绕之下擒走段誉,实在大为不易,单是徒儿的老子,恐怕就打他不过,听得段誉愿和自己动手,当真再好不过,一出手就可将他扣住,段正淳等武功再强,也就不敢动弹,只有眼睁睁的让自己将徒儿带走,便道:"好,你来接我三招,我不出内力,决不伤你便是。"

段誉道:"咱们言语说明在先,三招之内你如打我不倒,那便如何?"

南海鳄神哈哈大笑,他知道段誉是个手无缚鸡之力的文弱书生,别说三招,就是半招也接不住,便道:"三招之内要是打你不倒，我就拜你为师。"段誉笑道："这里大家都听见了，你赖不赖？"南海鳄神怒道："岳老二说话，素来说一是一，说二是二。"段誉道："岳老三！"南海鳄神道："岳老二！"段誉道："岳老三！"南海鳄神道："快来动手，啰里啰唆的干什么？"段誉走上两步，和他相对而立。

厅中众人自保定帝、皇后而下，除了木婉清外，人人都是看着段誉长大的，均知他好文厌武，从来没学过武功，这次保定帝和段正淳逼着他练武，他竟离家出走，别说和一流高手过招，就是寻常的卫士兵卒，他也决计不是对手。初时众人均知他是故意戏弄这浑人，但到后来说话僵了，竟逼得真要和他放对。虽然南海鳄神一心想收他为徒，不致伤他性命，但这人性子凶野，说不定突然间狂性大发，段誉以金枝玉叶之体，如何可轻易冒险？玉虚散人首先出言拦阻："誉儿莫要胡闹，这等山野匹夫，不必多加理会。"皇后也道："善阐侯，你下令擒了这个狂徒。"

善阐侯高昇泰躬身道："臣高昇泰接旨。"转身喝道："褚万里、古笃诚、傅思归、朱丹臣四人听令：娘娘有旨，擒了这个犯驾狂徒。"褚万里等四人一齐躬身道："臣接旨。"

南海鳄神眼见众人要群起而攻，喝道："你们大伙儿都来好了，老子也不怕。你两个是皇帝、皇后吗？你两个也上罢！"

段誉双手急摇，道："慢来，慢来，让我跟他比了三招再说。"

保定帝素知这侄儿行事往往出人意表，说不定他暗中另有机谋，好在南海鳄神不会伤他性命，又有兄弟和善阐侯在旁照料，决无大碍，便道："众人且住，让这狂徒领教一下大理国小王子的高招，也无不可。"

褚万里等四人本要一拥而上，听得皇上有旨，当即站定。

段誉道："岳老三，咱们把话说明在先，你在三招中打我不倒，就拜我为师。我虽做你师父，但你资质太笨，武功我是不能教你的。你答不答允？"南海鳄神怒道："谁要你教武功？你又会什么狗屁武功了？"段誉道："好，那你答允了。拜师之后，师尊之命，便不可有违，我要你做什么，你便须遵命而行，否则欺师灭祖，不合武林规矩。你答不答允？"南海鳄神不怒反笑，说道："这个自然。你拜我为师之后，也是这样。"

段誉将所学的凌波微步默想了十几步，觉得要逃过他三招，似乎也并不难，但一生从未和人动过手，这南海鳄神武功又太高，毕竟全无把握，还是预留后步的为妙，说道："就是这样。不过你要收我为徒，须得将我几位师父一一打败，显明你武功确比我各位师父都高，我才拜你为师。"心想："要是给他三招之内一把抓住，我就将这里武功高强之人一个个说成是我师父，让他一个个打去便了。"南海鳄神道："好罢！好罢！你尽说不练，那可不像我了。咱们南海派说打就打，不能含糊。"

段誉指着他身后，微笑道："我一位师父早已站在你的背后……"南海鳄神不觉背后有人，回头一看。段誉陡然间斜上一步，有若飘风，毛手毛脚的抓住了他胸口"膻中穴"，大拇指对准了穴道正中。这一下手法笨拙之极，但段誉身上蕴藏了无量剑七名弟子的内力，虽然不会运用，一抓之下，劲道却也不小。南海鳄神只感胸口一窒，段誉左手又已抓住他肚脐上的"神阙穴"。"北冥神功"卷轴上所绘经脉穴道甚多，段誉只练过手太阴肺经和任脉两图，这"膻中"、"神阙"两穴，正是任脉中的两大要穴。

南海鳄神一惊之下，急运内力挣扎，突觉内力自膻中穴急泻而出，全身便似脱力一般，更是惊惶无已。段誉已将他身子倒举起来，头下脚上的摔落，腾的一声，他一个秃秃的大脑袋撞在地下。幸好花厅中铺着地毯，并不受伤，他急怒之下，一个"鲤鱼打挺"，跳起身来，左手便向段誉抓去。

厅上众人见此变故，无不惊诧万分。段正淳见南海鳄神出抓凌厉，正要出手阻格，却见段誉向左斜走，步法古怪之极，只跨出一步，便避开了对方奔雷闪电般的这一抓。段正淳喝采："妙极！"南海鳄神第二掌跟着劈到。段誉并不还手，斜走两步，又已闪开。

南海鳄神两招不中，又惊又怒，只见段誉站在自己面前，相距不过三尺，突然间一声狂吼，双手齐出，向他胸腹间急抓过去，臂上、手上、指上尽皆使上了全力，狂怒之下，已顾不得双爪若是抓得实了，这个"南海派未来传人"便是破胸开膛之祸。

保定帝、段正淳、玉虚散人、高昇泰四人齐声喝道："小心！"却见段誉左踏一步，右跨一步，轻飘飘的已转到了南海鳄神背后，伸手在他秃顶上拍了一掌。

南海鳄神惊觉对方手掌居然神出鬼没的拍到了自己头顶，暗叫："我命休矣！"但头皮和他掌心一触，立知这一掌之中全无内力，左掌翻上，嗤的一下，将段誉手背上抓破了五条血痕。段誉急忙缩手，南海鳄神一抓余力未衰，五根手指滑将下来，竟在自己额头上也抓出了五条血痕。

段誉连避三招，本来已然得胜，但童心大起，在南海鳄神脑门上拍了一掌，他既不知自己内力已颇为不弱，自也丝毫不会使用，险些反被擒住，当下脚步连错，躲到了父亲身后，已吓得脸上全无血色。

玉虚散人向儿子白了一眼，心道："好啊，你向伯父与爹爹学了这等奇妙功夫，竟一直瞒着我。"

木婉清大声道："岳老三，你三招打他不倒，自己反被他摔了一交，快磕头拜师啊。"南海鳄神抓了抓耳根，红着脸道："他又不是真的跟我动手，这个不算。"木婉清伸手指刮脸，道："羞不羞？你不拜师，那便是乌龟儿子王八蛋了。你愿意拜师呢，还是愿意做乌龟儿子王八蛋？"南海鳄神怒道："都不愿。我要跟他打过。"

段正淳见儿子的步法巧妙异常，实是瞧不出其中的诀窍，低声在他耳边道："你别伸手打他，只乘机拿他穴道。"段誉低声道：

"儿子害怕起来了，只怕不成。"段正淳低声道："不用怕，我在旁边照料便是。"

段誉得父亲撑腰，胆气为之一壮，从段正淳背后转身出来，说道："你三招打不倒我，便应拜我为师了。"南海鳄神大吼一声，发掌向他击去。

段誉向东北角踏了一步，轻轻易易的便即避开，喀喇一声，南海鳄神这掌击烂了一张茶几。段誉凝神一志，口中轻轻念道："观我生，进退。艮其背，不获其人；行其庭，不见其人。鼎耳革，其行塞。剥，不利有攸往。羝羊触藩，不能退，不能遂。"竟是不看南海鳄神的掌势来路，自管自的左上右下，斜进直退。南海鳄神双掌越出越快，劲力越来越强，花厅中砰嘭、喀喇、呛啷、乒乓之声不绝，椅子、桌子、茶壶、茶杯纷纷随着他掌力而坏，但始终打不到段誉身上。

转眼间三十余招已过，保定帝和镇南王兄弟早瞧出段誉脚步虚浮，确然不会半点武功，只是不知他如何得了高人传授，学会一套神奇之极的步法，踏着伏羲六十四卦的方位，每一步都是匪夷所思。他倘若真和南海鳄神对敌，只一招便已毙于敌人掌底，但他只管自己走自己的，南海鳄神掌力虽强，始终打他不着。再看一会，两兄弟互视一眼，脸上都闪过一丝忧色，同时想到："这南海鳄神假使闭起眼睛，压根儿不去瞧誉儿到了何处，随手使一套拳法掌法，数招间便打到他了。"但见南海鳄神的脸色越转越黄，眼睛越睁越大，却没想到这个法子，掌法变幻，总是和段誉的身子相差了一尺两尺。

然而这么缠斗下去，段誉纵然不受损伤，要想打倒对方，却也万万不能。保定帝又看了半晌，说道："誉儿，走慢一半，迎面过去，拿他胸口穴道。"

段誉应道："是！"放慢了脚步，迎面向南海鳄神走去，目光和他那张凶狠焦黄的脸一对，心下登生怯意，脚下微一窒滞，已偏了方位。南海鳄神一抓插下,从段誉脑袋左侧直划下去,插得他左耳登时鲜血淋漓。段誉耳上疼痛,怯意更甚,加快脚步的横转直退,躲到了段正淳背后,苦笑道:"伯父,那不成!"

段正淳怒道:"我大理段氏子孙,焉有与人对敌而临阵退缩的?快去打过,伯父教的不错。"玉虚散人疼惜儿子,插口道:"誉儿已和他对了六十余招,段氏门中有此佳儿,你还嫌不足么?誉儿,你早胜啦,不用打了。"段正淳道:"不用担心,我担保他死不了。"玉虚散人心中气苦,泪水盈盈,便欲夺眶而出。

段誉见了母亲这等情景,心下不忍,鼓起勇气,大步而出,喝道:"我再跟你斗过。"这次横了心,左穿右插的回旋而行,越走越慢,待得与南海鳄神相对,眼光不和他相接,伸出双手,便往他胸口拿去。

南海鳄神见他出手虚软无力,哈哈大笑,斜身反手,来抓他肩头,不料段誉脚下变化无方,两人同时移身变位,两下里一靠,南海鳄神的胸口刚好凑到段誉手指上。段誉看准穴道方位,右手抓住了他"膻中穴",左手抓住了"神阙穴"。他内力全然不会运使,虽已抓住了两处要穴,但若南海鳄神置之不理,不运内力而缓缓摆脱,段誉原也丝毫奈何他不得。可是南海鳄神要害受制,心中一惊,双手急伸,突袭对方面门。这一招以攻为守,攻的是段誉眼目要害,武学中所谓"攻敌之不得不救",敌人再强,也非回手自救不可,那就摆脱了自己的危难,原是极高明的打法。不料段誉于临敌应变之道一窍不通,对方手指抓到,他全没想到急速退避,双手仍是抓住南海鳄神的穴道。

这一下可就错有错着,南海鳄神体内气血翻滚,涌到两处穴道处忽遇阻碍,同时"膻中穴"中内力又汹涌而出,双手伸到与段誉双眼相距半尺之处,手臂便不听使唤,再也伸不过去。他吸一口真气,再运内力。

段誉右手大拇指的"少商穴"中只觉一股大力急速涌入。南海鳄神内力之强，与无量剑七名弟子自是不可相提并论，段誉登时身子摇晃，立足不定。他知局势危急，只须双手一离对方穴道，自己立时便有性命之忧，是以身上虽说不出的难受，还是勉力支撑。

段正淳和段誉相距不过数尺，见他脸如涂丹，越来越红，当即伸出食指抵在他后心"大椎穴"上。大理段氏"一阳指"神功驰名天下，实是非同小可，一股融和的暖气透将过去，激发段誉体内原有的内力。南海鳄神全身剧震，慢慢软倒。段正淳伸手扶住儿子。段誉内息回顺，将南海鳄神送入自己手太阴肺经的内力缓缓贮向气海，一时却也说不出话来。

段正淳以"一阳指"暗助儿子，合父子二人之力方将南海鳄神制服，厅上众人均了然于心，虽是如此，南海鳄神折服在段誉手下，却也无可抵赖。

此人也真了得，段誉双手一离穴道，他略一运气，便即跃起身来，眯着一对豆眼凝视段誉，脸上神情古怪之极，又是诧异，又是伤心，又是愤怒。

木婉清叫道："岳老三，我瞧你定是甘心做乌龟儿子王八蛋，拜师是不肯拜的了。"南海鳄神怒道："我偏偏叫你料想不到，拜师便拜师，这乌龟儿子王八蛋，岳老二是决计不做的。"说着突然跪倒在地，咚咚咚咚，咚咚咚咚，向段誉连磕了八个响头，大声叫道："师父，弟子岳老二给你磕头。"

段誉一呆，尚未回答，南海鳄神已纵身跃起，出厅上了屋顶。屋上"啊"的一声惨呼，跟着砰的一响，一个人被掷进厅来，却是一名王府卫士，胸口鲜血淋漓，心脏已被他伸指挖去，手足乱动，未即便死，神情极是可怖。这卫士的武功虽不及褚万里等，却也并非泛泛，居然被他举手间便将心挖去，四大护卫近在身旁，竟不及相救。众人见了无不变色。

木婉清怒道:"郎君,你收的徒儿太也岂有此理。下次遇到,非叫他吃点苦头不可。"段誉一颗心兀自怦怦大跳,说道:"我侥幸得胜,全仗爹爹相助。下次若再遇到,只怕我的心也教他挖了去,有什么本事叫他吃苦头?"

古笃诚和傅思归将那卫士的尸体抬了出去,段正淳吩咐厚加抚恤,妥为安葬。

那七分醉、三分醒的霍先生只吓得簌簌发抖,退了下去。

保定帝道:"誉儿,你这套步法,当是从伏羲六十四卦方位中化将出来的,却是何人所授?当真高明。"段誉道:"孩儿是从一个山洞中胡乱学来的,却不知对也不对,请伯父指点。"保定帝问道:"如何从山洞中学来?"

段誉于是略叙如何跌入无量山深谷,闯进山洞,发现一个绘有步法的卷轴。至于玉像、裸女等等,自然略而不提,这些身子裸露的神仙姊姊图像,如何能给伯父、伯母、爹爹、妈妈见到?而木婉清得知自己为神仙姊姊发痴,更非大发脾气不可。叙述不详,那也是夫子笔削春秋、述而不作的遗意了。

段誉说罢,保定帝道:"这六十四卦的步法之中,显是隐伏有一门上乘内功,你倒从头至尾的走一遍看。"段誉应道:"是!"微一凝思,一步步的走将起来。保定帝、段正淳、高昇泰等都是内功深厚之人,但于这步法的奥妙,却也只能看出了二三成。段誉六十四卦走完,刚好绕了一个大圈,回归原地。

保定帝喜道:"好极!这步法天下无双,吾儿实是遇上了极难得的福缘。你母亲今日回府。吾儿陪娘多喝一杯罢。"转头向皇后道:"咱们回去了罢!"皇后站起身来,应道:"是!"

段正淳等恭送皇帝、皇后起驾回宫,直送到镇南王府的牌楼之外。

·232·

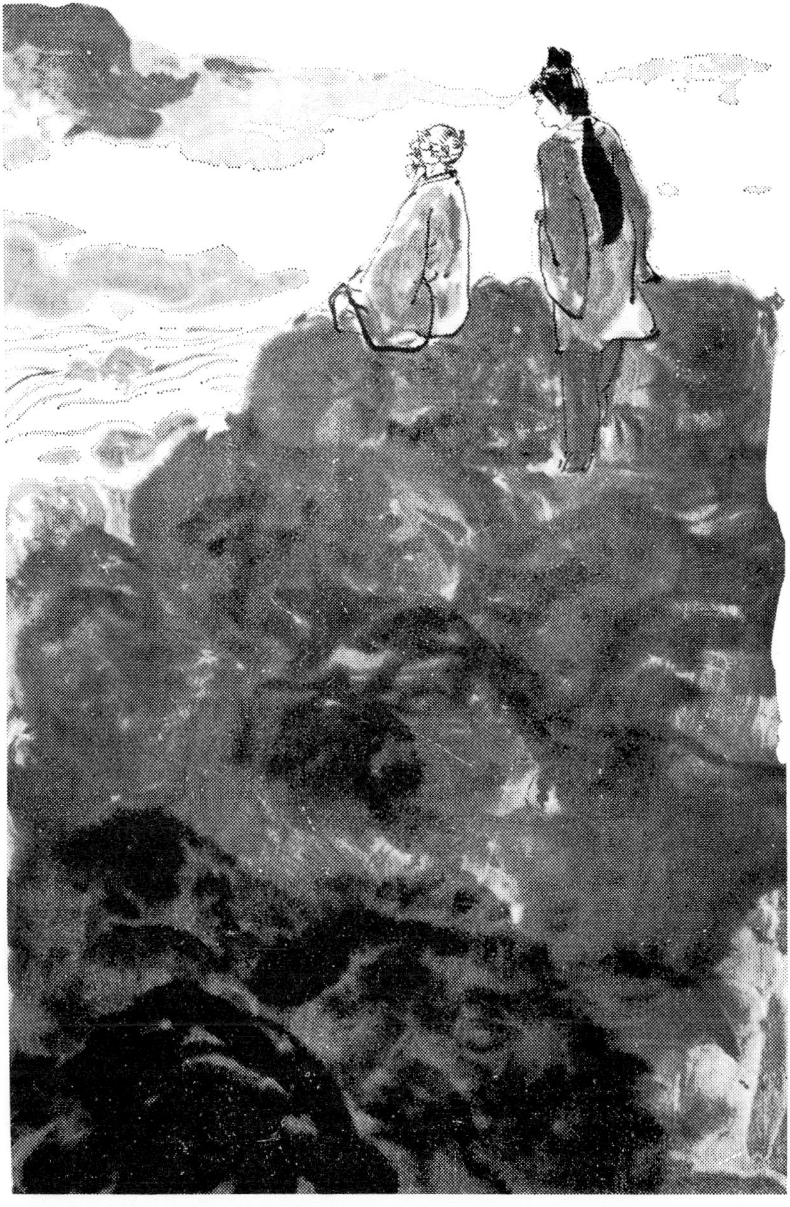

木婉清好奇心起，快步走过去察看。见这青袍人长须根根漆黑，一双眼睁得大大的，望着江心，竟然一霎也不霎。

七
无计悔多情

段正淳等回到府中,内堂张宴。一桌筵席除段正淳夫妇和段誉之外,便是木婉清一人,在旁侍候的宫婢倒有十七八人。木婉清一生之中,又怎见过如此荣华富贵的气象?每一道菜都是见所未见,闻所未闻。她见镇南王夫妇将自己视作家人,俨然是两代夫妇同席欢叙,自是芳心窃喜。

段誉见母亲对父亲的神色仍是冷冷的,既不喝酒,也不吃荤,只夹些素菜来吃,便斟了一杯酒,双手捧着站起,说道:"妈,儿子敬你一杯。恭贺你跟爹爹团聚,咱三人得享天伦之乐。"玉虚散人道:"我不喝酒。"段誉又斟了一杯,向木婉清使个眼色,道:"木姑娘也敬你一杯。"木婉清捧着酒杯站起来。

玉虚散人心想对木婉清不便太过冷淡,便微微一笑,说道:"姑娘,我这个孩儿淘气得紧,爹娘管他不住,以后你得帮我管管他才是。"木婉清道:"他不听话,我便老大耳括子打他。"玉虚散人嗤的一笑,斜眼向丈夫瞧去。段正淳笑道:"正该如此。"

玉虚散人伸左手去接木婉清手中的酒杯。烛光之下,木婉清见她素手纤纤,晶莹如玉,手背上近腕处有一块殷红如血的红记,不由得全身一震,颤声道:"你……你的名字……可叫作刀白凤?"玉虚散人笑道:"我这姓氏很怪,你怎知道?"木婉清颤声问:

"你……你便是刀白凤?你是摆夷女子,从前是使软鞭的,是不是?"玉虚散人见她神情有异,但仍不疑有他,微笑道:"誉儿待你真好,连我的闺名也跟你说了。你的郎君便有一半是摆夷人,难怪他也这么野。"木婉清道:"你当真是刀白凤?"玉虚散人微笑道:"是啊!"

木婉清叫道:"师恩深重,师命难违!"右手一扬,两枝毒箭向刀白凤当胸射去。

筵席之间,四人言笑晏晏,亲如家人,哪料到木婉清竟会突然发难?刀白凤的武功与木婉清本就差相彷佛,这时两人相距极近,又是变起俄顷,猝不及防,眼看这两枝毒箭势非射中不可。段正淳坐在对席,是在木婉清背后,"啊哟"一声叫,伸指急点,但这一指只能制住木婉清,却不能救得妻子。

段誉曾数次见木婉清言谈间便飞箭杀人,她箭上喂的毒药厉害非常,端的是见血封喉,一见她挥动衣袖,便知不妙,他站在母亲身旁,苦于不会武功,无法代为挡格,当即脚下使出"凌波微步",斜刺里穿到,挡在母亲身前,卜卜两声,两枝毒箭正中他胸口。木婉清同时背心一麻,伏在桌上,再也不能动弹。

段正淳应变奇速,飞指而出,连点段誉中箭处周围八处穴道,使得毒血暂时不能归心,反手勾出,喀的一声,已卸脱木婉清右臂关节,令她不能再发毒箭,然后拍开她穴道,厉声道:"取解药来!"

木婉清颤声道:"我……我只要杀刀白凤,不是要害段郎。"忍住右臂剧痛,左手忙从怀中取出两瓶解药,道:"红的内服,白的外敷,快,快!迟了便不及相救。"

刀白凤见她对段誉的关切之情确是出于真心,已约略猜到其中原由,夹手夺过解药,将两颗红色药丸喂入儿子口中,白色的乃是药粉,她抓住箭尾,轻轻拔出两枝短箭,然后在伤处敷上药粉。木婉清道："谢天谢地，他……他性命无碍，不然我……我……"

三人焦急万状，却不知段誉自食了万毒之王的"莽牯朱蛤"之后，已然诸毒不侵，木婉清箭上剧毒奈何不得他丝毫，就算不服解药，也是无碍。只是他中箭后胸口剧痛，这毒箭中者立毙，他见得多了，只道自己这一次非死不可，惊吓之下，昏倒在母亲怀中。

段正淳夫妇目不转瞬的望着伤口，见流出来的血顷刻间便自黑转紫，自紫转红，这才同时呼了一口气，知道儿子的性命已然保住。

刀白凤抱起儿子，送入他卧室之中，替他盖上了被，再搭他脉息，只觉脉搏均匀有力，实无半分虚弱迹象，心下喜慰，却又不禁诧异，于是又回暖阁中来。

段正淳问道："不碍吧？"刀白凤不答，向木婉清道："你去跟修罗刀秦红棉说……"段正淳听到"修罗刀秦红棉"六字，脸色一变，说："你……你……"刀白凤不理丈夫，仍是向着木婉清道："你跟她说，要我性命，尽管光明正大的来要，这等鬼蜮伎俩，岂不教人笑歪了嘴？"木婉清道："我不知修罗刀秦红棉是谁？"刀白凤奇道："那么是谁叫你来杀我的？"

木婉清道："是我师父。我师父叫我来杀两个人。第一个便是你，她说你手上有一块红记，名叫刀白凤，是摆夷女子，相貌很美，以软鞭作兵刃。她没……没说你是道姑打扮。我见你使的兵刃是拂尘，又叫作玉虚散人，全没想到便是师父要杀……要杀之人，更没想到你是段郎的妈妈……"说到这里，珠泪滚滚而下。

刀白凤道："你师父叫你去杀的第二个人，是'俏药叉'甘宝宝？"木婉清道："不，不！'俏药叉'甘宝宝是我师叔。她叫人送信给我师父，说是两个女子害苦了我师父一生，这大仇非报不可……"刀白凤道："啊，是了。那另一个女子姓王，住在苏州，是不是？"木婉清奇道："是啊，你怎知道？我和师父先去苏州杀她，这坏女人手下奴才真多，住的地方又怪，我没见到她面，反给

·237·

她手下的奴才一直追到大理来。"

段正淳低头听着，脸上青一阵，红一阵。

刀白凤腮边忽然滚下眼泪，向段正淳道："望你好好管教誉儿。我……我去了。"段正淳道："凤凰儿，那都是过去的事了，你何必放在心上？"刀白凤幽幽的道："你不放在心上，我却放在心上，人家也都放在心上。"突然间飞身而起，从窗口跃了出去。

段正淳伸手拉她衣袖，刀白凤回手挥掌，向他脸上击去。段正淳侧头避开，嗤的一声，已将她衣袖拉下了半截。刀白凤转过头来，怒道："你真要动武么？"段正淳道："凤凰儿，你……"刀白凤双足一登，跃到了对面屋上，跟着几个起伏，已在十余丈外。

远远听得褚万里的声音喝道："是谁？"刀白凤道："是我。"褚万里道："啊，是王妃……"此后再无声息，自是去得远了。

段正淳悄立半响，叹了口气，回入暖阁，见木婉清脸色惨白，却并不逃走。段正淳走近身去，双手抓住她右臂，喀的一声，接上了关节。木婉清心想："我发毒箭射他妻子，不知他要如何折磨我？"却见他颓然坐入椅中，慢慢斟了一杯酒，咕的一声，便喝干了，望着妻子跃出去的窗口，呆呆出神，过了半响，又慢慢斟了一杯酒，咕的一下又喝干了。这么自斟自饮，一连喝了十二三杯，一壶干了，便从另一壶里斟酒，斟得极慢，但饮得极快。

木婉清终于不耐烦了，叫道："你要想什么古怪惨毒的法子整治我，快快下手！"

段正淳抬起头来，目不转瞬的向她凝视，隔了良久，缓缓摇头，叹道："真像，真像！我早该便瞧了出来，这般的模样，这般的脾气……"

木婉清听得没头没脑，问道："你说什么？胡说八道。"

段正淳不答，站起身来，忽地左掌向后斜劈，飕的一声轻响，

·238·

身后一枝红烛随掌风而灭，跟着右掌向后斜劈，又是一枝红烛陡然熄灭，如此连出五掌，劈熄了五枝红烛，眼光始终向前，出掌却如行云流水，潇洒之极。

木婉清惊道："这……这是'五罗轻烟掌'，你怎么也会？"段正淳苦笑道："你师父教过你罢？"木婉清道："我师父说，这套掌法她决不传人，日后要带进棺材里去。"段正淳道："嗯，她说过决不传人，日后要带入土中？"木婉清道："是啊！不过师父当我不在面前之时，时常独个儿练，我暗中却瞧得多了。"段正淳道："她独自常常使这掌法？"木婉清点头道："是。师父每次练了这套掌法，便要发脾气骂我。你……你怎么也会？似乎你使得比我师父还好。"

段正淳叹了口气，道："这'五罗轻烟掌'，是我教你师父的。"

木婉清吃了一惊，可是又不得不信，她见师父掌劈红烛之时，往往一掌不熄，要劈到第二三掌方始奏功，决不如段正淳这般随心所欲，挥洒自如，结结巴巴的道："那么你是我师父的师父，是我的太师父？"

段正淳摇头道："不是！"以手支颐，轻轻自言自语："她每次练了掌法，便要发脾气，她说这掌法决不传人，要带进棺材里去……"木婉清又问："那么你……"段正淳摇摇手，叫她别多问，隔了一会，忽然问道："你今年十八岁，是九月间的生日，是不是？"木婉清跳起身来，奇道："我的事你什么都知道，你到底是我师父什么人？"

段正淳脸上满是痛苦之色，嘶哑着声音道："我……我对不起你师父。婉儿，你……"木婉清道："为什么？我瞧你这个人挺和气、挺好的啊。"段正淳道："你师父的名字，她没跟你说么？"木婉清道："我师父说她叫作'幽谷客'，到底姓什么，叫什么，我便不知道了。"段正淳喃喃的道："幽谷客，幽谷客……"蓦地

· 239 ·

里记起了杜甫那首《佳人》诗来，诗句的一个个字似乎都在刺痛他心："绝代有佳人，幽居在空谷。自云良家子，零落依草木……夫婿轻薄儿，新人美如玉……但见新人笑，那闻旧人哭……"

过了半响，又问："这许多年来，你师父怎生过日子？你们住在哪里？"木婉清道："我和师父住在一座高山背后的一个山谷里，师父说那便叫作幽谷，直到这次，我们俩才一起出来。"段正淳道："你的爹娘是谁？你师父没跟你说过么？"木婉清道："我师父说，我是个给爹娘遗弃了的孤儿，我师父将我从路边检回来养大的。"段正淳道："你恨你爹娘不恨？"木婉清侧着头，轻轻咬着左手的小指头儿。

段正淳见着这等情景，心中酸楚不禁。木婉清见他两滴清泪从脸颊上流了下来，不由得大是奇怪，问道："你为什么哭了？"段正淳背转脸去，擦干了泪水，强笑道："我哪里哭了？多喝了几杯，酒气上涌。"木婉清不信，道："我明明见到你哭。女人才哭，男人也会哭么？我从来没见过男人哭过，除非是小孩儿。"

段正淳见她不明世事，更是难过，说道："婉儿，日后我要好好待你，方能补我一些过失。你有什么心愿，说给我听，我一定尽力给你办到。"

木婉清箭射段夫人后，正自十分担忧，听他这般说，喜道："我用箭射你夫人，你不怪我么？"段正淳道："正如你说，'师恩深重，师命难违'，上代的事，与你并不相干。我自是不怪你。只是你以后却不可再对我夫人无礼。"木婉清道："日后师父问起来，那怎么办？"

段正淳道："你带我去见你师父，我亲自跟她说。"木婉清拍手道："好，好！"随即皱眉道："我师父常说，天下男子都是负心薄幸之徒，她从来不见男子的。"

段正淳脸上闪过一丝奇异的神色，问道："你师父从来不见男子？"木婉清道："是啊，师父买米买盐，都叫梁阿婆去买。有一次梁阿婆病了，叫她儿子代买了送来。师父很是生气，叫他远远放在门外，不许他提进屋来。"

段正淳叹道："红棉，红棉，你又何必如此自苦？"

木婉清道："你又说'红棉'了，到底'红棉'是谁？"段正淳微一踌躇，说道："这件事不能永远瞒着你，你师父的真名字，叫作秦红棉，她外号叫作修罗刀。"木婉清点头道："嗯，怪不得你夫人一见我发射短箭的手法，便恶狠狠的问我，'修罗刀秦红棉'是我什么人。那时我可真的不知道，倒不是有意撒谎。原来我师父叫作秦红棉，这名字挺美啊，不知她干么不跟我说。"

段正淳道："我适才弄痛了你手臂，这时候还痛么？"木婉清见他神色温和慈祥，微笑道："好得多了。咱们去瞧瞧……瞧瞧你儿子，好不好？我怕箭上的毒性一时去不净。"段正淳道："好！"站起身来，又道："你有什么心愿，说给我听吧！"

木婉清突然间满脸红晕，脸色颇为忸怩，低下了头道："只怕……只怕我射过你夫人，她……她恼了我。"段正淳道："咱们慢慢求她，或许她将来便不恼了。"木婉清道："我本来是不求人的，不过为了段郎，求求她也不打紧。"突然鼓起了勇气，道："镇南王，我说了我的心愿，你真的……真的一定给我办到么？"

段正淳道："只须我力之所及，定要教你心愿得偿。"木婉清道："你说过的话，可不能赖。"段正淳脸现微笑，走到她的身边，伸手轻轻抚摸她头发，眼光中爱怜横溢，说道："我自然不赖。"木婉清道："我和他的婚事，你要给我们作主，不许他负心薄幸。"说了这几句话，脸上神采焕发。

段正淳脸色大变，慢慢退开，坐倒在椅中，良久良久，一言不发。木婉清感到情形不对，颤声道："你……你不答允么？"段正淳说道："你决计不能嫁给誉儿。"他喉音涩滞，语气却十分肯定。木婉清心中冰冷，凄然道："为什么？他……亲口答应了我的。"段正淳只说："冤孽，冤孽！"木婉清道："他如果不要我，我……我便杀了他，然后自杀。我……我在师父面前立过誓的。"段正淳缓缓摇头，说道："不能够的！"木婉清急道："我这就去问他，为什么不能？"

段正淳道："誉儿……他自己……也不知道。"他见木婉清神色凄苦，便如十八年前秦红棉陡闻噩耗时一般，再也无法忍耐，冲口说道："你不能和誉儿成婚，也不能杀他。"木婉清道："为什么？"段正淳道："因为……因为……因为段誉是你的亲哥哥！"

木婉清一对眼睛睁得大大地，几乎不信自己的耳朵，颤声道："什……什么？你说段郎是我哥哥？"段正淳道："婉儿，你知道你师父是你什么人？她是你的亲娘。我……我是你的爹爹。"

木婉清又是惊恐，又是愤怒，脸上已无半分血色，顿足叫道："我不信！我不信！我……我不信！"

突然间窗外幽幽一声长叹，一个女子的声音说道："婉儿，咱们回家去罢！"木婉清蓦地回过身来，叫道："师父！"窗子呀的一声开了，窗外站着一个中年女子，尖尖的脸蛋，双眉修长，相貌甚美，只是眼光中带着三分倔强，三分凶狠。

段正淳见到昔日的情人秦红棉突然现身，又是惊诧，又是喜欢，叫道："红棉，红棉，这几年来，我……我想得你好苦。"

秦红棉叫道："婉儿出来！这等负心薄幸之人的家里，片刻也停留不得。"

木婉清见了师父和段正淳的神情，心底更是凉了，道："师父，他……他骗我，说你是我妈妈，说他是我……是我爹爹。"秦红棉道："你妈早已死了，你爹爹也死了。"

段正淳抢到窗口，柔声道："红棉，你进来，让我多瞧你一会儿。你从此别走了，咱俩永远厮守在一块。"秦红棉眼光突然明亮，喜道："你说咱俩永远厮守在一块，这话可是真的？"段正淳道："当真！红棉，我没一天不在想念你。"秦红棉道："你舍得刀白凤么？"段正淳踌躇不答，脸上露出为难的神色。秦红棉道："你要是可怜咱俩这女儿，那你就跟我走，永远不许再想起刀白凤，永远不许再回来。"

木婉清听着他二人对答，一颗心不住的向下沉，向下沉，双眼泪水盈眶，望出来师父和段正淳的面目都是模糊一片。她知道眼前这两人确是自己亲生父母，硬要不信，也是不成。这几日来情深爱重、魂牵梦萦的段郎，原来是自己同父异母的哥哥，什么鸳鸯比翼，白头偕老的心愿，霎时间化为云烟。

只听段正淳柔声道："只不过我是大理国镇南王，总揽文武机要，一天也走不开……"秦红棉厉声道："十八年前你这么说，十八年后的今天，你仍是这么说。段正淳啊段正淳，你这负心薄幸的汉子，我……我好恨你……"

突然间东边屋顶上拍拍拍三声击掌，西边屋顶也有人击掌相应。跟着高昇泰和褚万里的声音同时叫了起来："有刺客！众兄弟各守原位，不得妄动。"

秦红棉喝道："婉儿，你还不出来？"

木婉清应道："是！"飞身跃出窗外，扑在这慈母兼为恩师的怀中。

段正淳道："红棉，你真的就此舍我而去吗？"说得甚是凄苦。

秦红棉语音突转柔和，说道："淳哥，你做了几十年王爷，也该做够了。你随我去罢，从今而后，我对你千依百顺，决不敢再骂你半句，打你半下。这样可爱的女儿，难道你不疼惜么？"段正淳心中一动，冲口而出，道："好，我随你去！"秦红棉大喜，伸出右手，等他来握。

忽然背后一个女子的声音冷冷的道："师姊，你……你又上他

·243·

当了。他哄得你几天，还不是又回来做他的王爷。"段正淳心头一震，叫道："宝宝，是你！你也来了。"

木婉清侧过头来，见说话的女子一身绿色绸衫，便是万劫谷锺夫人、自己的师叔"俏药叉"甘宝宝。她身后站着四人，一是叶二娘，一是云中鹤，第三个是去而复来的南海鳄神，更令她大吃一惊的是第四人，赫然便是段誉，而南海鳄神的一只大手却扣在他脖子里，似乎随时便可喀喇一响，扭断他的脖子。木婉清叫道："段郎，你怎么啦？"

段誉在床上养伤，迷迷糊糊中被南海鳄神跳进房来抱了出去。他本来就没中毒，木婉清毒箭的厉害处在毒不在箭，小小箭伤，无足轻重，他一惊之下，神智便即清醒，在暖阁窗外听到了父亲与木婉清、秦红棉三人的说话，虽然没听得全，却也揣摸了个十之八九。他听木婉清仍叫自己为"段郎"，心中一酸，说道："妹子，以后咱兄妹俩相亲相爱，那……那也是一样。"

木婉清怒道："不，不是一样。你是第一个见了我脸的男人。"但想到自己和他同是段正淳所生，兄妹终究不能成亲，倘若世间有人阻挠她的婚事，尽可一箭射杀，现下拦在这中间的却是冥冥中的天意，任你多高的武功，多大的权势，都是不可挽回，霎时之间但觉万念俱灰，双足一顿，向外疾奔。

秦红棉急叫："婉儿，你到哪里去？"

木婉清连师父也不睬了，说道："你害了我，我不理你。"奔得更加快了。

王府中一名卫士双手一拦，喝问："是谁？"木婉清毒箭射出，正中那卫士咽喉。她脚下丝毫不停，顷刻间没入了黑暗之中。

段正淳见儿子为南海鳄神所掳，顾不得女儿到了何处，伸指便向南海鳄神点去。叶二娘挥掌上拂，切他腕脉，段正淳反手一勾，叶二娘格格娇笑，中指弹向他手背。刹那之间，两人交了三招，段正淳心头暗惊："这婆娘恁地了得。"

秦红棉伸掌按住段誉头顶，叫道："你要不要儿子的性命？"段正淳一惊住手，知她向来脾气十分暴躁，对自己元配夫人刀白凤又是恨之入骨，说不定掌力一吐，便伤了段誉的性命，急道："红棉，我孩儿中了你女儿的毒箭，受伤不轻。"秦红棉道："他已服解药，死不了，我暂且带去。瞧你是愿做王爷呢，还是要儿子。"南海鳄神哈哈大笑，说道："这小子终究是非拜我为师不可。"段正淳道："红棉，我什么都答允，你……你放了我孩儿。"

秦红棉对段正淳的情意，并不因隔得十八年而丝毫淡了，听他说得如此情急，登时心软，道："你真的……真的什么都答允？"段正淳道："是，是！"钟夫人插口道："师姊，这负心汉子的话，你又相信得的？岳二先生，咱们走吧！"

南海鳄神纵起身来，抱着段誉在半空中一个转身，已落在对面屋上。跟着砰砰两声，叶二娘和云中鹤分别将两名王府卫士击下地去。

钟夫人叫道："段正淳，咱们今晚是不是要打上一架？"

段正淳虽知集王府中的人力，未必不能截下这些人来，但儿子落入了对方手中，投鼠忌器，难以凭武力决胜，何况眼前这对师姊妹均与自己关系大不寻常，柔声道："宝宝，你……你也来和我为难么？"钟夫人道："我是钟万仇的妻子，你胡说八道的乱叫什么？"段正淳道："宝宝，这些日子来，我常常在想念你。"钟夫人眼眶一红，道："那日知道段公子是你的孩儿之后，我心里……心里好生难过……"声音也柔和起来。秦红棉叫道："师妹，你也又要上他当吗？"钟夫人挽了秦红棉的手，叫道："好，咱们走。"回头道："你提了刀白凤那贱人的首级，一步一步拜上万劫谷来，我们或许便还了你的儿子。"

段正淳道："万劫谷？"只见南海鳄神抱着段誉已越奔越远。高昇泰和褚万里等正四面拦截。段正淳叹了口气，叫道："高贤弟，放他们去罢。"高昇泰叫道："小王爷……"

段正淳道："慢慢再想法子。"一面说，一面飞身纵到高昇泰身前，叫道："刺客已退，各归原位。"身形一晃，欺到锺夫人身旁，柔声道："宝宝，你这几年可好？"锺夫人道："有什么不好？"段正淳反手一指，无声无息，已点中了她腰间"章门穴"。锺夫人猝不及防，便即软倒。段正淳伸左手揽住了她，假作惊惶，叫道："啊哟！宝宝，你怎……怎么啦？"

秦红棉不虞有诈，奔了过来，问道："师妹，什么事？"段正淳"一阳指"点出，点中的一般是她腰间"章门穴"。

秦红棉和锺夫人要穴被点，被段正淳一手一个搂住，不约而同的向他恨恨瞪了一眼，均想："又上了他当。我怎地如此胡涂？这一生中上了他这般大当，今日事到临头，仍然不知提防。"

段正淳道："高贤弟，你内伤未愈，快回房休息。万里，你率领人众，四下守卫。"高昇泰和褚万里躬身答应。

段正淳挟着二女回入暖阁之中，命厨子、侍婢重开筵席，再整杯盘。

待众人退下，段正淳点了二女腿上环跳、曲泉两穴，使她们无法走动，然后笑吟吟的拍开了二女腰间"章门穴"。秦红棉大叫："段正淳，你……你还来欺侮人……"段正淳转过身来，向两人一揖到地，说道："多多得罪，我这里先行陪礼了。"秦红棉怒道："谁要你陪礼？快些放开我们。"

段正淳道："咱们三人十多年不见了，难得今日重会，正有千言万语要说。红棉，你还是这么急性子。宝宝，你越长越秀气啦，倒似比咱们当年在一起时还年轻了些。"锺夫人尚未答话，秦红棉怒道："你快放我走。我师妹越长越秀气，我便越长越丑怪，你瞧着我这丑老太婆有什么好?"段正淳叹道:"红棉,你倒照照镜子看,倘若你是丑老太婆,那些写文章的人形容一个绝世美人之时,都要说:'沉鱼落雁之容,丑老太婆之貌'了。"

秦红棉忍不住嗤的一笑,正要顿足,却是腿足麻痹,动弹不得,嗔道:"这当儿谁来跟你说笑?嘻皮笑脸的猢狲儿,像什么王爷?"烛光之下,段正淳见到她轻颦薄怒的神情,回忆昔日定情之夕,不由得怦然心动,走上前去在她颊上香了一下。秦红棉上身却能动弹,左手拍的一声,清脆响亮的给他一记耳光。段正淳若要闪避挡架,原非难事,却故意挨了她这一掌,在她耳边低声道:"修罗刀下死,做鬼也风流!"

秦红棉全身一颤,泪水扑簌簌而下,放声大哭,哭道:"你……你又来说这些风话。"原来当年秦红棉以一对修罗刀纵横江湖,外号便叫作"修罗刀",失身给段正淳那天晚上,便是给他亲了一下面颊,打了他一记耳光,段正淳当年所说的便正是那两句话。十八年来,这"修罗刀下死,做鬼也风流"十个字,在她心头耳边,不知萦回了几千几万遍。此刻陡然间听得他又亲口说了出来。当真是又喜又怒,又甜又苦,百感俱至。

锺夫人低声道:"师姊,这家伙就会甜言蜜语,讨人欢喜,你别再信他的话。"秦红棉道:"不错,不错!我再也不信你的鬼话。"这句话却是对着段正淳说的。

段正淳走到锺夫人身边,笑道:"宝宝,我也香香你的脸,许不许?"锺夫人庄言道:"我是有夫之妇,决不能坏了我丈夫的名声。你只要碰我一下,我立时咬断舌头,死在你的面前。"

段正淳见她神色凛然,说得斩钉截铁,倒也不敢亵渎,问道:"宝宝,你嫁了怎么样的一个丈夫啊?"锺夫人道:"我丈夫样子丑陋,脾气古怪,武功不如你,人才不如你,更没你的富贵荣华。可是他一心一意的待我,我也一心一意的待他。我若有半分对不起他,教我甘宝宝天诛地灭,万劫不得超生。我跟你说,我跟他住的地方叫作'万劫谷',那名字便因我这毒誓而来。"

段正淳不由得肃然起敬,不敢再提旧日的情意,口中虽然不提,但见到甘宝宝白嫩的脸庞俊俏如昔,微微撅起的嘴唇樱红如昔,心中又怎能忘得了昔日的情意?听她言语中对丈夫这么好,不由得一阵心酸,长长叹了口气,说道:"宝宝,我没福气,不能让你这般待我。本来……本来是我先识得你,唉,都是我自己不好。"

钟夫人听他语气凄凉,情意深挚,确不是说来骗人的,不禁眼眶又红了。

三人默然相对,都忆起了旧事,眉间心上,时喜时愁。

过了良久,段正淳轻轻的道:"你们掳了我孩儿去,却为了什么?宝宝,你那万劫谷在哪里?"

窗外忽然一个涩哑的嗓子说道:"别跟他说!"段正淳吃了一惊,心想:"外边有褚万里等一干人把守,怎地有人悄没声的欺了过来?"钟夫人脸色一沉,道:"你伤没好,也来干什么了?"跟着一个女子的声音说道:"钟先生,请进罢!"段正淳更是一惊,不由得面红过耳。

暖阁的帷子掀起,刀白凤走了进来,满面怒色,后面跟着个容貌极丑的汉子,好长的一张马脸。

原来秦红棉赴姑苏行刺不成,反与爱女失散,便依照约定,南来大理,到师妹处相会。姑苏王家派出的瑞婆婆、平婆婆等全力追击木婉清,秦红棉落后了八九日路程,倒是一路平安无事。来到万劫谷,问知情由,便与钟夫人一齐出来探访,途中遇到叶二娘、南海鳄神和云中鹤"三恶"。这"三恶"是钟万仇请来向段正淳为难的帮手,当下向钟夫人说起经过。南海鳄神投入段誉门下的丑事,那自然是不说的。秦红棉一听得木婉清失陷在大理镇南王府之中,当即偕同前来。

钟万仇对妻子爱逾性命,醋性又是奇重,自她走后,坐立不安,心绪难宁,当下顾不得创伤未愈,半夜中跟踪而来。在镇南王府之外,正好遇到刀白凤忿忿而出,一肚子怨气没处发泄,两人一言不合,便即动手。斗到酣处,刀白凤渐感不支,突然一个黑衣人影从身旁掠过,掩面呜咽,却是木婉清。两人齐声招呼,木婉清不理而去。

钟万仇叫道:"我去寻老婆要紧,没功夫跟你缠斗。"刀白凤道:"你到哪里去寻老婆?"钟万仇道:"到段正淳那狗贼家中。我老婆一见段正淳,大事不妙。"刀白凤问道:"为什么大事不妙?"钟万仇道:"段正淳花言巧语,是个最会诱骗女子的小白脸,老子非杀了他不可。"

刀白凤心想:"正淳四十多岁年纪,胡子一大把,还是什么'小白脸'了?但他风流成性,这马脸汉子的话倒不可不防。"问起他夫妇的姓名来历,原来他夫人便是甘宝宝。她早知"俏药叉"甘宝宝是丈夫昔日的情人之一,这醋劲可就更加大了,当即陪同钟万仇来到王府。

镇南王府四下里虽守卫森严,但众卫士见是王妃,自然不会阻拦,是以两人欺到暖阁之下,无人出声示警。段正淳对秦红棉、甘宝宝师姊妹俩这番风言风语、打情骂俏,窗外两人一一听入耳中,只恼得刀白凤没的气炸了胸膛。钟万仇听妻子以礼自防,却是大喜过望。

钟万仇奔到妻子身旁,又是疼惜,又是高兴,绕着她转来转去,不住说:"宝宝,多谢你,你待我真好。他若敢欺侮你,我跟他拼命。"过得好半晌,才想到妻子穴道被点,转头向段正淳道:"快,快解开我老婆的穴道。"段正淳道:"我儿子被你们掳了去,你回去放还我儿子,我自然解救尊夫人。"

钟万仇伸手在妻子腰间胁下又捏又拍,虽然他内功甚强,但段家"一阳指"手法天下独一无二,旁人无所措手,只累得他满额青筋暴起,钟夫人被他拍捏得又痛又痒,腿上穴道却未解开半分。钟夫人嗔道:"傻瓜,别献丑啦!"钟万仇讪讪的住手,一口气无处可出,大声喝道:"段正淳,跟我斗他妈的三百回合!"磨拳擦掌,便要上前厮拼。

钟夫人冷冷的道:"段王爷,公子给南海鳄神他们掳了去,拙夫要他们放,这几个恶人未必肯听。我和师姊回去,俟机解救,或有指望。至少也不让他们难为了公子。"

段正淳摇头道:"我信不过。钟先生,你请回罢,领了我孩儿来,换你夫人回去。"

钟万仇大怒,厉声道:"你这镇南王府是荒淫无耻之地,我老婆留在这儿危险万分。"段正淳脸上一红,喝道:"你再口出无礼之言,莫怪我姓段的不客气了。"

刀白凤进屋之后,一直一言不发,这时突然插口道:"你要留这两个女子在此,端的是何用意?是为誉儿呢,还是为你自己?"

段正淳叹了口气道:"连你也不信我!"反手一指,点在秦红棉腰间,解开了她穴道,走上一步,伸指便要往钟夫人腰间点去。

钟万仇闪身拦在妻子之前,双手急摇,大叫:"你这家伙鬼鬼祟祟,最会占女人家的便宜。我老婆的身子你碰也碰不得。"段正淳苦笑道:"在下这点穴功夫虽然粗浅,旁人却也解救不得。时刻久了,只怕尊夫人一双腿会有残疾。"钟万仇怒道:"我好端端一个如花似玉的老婆,要是变了跛子,我把你的狗杂种儿子碎尸万段。"段正淳笑道:"你要我替尊夫人解穴,却又不许我碰她身子,到底要我怎地?"钟万仇无言可答,忽地勃然大怒,喝道:"谁叫你当初点了她的穴道?啊哟!不好!你点我老婆穴道之时,她身子已给你碰过了。我要在你老婆身上也点上一指。"钟夫人白

· 250 ·

了他一眼，嗔道："又来胡说八道了，也不怕人家笑话？"锺万仇道："什么好笑话的？我可不能吃这个大亏。"

正闹得不可开交，门帷掀起，缓步走进一人，黄缎长袍，三绺长须，眉清目秀，正是大理国皇帝段正明。

段正淳叫道："皇兄！"保定帝点了点头，身子微侧，凭空出指，往锺夫人胸腹之间点去。锺夫人只觉丹田上部一热，两道暖流通向双腿，登时血脉畅通，站起身来。

锺万仇见他露了这手"隔空解穴"的神技，满脸惊异之色，张大了口，一句话也说不出来，实不信世间居然有这等不可思议的能耐。

段正淳道："皇兄，誉儿给他们掳了去啦。"保定帝点了点头，说道："善阐侯已跟我说了。淳弟，咱段氏子孙既落入人手，自有他父母伯父前去搭救，咱们不能扣人为质。"段正淳脸上一红，应道："是！"保定帝这几句话光明磊落，极具身份，言下之意是说："你扣人为质，意图交换，岂非自堕大理段氏的名声？咱们堂堂皇室子弟，怎能与几个草莽女子相提并论？"他顿了一顿，向锺万仇道："三位请便罢。三日之内，段家自有人到万劫谷来要人。"

锺万仇道："我万劫谷甚是隐秘，你未必找得到，要不要我跟你说说路程方向？"他盼望保定帝出口相询，自己却偏又不说，刁难他一下。

哪知保定帝竟不理会，衣袖一挥，说道："送客！"

锺万仇性子暴躁，可是在这不怒自威的保定帝之前，却不由得手足无措，一听他说"送客"，便道："好，咱们走！老子生平最恨的是姓段之人。世上姓段的没一个好人！"挽了妻子的手，怒气冲冲的大踏步出房。

锺夫人一扯秦红棉的衣袖，道："姊姊，咱们走罢。"秦红棉向段正淳望了一眼，见他木然不语，不禁心中酸苦，狠狠的向刀白

· 251 ·

凤瞪了一眼，低头而出。三人一出房，便即纵跃上屋。

高昇泰站在屋檐角上微微躬身，道："送客！"锺万仇在屋顶上吐了一口唾沫，忿然道："假惺惺，装模作样，没一个好人！"一提气，飞身一间屋、一间屋的跃去，眼见将到围墙，他提气跃起，伸左足踏向墙头。突然之间，眼前多了一个人，站在他本拟落足之处的墙上，宽袍缓带，正是送客的高昇泰。此人本在锺万仇身后，不知如何，居然神不知、鬼不觉的抢到了前面，看准了他的落足点抢先占住。

锺万仇人在半空，退后固是不能，转向亦已不得，喝道："让开！"双掌齐出，向高昇泰击去。他想我这双掌之力足可开碑裂石，对方若是硬接，定须将他震下墙去，就算对方和自己功力相若，也可借他之力，转向站上他身旁墙头。眼见双掌便要击上对方胸口，高昇泰身子突向后仰，凌空使个"铁板桥"，两足仍牢牢钉在墙头，却已让开了双掌的扑击。

锺万仇一击不中，暗叫："不好！"身子从高昇泰横卧的身上越过，这一着失了先机，胸腹下肢，尽皆门户大开，变成了听由敌人任意宰割的局面。幸喜高昇泰居然并不乘机袭击，锺万仇双足落地，暗叫："还好！"跟着锺夫人和秦红棉双双越墙而出。

高昇泰站直身子，转身一揖，说道："恕不远送了！"锺万仇哼了一声，突觉裤子向下直堕，急忙伸手抓住，才算没有出丑，一摸之下，裤带已断，才知适才从高昇泰身上横越而过时，被人家伸指捏断了裤带。若不是对方手下留情，这一指运力戳中丹田要穴，此刻已然尸横就地了，心下又惊又怒，咳嗽一声，回头对准围墙吐一口浓痰。拍的一声响，这口浓痰倒吐得既准且劲。

木婉清迷迷惘惘的从镇南王府中出来，段王妃刀白凤和锺万仇向她招呼，她听而不闻，径自掩面疾奔。只觉莽莽大地，再无一处

· 252 ·

安身之所。在荒山野岭中乱闯乱奔,直到黎明,只累得两腿酸软,这才停步,靠在一株大树之上,顿足叫道:"我宁可死了!不要活了!"

虽有满腹怨愤,却不知去恨谁恼谁才好。"段郎并非对我负心薄幸,只因阴差阳错,偏偏是我同父的哥哥。师父原来便是我的亲娘。这十多年来,母亲含辛茹苦的将我抚养成人,恩重如山,如何能够怪她……镇南王却是我的爹爹,虽然他对我妈不起,但说不定其中有许多不得已的苦衷。他对我和颜悦色,极为慈爱,说道我若有什么心愿,必当尽力使我如愿以偿。偏偏这个心愿他全然无能为力。妈不能跟爹爹成为夫妻,定是刀白凤从中作梗,因此妈叫我杀她……但将心比心,我若嫁了段郎,也决不肯让他再有第二个女人,何况刀白凤出家作了道姑,想来爹爹也很对她不起,令她甚是伤心。我在玉虚观外射她两箭,她并不生气,在王府中又射她两箭,伤了她的独生爱儿,她仍没跟我为难,看来……看来她也不是凶狠恶毒的女子……"

左思右想,只是伤心,说道:"我要忘了段誉,从此不再想他。"但口中说说容易,便要有片刻不想,也无法做到,每当段誉俊美的脸庞、修长的身躯在脑海中涌现,胸口就如被人打了一拳相似。过了一会,自解自慰:"我以后当他是哥哥,也就是了。我本来是个无父无母的孤儿,现下爹也有了,妈也有了,还多了一个好哥哥,正该快活才是。傻丫头,你又伤什么心了?"

然而情网既陷,柔丝愈缠愈紧,她在无量山高峰上苦候七日七夜,于那望穿秋水之际,已然情根深种,再也无由自拔了。

只听轰隆、轰隆,奔腾澎湃的水声不断传来,木婉清万念俱绝,忽萌死志,顺步循声走去,翻过一个山头,但见澜沧江浩浩荡荡的从山脚下涌过,她叹了一口长气,寻思:"我只须涌身一跳,就再没什么烦恼了。"沿着山坡走到江边,朝阳初升,照得碧玉般的江面上犹如镶了一层黄金一般,要是跳了下去,这般壮丽无比的景色,还有别的许许多多好看东西,就都再也看不见了。

悄立江边,思涌如潮,突然眼角瞥处,见数十丈外一块岩石上坐得有人。只是这人始终一动不动,身上又穿着青袍,与青岩同色,是以她虽在江边良久,一直没有发觉。木婉清看了他几眼,心道:"多半是个死尸。"

她举手便即杀人,自也不怕什么死人,好奇心起,快步走过去察看。见这青袍人是个老者,长须垂胸,根根漆黑,一双眼睁得大大的,望着江心,一霎也不霎。

木婉清道:"原来不是死尸!"但仔细再瞧几眼,见他全身文风不动,连眼珠竟也绝不稍转,显然又非活人,便道:"原来是个死尸!"

仔细又看了一会,见这死尸双眼湛湛有神,脸上又有血色,木婉清伸出手去,到他鼻子底下一探,只觉气息若有若无,再摸他脸颊,却是忽冷忽热,索性到他胸口去摸时,只觉他一颗心似停似跳。她不禁大奇,说道:"这人真怪,说他是死人,却像是活人。说他是活人罢,却又像是死人。"

忽然有个声音说道:"我是活人!"

木婉清大吃一惊,急忙回头来,却不见背后有人。江边尽是鹅卵大的乱石,放眼望去,没处可以隐藏,而她明明一直瞧着那个怪人,声音入耳之时,并未见到他动唇说话。她大声叫道:"是谁戏弄姑娘?你活得不耐烦了么?"退后两步,背向大江,眼望三方。

只听得一个声音说道:"我确是活得不耐烦了。"木婉清这一惊非同小可,眼前就只这个怪人,然而清清楚楚的见到他嘴唇紧闭,决不是他在说话。她大声喝问:"谁在说话?"那声音道:"你自己在说话啊!"木婉清道:"跟我说话的人是谁?"那声音道:"没有人跟你说话。"木婉清急速转身三次,除了自己的影子之外，什么也看不到。

这时已料定是这青袍客作怪，走近身去，大着胆子，伸手按住他嘴唇，问道："是你跟我说话么？"那声音道："不是！"木婉清手掌中丝毫不觉颤动，又问："明明有人跟我说话，为什么说没有人？"那声音道："我不是人，我也不是我，这世界上没有我了。"

木婉清陡然间只觉毛骨悚然，心想："难道真的有鬼？"问道："你……你是鬼么？"那声音道："你自己说不想活了，你要去变鬼，又为什么这样怕鬼？"木婉清强道："谁说我怕鬼？我是天不怕，地不怕！"那声音道："你就怕一件事。"木婉清道："哼，我什么也不怕。"

那声音道："你怕的，你怕的。你就怕好好一个丈夫，忽然变成了亲哥哥！"

这句话便如当头一记闷棍，木婉清双腿酸软，坐倒在地，呆了半晌，喃喃的道："你是鬼，你是鬼！"那声音道："我有个法子，能叫段誉变成不是你的亲哥哥，又成为你的好丈夫。"木婉清颤声道："你……你骗我。这是老天爷注定了的事，变……变不来的。"那声音道："老天爷该死，是混蛋，咱们不用理他。我有法子，能叫你哥哥变成你的丈夫，你要不要？"

木婉清本已心灰意懒，万念俱绝，这句话当真是天降纶音，虽是将信将疑，仍急忙说道："我要的，我要的！"那声音便不再响。

过了一会，木婉清道："你是谁啊？让我见见你的相貌，成不成？"那声音道："你已瞧了我很久啦，还看不够么？"自始至终，语音总是平平板板，并无高低起伏。木婉清道："你……你就是……这个你么？"那声音道："我也不知道我是不是我。唉！"直到最后这声长叹，才流露了他心中充满着闷郁之情。

木婉清更无怀疑，知道声音便是眼前青袍老者所发出，问道：

· 255 ·

"你口唇不动,怎么会说话?"那声音道:"我是活死人,嘴唇动不来,声音从肚子里发出来。"

木婉清年纪尚小,童心未脱,片刻之前还是满腹哀愁,这时听他说居然可以口唇不动而说话,不由得大感有趣,说道:"用肚子也会说话,那可当真奇了。"青袍客道:"你伸手摸摸我的肚皮,就知道了。"木婉清伸手按在他的肚上。那青袍客道:"我肚子在震动,你觉到了么?"木婉清掌心之中,果然觉到他肚子随着声音而波动起伏,笑道:"哈哈,真是古怪。"她不知这青袍客所练的乃是一门腹语术,世上玩傀儡戏的会者甚多,只是要说得如他这般清楚明白,那就着实不易,非有深湛内功者莫办。

木婉清绕着他身子转了几个圈子,细细察看,问道:"你嘴唇不会动,怎么吃饭?"青袍客伸出双手,一手拉上唇,一手拉下唇,将自己的嘴巴拉开,随即以左手两根手指撑住,右手投了一块东西进口,骨嘟一声,吞了下去,说道:"便是这样。"木婉清叹道:"唉!真可怜,那不是什么滋味都辨不出来么?"这时发觉他面部肌肉全部僵硬,眼皮无法闭上,脸上自更无喜怒哀乐之情,初见面时只道他是个死尸,便是因此。

她恐惧之情虽消,但随即想到,此人自身有极大困难,无法解除,又如何能逆天行事,将自己的亲哥哥变作丈夫?看来先前的一番说话只不过是胡说八道罢了,沉吟半晌,叹了口气,转过身来,缓缓迈步走开。只听那声音道:"我要叫段誉做你丈夫,你不能离开我。"木婉清淡淡一笑,向西走了几步,忽然停步,转身问道:"你我素不相识,你怎知我的心事?你……你识得段郎么?"

青袍客道:"你的心事,我自然知道。"双手衣袖中分别伸出一根细细的黑铁杖,说道:"走罢!"左手铁杖在岩石上一点,已然纵身而起,轻飘飘的落在丈许之外。木婉清见他双足凌空,虽只一根铁杖支地,身子却是平稳之极,奇道:"你的两只脚……"青袍客道："我双足残废已久。好了，从今以后，我的事你不许再问一句。"

木婉清道："我要是再问呢？"四个字刚出口，突然间双腿一软，摔倒在地，原来青袍客快若飘风般欺了过来，右手铁杖在她膝弯连点两下，跟着一杖击下，只打得她双腿痛入骨髓，"啊"的一声，大叫出来。青袍客又是铁杖连点，解开了她穴道，手法之快，直是匪夷所思。木婉清一跃而起，怒道："你这人如此无礼！"扣住袖中短箭，便欲发射。

那青袍客道："你射我一箭，我打你一记屁股。你射我十箭，我便打你十记。不信就试试。"木婉清心想："我一箭若是射得中，当场便要了他性命，怎么还能打我？这人神通广大，武功比南海鳄神还高，多半射他不中。看来这人说得出做得到，当真打我屁股，那可糟糕。"只听他说道："你不敢射我，那就乖乖的听我吩咐，不得有违。"木婉清道："我才不乖乖的听你吩咐呢！"口中这么说，右手却放开了发射短箭的机括。

青袍客两根细铁杖代替双足，向前行去。木婉清跟在他身后，只见他每根铁杖都有七八尺长，跨出一步，比平常人步子长了一倍有余。木婉清提气疾追，勉强方能跟上。青袍客上山过岭，如行平地，却不走山间已有的道路，不论是何乱石荆棘，铁杖一点便迈步而前，这一来可苦了木婉清，衣衫下摆被荆刺撕成一片一片，却也毫不抱怨示弱。

翻过几个山头，远远望见一座黑压压的大树林。木婉清心道："到了万劫谷来啦！"问道："咱们到万劫谷去干么？"青袍客转过身来，突然铁杖飞出，飕的一下，在她右腿上叩了一记，说道："你再啰唆不啰唆？"依着木婉清向来的性儿，虽然明知不敌，也决不肯受人如此欺侮，但此刻心底隐隐觉得，这青袍客本领如此高强，或许真能助自己达成心愿，当下只道："姑娘可不是怕你，暂

· 257 ·

且让你一让。"

青袍客道:"走罢!"他却不钻树洞,绕道山谷旁斜坡,走向谷后。他对谷中途径竟是十分熟识,木婉清几次想问,怕他挥杖又打,话到口边又缩了回去。只见他左转右转,越走越远,深入谷后。木婉清到万劫谷来见师叔甘宝宝时,在谷中曾住了数日,此时青袍客带着她所到之处,她却从未来过,没料想万劫谷中居然还有这等荒凉幽僻的所在。

行出数里,进了一座大树林中,四周都是参天古木,当日阳光灿烂,林中却黑沉沉地宛如黄昏,越走树林越密,到后来须得侧身而行。再行出数十丈,只见前面一株株古树互相挤在一起,便如一堵大墙相似,再也走不过去。青袍客左手铁杖伸出,靠在她背上一挥,木婉清身不由主的腾身而起,落在一株大树的树干上。却见青袍客已轻飘飘的跃在半空,铁杖在一株大树上一插,身子飞起,越过了树墙。木婉清无此能耐,老老实实的钻过大树枝叶,在树墙彼侧跳下地来。

只见眼前一大片空地,中间孤零零的一间石屋。那石屋模样甚是奇怪,以一块块千百斤重的大石砌成,凹凹凸凸,宛然是一座小山,露出了一个山洞般的门口。青袍客喝道:"进去!"木婉清向石屋内望去,黑黝黝的不知里面藏着什么怪物,如何敢贸然走进?突觉一只手掌按到了背心,急待闪避,青袍客掌心劲力已吐,将她推进屋去。

她左掌护身,使招"晓风拂柳",护住面门,只怕黑暗中有什么怪物来袭,只听得轰隆一声,屋门已被什么重物封住。她大吃一惊,抢到门口伸手去推时,着手处粗糙异常,原来是一块花岗巨岩。

她双臂运劲,尽力推出,但那巨岩纹丝不动。木婉清奋力又推,当真便如蜻蜓撼石柱一般,哪里动摇得了,她大声急叫:"喂,你关我在这里干什么?"只听那青袍客道:"你求我的事,自己也忘了吗？"声音从巨岩边上的洞孔中透进来，倒听得十分清楚。木婉清定了定神，见巨岩堵住屋门，岩边到处露出空隙，有的只两三寸宽，有的却有尺许，但身子万万钻不出去。

木婉清大叫："放我出来！放我出来！"外面再无声息，凑眼从孔穴中望将出去，遥见青袍客正跃在高空，有如一头青色大鸟般越过了树墙。

她回过身来，睁大眼睛，只见屋角中有桌有床，床上有一人坐着，她又是一惊，叫道："你……你……"

那人站起身来，走上两步，叫道："婉妹，你也来了？"语音中充满着惊喜，原来竟是段誉。

木婉清在绝望中乍见情郎，欢喜得几乎一颗心停了跳动，扑将上去，投在他怀里。石屋中光亮微弱，段誉隐约见她脸色惨白，两滴泪水夺眶而出，心下甚是怜惜，紧紧搂住了她，见她两片樱唇微颤，忍不住低头便吻了下去。两人四唇甫接，同时想起："咱俩是兄妹，决不可这样。"身子都是一震，立即放开缠接着的双臂，各自退后。两人背靠石室的一壁，怔怔对视。木婉清"哇"的一声，哭了出来。

段誉柔声安慰："婉妹，这是上天命中注定，你也不必难过。我有你这样一个妹子，甚是欢喜。"木婉清连连顿足，哭道："我偏要难过，我偏不欢喜！你心中欢喜，你就好没良心。"段誉叹道："那有什么法子？当初我没遇到你，那就好了。"

木婉清道："又不是我想见你的。谁叫你来找我？我没你报讯，也不见得就死在人家手里。你害死了我的黑玫瑰，害得我心中老大不痛快，害得我师父变成了我妈妈，害得你爹爹成为我的爹爹，害得你自己变成我的哥哥！我不要，我通统不要。你害得我关在这里，我要出去，我要出去！"

· 259 ·

段誉道:"婉妹,都是我不好。你别生气,咱们慢慢想法子逃出去。"木婉清道:"我不逃出去,我死在这里也好,死在外边也好,都是一样。我不出去!我不出去!"她刚才还在大叫"我要出去",可是一会儿便又大叫"我不出去"。段誉知她心情激动,一时无可理喻,当下不再说话。

木婉清发了一阵脾气,见他不理,问道:"你为什么不说话?"段誉道:"你要我说什么?"木婉清道:"你说你在这里干什么?"段誉道:"我徒儿捉了我来……"木婉清奇道:"你的徒儿?"但随即记起,不由得破涕为笑,笑道:"不错,是南海鳄神。他捉了你来,关在这里?"段誉说道:"正是。"木婉清笑道:"你就该摆起师父架子,叫他放你啊。"段誉道:"我说过何止一次,架子也摆得着实不小,但他说只有我反过来拜他为师,方能放我。"木婉清道:"嘿,多半是你的架子摆得不像。"段誉叹道:"或许便是如此,婉妹,你又是给谁捉了来的?"

木婉清于是将那青袍客的事简略一说,但自己要他"将哥哥变成丈夫"这一节,却省了不提。段誉听说这人嘴唇不会动,却会腹中说话,双足残废而奔行如飞,不禁大感有趣,不住追问详情,啧啧称异。

两人说了良久,忽听得屋外喀的一响,洞孔中塞进一只碗来,有人说道:"吃饭罢!"段誉伸手接过,见碗中是烧得香喷喷的一碗红烧肉,跟着又递进十个馒头。段誉将菜肴馒头放在桌上,低声问道:"你说食物里有没有毒药?"木婉清道:"他们要杀咱俩,再也容易不过,不必下毒。"

段誉心想不错,肚子也实在饿了,说道:"吃罢!"将红烧肉夹在馒头之中,先递给木婉清,然后自己吃了起来。外边那道:"吃完后将碗儿抛出来,自会有人收取。"说罢径自去了。木婉清从洞中望出去,见那人攀援上树,从树墙的另一面跳了下去,心想："这送饭的身手寻常。"走到段誉身边，和他同吃夹着红烧肉的馒头。

段誉一面吃，一面说道："你不用担心，伯父和爹爹定会来救咱们。南海鳄神、叶二娘他们武功虽高，未必是我爹爹的敌手。我伯父倘若亲自出马，那更如风扫落叶，定然杀得他们望风披靡。"木婉清道："哼，他不过是大理国的皇帝而已，武功又有什么了不起？我不信他能敌得过那青袍怪人。他多半是带领几千铁甲骑兵，攻打进来。"段誉连连摇头，道："不然，不然！我段氏先祖原是中原武林人士，虽在大理得国称帝，决不敢忘了中原武林的规矩。倘然仗势欺人，倚多为胜，大理段氏岂不教天下英雄耻笑？"

木婉清道："嗯，原来你家中的人做了皇帝、王爷，却不肯失了江湖好汉的身份。"段誉道："我伯父和爹爹时常言道，这叫做为人不可忘本。"木婉清哼了一声，道："呸！嘴上说得仁义道德，做起事来就卑鄙无耻。你爹爹既有了你妈妈，为什么又……又对我师父不起？"段誉一怔，道："咦！你怎可骂我爹爹！我爹爹不就是你的爹爹么？再说，普天下的王公贵胄，哪一个不是有几位夫人？便有十个八个夫人，也不打紧啊。"

其时方当北宋年间，北为契丹、中为大宋、西北西夏、西南吐蕃、南为大理。五国王公，除正妻外无不广有姬妾，多则数十人，少则三四人，就算次一等的侯伯贵官，也必有姬人侍妾。自古以来，历朝如此，世人早已视作理所当然。

木婉清一听，心头升起一股怒火，重重一掌打去，正中他右颊，拍的一声，清脆响亮，只打得他目瞪口呆，手中咬去了一半的馒头也掉在地下，只道："你……你……"木婉清怒道："我不叫他爹爹！男子多娶妻室，就是没良心。一个人三心两意，便是无情无义。"段誉抚摸着肿起的面颊，苦笑道："我是你兄长，你做妹子的，不可对我这般无礼。"木婉清胸中郁怒难宣，提掌又打了过去。

这一次段誉有了防备，脚下一错，使出"凌波微步"，已闪到了她身后。木婉清反手一掌，段誉又已躲开。石室不过丈许见方，但"凌波微步"实是神妙之极，木婉清出掌越来越快，却再也打他不到。木婉清越加气恼，突然"哎哟"一声，假意摔倒，段誉惊道："怎么了？"俯身伸手去扶。木婉清软洋洋的靠在他身上，左臂勾住他脖子，蓦地里手臂一紧，笑道："你还逃得么？"右掌拍的一下，清脆之极的在他左颊上打了一掌。

段誉吃痛，只叫了一声"啊"，突觉丹田中一股热气急速上升，霎时间血脉贲张，情欲如潮，不可遏止，但觉搂在怀里的姑娘娇喘细细，幽香阵阵，心情大乱，便往她唇上吻去。

这一吻之下，木婉清登时全身酸软。段誉抱起她身子，往床上放落，伸手解开了她的一个衣扣。木婉清低声说："你……你是我亲哥哥啊！"段誉神智虽乱，这句话却如晴天一个霹雳，一呆之下，急速放开了她，倒退三步，双手左右开弓，拍拍拍拍，重重的连打自己四个嘴巴，骂道："该死，该死！"

木婉清见他双目如血，放出异光，脸上肌肉扭动，鼻孔不住一张一缩，惊道："啊哟！段郎，食物中有毒，咱俩着了人家道儿！"

段誉这时全身发烫，犹如在蒸笼中被人蒸焙相似，听得木婉清说食物中有毒，心下反而一喜："原来是毒药迷乱了我的本性，致想对婉妹作乱伦之行，倒不是我枉读了圣贤书，突然丧心病狂，学那禽兽一般。"

但身上实是热得难忍，将衣服一件件的脱将下来，脱到只剩一身单衣单裤，便不再脱，盘膝坐下，眼观鼻，鼻观心，强自克制那心猿意马。他服食了"莽牯朱蛤"，本已万毒不侵，但红烧肉中所混的并非伤人性命的毒药，而是激发情欲的春药。男女大欲，人之天性，这春药只是激发人人有生俱来的情欲，使之变本加厉，难以自制。"莽牯朱蛤"的剧毒以毒攻毒，能除万毒，这春药却非毒物，"莽牯朱蛤"对之便无能为力了。

木婉清亦是一般的烦躁炽热，到后来忍无可忍，也除下外裳。

段誉叫道："你不可再脱，背脊靠着石壁，当可清凉些。"

两人都将背心靠住石壁，背心虽然凉了，但胸腹四肢、头脸项颈，却没一处不是热得火滚。段誉见木婉清双颊如火，说不出的娇艳可爱，一双眼水汪汪地，显然只想扑到自己的怀中来，他想："此刻咱们决心与药性相抗，但人力有时而尽，倘若做出乱伦的行径来，当真丢尽了段家的颜面，百死不足以赎此大罪。"说道："你给我一枝毒箭。"

木婉清道："干什么？"段誉道："我……我如果抵挡不住药力，便一箭戳死自己，免得害你。"木婉清道："我不给你。"两人却都不知箭上的毒性其实已害他不死。段誉道："你答允我一件事。"木婉清道："什么？"段誉道："我只要伸手碰到你身子，你便一箭射死我。"木婉清道："我不答允。"段誉道："求求你，答允了罢。我大理段氏数百年的清誉，不能在我手里坏了。否则我死之后，如何对得起列祖列宗？"

忽听得石室外一个声音说道："大理段氏本来是了不起的，可是到了段正明手上，口中仁义道德，用心却如狼心狗肺，早已全无清誉之可言！"

段誉怒道："你是谁？胡说八道。"木婉清低声道："他便是那个青袍怪人。"

只听那青袍客说道："木姑娘，我答允了你，叫你哥哥变作你的丈夫，这件事包在我身上，必定做到。"木婉清怒道："你这是下毒害人，跟我求你的事有何相干？"青袍客道："那碗红烧肉之中，我下了好大份量的'阴阳和合散'，服食之后，若不是阴阳调和，男女成为夫妻，那便肌肤寸裂、七孔流血而死。这和合散的药性，一天厉害过一天，到得第八天上，凭你是大罗金仙，也难抵挡。"

段誉怒道："我和你无怨无仇，何以使这毒计害我？你要我此后再无面目做人，叫我伯父和父母终身蒙羞，我……宁可死一百次，也决不干那无耻乱伦之行。"

那青袍客道："我和你无冤无仇，你伯父却和我仇深似海。段正明、段正淳这两个小子终身蒙羞，没面目见人，那是再好不过，妙极，妙极！嘿嘿，嘿嘿！"他嘴不能动，笑声从喉头发出，更是古怪难听。

段誉欲再辩说，一斜眼间，见到木婉清海棠春睡般的脸庞、芙蓉初放般的身子，一颗心怦怦猛跳，几乎连自己心跳的声音也听见了，脑中一阵胡涂，便想："婉妹和我本有婚姻之约，倘若不是两人同回大理，又有谁知道她和我是同胞兄妹？这是上代阴差阳错结成的冤孽，跟咱两个又有什么相干？"想到此处，颤巍巍的便站起身来，只见木婉清手扶墙壁，也正慢慢站起，突然间心中如电光石火般的一闪："不可，不可！段誉啊段誉，人兽关头，原只一念之差，你今日倘若失足，不但自己身败名裂，连伯父和父亲也给你陷了。"当即大声喝道："婉妹，我是你的亲哥哥，你是我亲妹子，知道么？你懂不懂易经？"

木婉清在迷迷糊糊中，听他突作此问，便道："什么易经？我不懂。"段誉道："好！我来教你，这易经之学，十分艰深，你好好听着。"木婉清奇道："我学来干什么？"段誉道："你学了之后，大有用处。说不定咱二人便可凭此而脱困境。"

他自觉欲念如狂，当此人兽关头，实是千钧一发，要是木婉清扑过身来稍加引诱，堤防非崩缺不可，是以想到要教她易经。只盼一个教，一个学，两人心有专注，便不去想那男女之事，说道："易经的基本，在于太极。太极生两仪，两仪生四象，四象生八卦。你知道八卦的图形么？"木婉清道："不知道，烦死啦！段郎，你过来，我有话跟你说。"

段誉道："我是你哥哥，别叫我段郎，该叫我大哥。我把八卦图形的歌诀说给你听，你要用心记住。乾三连，坤六断；震仰盂，艮覆碗；离中虚，坎中满；兑上缺，巽下断。"木婉清依声念了一遍，问道："水盂饭碗的，干什么？"段誉道："这说的是八卦形状。要知八卦的含义，天地万物，无所不包，就一家人来说罢，乾为父，坤为母，震是长子，巽是长女……咱俩是兄妹，我是'震'卦，你就是'巽'卦了。"

木婉清懒洋洋的道："不，你是乾卦，我是坤卦，两人结成夫妻，日后生儿育女，再生下震卦、巽卦来……"段誉听她言语滞涩娇媚，不由得怦然心动，惊道："你别胡思乱想，再听我说。"木婉清道："你……你坐到我身边来，我就听你说。"

只听那青袍客在屋外说道："很好，很好！你二人成了夫妻，生下儿女，我就放你们出来。我不但不杀你们，还传你二人一身武功，教你夫妻横行天下。"段誉怒道："到得最后关头，我自会在石壁上一头撞死，我大理段氏子孙，宁死不辱，你想在我身上报仇，再也休想。"青袍客道："你死也好，活也好，我才不理呢。你们倘若自寻死路，我将你们二人的尸体剥得赤条条地，身上一丝不挂，写明是大理段正明的侄儿侄女，段正淳的儿子女儿，私下奸通，被人撞见，以致羞愤自杀。我将你二人的尸身用盐腌了，先在大理市上悬挂三日，然后再到汴梁、洛阳、临安、广州到处去示众。"

段誉怒极，大声喝道："我段家到底怎样得罪了你，你要如此恶毒报复？"

青袍客道："我自己的事，何必说给你这小子听？"说了这两句话，从此再无声息。

段誉情知和木婉清多说一句话，便多一分危险，面壁而坐，思索"凌波微步"中一步步复杂的步法，昏昏沉沉的过了良久，忽想："那石洞中的神仙姊姊比婉妹美丽十倍，我若要娶妻，只有娶得那位神仙姊姊这才不枉了。"迷糊之中转过头来，只见木婉清的容颜装饰，慢慢变成了石洞中的玉像，段誉大叫："神仙姊姊，我好苦啊，你救救我！"跪倒在地，抱住了木婉清的小腿。

便在此时，外边有人说道："吃晚饭啦！"递进一根点燃了的红烛来。那人笑道："快接住！洞房春宵，怎可没有花烛？"

段誉一惊站起，烛光照耀之下，只见木婉清媚眼流波，娇美不可名状。他一口将烛火吹熄，喝道："饭中有毒，快拿走，咱们不吃。"

那人笑道："你早已中了毒啦，份量已足，不必再加。"将饭菜递了进来。

段誉茫然接过，放在桌上，寻思："人死之后，一了百了，身后是非，如何能管得？"转念又想："爹娘和伯父对我何等疼爱，如何能令段门贻笑天下？"

忽听木婉清道："段郎，我要用毒箭自杀了，免得害你。"段誉叫道："且慢！咱兄妹便是死了，这万恶之徒也不肯放过咱们。此人阴险毒辣，比之吃小儿的叶二娘、挖人心的南海鳄神还要恶毒！不知他到底是谁？"

只听得那青袍客的声音说道："小子倒也有点见识。老夫位居四大恶人之首，'恶贯满盈'便是我！"

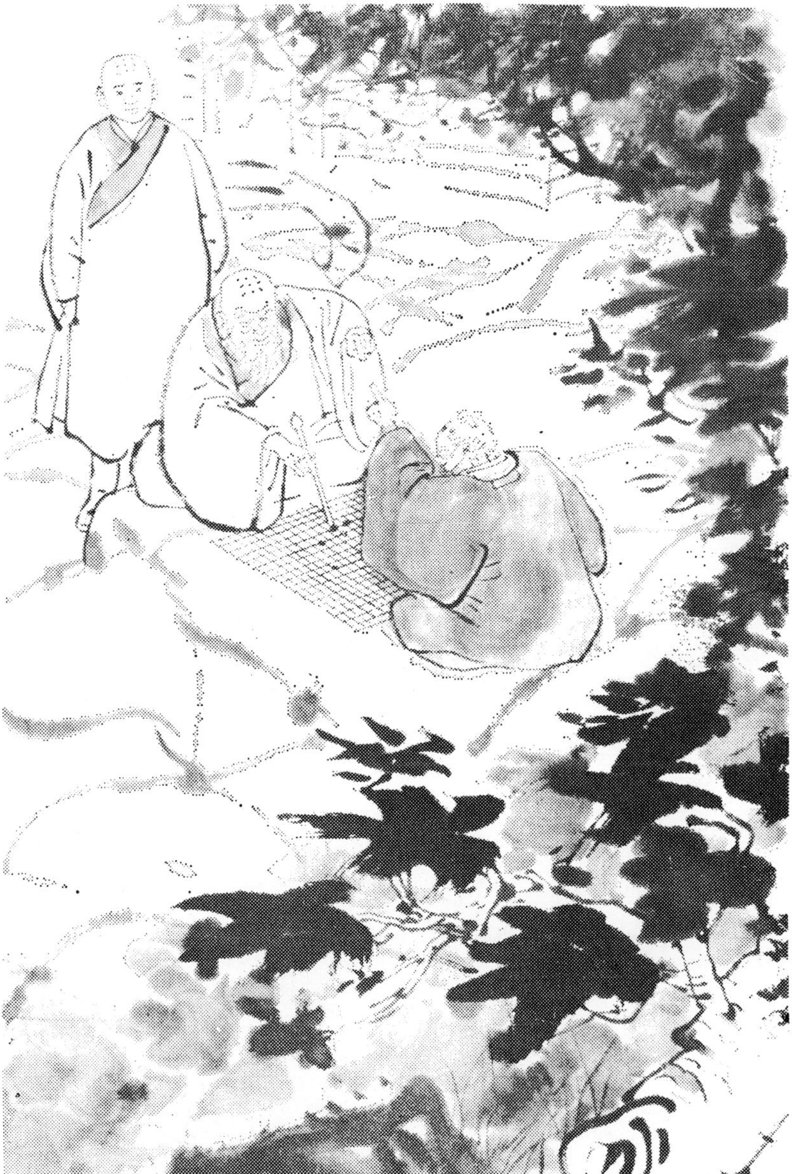

黄眉僧右手小铁槌在青石上刻个小圈。青袍客更不思索,随手又下一子。这么一来,两人左手比拼内力,固然丝毫松懈不得,而棋局上步步紧逼,亦是处处针锋相对。

八

虎啸龙吟

镇南王府暖阁之中,善阐侯高昇泰还报,锺万仇夫妇及秦红棉已离府远去。镇南王妃刀白凤挂念爱子,说道:"皇上,那万劫谷的所在,皇上可知道么?"保定帝段正明道:"万劫谷这名字,今日还是首次听见,但想来离大理不远。"刀白凤急道:"听那锺万仇之言,似乎这地方甚是隐秘,只怕不易寻找。誉儿若是在敌人手中久了……"保定帝微笑道:"誉儿娇生惯养,不知人间的险恶,让他多经历一些艰难,磨练磨练,于他也未始没有益处。"刀白凤心下甚是焦急,却已不敢多说。

保定帝向段正淳道:"淳弟,拿些酒菜出来,犒劳犒劳咱们。"段正淳道:"是!"吩咐下去,片刻间便是满席的山珍海味。保定帝命各人同席共饮。

大理是南鄙小邦,国中百夷杂处,汉人为数无多,镇南王妃刀白凤便是摆夷人。国人受中原教化未深,诸般朝仪礼法,本就远较大宋宽简。保定帝更为人慈和,只教不是在朝廷庙堂之间,一向不喜拘礼,因此段正淳夫妇与高昇泰三人便坐在下首相陪。

饮食之间,保定帝绝口不提适才事情。刀白凤双眉深蹙,食而不知其味。将到天明,门外侍卫禀道:"巴司空参见皇上。"段正明道:"进来!"门帷掀起,一个又瘦又矮的黑汉子走了进来,躬身向保定帝行礼,说道:"启奏皇上:那万劫谷过善人渡后,经铁索桥便到了,须得自一株大树的树洞中进谷。"

刀白凤拍手笑道:"早知有巴司空出马,哪有寻不到敌人巢穴之理?我也不用担这半天心啦。"那黑汉子微微躬身,道:"王妃过奖。巴天石愧不敢当。"

这黑瘦汉子巴天石虽然形貌猥琐,却是个十分精明能干的人物,曾为保定帝立下不少功劳,目下在大理国位居司空。司徒、司马、司空三公之位,在朝廷中极为尊荣。巴天石武功卓绝,尤其擅长轻功,这次奉保定帝之命探查敌人的驻足之地,他暗中跟踪锺万仇一行,果然查到万劫谷的所在。

保定帝微笑道:"天石,你坐下吃个饱,咱们这便出发。"巴天石深知皇上不喜人对他跪拜,对臣子爱以兄弟朋友称呼,倘若臣下过份恭谨,他反要着恼,当下答应一声,捧起饭碗便吃。他滴酒不饮,饭量却大得惊人,片刻间便连吃了八大碗饭。段正淳、高昇泰和他相交日久,自也不以为异。

巴天石一吃完,站起身来,伸衣袖一抹嘴上的油腻,说道:"臣巴天石引路。"当先走了出去。保定帝、段正淳夫妇、高昇泰随后鱼贯而出。出得镇南王府,只见褚古傅朱四大护卫已牵了马匹在门外侍候,另有数十名从人捧了保定帝等的兵刃站在其后。

段氏以中原武林世家在大理得国,数百年来不失祖宗遗风。段正明、正淳兄弟虽富贵无极,仍常微服出游,遇到武林中人前来探访或是寻仇,也总是按照武林规矩对待,从不摆皇室架子。是以保定帝这日御驾亲征,众从人都是司空见惯,毫不惊扰。自保定帝以下,人人均已换上了常服,在不识者眼中,只道是缙绅大户带了从人出游而已。

刀白凤见巴天石的从人之中,有二十几名带着大斧长锯,笑问:"巴司空,咱们去做木匠起大屋吗?"巴天石道:"锯树拆屋。"

一行人所乘都是骏马,奔行如风,未到日中,已抵万劫谷外的树林。巴天石指挥从人,将挡路的大树一一砍开锯倒。来到谷口,保定帝指着那株漆着"姓段者入此谷杀无赦"的大树,笑道:"这万劫谷主人,跟咱家好大的怨仇哪!"段正淳却知锺万仇是怕自己进谷去探访甘宝宝,向妻子斜目瞧去,见她只是冷笑。

四名汉子提着大斧抢上,片刻间将那株数人合抱的大树砍倒了。

巴天石命众人牵马在谷口相候。

褚、古、傅、朱四大护卫当先而行,其后是巴天石与高昇泰,又其后是镇南王夫妇,保定帝走在最后。进得万劫谷后,但见四下静悄悄地,无人出迎。巴天石按照江湖规矩,手持段正明、段正淳两兄弟的名帖,大踏步来到正屋之前,朗声说道:"大理国段氏兄弟,前来拜会锺谷主。"

话声甫毕,左侧树丛中突然窜出一条长长的人影,迅捷无伦的扑到,伸手向巴天石手中的名帖抓来。巴天石向右错出三步,喝道:"尊驾是谁?"那人正是"穷凶极恶"云中鹤,一抓不中,更不停步,又向巴天石扑去。巴天石见他轻功异常了得,有心要跟他较量较量,当下又向前抢出三步。云中鹤跟着追了三步。巴天石发足便奔,云中鹤随后追去。一个矮,一个高,霎时之间在屋外绕了三个圈子。云中鹤步幅奇大,但巴天石一跳一跃,脚步起落却比他快得多,两人之间始终相距数尺。云中鹤固然追他不到,巴天石却也避他不脱。两人一向都自负轻功天下无匹,此刻陡然间遇上劲敌,均是心下暗惊。两人越奔越快,衣襟带风,发出呼呼声响,虽只两人追逐,旁人看来,便是五六人绕圈而行一般。到得后来,两人相距渐远,变成了绕屋奔跑,已不知云中鹤在追巴天石,还是巴天石在追云中鹤。倘若巴天石追到了云中鹤背后,这场轻功的比试,自然是他胜了,但云中鹤猛地发劲,又将巴天石抛落数丈。

只听得呀一声,大门打开,锺万仇走了出来。巴天石足下不停,暗运内劲,右手一送,名帖平平向锺万仇飞了过去。

锺万仇伸手接住,怒道:"姓段的,你既按江湖规矩前来拜山,干么毁我谷门?"

褚万里喝道:"皇上至尊,岂能钻你这树洞地道?"

刀白凤一直悬念爱子,忍不住问道:"我孩儿呢?你们将他藏在哪里?"

屋中忽又跃出一个女子,尖声道:"你来得迟了一步。这姓段的小子,我们将他开膛破肚,喂了狗啦!"她双手各持一刀,刀身细如柳叶,发出蓝印印的光芒,正是见血即毙的修罗刀。

这两个女子十八九年之前便因妒生恨,结下极深的怨仇。刀白凤明知秦红棉所言非实,但听她将自己独生爱子说得如此惨酷,旧恨新怒,一齐迸发,冷冷的道:"我是问锺谷主,谁来跟下贱女人说话,没的玷辱了自己身份。"蓦地里当当两声响,秦红棉双刀齐出,快如飘风般近前,向她急砍两刀。这"十字斫"是她成名绝技,不知有多少江湖好汉曾丧在她修罗双刀这毒招之下。刀白凤抽出拂尘,及时格开,身形转处,拂尘尾点向她后心。

段正淳好生尴尬,一个是眼前爱妻,一个是昔日情侣。他对刀白凤钟情固深,对秦红棉却也是旧恩难忘,但见两女一动上手便是生死相搏的招数,不论是谁受伤,自己都是终生之恨,喝道:"且慢动手!"斜身欺近,拔出长剑,要格开两人兵刃。

锺万仇一见到段正淳便是满肚子怒火,呛啷啷大环刀出手,向他迎头砍去。褚万里道:"不劳王爷动手,待小人料理了他。"铁杆挥出,戳向锺万仇的头颈。他原来的铁杆被叶二娘拗断了,此时所使是赶着新铸的。锺万仇骂道:"我早知姓段的就只仗着人多势众。"

段正淳笑道:"万里退下,我正要见识见识锺谷主的武功。"长剑挺出,弹开褚万里的铁杆,顺势从锺万仇大环刀的刀背上掠下,直削他手指。这一招弹、掠、削三式一气呵成,中间直无半分变招痕迹。锺万仇一惊:"这段贼剑法好生凌厉。"登时收起怒火,横刀守住门户,强敌当前,已不敢浮嚣轻忽。

段正淳挺剑疾刺,锺万仇见来势凌厉,难以硬挡,向后跃开三步。段正淳只求他不过来纠缠,闪身抢到刀白凤和秦红棉身近,只见秦红棉刀法已微见散乱,刀白凤步步进逼。蓦地里嗤嗤嗤连响,秦红棉接连射出三枝毒箭。她这短箭形状和木婉清所发的一模一样,手法却高明得多,三枝箭分射左右中三个方位,教对方绝难闪避。刀白凤纵身高跃,三枝短箭都从她脚底飞过,不料她身子尚在半空,又有三枝箭射来,第一枝射她小腹,第二枝射向她双足之间,第三枝却是对准了她足底。其时刀白凤无法再向上跃,身子落下来时,三枝箭正好射中她头、胸、腹三处,实是毒辣之极。

刀白凤心下惊惶,拂尘急掠,卷开了第一枝毒箭,身子急速落下,眼看第二枝、第三枝对准了胸膛、小腹射到,已万难闪避挡格,突然眼前白光急闪,一柄长剑自下而上的在她面前掠过,将这两枝短箭斩为四截,同时有人晃身挡在她的身前,正是段正淳抢过来救了她性命。倘若他出剑稍有不准,斩不到短箭,那么这两枝短箭势必钉在他身上。

这一下刀白凤和秦红棉都是吓得脸色惨白,心中怦怦乱跳。刀白凤叫道:"我不领你的情!"闪身绕过丈夫,挥拂尘向秦红棉抽去。她恨极秦红棉手段阴毒,拂尘上招数快极,斜扫直击,教对方再也缓不出手来发射毒箭。秦红棉适才这两箭险些射中段正淳,又见他不顾性命的相救妻子,偏心已极,惊慌中又加上气苦,登时挡不住拂尘的急攻。刀白凤拂尘一招"凤栖于梧",向她头顶击落,秦红棉急向右闪,刀白凤左掌正好同时击出,眼见便可正中秦红棉胸口,立时便要打得她狂吐鲜血。手掌离她胸口尚有半尺,忽然旁边一只男子手掌伸过来一带,将她这一掌掠开了,正是段正淳出手相救，说道："凤凰儿，别这么狠！"

秦红棉一怔，怒道："什么凤凰儿、孔雀儿，叫得这般亲热！"左手刀向段正淳肩头砍落。刀白凤也正恼丈夫相救情妇，格开自己势在必中的一招，挥拂尘向他脸上扫去。

二女同时出手，同时见到对方向段正淳攻击，齐叫："啊哟！"同时要回护郎君。刀白凤拂尘转向，去挡格修罗刀；秦红棉飞足向刀白凤踢去，要她收转拂尘。

段正淳斜身一闪，砰的一声，秦红棉这一脚重重踢中在他屁股上。刀白凤怒道："你干么踢我丈夫？"秦红棉道："段郎，我不是故意的，你……你很疼吗？"段正淳装腔作势，大叫："哎唷，哎唷！踢死我啦！"蹲下身来。

锺万仇瞧出便宜，举刀搂头向段正淳劈落。刀白凤叫道："住手！"秦红棉叫道："打他！"拂尘与修罗刀齐向锺万仇攻去。锺万仇只得回刀招架，大叫："姓段的臭贼，你这老白脸，靠女人救你性命，算什么好汉？"段正淳哈哈大笑，倏地跃起，刷刷刷三剑，只逼得锺万仇跟跄倒退。秦红棉一怔，怒道："你没受伤，装假！"刀白凤也道："这家伙最会骗人，你怎能信他了？"秦红棉叫道："看刀！"刀白凤叫道："打他！"这一次二女却是联手向段正淳进攻。

保定帝见兄弟跟两个女人纠缠不清，摇头暗笑，向褚万里道："你们进去搜搜！"褚万里应道："是！"

褚、古、傅、朱四人奔进屋门。古笃诚左足刚跨过门槛，突觉头顶冷风飒然。他左足未曾踏实，右足跟一点，已倒退跃出，只见一片极薄极阔的刀刃从面前直削下去，相距不过数寸，只要慢得顷刻，就算脑袋幸而不致一分为二，至少鼻子也得削去了。古笃诚背上冷汗直流，看清楚忽施暗袭的是个面貌俊秀的中年女子，正是"无恶不作"叶二娘。她这薄刀作长方形，薄薄的一片，四周全是

· 274 ·

锋利无比,她抓着短短的刀柄,略加挥舞,便卷成一圈圆光。古笃诚起初这一惊着实厉害,略一定神,大喝一声,挥起板斧,便往她薄刀上砍去。叶二娘的薄刀不住旋转,不敢和板斧这等沉重的兵刃相碰。古笃诚使出七十二路乱披风斧法,双斧直上直下的砍将过去。叶二娘阴阳怪气,说几句调侃的言语。朱丹臣见她好整以暇,刀法却诡异莫测,生怕时候一长,古笃诚抵敌不住,当即挺判官双笔上前夹击。

其时巴天石和云中鹤二人兀自在大兜圈子,两人轻功相若,均知非一时三刻能分胜败,这时所较量者已是内力高下。巴天石奔了这百余个圈子,已知云中鹤的下盘功夫飘逸有余,沉凝不足,不如自己一弹一跃之际行有余力,只消陡然停住,击他三掌,他势必抵受不住。但巴天石一心要在轻功上考较他下去,不愿以拳脚功夫取胜,是以仍是一股劲儿的奔跑。

忽听得一人粗声骂道:"妈巴羔子的,吵得老子睡不着觉,是那儿来的兔崽子?"只见南海鳄神手持鳄嘴剪,一跳一跳的跃近。

傅思归喝道:"是你师父的爹爹来啦!"南海鳄神喝道:"什么我师父的爹爹?"傅思归指着段正淳道:"镇南王是段公子的爹爹,段公子是你的师父,你想赖么?"南海鳄神虽然恶事多为,却有一桩好处,说过了的话向来作数,一闻此言,气得脸色焦黄,可不公然否认,喝道:"我拜我的师父,跟你龟儿子有什么相干?"傅思归笑道:"我又不是你儿子,为什么叫我龟儿子?"

南海鳄神一怔,想了半天,才知他是绕着弯儿骂自己为乌龟,一想通此点,哇哇大叫,鳄嘴剪拍拍拍的向他夹去。此人头脑迟钝,武功可着实了得,鳄嘴剪中一口森森白牙,便如狼牙棒上的尖刺相似。傅思归一根熟铜棍接得三招,便觉双臂酸麻。褚万里长杆一扬,杆上连着的钢丝软鞭荡出,向南海鳄神脸上抽去,南海鳄神掏出鳄尾鞭挡开。

保定帝眼看战局，己方各人均无危险，对高昇泰道："你在这儿掠阵。"

高昇泰道："是！"负手站在一旁。

保定帝走进屋中，叫道："誉儿，你在这里么？"不听有人回答。他推开左边厢房门，又叫道："誉儿，誉儿！"只见一个十五六岁的小姑娘从门背后转了出来，脸色惊惶，问道："你……你是谁？"保定帝道："段公子在哪里？"那少女道："你找段公子干什么？"保定帝道："我要救他出来！"

那少女摇头道："你救他不出的。他给人用大石堵在石屋之中，门口又有人看守。"保定帝道："你带我去。我打倒看守之人，推开大石，就救他出来了。"那少女摇头道："不成！我如带了你去，我爹爹要杀了我的。"保定帝问："你爹爹是谁？"那少女道："我姓锺，我爹爹就是这里的谷主啊。"这少女便是从无量山逃回来的锺灵。

保定帝点了点头，心想对付这样一个少女，不论用言语套问，或以武力胁逼，均不免有失身份，段誉既在此谷中，总不难寻到，当下从屋中回了出来，要另行觅人带路。

段誉和木婉清在石屋之中，听说门外那青袍客竟是天下第一恶人"恶贯满盈"，大惊之下，扑过去搂在一起。段誉低声道："咱们原来落在'天下第一恶人'手中，那真是糟之极矣！"木婉清"唔"的一声，将头钻在他怀中。段誉轻抚她头发，安慰道："别怕。"

两人上下衣衫均已汗湿，便如刚从水中爬起来一般。两人全身火热，体气蒸薰，闻在对方鼻中，更增几分诱惑之意。一个是血气方刚的青年，一个是情苗深种的少女，就算没受春药的激动，也已把持不定，何况"阴阳和合散"的力量霸道异常，能令端士成为淫徒，贞女化作荡妇，只教心神一迷，圣贤也成禽兽。此时全仗段誉一灵不昧，念念不忘于段氏的清誉令德，这才勉力克制。

青袍客得意之极，怪声大笑，说道："你兄妹二人快些成其好事，早一日生下孩儿，早一日得脱牢笼。我去也！"说罢，越过树墙而去。

段誉大叫："岳老三，岳老二！你师父有难，快快前来相救。"叫了半天，却哪里有人答应？

段誉寻思："当此危急之际，便是拜他为师，也说不得了。拜错恶人为师，不过是我一人之事，须不致连累伯父和爹爹。"于是又纵声大叫："南海鳄神，我甘愿拜你为师了，愿意做南海派的传人，你快来救你徒弟啊。我死之后，你可没徒弟了。"乱叫乱喊了一阵，始终不闻南海鳄神的声息，突然想到："啊哟不好！南海鳄神最怕的便是他这个老大'恶贯满盈'，就算听到我叫唤，也不敢来救。"心中只是叫苦。

木婉清忽道："段郎，我和你成婚之后，咱们第一个孩儿，你喜欢男的还是女的？"段誉迷迷糊糊的答道："男的！"

忽然石屋外一个少女的声音接口道："段公子，你是她哥哥，决不能跟她成婚。"段誉一楞，道："你……你是锺姑娘么？"那少女正是锺灵，说道："是我啊。我偷听到了这青袍恶人的话，我定要想法子救你和木姊姊。"段誉大喜，道："那好极了，你快去偷毒药的解药给我。"木婉清怒道："锺灵你这小鬼快走开，谁要你救？"锺灵道："我还是想法子推开这大石头，先救你们出来的好。"段誉道："不，不！你去偷解药。我……我抵受不住，快……快要死了。"锺灵惊道："什么抵受不住？你肚子痛吗？"段誉道："不是肚子痛。"锺灵又问："你是头痛么？"段誉道："也不是头痛。"锺灵道："那你什么地方不舒服？"

段誉情欲难遏之事，如何能对这小姑娘说得出口？只得道：

"我全身不舒服,你只设法去盗取解药便了。"锺灵皱眉道:"你不说病状,我就不知道要寻什么解药。我爹爹解药很多,但得知道你是肚痛、头痛,还是心痛。"段誉叹了口气道:"我什么也不痛。我是……我是服了一种叫做'阴阳和合散'的毒药。"锺灵拍手道:"你知道毒药的名字,那就好办了。段大哥,我这就去跟爹爹要解药。"

她匆匆爬过树墙,便去缠着父亲拿那"阴阳和合散"的解药。那"阴阳和合散"是青袍客的药物,但锺万仇一听这名字,就知是什么玩意儿,马脸一沉,斥道:"小女娃娃,东问西问这些不打紧的东西干么?你再胡说八道,我老大耳括子打你。"锺灵急道:"不是胡说八道……"

便在此时,保定帝等一干人攻进万劫谷来,锺万仇忙出去应敌,将锺灵一人留在屋内。她听得屋外兵刃交作,斗得甚是厉害,也不去理会,自在父亲的藏药之所东翻西找。锺万仇的数百个药瓶之上都贴有药名,但偏偏就不见"阴阳和合散"的解药。正不知如何是好,听得有人进来,出去一看,便遇到了保定帝。

保定帝想寻人带路,一时却不见有人,忽听得身后脚步声响,回头见是锺灵奔来,当即停步等候。锺灵奔近,说道:"我找不到解药,还是带你去罢!不知你能不能推开那块大石头。"保定帝莫名其妙,问道:"什么解药?大石头?"锺灵道:"你跟我来,一看便知道了。"

万劫谷中道路虽然曲折,但在锺灵带领之下,片刻即至,保定帝托着锺灵的手臂,也不见他纵身跳跃,突然间凌空而起,平平稳稳越过了树墙。锺灵拍手赞道:"妙极,妙极!你好像会飞!啊哟,不好!"

但见石屋之前端坐着一人,正是那青袍怪客!

锺灵对这个半死半活的人最是害怕,低声道:"咱们快走,等这人走了再来。"保定帝见了这青袍怪人也是极感诧异,安慰她道:"有我在这里,你不用怕。段誉便是在这石屋之中,是不是?"锺灵点了点头,缩在他身后。

保定帝缓步上前,说道:"尊驾请让一步!"青袍客便如不闻不见,凝坐不动。

保定帝道:"尊驾不肯让道,在下无礼莫怪。"侧身从青袍客左侧闪过,右掌斜起,按住巨石,正要运劲推动,只见青袍客从腋下伸出一根细细的铁杖,点向自己"缺盆穴"。铁杖伸到离他身子尺许之处便即停住,不住颤动,保定帝只须劲力一发,铁杖点将过来,那便无可闪避。保定帝心中一凛:"这人点穴的功夫可高明之极,却是何人?"右掌微扬,劈向铁杖,左掌从右掌底穿出,又已按在石上。青袍客铁杖移位,指向他"天池穴"。保定帝掌势如风,连变了七次方位,那青袍客的铁杖每一次均是虚点穴道,制住形势。

两人接连变招,青袍客总是令得保定帝无法运劲推石,认穴功夫之准,保定帝自觉与己不相伯仲,犹在兄弟段正淳之上。他左掌斜削,突然间变掌为指,嗤的一声响,使出一阳指力,疾点铁杖,这一指若是点实了,铁杖非弯曲不可。不料那铁杖也是嗤的一声点来,两股力道在空中一碰,保定帝退了一步,青袍客也是身子一晃。保定帝脸上红光一闪,青袍客脸上则隐隐透出一层青气,均是一现即逝。

保定帝大奇,心想:"这人武功不但奇高,而且与我显是颇有渊源。他这杖法明明跟一阳指有关。"当即拱手道:"前辈尊姓大名,盼能见示。"只听一个声音响道:"你是段正明呢,还是段正淳?"保定帝见他口唇丝毫不动,居然能够说话,更是诧异,说道:"在下段正明。"青袍客道:"哼,你便是大理国当今保定帝?"保定帝道:"正是。"青袍客道:"你的武功和我相较,谁高谁下?"

保定帝沉吟半晌,说道:"武功是你稍胜半筹,但若当真动手,我能胜你。"青袍客道:"不错,我终究是吃了身子残废的亏。唉,想不到你坐上了这位子,这些年来竟丝毫没搁下练功。"他腹中发出的声音虽怪,仍听得出语音中充满了怅恨之情。

保定帝猜不透他的来历,心中霎时间转过了无数疑问。忽听得石屋内传出一声声急躁的嘶叫,正是段誉的声音,保定帝叫道:"誉儿,你怎么了?不必惊慌,我就来救你。"锺灵惊叫:"段公子,段公子!"

原来段誉和木婉清受猛烈春药催激,越来越难与情欲相抗拒。到后来木婉清神智迷糊,早忘了段誉是亲哥哥,只叫:"段郎,抱我,抱住我!"她是处女之身,于男女之事一知半解,但觉燥热难当,要段誉搂抱着方才舒服,便向段誉扑去。段誉叫道:"使不得!"闪身避开,脚下自然而然的使出了凌波微步。木婉清一扑不中,斜身摔在床上,便晕了过去。

段誉接连走了几步,内息自然而然的顺着经脉运行,愈走愈快,胸口郁闷无比,似乎透不过气来一般,忍不住大叫一声。这一声叫,郁闷竟然略减,当下他走几步,呼叫一声,情欲之念倒是淡了,保定帝和青袍客在屋外的对答,以及保定帝叫他不必惊慌的言语,却都已听而不闻。

青袍客道:"这小子定力不错,服了我的'阴阳和合散',居然还能支撑到这时候。"保定帝吃了一惊,问道:"那是什么毒药?"青袍客道:"不是毒药,只不过是一种猛烈的春药而已。"保定帝道:"你给他服食这等药物,其意何居?"青袍客道:"这石屋之中,另有一个女子,是他的胞妹。"

保定帝一听之下,登时明白了此人的阴谋毒计。他修养再好,也禁不住勃然大怒,长袖挥处,嗤的一指向他点去。青袍客横杖挡开，保定帝第二指又已点出，这一指直趋他喉下七突穴，那是致命死穴，料想他定要全力反击。

哪知青袍客"嘿嘿"两声，既不闪避，也不招架。保定帝见他不避不架，心中大疑，立时收指，问道："你为何甘愿受死？"青袍客道："我死在你手下，那是再好不过，你的罪孽，又深了一层。"保定帝问道："你到底是谁？"青袍客低声说了一句话。

保定帝一听，脸色立变，道："我不信！"青袍客将右手中的铁杖交于左手，右手食指嗤的一声，向保定帝点去，保定帝斜身闪开，还了一指。青袍客以中指直戳，保定帝脸色凝重，以中指相还。青袍客第三招以无名指横扫，第四招以小指轻挑，保定帝一一照式还报。到得第五招时，青袍客以大拇指捺将过来，五指中大拇指最短，因而也最为迟钝不灵，然而指上力道却是最强，保定帝不敢怠慢，大拇指一翘，也捺了过去。

锺灵在一旁看得好生奇怪，忘了对青袍客的畏惧之意，笑道："你们两个在猜拳么？你伸一指，我伸一指的，却是谁赢了？"一面说，一面走近身去。蓦地里一股劲风无声无息的袭到，锺灵一怔之际，左肩剧痛，几欲晕倒。保定帝反手挥掌，将她身子平平推出，跟着向后纵跃，将她扶住，说道："站着别动。"锺灵怔怔的道："他……他要杀我？"保定帝摇头道："不是。我和他在比试武功，旁人不能走近。"伸掌在她背心上轻抚数下。

那青袍客道："你信了没有？"保定帝抢上数步，躬身说道："正明参见前辈。"青袍客道："你只叫我前辈，是不肯认我呢，还是意下犹有未信？"保定帝道："正明身为一国之主，言行自当郑重。正明无子，这段誉身负宗庙社稷的重寄，请前辈释放。"青袍客道："我正要大理段氏乱伦败德，断子绝孙。我好容易等到今日，岂能轻易放手？"保定帝厉声道："段正明万万不许。"

青袍客道："嘿嘿！你自称是大理国皇帝，我却只当你是谋朝篡位的乱臣贼子。你有胆子,尽管去调神策军、御林军来好了。我跟你说,我势力固然远不如你,可是要先杀段誉这小贼却易如反掌。你此刻跟我动手,数百招后或能胜得了我,但想杀我,却也千难万难。我只教不死,你便救不了段誉性命。"

保定帝脸上一阵青,一阵白,知道他这话确是不假,别说去调神策军、御林军来,只须自己再多一个帮手,这青袍客抵敌不住,便会立时加害段誉,何况以此人身份,也决不能杀了他,说道:"你要如何,方能放人?"青袍客道:"不难,不难!你只须答允去天龙寺出家为僧,将皇位让我,我便解了段誉体内药性,还你一个鲜龙活跳、德行无亏的好侄儿。"保定帝道:"祖宗基业,岂能随便拱手送人?"

青袍客道:"嘿嘿,这是你的基业,还是我的基业?物归原主,岂是随便送人?我不追究你谋朝篡位的大罪,已是宽洪大量之极了。你若执意不肯,不妨耐心等候,等段誉和他胞妹生下一男半女,我便放他。"保定帝道:"那你还是乘早杀了他的好。"

青袍客道:"除此之外,还有两条路。"保定帝问道:"什么?"青袍客道:"第一条路,你突施暗算,猝不及防的将我杀了,那你自可放他出来。"保定帝道:"我不能暗算于你。"青袍客道:"你就是想暗算,也未必能成。第二条路,你教段誉自己用一阳指功夫跟我较量,只须胜得了我,他自己不就走了吗?嘿嘿,嘿嘿!"

保定帝怒气上冲,忍不住便要发作,终于强自抑制,说道:"段誉不会丝毫武功,更没学过一阳指功夫。"青袍客道:"大理段正明的侄儿不会一阳指,有谁能信?"保定帝道:"段誉幼读诗书佛经,心地慈悲,坚决不肯学武。"青袍客道:"又是一个假仁假义、沽名钓誉的伪君子。这样的人若做大理国君,实非苍生之福,早一日杀了倒好。"

保定帝厉声道："前辈，是否另有其他道路可行？"青袍客道："当年我若有其他道路可行，也不至落到这般死不死、活不活的田地。旁人不给我路走，我为什么要给你路走？"

保定帝低头沉吟半晌，猛地抬起头来，一脸刚毅肃穆之色，叫道："誉儿，我便设法来救你。你可别忘了自己是段家子孙！"

只听石屋内段誉叫道："伯父，你进来一指……一指将我处死了罢。"这时他已停步，靠在封门大石上稍息，已听清楚了保定帝与青袍客后半段的对答。保定帝厉声道："什么？你做了败坏我段氏门风的行径么？"段誉道："不！不是，侄儿……侄儿燥热难当，活……活不成了！"

保定帝道："生死有命，任其自然。"托住锺灵的手臂，奔过空地，跃过树墙，说道："小姑娘，多谢你带路，日后当有报答。"循着原路，来到正屋之前。

只见褚万里和傅思归双战南海鳄神，仍然胜败难分。朱丹臣和古笃诚那一对却给叶二娘的方刀逼得渐渐支持不住。那边厢云中鹤脚下虽是丝毫不缓，但大声喘气，有若疲牛，巴天石却一纵一跃，轻松自在。高昇泰负着双手踱来踱去，对身旁的激斗似是漠不关心，其实眼观六路、耳听八方，精神笼罩全局，己方只要无人遇险，就用不着出手相援。段正淳夫妇与秦红棉、锺万仇四人却已不见。

保定帝问道："淳弟呢？"高昇泰道："镇南王逐开了锺谷主，和王妃一起找寻段公子去了。"保定帝纵声叫道："此间诸事另有计较，各人且退。"

巴天石陡然住足，云中鹤直扑过来，巴天石砰的一掌，击将出去。云中鹤双掌一挡，只感胸中气血翻涌，险些喷出血来。他强自忍住，双眼望出来模糊一片，已看不清对手拳脚来路。巴天石却并不乘胜追击，嘿嘿冷笑，说道："领教了。"

只听左首树丛后段正淳的声音说道："这里也没有，咱们再到后面去找。"刀白凤道:"找个人来问问就好了,谷中怎地一个下人也没有。"秦红棉道:"我师妹叫他们都躲起来啦。"保定帝和高昇泰、巴天石三人相视一笑,均觉镇南王神通广大,不知使上了什么巧妙法儿,竟教这两个适才还在性命相扑的女子联手同去找寻段誉。只听段正淳道:"那么咱们去问你师妹,她一定知道誉儿关在什么地方。"刀白凤怒道:"不许你去见甘宝宝。不怀好意!"秦红棉道:"我师妹说过了,从此永远不再见你的面。"

三人说着从树丛中出来。段正淳见到兄长,问道:"大哥,救出……找到誉儿了么?"他本想说"救出誉儿",但不见儿子在侧,便即改口。保定帝点头道:"找到了,咱们回去再说。"

褚万里、朱丹臣等听得皇上下旨停战,均欲住手,但叶二娘和南海鳄神打得兴起,缠住了仍是恶战不休。保定帝眉头微蹙,说道:"咱们走罢!"

高昇泰道:"是!"怀中取出铁笛,挺笛指向南海鳄神咽喉,跟着扬臂反手,横笛扫向叶二娘。这两记笛招都是攻向敌人极要紧的空隙。南海鳄神一个筋斗避过,拍的一声,铁笛重重击中叶二娘左臂。叶二娘大叫一声,急忙飘身逃开。

高昇泰的武功其实并不比这两人强了多少,只是他旁观已久,心中早已拟就了对付这两人的绝招。这招似乎纯在对付南海鳄神,其实却是佯攻,突然出其不意的给叶二娘来一下狠的,以报前日背上那一掌之仇。看来似是轻描淡写,随意挥洒,实则这一招在他心中已盘算了无数遍,实是毕生功力之所聚,已然出尽全力。

南海鳄神圆睁豆眼,又惊又佩,说道:"妈巴羔子,好家伙,瞧你不出……"下面的话没再说下去,意思自然是说:"瞧你不出,居然这等厉害,看来老子只怕还不是你这小子的对手。"

刀白凤问保定帝道:"皇上,誉儿怎样?"保定帝心下甚是担忧,但丝毫不动声色,淡淡说道:"没什么。眼前是个让他磨练的大好机会，过得几天自会出来，一切回宫再说。"说着转身便走。

巴天石抢前开路。段正淳夫妇跟在兄长之后，其后是褚、古、傅、朱四护卫，最后是高昇泰殿后。他适才这凌厉绝伦的一招镇慑了敌人，南海鳄神虽然凶悍，却也不敢上前挑战。

段正淳走出十余丈，忍不住回头向秦红棉望去，秦红棉也怔怔的正瞧着他背影，四目相对，不由得都痴了。

只见锺万仇手执大环刀，气急败坏的从屋后奔出来，叫道："段正淳，你这次没见到我夫人，算你运气好，我就不来难为你。我夫人已发了誓，以后决不再见你。不过……不过那也靠不住，她要是见到你这家伙，说不定他妈的又……总而言之，你不能再来。"他和段正淳拼斗，数招不胜，便即回去守住夫人，以防段正淳前来勾引，听得夫人立誓决不再见段正淳之面，心下大慰，忙奔将出来，将这句要紧之极的言语说给他听。

段正淳心下黯然，暗道："为什么？为什么再也不见我面？你已是有夫之妇，我岂能再败坏你的名节？大理段二虽然风流好色，却非卑鄙无耻之徒。让我再瞧瞧你，就算咱两人离得远远地，一句话也不说，那也好啊。"回过头来，见妻子正冷冷的瞧着自己，心头一凛，当即加快脚步，出谷而去。

一行人回到大理。保定帝道："大伙到宫中商议。"来到皇宫内书房，保定帝坐在中间一张铺着豹皮的大椅上，段正淳夫妇坐在下首，高昇泰一干人均垂手侍立。保定帝吩咐内侍取过凳子，命各人坐下，挥退内侍，将段誉如何落入敌手的情形说了。

众人均知关键是在那青袍客身上，听保定帝说此人不仅会一阳指，且功力犹在他之上，谁都不敢多口，各自低头沉吟，均知一阳指功夫是段家世代相传，传子不传女，更加不传外人，青袍客既会这门功夫，自是段氏的嫡系子孙了。（按：直到段氏后世子孙段智兴一灯大师手中,为了要制住欧阳锋,才破了不传外人的祖规,将这门神功先传给王重阳,再传于渔樵耕读四大弟子。详见《射雕英雄传》。)

保定帝向段正淳道:"淳弟,你猜此人是谁?"段正淳摇头道:"我猜不出,难道是天龙寺中有人还俗改装?"保定帝摇头道:"不是,是延庆太子!"

此言一出,众人都大吃一惊。段正淳道:"延庆太子早已不在人世,此人多半是冒名招摇。"保定帝叹道:"名字可以乱冒,一阳指的功夫却假冒不得。偷师学招之事,武林中原亦寻常,然而这等内功心法,又如何能偷?此人是延庆太子,决无可疑。"

段正淳沉思半响,问道:"那么他是我段家佼佼的人物,何以反而要败坏我家的门风清誉?"保定帝叹道:"此人周身残疾,自是性情大异,一切不可以常理度之。何况大理国皇座既由我居之,他自必心怀愤懑,要害得我兄弟俩身败名裂而后快。"

段正淳道:"大哥登位已久,臣民拥戴,四境升平,别说只是延庆太子出世,就算上德帝复生,也不能再居此位。"

高昇泰站起身来,说道:"镇南王此言甚是。延庆太子好好将段公子交出便罢,否则咱们也不认他什么太子不太子,只当他是天下四大恶人之首,人人得而诛之。他武功虽高,终究好汉敌不过人多。"

原来十多年前的上德五年,大理国上德帝段廉义在位,朝中忽生大变,上德帝为奸臣杨义贞所弑,其后上德帝的侄子段寿辉得天龙寺中诸高僧及忠臣高智昇之助,平灭杨义贞。段寿辉接帝位后,称为上明帝。上明帝不乐为帝,只在位一年,便赴天龙寺出家为僧,将帝位传给堂弟段正明,是为保定帝。上德帝本有一个亲子,当时朝中称为延庆太子,当奸臣杨义贞谋朝篡位之际,举国大乱,延庆太子不知去向,人人都以为是给杨义贞杀了,没想到事隔多年，竟会突然出现。

保定帝听了高昇泰的话，摇头道："皇位本来是延庆太子的。当日只因找他不着，上明帝这才接位，后来又传位给我。延庆太子既然复出，我这皇位便该当还他。"转头向高昇泰道："令尊若是在世，想来也有此意。"高昇泰是大功臣高智昇之子，当年锄奸除逆，全仗高智昇出的大力。

高昇泰走上一步，伏地禀道："先父忠君爱民。这青袍怪客号称是四恶之首，若在大理国君临万民，众百姓不知要吃多少苦头。皇上让位之议，臣昇泰万死不敢奉诏。"

巴天石伏地奏道："适才天石听得那南海鳄神怪声大叫，说他们四恶之首叫作什么'恶贯满盈'。这恶人若不是延庆太子，自不能觊觎大宝。就算他是延庆太子，如此凶恶奸险之徒，怎能让他治理大理的百姓？那势必是国家倾覆，社稷沦丧。"

保定帝挥手道："两位请起，你们所说的也是言之成理。只是誉儿落入了他的手中，除了我避位相让，更有什么法子能让誉儿归来？"

段正淳道："大哥，自来只有君父有难，为臣子的才当舍身以赴。誉儿虽为大哥所爱，怎能为了他而甘舍大位？否则誉儿纵然脱险，却也成了大理国的罪人。"

保定帝站起身来，左手摸着颏下长须，右手两指在额上轻轻弹击，在书房中缓缓而行。众人均知他每逢有大事难决，便如此出神思索，谁也不敢作声扰他思路。保定帝踱来踱去，过得良久，说道："这延庆太子手段毒辣，给誉儿所服的'阴阳和合散'药性甚是厉害，常人极难抵挡。只怕……只怕他这时已为药性所迷，也未可知。唉，这是旁人以奸计摆布，须怪誉儿不得。"

段正淳低下了头，羞愧无地，心想归根结底，都是因自己风流成性起祸。

保定帝走回去坐入椅中，说道："巴司空，传下旨意，命翰林院草制，册封我弟正淳为皇太弟。"

段正淳吃了一惊，忙跪下道："大哥春秋正盛，功德在民，皇天必定保佑，子孙绵绵。这皇太弟一事尽可缓议。"

保定帝伸手扶起，说道："你我兄弟一体，这大理国江山原是你我兄弟同掌，别说我并无子嗣，就是有子有孙，也要传位于你。淳弟，我立你为嗣，此心早决，通国皆知。今日早定名份，也好令延庆太子息了此念。"

段正淳数次推辞，均不获准，只得叩首谢恩。高昇泰等上前道贺。保定帝并无子息，皇位日后势必传于段正淳，原是意料中事，谁也不以为奇。

保定帝道："大家去歇歇罢。延庆太子之事，只可告知华司徒、范司马两人，此外不可泄漏。"众人齐声答应，躬身别。巴天石当下出去向翰林院宣诏。

保定帝用过御膳，小睡片刻，醒来时隐隐听得宫外鼓乐声喧，爆竹连天。内监进来服侍更衣，禀道："陛下册封镇南王为皇太弟，众百姓欢呼庆祝，甚是热闹。"大理国近年来兵革不兴，朝政清明，庶民安居乐业，众百姓对皇帝及镇南王、善阐侯等当国君臣都是十分爱戴。保定帝道："传我旨意，明日大放花灯，大理城金吾不禁，犒赏三军，以酒肉赏赐耆老孤儿。"这道旨意传将下去，大理全城百姓更是欢忭如沸。

到得傍晚，保定帝换了便装，独自出宫。他将大帽压住眉檐，遮住面目。一路上只见众百姓拍手讴歌，青年男女，载歌载舞。当时中原人士视大理国为蛮夷之地，礼仪与中土大不相同，大街上青年男女携手同行，调情嬉笑，旁若无人，谁也不以为怪。保定帝心下暗祝："但愿我大理众百姓世世代代，皆能如此欢乐。"

他出城后快步前行,行得二十余里后上山,越走越荒僻,转过四个山坳,来到一座小小的古庙前,庙门上写着"拈花寺"三字。佛教是大理国教。大理京城内外,大寺数十,小庙以百计,这座"拈花寺"地处偏僻,无甚香火,即是世居大理之人,多半也不知晓。

保定帝站在寺前,默祝片刻,然后上前,在寺门上轻叩三下。过得半晌,寺门推开,走出一名小沙弥来,合什问道:"尊客光降,有何贵干?"保定帝道:"相烦通报黄眉大师,便道故人段正明求见。"小沙弥道:"请进。"转身肃客。保定帝举步入寺,只听得叮叮两声清磬,悠悠从后院传出,霎时之间,只感遍体清凉,意静神闲。

他踏着寺院中落叶,走向后院。小沙弥道:"尊客请在此稍候,我去禀报师父。"保定帝道:"是。"负手站在庭中,眼见庭中一株公孙树上一片黄叶缓缓飞落。他一生极少有如此站在门外等候别人的时刻,但一到这拈花寺中,俗念尽消,浑然忘了自己天南为帝。

忽听得一个苍老的声音笑道:"段贤弟,你心中有何难题?"保定帝回过头来,只见一个满脸皱纹、身形高大的老僧从小舍中推门出来。这老僧两道焦黄长眉,眉尾下垂,正是黄眉和尚。

保定帝双手拱了拱,道:"打扰大师清修了。"黄眉和尚微笑道:"请进。"保定帝跨步走进小舍,见两个中年和尚躬身行礼。保定帝知是黄眉和尚的弟子,当下举手还礼,在西首一个蒲团上盘膝坐下,待黄眉和尚在东首的蒲团坐定,便道:"我有个侄儿段誉,他七岁之时,我曾抱来听师兄讲经。"黄眉僧微笑道:"此子颇有悟性,好孩子,好孩子!"保定帝道:"他受了佛法点化,生性慈悲,不肯学武,以免杀生。"黄眉僧道:"不会武功,也能杀人。会了武功,也未必杀人。"

保定帝道:"是!"于是将段誉如何坚决不肯学武、私逃出门,如何结识木婉清,如何被号称"天下第一恶人"的延庆太子囚在石室之中,源源本本的说了。黄眉僧微笑倾听,不插一言。两名弟子在他身后垂手侍立,更连脸上的肌肉也不牵动半点。

待保定帝说完,黄眉僧缓缓道:"这位延庆太子既是你堂兄,你自己固不便和他动手,就是派遣下属前去强行救人,也是不妥。"保定帝道:"师兄明鉴。"黄眉僧道:"天龙寺中的高僧大德,武功固有高于贤弟的,但他们皆系出段氏,不便参与本族内争,偏袒贤弟。因此也不能向天龙寺求助。"保定帝道:"正是。"

黄眉僧点点头,缓缓伸出中指,向保定帝胸前点去。保定帝微微一笑,伸出食指,对准他的中指一戳,两人都身形一晃,便即收指。黄眉僧道:"段贤弟,我的金刚指力可不能胜你的一阳指啊。"保定帝道:"师兄大智大慧,不必以指力取胜。"黄眉僧低头不语。

保定帝站起来,说道:"五年之前,师兄命我免了大理百姓的盐税,一来国用未足,二来小弟意欲待吾弟正淳接位,再行此项仁政,以便庶民归德吾弟。但明天一早,小弟就颁令废除盐税。"

黄眉僧站起身来,躬身下拜,恭恭敬敬的道:"贤弟造福万民,老僧感德不尽。"

保定帝下拜还礼,不再说话,飘然出寺。

保定帝回到宫中,即命内监宣巴司空前来,告以废除盐税之事。巴天石躬身谢恩,说道:"皇上鸿恩,实是庶民之福。"保定帝道:"宫中一切用度,尽量裁减撙节。你去和华司徒、范司马二人商议商议,瞧有什么地方好省的。"巴天石答应了,辞出宫去。

巴天石当下去约了司徒华赫艮,一齐来到司马范骅府中,告以废除盐税。至于段誉被掳一节,巴天石已先行对华范二人说过。

范骅沉吟道："镇南世子落入奸人之手,皇上下旨免除盐税,想必是意欲邀天之怜,令镇南世子得以无恙归来。咱们不能分君父之忧,有何脸面立身朝堂之上?"巴天石道:"正是,二哥有何妙计,可以救得世子?"范骅道:"对手既是延庆太子,皇上万万不愿跟他正面为敌。我倒有一条计策,只不过要偏劳大哥了。"华司徒忙道:"那有什么偏劳的?二弟快说。"范骅道:"皇上言道,那延庆太子的武功尚胜皇上半筹。咱们硬碰硬的去救人,自然不能。大哥,你二十年前的旧生涯,不妨再干他一次。"华司徒紫膛色的脸上微微一红,笑道:"二弟又来取笑了。"

这华司徒华赫艮本名阿根,出身贫贱,现今在大理国位列三公,未发迹时,干的却是盗墓掘坟的勾当,最擅长的本领是偷盗王公巨贾的坟墓。这些富贵人物死后,必有珍异宝物殉葬,华阿根从极远处挖掘地道,通入坟墓,然后盗取宝物。所花的工程虽巨,却由此而从未为人发觉。有一次他掘入一坟,在棺木中得到了一本殉葬的武功秘诀,依法修习,练成了一身卓绝的外门功夫,便舍弃了这下贱的营生,辅佐保定帝,累立奇功,终于升到司徒之职。他居官后嫌旧时的名字太俗,改名赫艮,除了范骅和巴天石这两个生死之交,极少有人知道他的出身。

范骅道:"小弟何敢取笑大哥?我是想咱们混进万劫谷中,挖掘一条地道,通入镇南世子的石室,然后神不知、鬼不觉的救他出来。"

华赫艮一拍大腿,叫道:"妙极,妙极!"他于盗墓一事,实有天生嗜好,二十年来虽然再不干此营生,偶尔想起,仍是禁不住手痒,只是身居高官,富贵已极,再去盗坟掘墓,却成何体统?这时听范骅一提,不禁大喜。

范骅笑道:"大哥且慢欢喜,这中间着实有些难处。四大恶人都在万劫谷中,锺万仇夫妇和修罗刀也均是极厉害的人物,要避过他们耳目委实不易。再说,那延庆太子坐镇石屋之前,地道在他身底通过,如何方能令他不会察觉?"

华赫艮沉吟半晌,说道:"地道当从石屋之后通过去,避开延庆太子的所在。"巴天石道:"镇南世子时时刻刻都有危险,咱们挖掘地道,只怕工程不小,可来得及么?"华赫艮道:"咱哥儿三人一起干,委曲你们两位,跟我学一学做盗墓的小贼。"巴天石笑道:"既然位居大理国三公,这盗墓掘坟的勾当,自是义不容辞。"三人一齐拊掌大笑。

华赫艮道:"事不宜迟,说干便干。"当下巴天石绘出万劫谷中的图形,华赫艮拟订地道的入口路线,至于如何避人耳目,如何运出地道中所挖的泥土等等,原是他的无双绝技。

这一日一晚之间,段誉每觉炎热烦躁,便展开"凌波微步"身法,在斗室中快步行走,只须走得一两个圈子,心头便感清凉。木婉清却身发高热,神智迷糊,大半时刻都是昏昏沉沉的倚壁而睡。

次日午间,段誉又在室中疾行,忽听得石屋外一个苍老的声音说道:"纵横十九道,迷煞多少人。居士可有清兴,与老僧手谈一局么?"段誉心下奇怪,当即放缓脚步,又走出十几步,这才停住,凑眼到送饭进来的洞孔向外张望。

只见一个满脸皱纹、眉毛焦黄的老僧,左手拿着一个饭碗大小的铁木鱼,右手举起一根黑黝黝的木鱼槌,在铁木鱼上铮铮铮的敲击数下,听所发声音,这根木鱼槌也是钢铁所制。他口宣佛号:"阿弥陀佛,阿弥陀佛!"俯身将木鱼槌往石屋前的一块大青石上划去,嗤嗤声响,石屑纷飞,登时刻了一条直线。段誉暗暗奇怪,这老僧的面貌依稀似乎见过,他手上的劲道好大,这么随手划去,石上便现深痕,就同石匠以铁凿、铁锤慢慢敲凿出来一般,而这条线笔直到底,石匠要凿这样一条直线,更非先用墨斗弹线不可。

石屋前一个郁闷的声音说道："金刚指力,好功夫!"正是那青袍客"恶贯满盈"。他右手铁杖伸出,在青石上划了一条横线,和黄眉僧所刻直线相交,一般的也是深入石面,毫无歪斜。黄眉僧笑道："施主肯予赐教,好极,好极!"又用铁槌在青石上刻了一道直线。青袍客跟着刻了一道横线。如此你刻一道,我刻一道,两人凝聚功力,槌杖越划越慢,不愿自己所刻直线有何深浅不同,歪斜不齐,就此输给了对方。

约莫一顿饭时分,一张纵横十九道的棋盘已然整整齐齐的刻就。黄眉僧寻思："正明贤弟所说不错,这延庆太子的内力果然了得。"延庆太子不比黄眉僧乃有备而来,心下更是骇异："从哪里钻了这样个厉害的老和尚出来?显是段正明邀来的帮手。这和尚跟我缠上了,段正明便乘虚而入去救段誉,我可无法分身抵挡。"

黄眉僧道："段施主功力高深,佩服佩服,棋力想来也必胜老僧十倍,老僧要请施主饶上四子。"青袍客一怔,心想："你指力如此了得,自是大有身份的高人。你来向我挑战,怎能一开口就要我相让?"便道："大师何必过谦?要决胜败,自然是平下。"黄眉僧道："四子是一定要饶的。"青袍客淡然道："大师既自承棋艺不及,也就不必比了。"黄眉僧道："那么就饶三子罢?"青袍客道："便让一先,也是相让。"

黄眉僧道："哈哈,原来你在棋艺上的造诣甚是有限,不妨我饶你三子。"青袍客道："那也不用,咱俩分先对弈便是。"黄眉僧心下惕惧更甚:"此人不骄不躁,阴沉之极,实是劲敌,不管我如何相激,他始终不动声色。"原来黄眉僧并无必胜把握,向知爱弈之人个个好胜,自己开口求对方饶个三子、四子,对方往往答允,他是方外之人,于这虚名看得极淡,倘若延庆太子自逞其能,答应饶子,自己大占便宜,在这场拼斗中自然多居赢面。不料延庆太子既不让人占便宜,也不占人便宜,一丝不苟,严谨无比。

黄眉僧道:"好,你是主人,我是客人,我先下了。"青袍客道:"不!强龙不压地头蛇,我先。"黄眉僧道:"那只有猜枚以定先后。请你猜猜老僧今年的岁数,是奇是偶?猜得对,你先下;猜错了,老僧先下。"青袍客道:"我便猜中,你也要抵赖。"黄眉僧道:"好罢!那你猜一样我不能赖的。你猜老僧到了七十岁后,两只脚的足趾,是奇数呢,还是偶数?"

这谜面出得甚是古怪。青袍客心想:"常人足趾都是十个,当然偶数。他说明到了七十岁后,自是引我去想他在七十岁上少了一枚足趾?兵法云:实则虚之,虚则实之。他便是十个足趾头,却来故弄玄虚,我焉能上这个当?"说道:"是偶数。"黄眉僧道:"错了,是奇数。"青袍客道:"脱鞋验明。"

黄眉僧除下左足鞋袜,只见五个足趾完好无缺。青袍客凝视对方脸色,见他微露笑容,神情镇定,心想:"原来他右足当真只有四个足趾。"见他缓缓除下右足布鞋,伸手又去脱袜,正想说:"不必验了,由你先下就是。"心念一动:"不可上他的当。"只见黄眉僧又除下右足布袜,右足赫然也是五根足趾,哪有什么残缺?

青袍客霎时间转过了无数念头,揣摸对方此举是何用意。只见黄眉僧提起小铁槌挥击下去,喀的一声轻响,将自己右足小趾斩了下来。他身后两名弟子突见师父自残肢体,血流于前,忍不住都"噫"了一声。大弟子破痴从怀中取出金创药,给师父敷上,撕下一片衣袖,包上伤口。

黄眉僧笑道:"老僧今年六十九岁,到得七十岁时,我的足趾是奇数。"

青袍客道:"不错。大师先下。"他号称"天下第一恶人",什么凶残毒辣的事没干过见过,于割下一个小脚指的事哪会放在心上?但想这老和尚为了争一着之先,不惜出此断然手段,可见这盘棋他是志在必胜，倘若自己输了，他所提出的条款定是苛刻无比。

黄眉僧道："承让了。"提起小铁槌在两对角的四四路上各刻了一个小圈，便似是下了两枚白子。青袍客伸出铁杖，在另外两处的四四路上各捺一下，石上出现两处低凹，便如下了两枚黑子。四角四四路上黑白各落两子，称为"势子"，是中国围棋古法，下子白先黑后，与后世亦复相反。黄眉僧跟着在"平位"六三路下了一子，青袍客在九三路应以一子。初时两人下得甚快，黄眉僧不敢丝毫大意，稳稳不失以一根小趾换来的先手。

到得十七八子后，每一着针锋相对，角斗甚剧，同时两人指上劲力不断损耗，一面凝思求胜，一面运气培力，弈得渐渐慢了。

黄眉僧的二弟子破嗔也是此道好手，见师父与青袍客一上手便短兵相接，妙着纷呈，心下暗自惊佩赞叹。看到第二十四着时，青袍客奇兵突出，登起巨变，黄眉僧假使不应，右下角隐伏极大危险，但如应以一子坚守，先手便失。

黄眉僧沉吟良久，一时难以参决，忽听得石屋中传出一个声音说道："反击'去位'，不失先手。"原来段誉自幼便即善弈，这时看着两人枰上酣斗，不由得多口。

常言道得好："旁观者清，当局者迷。"段誉的棋力本就高于黄眉僧，再加旁观，更易瞧出了关键的所在。黄眉僧道："老僧原有此意，只是一时难定取舍，施主此语，释了老僧心中之疑。"当即在"去位"的七三路下了一子。中国古法，棋局分为"平上去入"四格，"去位"是在右上角。

青袍客淡淡的道："旁观不语真君子，自作主张大丈夫。"段誉叫道："你将我关在这里，你早就不是真君子了。"黄眉僧笑道："我是大和尚，不是大丈夫。"青袍客道："无耻，无耻。"凝思片刻，在"去位"捺了个凹洞。

兵交数合，黄眉僧又遇险着。破嗔和尚看得心急，段誉却又不作一声，于是走到石屋之前，低声说道："段公子，这一着该当如何下才是？"段誉道："我已想到了法子，只是这路棋先后共有七着，倘若说了出来，被敌人听到，就不灵了，是以迟疑不说。"破嗔伸出右掌，左手食指在掌中写道："请写。"随即将手掌从洞穴中伸进石屋，口中却道："既是如此，倒也没有法子。"他知青袍客内功深湛，纵然段誉低声耳语，也必被他听去。

段誉心想此计大妙，当即伸指在他掌中写了七步棋子，说道："尊师棋力高明，必有妙着，却也不须在下指点。"破嗔想了一想，觉得这七步棋确是甚妙，于是回到师父身后，伸指在他背上写了起来。他僧袍的大袖罩住了手掌，青袍客自瞧不见他弄什么玄虚。黄眉僧凝思片刻，依言落子。

青袍客哼了一声，说道："这是旁人所教，以大师棋力，似乎尚未达此境界。"黄眉僧笑道："弈棋原是斗智之戏。良贾深藏若虚，能者示人以不能。老僧的棋力若被施主料得洞若观火，这局棋还用下么？"青袍客道："狡狯伎俩，袖底把戏。"他瞧出破嗔和尚来来去去，以袖子覆在黄眉僧背上，其中必有古怪，只是专注棋局变化，心无旁骛，不能再去揣摸别事。

黄眉僧依着段誉所授，依次下了六步棋，这六步不必费神思索，只是专注运功，小铁槌在青石上所刻六个小圈既圆且深，显得神完气足，有余不尽。青袍客见这六步棋越来越凶，每一步都要凝思对付，全然处于守势，铁杖所捺的圆孔便微有深浅不同。到得黄眉僧下了第六步棋，青袍客出神半晌，突然在"入位"下了一子。

这一子奇峰突起，与段誉所设想的毫不相关，黄眉僧一愕，寻思："段公子这七步棋构思精微，待得下到第七子，我已可从一先进而占到两先。但这么一来，我这第七步可就下不得了，那不是前功尽弃么？"原来青袍客眼见形势不利，不论如何应付都是不妥，竟然置之不理，却去攻击对方的另一块棋，这是"不应之应"，着实厉害。黄眉僧皱起了眉头，想不出善着。

破嗔见棋局斗变，师父应接为难，当即奔到石屋之旁。段誉早已想好，将六着棋在他掌中一一写明。破嗔奔回师父身后，伸指在黄眉僧背上书写。

青袍客号称"天下第一恶人"，怎容得对方如此不断弄鬼？左手铁杖伸出，向破嗔肩头凭虚点去，喝道："晚辈弟子，站开了些！"一点之下，发出嗤嗤声响。

黄眉僧眼见弟子抵挡不住，难免身受重伤，伸左掌向杖头抓去。青袍客杖头颤动，点向他左乳下穴道。黄眉僧手掌变抓为斩，斩向铁杖，那铁杖又已变招。顷刻之间，两人拆了八招。黄眉僧心想自己臂短，对方杖长，如此拆招，那是处于只守不攻、有败无胜的局面，眼见铁杖戳来，一指倏出，对准杖头点了过去。青袍客也不退让，铁杖杖头和他手指相碰，两人各运内力拼斗。铁杖和手指登时僵持不动。

青袍客道："大师这一子迟迟不下，棋局上是认输了么？"黄眉僧哈哈一笑，道："阁下是前辈高人，何以出手向我弟子偷袭？未免太失身份了罢。"右手小铁槌在青石上刻个小圈。青袍客更不思索，随手又下一子。这么一来，两人左手比拼内力，固是丝毫松懈不得，而棋局上步步紧逼，亦是处处针锋相对。

黄眉僧五年前为大理通国百姓请命，求保定帝免了盐税，保定帝直到此时方允，双方心照不宣，那是务必替他救出段誉。黄眉僧心想："我自己送了性命不打紧，若不救出段誉，如何对得起正明贤弟？"武学之士修习内功，须得绝无杂念，所谓返照空明，物我两忘，但下棋却是着着争先，一局棋三百六十一路，每一路均须想到，当真是锱铢必较，务须计算精确。这两者互为矛盾，大相凿枘。黄眉僧禅定功夫虽深，棋力却不如对方，潜运内力抗敌，便疏忽了棋局，要是凝神想棋，内力比拼却又处了下风，眼见今日局势凶险异常，当下只有决心一死以报知己，不以一己安危为念。古人言道："哀兵必胜"，黄眉僧这时哀则哀矣，"必胜"却不见得。

大理国三公司徒华赫艮、司马范骅、司空巴天石，率领身有武功的三十名下属，带了木材、铁铲、孔明灯等物，进入万劫谷后森林，择定地形，挖掘地道。三十三人挖了一夜，已开了一条数十丈地道。第二天又挖了半天，到得午后，算来与石屋已相距不远。华赫艮命部属退后接土，单由三人挖掘。三人知道延庆太子武功了得，挖土时轻轻落铲，不敢发出丝毫声响。这么一来，进程便慢了许多。他们却不知延庆太子此时正自殚精竭虑，与黄眉僧既比棋艺，又拼内力，再也不能发觉地底的声响。

掘到申牌时分，算来已到段誉被囚的石室之下。这地方和延庆太子所坐处相距或许不到一丈，更须加倍小心，决不可发出半点声响。华赫艮放下铁铲，便以十根手指抓土，"虎爪功"使将出来，十指便如两只铁爪相似，将泥土一大块一大块的抓下来。范骅和巴天石在后传递，将他抓下的泥土搬运出去。这时华赫艮已非向前挖掘，转为自下而上。工程将毕，是否能救出段誉，转眼便见分晓，三人都不由得心跳加速。

这般自下而上的挖土远为省力，泥土一松，自行跌落，华赫艮站直身子之后，出手更是利落，他挖一会便住手倾听，留神头顶有何响动。这般挖得两炷香时分，估计距地面已不过尺许，华赫艮出手更慢，轻轻拨开泥土，终于碰到了一块平整的木板，心头一喜："石屋地下铺的是地板。行事可更加方便了。"

他凝力于指，慢慢在地板下划了个两尺见方的正方形，托住木板的手一松，切成方块的木板便跌了下来，露出一个可容一人出入的洞孔。华赫艮举起铁铲在洞口挥舞一圈，以防有人突袭，猛听得"啊"的一声，一个女子的声音尖声惊呼。

华赫艮低声道:"木姑娘别叫,是朋友,救你们来啦。"涌身从洞中跳了上去。

放眼看时,这一惊大是不小。这哪里是囚人的石屋了?但见窗明几净,橱中、架上,到处放满了瓶瓶罐罐,一个少女满脸惊惶之色,缩在一角。华赫艮立知自己计算有误,掘错了地方。那石屋的所在全凭保定帝跟巴天石说了,巴天石再转告于他,他怕计谋败露,不敢亲去勘察。这么辗转传告,所差既非厘毫,所谬亦非千里,但总之是大大的不对了。

原来华赫艮所到之处是锺万仇的居室。那少女却是锺灵。她正在父亲房中东翻西抄,要找寻解药去给段誉,哪知地底下突然间钻出一条汉子来,教她如何不大惊失色?

华赫艮心念动得极快:"既掘错了地方,只有重新掘过。我踪迹已现,倘若杀了这小姑娘灭口,万劫谷中见到她的尸体,立时大举搜寻,不等我掘到石屋,这地道便给人发现了。只有暂且将她带入地道,旁人寻她,定会到谷外去找。"

便在此时,忽听得房外脚步声响,有人走近。华赫艮向锺灵摇了摇手,示意不可声张,转过身来,左足跨入洞口,似乎要从洞中钻下,突然间反身倒跃,左掌翻过来按在她嘴上,右手拦腰一抱,将她抱到洞边,塞了下去。范骅伸手接过,抓了一团泥土塞在她嘴里。华赫艮跃回地道,将切下的一块方形地板砌回原处,侧耳从板缝中倾听上面声息。

只听得两个人走进室来。一个男子的声音说道:"你定是对他余情未断,否则我要败坏段家声誉,你为什么要一力阻拦?"一个女子声音嗔道:"什么余不余的?我从来对他就没情。"那男子道:"那就最好不过。好极,好极!"语声中甚是喜欢。那女子道:"不过,木姑娘是我师姊的女儿,总是自己人,你怎能这般难为她?"

华赫艮听到这里，已知这二人便是锺谷主夫妇。听他们商量的事与段誉有关，更留神倾听。

只听锺万仇道："你师姊想去偷偷放走段誉，幸得给叶二娘发觉。你师姊跟咱们已成了对头。你何必再去管她女儿？夫人，厅上这些客人都是大理武林中成名的人物，你对他们毫不理睬，瞪瞪眼便走了进来，未免太……太这个……礼貌欠周。"锺夫人悻悻的道："你请这些家伙来干什么？这些人跟咱们又没多大交情，他们还敢得罪大理国当今皇上么？"

锺万仇道："我又不是请他们来助拳，要他们跟段正明作对造反。凑巧他们都在大理城里，我就邀了来喝酒，好让大家作个见证，段正淳的亲生儿子和亲生女儿同处一室，淫秽乱伦，如同禽兽。今日请来的宾客之中，还有几个是来自北边的中原豪杰。明儿一早，咱们去打开石屋门，让大家开开眼界，瞧瞧一阳指段家传人的德性，那不是有趣得紧么？这还不名扬江湖么？"说着哈哈大笑，极是得意。

锺夫人哼的一声，道："卑鄙，卑鄙！无耻，无耻！"锺万仇道："你骂谁卑鄙无耻了？"锺夫人道："谁干卑鄙无耻之事，谁就卑鄙无耻，用不着我来骂。"锺万仇道："是啊，段正淳这恶徒自逞风流，多造冤孽，到头来自己的亲生儿女相恋成奸，当真是卑鄙无耻之极了。"锺夫人冷笑了两声，并不回答。锺万仇道："你为什么冷笑？'卑鄙无耻'四个字，骂的不是段正淳么？"锺夫人冷笑道："自己斗不过段家，一生在谷中缩头不出，那也罢了，所谓知耻近乎勇，这还算是个人。哪知你却用这等手段去摆布他的儿子女儿，天下英雄耻笑的决不是他，而是你锺万仇！"

锺万仇跳了起来，怒道："你……你骂我卑鄙无耻？"

锺夫人流下泪来，哽咽道："想不到我所嫁的丈夫，寄托终身的良人，竟是……竟是这么一号人物。我……我……我好命苦！"

钟万仇一见妻子流泪,不由得慌了手脚,道:"好!好!你爱骂我,就骂个痛快罢!"在室中大踱步走来走去,想说几句向妻子陪罪的言语,一时却想不出如何措词,说道:"这又不是我的主意。段誉是南海鳄神捉来的,木婉清是'恶贯满盈'所擒,那'阴阳和合散'也是他的。我怎会有这种卑鄙无耻的药物?"这时只想推卸责任。钟夫人冷笑道:"你如知道什么是卑鄙无耻,倒也好了。你要是不赞成这主意,那就该将木姑娘放出来啊。"钟万仇道:"那不成,那不成!放了木婉清,段誉这小鬼一个人还做得出什么好戏?"

钟夫人道:"好!你卑鄙无耻,我也就做点卑鄙无耻的事给你瞧瞧。"钟万仇大惊,忙问:"你……你……你要做什么?"钟夫人哼了一声,道:"你自己去想好了。"钟万仇颤声道:"你……你又要跟段正淳……段正淳这恶贼去私通么?"钟夫人怒道:"什么又不又的!"钟万仇忙陪笑道:"夫人,你别生气,我说错了话,你从来没跟他……跟他那个过。你说要做些卑鄙无耻的事给我瞧瞧,这是……这是开玩笑罢?"钟夫人不答。

钟万仇心惊意乱,一瞥眼见到后房藏药室中瓶罐凌乱,便道:"哼,灵儿这孩子也真胡闹,小小年纪,居然来问我'阴阳和合散'什么的,不知她从哪里听来的,又到这里来乱搅一起。"说着走到药架边去整理药瓶,一足踏在那块切割下来的方板之上。华赫艮忙使劲托住,防他发觉。

钟夫人道:"灵儿呢?她到哪里去了?你刚才又何必带她到大厅上去见客?"钟万仇笑道:"我跟你生下这么个美貌姑娘,怎可不让好朋友们见见?"钟夫人道:"猴儿献宝吗?我瞧云中鹤这家伙的一对贼眼,不断骨溜溜的向灵儿打量,你可得小心些。"钟万仇笑道:"我只小心你一个人,似你这般花容月貌的美人儿,哪一个不想打你的主意?"

钟夫人啐了一口，叫道："灵儿，灵儿！"一名丫环走了过来，道："小姐刚才还来过的。"钟夫人点了点头，道："你去请小姐来，我有话说。"

钟灵在地板之下，对父母的每一句话都听得清清楚楚，苦于无法叫嚷，心下惶急，而口中塞满了泥土，更是难受之极。

钟万仇道："你歇一会儿，我出去陪客。"钟夫人冷冷的道："还是你歇一会，我去陪客。"钟万仇道："咱俩一起去罢。"钟夫人道："客人想瞧我的花容月貌啊，瞧着你这张马脸挺有趣吗？哪一天连我也瞧得厌了，你就知道滋味了。"

这几日来钟万仇动辄得咎，不论说什么话，总是给妻子没头没脑的讥嘲一番，明知她是和段正淳久别重逢之后，回思旧情，心绪不佳。他心下虽恼，却也不敢反唇相稽，只得嘻嘻一笑，往大厅而去，一路上只想："她要做什么卑鄙无耻之事给我瞧瞧？她说'哪一天连我也瞧得厌了'，那么现下对我还没瞧厌，大事倒还不妨。就只怕段正淳这狗贼……"

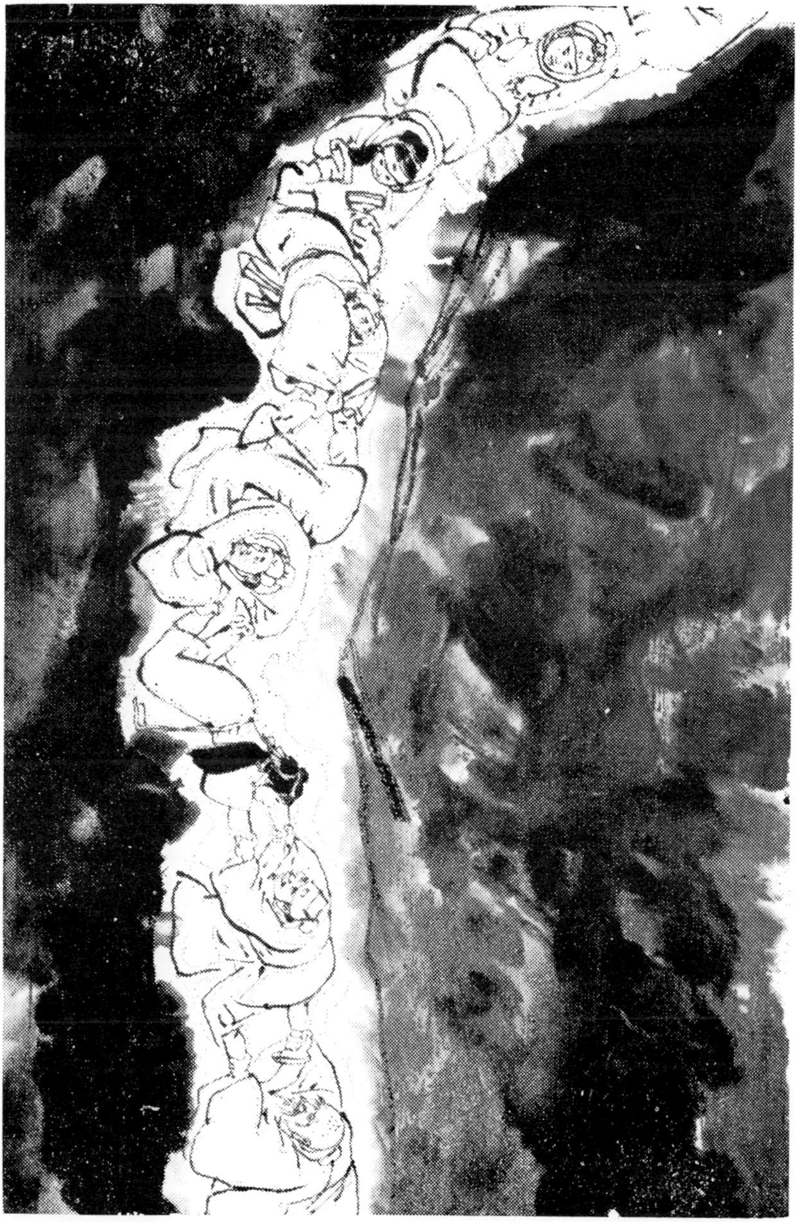

这一连串人都是双手抓着前人足踝,在黑漆一团的地道之中,只觉自身内力不住的奔泻而出,人人惊骇无比。

九

换巢鸾凤

保定帝下旨免了盐税，大理国万民感恩。云南产盐不多，通国只白井、黑井、云龙等九井产盐，每年须向蜀中买盐，盐税甚重，边远贫民一年中往往有数月淡食。保定帝知道盐税一免，黄眉僧定要设法去救段誉以报。他素来佩服黄眉僧的机智武功，又知他两名弟子也是武功不弱，师徒三人齐出，当可成功。

哪知等了一日一夜，竟全无消息，待要命巴天石去探听动静，不料巴天石以及华司徒、范司马三人都不见了。保定帝心想："莫非延庆太子当真如此厉害，黄眉师兄师徒三人，连我朝中三公，尽数失陷在万劫谷中？"当即宣召皇太弟段正淳、善阐侯高昇泰，以及褚万里等四大护卫，连同镇南王妃刀白凤，再往万劫谷而去。刀白凤爱子心切，求保定帝带同御林军，索性一举将万劫谷扫平。保定帝道："非到最后关头，咱们总是按照江湖规矩行事。段氏数百年来的祖训，咱们不可违背了。"

一行人来到万劫谷谷口，只见云中鹤笑吟吟的迎了上来，深深一揖，说道："我们'天下四恶'和锺谷主料到大驾今日定要再度光临，在下已在此恭候多时。倘若阁下带得有铁甲军马，我们便逃之夭夭，带同镇南王的公子和千金一走了之。要是按江湖规矩，以武会友，便请进大厅奉茶。"

保定帝见对方十分镇定，显是有恃无恐的模样，不像前日一上来便是乒乒乓乓的大战一场，反而更为心惊，当下还了一揖，说道："如此甚好。"云中鹤当先领路，一行人来到大厅之中。

保定帝踏进厅门，但见厅中济济一堂，坐满了江湖豪杰，叶二娘、南海鳄神皆在其内，却不见延庆太子，心下又是暗暗戒备。云中鹤大声道："天南段家掌门人段老师到。"他不说"大理国皇帝陛下"，却以武林中名号相称，点明一切要以江湖规矩行事。

段正明别说是一国之尊，单以他在武林中的声望地位而论，也是人人敬仰的高手宗师，群雄一听，都立刻站起。只有南海鳄神却仍是大剌剌的坐着，说道："我道是谁，原来是皇帝老儿。你好啊？"锺万仇抢上数步，说道："锺万仇未克远迎，还请恕罪。"保定帝道："好说，好说！"

当下各人分宾主就坐。既是按江湖规矩行事，段正淳夫妇和高昇泰就不守君臣之礼，坐在保定帝下首。褚万里等四人则站在保定帝身后。谷中侍仆献上茶来。保定帝见黄眉僧师徒和巴天石等不在厅上，心下盘算如何出言相询。只听锺万仇道："段掌门再次光临，在下的面子可就大得很了。难得许多位好朋友同时在此，我给段掌门引见引见。"于是说了厅上群豪的名头，有几个是来自北边的中原豪杰，其余均是大理武林中的成名人物，辛双清、左子穆、马五德都在其内。保定帝大半不曾见过，却也均闻其名。这些江湖群豪与保定帝一一见礼。有些加倍恭谨，有些故意的特别傲慢，有些则以武林后辈的身份相见。

锺万仇道："段老师难得来此，不妨多盘桓几日，也好令众位兄弟多多请益。"保定帝道："舍侄段誉得罪了锺谷主，被扣贵处，在下今日一来求情，二来请罪。还望锺谷主瞧在下薄面，恕过小儿无知，在下感激不尽。"

群豪一听，都暗暗钦佩："久闻大理段皇爷以武林规矩接待同道，果然名不虚传。此处是大理国治下，他只须派遣数百兵马，立时便可拿人，他居然亲身前来，好言相求。"

钟万仇哈哈一笑，尚未答话。马五德说道："原来段公子得罪了钟谷主。段公子这次去到普洱舍下，和兄弟同去无量山游览，在下照顾不周，以致生出许多事来。在下也要求一份情。"

南海鳄神突然大声喝道："我徒儿的事，谁要你来啰哩啰唆？"高昇泰冷冷的道："段公子是你师父，你是磕过头、拜过师的，难道想赖帐？"南海鳄神满脸通红，骂道："你奶奶的，老子不赖。老子今天就杀了这个有名无实的师父。老子一不小心，拜了这小子为师，丑也丑死了。"众人不明就里，无不大感诧异。

刀白凤道："钟谷主，放与不放，但凭阁下一言。"钟万仇笑道："放，放，放！自然放，我留着令郎干什么？"云中鹤插口道："段公子风流英俊，钟夫人'俏药叉'又是位美貌佳人，将段公子留在谷中，那不是引狼入室、养虎贻患吗？钟谷主自然要放，不能不放，不敢不放！"群豪一听，无不愕然，均觉这"穷凶极恶"云中鹤说话肆无忌惮，丝毫不将钟万仇放在眼里，"穷凶极恶"之名，端的不假。钟万仇大怒，转头说道："云兄，此间事了之后，在下还要领教领教阁下的高招。"云中鹤道："妙极，妙极！我早就想杀其夫而占其妻，谋其财而居其谷。"

群豪尽皆失色。无量洞洞主辛双清道："江湖上英雄好汉并未死绝，你'天下四恶'身手再高，终究要难逃公道。"叶二娘娇声嗲气的道："辛道友，我叶二娘可没冒犯你啊，怎地把我也牵扯在一起了？"左子穆想起她掳劫自己幼儿之事，兀自心有余悸，偷偷斜睨她一眼。叶二娘吃吃而笑，说道："左先生，你的小公子长得更加肥肥白白了罢？"左子穆不敢不答，低声道："上次他受了风寒，迄今患病未愈。"叶二娘笑道："啊，那都是我的不好。回头我瞧瞧山山这乖孙子去。"左子穆大惊，忙道："不敢劳动大驾。"

保定帝寻思："'四恶'为非作歹，结怨甚多。这些江湖豪士显然并非他们的帮手，事情便又好办得多。待救出誉儿之后，不妨伺机除去大害。'四恶'之首的延庆太子虽为段门中人，我不便亲自下手，但他终究有当真'恶贯满盈'之日。"

刀白凤听众人言语杂乱，将话题岔了开去，霍地站起，说道："锺谷主既然答允归还小儿，便请唤他出来，好让我母子相见。"

锺万仇也站了起来，道："是！"突然转头，狠狠瞪了段正淳一眼，叹道："段正淳，你已有了这样的好老婆、好儿子，怎地兀自贪心不足？今日声名扫地，丢尽脸面，是你自作自受，须怪我锺万仇不得。"

段正淳听锺万仇答允归还儿子，料想事情决不会如此轻易了结，对方定然安排下阴谋诡计，此时听他如此说，当即站起，走到他身前，说道："锺谷主，你若蓄意害人，段正淳自也有法子教你痛悔一世。"

锺万仇见他相貌堂堂，威风凛凛，气度清贵高华，自己实是远远不如，这一自惭形秽，登时妒火填膺，大声道："事已如此，锺万仇便是家破人亡，碎尸万段，也跟你干到底了。你要儿子，跟我来罢！"说着大踏步走出厅门。

一行人随着锺万仇来到树墙之前，云中鹤炫耀轻功，首先一跃而过。段正淳心想今日之事已无善罢之理，不如先行立威，好教对方知难而退，便道："笃诚，砍下几株树来，好让大伙儿行走。"古笃诚应道："是！"举起钢斧，擦擦擦几响，登时将一株大树砍断。傅思归双掌推出，那断树喀喇喇声响，倒在一旁。钢斧白光闪耀，接连挥动，响声不绝，大树一株株倒下，片刻间便砍倒了五株。

锺万仇这树墙栽植不易，当年着实费了一番心血，被古笃诚接连砍倒了五株大树，不禁勃然大怒，但转念又想："大理段氏今日要大大的出丑,这些小事,我也不来跟你计较。"当即从空缺处走了进去。

只见树墙之后,黄眉僧和青袍客的左手均是抵住一根铁杖,头顶白气蒸腾,正在比拼内力。黄眉僧忽然伸出右手,用小铁槌在身前青石上画了个圈。青袍客略一思索,右手铁杖在青石上捺落。保定帝凝目看去,登时明白:"原来黄眉师兄一面跟延庆太子下棋,一面跟他比拼内力,既斗智,复斗力,这等别开生面的比赛,实是凶险不过。他一直没有给我回音,看来这场比赛已持续了一日一夜,兀自未分胜败。"向棋局上一瞥,见两人正在打一个"生死劫",胜负之数,全是系于此劫,不过黄眉僧落的是后手,一块大棋苦苦求活。黄眉僧的两名弟子破痴、破嗔却已倒在地下,动弹不得。原来二僧见师父势危,出手夹击青袍客,却均被他铁杖点倒。

段正淳上前解开了二人穴道,喝道:"万里,你们去推开大石,放誉儿出来。"褚万里等四人齐声答应,并肩上前。

锺万仇喝道:"且慢!你们可知这石屋之中,还有什么人在内?"段正淳怒道:"锺谷主,你若以歹毒手段摆布我儿,须知你自己也有妻女。"锺万仇冷笑道:"嘿嘿,不错,我锺万仇有妻有女,天幸我没有儿子,我儿子更不会和我亲生女儿干那乱伦的兽行。"段正淳脸色铁青,喝道:"你胡说八道什么?"锺万仇道:"木婉清是你的私生女儿,是不是?"段正淳怒道:"木姑娘的身世,要你多管什么闲事?"

锺万仇笑道:"哈哈,那也未必是什么闲事。大理段氏,天南为皇,独霸一方,武林中也是响当当的声名。各位英雄好汉,大家睁开眼睛瞧瞧,段正淳的亲生儿子和亲生女儿,却在这儿乱伦,就如禽兽一般的结成夫妻啦!"他向南海鳄神打个手势,两人伸手便去推那挡在石屋的大石。

段正淳道:"且慢!"伸手去拦。叶二娘和云中鹤各出一掌,分从左右袭来。段正淳竖掌一挡。高昇泰侧身斜上,去格云中鹤的手掌。不料叶云二人这两掌都是虚招,右掌一晃之际,左掌同时反推,也都击在大石之上。这大石虽有数千斤之重,但在锺万仇、南海鳄神、叶二娘、云中鹤四人合力推击之下,登时便滚在一旁。这一着是四人事先计议定当了的,虚虚实实,段正淳竟然无法拦阻。其实段正淳也是急于早见爱子,并没真的如何出力拦阻。但见大石滚开,露出一道门户,望进去黑黝黝的,瞧不清屋内情景。

锺万仇笑道:"孤男寡女,赤身露体的躲在一间黑屋子里,还能有什么好事做出来?哈哈,哈哈,大家瞧明白了!"

锺万仇大笑声中,只见一个青年男子披头散发,赤裸着上身走将出来,下身只系着一条短裤,露出了两条大腿,正是段誉,手中横抱着一个女子。那女子缩在他的怀里,也只穿着贴身小衣,露出了手臂、大腿、背心上雪白粉嫩的肌肤。

保定帝满脸羞惭。段正淳低下了头不敢抬起。刀白凤双目含泪,喃喃的道:"冤孽,冤孽!"高昇泰解下长袍,要去给段誉披在身上。马五德一心要讨好段氏兄弟,忙闪身遮在段誉身前。南海鳄神叫道:"王八羔子,滚开!"

锺万仇哈哈大笑,十分得意,突然间笑声止歇,顿了一顿,蓦地里惨声大叫:"灵儿,是你么?"

群豪听到他叫声,无不心中一凛,只见锺万仇扑向段誉身前,夹手去夺他手中横抱着的女子。这时众人已然看清这女子的面目,但见她年纪比木婉清幼小,身材也较纤细,脸上未脱童稚之态,哪里是木婉清了,却是锺万仇的亲生女儿锺灵。当群豪初到万劫谷时,锺万仇曾带她到大厅上拜见宾客,炫示他有这么一个美丽可爱的女儿。

段誉迷惘中见到许多人围在身前,认出伯父和父母都到了,忙脱手放开锺灵,任由锺万仇抱去,叫道:"妈,伯父,爹爹!"

刀白凤忙抢上前去，将他搂在怀里，问道："誉儿，你……你怎么了？"段誉手足无措，说道："我……我不知道啊！"

钟万仇万不料害人反而害了自己，哪想得到段誉从石屋中抱将出来的，竟会是自己的女儿？他一呆之下，放下女儿。钟灵只穿着贴身的短衣衫裤，斗然见到这许多人，只羞得满脸飞红。钟万仇解下身上长袍，将她裹住，跟着重重便是一掌，击得她左颊红肿了起来，骂道："不要脸！谁叫你跟这小畜生在一起？"钟灵满腹含冤，哭了起来，一时哪里能够分辩？

钟万仇忽想："那木婉清明明关在石屋之中，谅她推不开大石，必定还在屋内，我叫她出来，让她分担灵儿的羞辱。"大声叫道："木姑娘，快出来罢！"他连叫三声，石屋内全无声息。钟万仇冲进门去，石屋只丈许见方，一目了然，哪里有半个人影？钟万仇气得几乎要炸破胸膛，翻身出来，挥掌又向女儿打去，喝道："我毙了你这臭丫头！"

蓦地里旁边伸出一只手掌，无名指和小指拂向他手腕。钟万仇急忙缩手相避，见出手拦阻的正是段正淳，怒道："我自管教我女儿，跟你有什么相干？"

段正淳笑吟吟的道："钟谷主，你对我孩儿可优待得紧啊，怕他独自一个儿寂寞，竟命你令爱千金相陪。在下实在感激之至。既然如此，令爱已是我段家的人了，在下这可不能不管。"钟万仇怒道："怎么是你段家的人？"段正淳笑道："令爱在这石屋之中服侍小儿段誉，历时已久。孤男寡女，赤身露体的躲在一间黑屋子里，还能有什么好事做出来？我儿是镇南王世子，虽然未必能娶令爱为世子正妃，但三妻四妾，有何不可？你我这可不是成了亲家么？哈哈，哈哈，呵呵呵！"钟万仇狂怒不可抑制，扑将过来，呼呼呼连击三掌。段正淳笑声不绝，一一化解了开去。

群豪均想："大理段氏果是厉害，不知用了什么法子，竟将钟谷主的女儿掉了包,囚在石室之中。锺万仇身在大理,却无端端的去跟段家作对,那不是自讨苦吃吗?"

原来这件事正是华赫艮等三人做下的手脚。华赫艮将锺灵擒入地道,本意是不令她泄漏了地道的秘密,后来听到锺万仇夫妇对话,才知锺万仇和延庆太子安排下极毒辣的诡计,立意败坏段氏名声。三人在地道中低声商议,均觉此事牵连重大,且甚为紧急。一待锺夫人离去,巴天石当即悄悄钻出,施展轻功,踏勘了那石屋的准确方位和距离,由华赫艮重定地道的路线。众人加紧挖掘,又忙了一夜,直到次晨,才掘到了石屋之下。

华赫艮掘入石屋,只见段誉正在斗室中狂奔疾走,状若疯颠,当即伸手去拉,岂知段誉身法既迅捷又怪异,始终拉他不着。巴天石和范骅齐上合围,向中央挤拢。石室实在太小,段誉无处可以闪避,华赫艮一把抓住了他手腕,登时全身大震,有如碰到一块热炭相似,当下用力相拉,只盼将他拉入地道,迅速逃走。哪知刚一使劲,体内真气便向外急涌,忍不住"哎哟"一声,叫了出来。巴天石和范骅拉着华赫艮用力一扯,三人合力,才脱去了"北冥神功"吸引真气之厄。大理三公的功力,比之无量剑弟子自是高得多了,又是见机极快,应变神速,饶是如此,三人都已吓出了一身冷汗,心中均道:"延庆太子的邪法当真厉害。"再也不敢去碰段誉身子。

正在无法可施的当儿,屋外人声喧扰,听得保定帝、镇南王等都已到来,锺万仇大声讥嘲。范骅灵机一动:"这锺万仇好生可恶,咱们给他大大的开个玩笑。"当即除下锺灵的外衫,给木婉清穿上,再抱起锺灵,交给段誉。段誉迷迷糊糊的接过。华赫艮等三人拉着木婉清进了地道,合上石板,哪里还有半点踪迹可寻?

保定帝见侄儿无恙,想不到事情竟演变成这样,又是欣慰,又觉好笑,一时也推想不出其中原由,但想黄眉僧和延庆太子比拼内力,已到了千钧一发的关头,稍有差池立时便有性命之忧,当即回身去看两人角逐。只见黄眉僧额头汗粒如豆,一滴滴的落在棋局之上,延庆太子却仍是神色不变,若无其事,显然胜败已判。

段誉神智一清,也即关心棋局的成败,走到两人身侧,观看棋局,见黄眉僧劫材已尽,延庆太子再打一个劫,黄眉僧便无棋可下,势非认输不可。只见延庆太子铁杖伸出,便往棋局中点了下去,所指之处,正是当前的关键,这一子下定,黄眉僧便无可救药,段誉大急,心想:"我且给他混赖一下。"伸手便向铁杖抓去。

延庆太子的铁杖刚要点到"上位"的三七路上,突然间掌心一震,右臂运得正如张弓满弦般的真力如飞般奔泻而出。他这一惊自是不小,斜眼微睨,但见段誉拇指和食指正捏住了铁杖杖头。段誉只盼将铁杖拨开,不让他在棋局中的关键处落子,但这根铁杖竟如铸定在空中一般,竟是纹丝不动,当即使劲推拨,延庆太子的内力便由他少商穴而涌入他体内。

延庆太子大惊之下,心中只想:"星宿海丁老怪的化功大法!"当下气运丹田,劲贯手臂,铁杖上登时生出一股强悍绝伦的大力,一震之下,便将段誉的手指震脱了铁杖。

段誉只觉半身酸麻,便欲晕倒,身子晃了几下,伸手扶住面前青石,这才稳住。但延庆太子所发出的雄浑内劲,却也有一小半犹如石沉大海,不知去向,他心中惊骇,委实非同小可,铁杖垂下,正好点在"上位"的七八路上。只因段誉这么一阻,他内力收发不能自如,铁杖下垂,尚挟余劲,自然而然的重重戳落。延庆太子暗叫:"不好!"急忙提起铁杖,但七八路的交叉线上,已戳出了一个小小凹洞。

高手下棋,自是讲究落子无悔,何况刻石为枰,陷石为子,内力所到处石为之碎,如何能下了不算?但这"上"位的七八路,乃是自己填塞了一只眼。只要稍明弈理之人,均知两眼是活,一眼即死。延庆太子这一大块棋早就已做成两眼，以此为攻逼黄眉僧的基地，决无自己去塞死一只活眼之理。然而此子既落，虽为弈理所无，总是功力内劲上有所不足。

延庆太子暗叹："棋差一着，满盘皆输，这当真是天意吗？"他是大有身份之人，决不肯为此而与黄眉僧再行争执，当即站起身来，双手按在青石岩上，注视棋局，良久不动。

群豪大半未曾见过此人，见他神情奇特，群相注目。只见他瞧了半晌，突然间一言不发的撑着铁杖，杖头点地，犹如踩高跷一般，步子奇大，远远的去了。

蓦地里喀喀声响，青石岩晃了几下，裂成六七块散石，崩裂在地，这震烁今古的一局棋就此不存人世。群豪惊噫出声，相顾骇然，除了保定帝、黄眉僧、三大恶人之外，均想："这个人不像人、鬼不像鬼，活尸一般的青袍客，武功竟然这等厉害。"

黄眉僧侥幸胜了这局棋，双手据膝，怔怔出神，回思适才种种惊险情状，心中始终难以宁定，实不知延庆太子何以在稳操胜券之际，突然将他自己一块棋中的两只眼填塞了一只。难道眼见段正明这等高手到来，生怕受到围攻，因而认输逃走吗？但他这面帮手也是不少，未必便斗不过。

保定帝和段正淳、高昇泰等对这变故也均大惑不解，好在段誉已然救出，段氏清名丝毫无损，延庆太子败棋退走，这一役大获全胜，其中猜想不透的种种细节也不用即行查究。段正淳向锺万仇笑道："锺谷主，令爱既成我儿姬妾，日内便即派人前来迎娶。愚夫妇自当爱护善待，有若亲女，你尽管放心好了。"

锺万仇正自怒不可遏，听得段正淳如此出言讥刺，刷的一声，拔出腰间佩刀，便往锺灵头上砍落，喝道："气死我了，我先杀了这贱人再说。"

蓦地里一条长长的人影飘将过来，迅捷无比的抱住锺灵，便如一阵风般倏然而过，已飘在数丈之外。嗒的一声响，锺万仇一刀砍在地下，瞧抱着锺灵那人时，却是"穷凶极恶"云中鹤，怒喝："你……你干什么？"

云中鹤笑道："你这个女儿自己不要了，就算已经砍死了，那就送给我罢。"说着又飘出数丈。他知别说保定帝和黄眉僧的武功远胜于己，便段正淳和高昇泰，也均是了不起的人物，是以打定主意抱着锺灵便溜，眼见巴天石并不在场，自己只要施展轻功，这些人中便无一追赶得上。

锺万仇知他轻功了得，只急得双足乱跳，破口大骂。保定帝等日前见过他和巴天石绕圈追逐的身手，这时见他虽然抱着锺灵，仍是一飘一晃的轻如无物，也都奈何他不得。

段誉灵机一动，叫道："岳老三，你师父有命，快将这个小姑娘夺下来。"南海鳄神一怔，怒道："妈巴羔子，你说什么？"段誉道："你拜了我为师，头也磕过了，难道想赖？你说过的话是放屁么？你定是想做乌龟儿子王八蛋了！"南海鳄神横眉怒目的喝道："我说过的话自然算数，你是我师父便怎样？老子恼将起来，连你这师父也一刀杀了。"段誉道："你认了便好。这个姓锺的小姑娘是我妻子，就是你的师娘，快去给我夺回来。这云中鹤侮辱她，就是辱你师娘，你太也丢脸了，太不是英雄好汉了。"

南海鳄神一怔，心想这话倒也有理，忽然想起木婉清是他妻子，怎么这姓锺的小姑娘也是他的妻子了？问道："究竟我有几个师娘？"段誉道："你别多问，总而言之，倘若你夺不回你这个师娘，你就太也丢脸。这里许多好汉个个亲眼看见，你连第四恶人云中鹤也斗不过，那你就降为第五恶人，说不定是第六恶人了。"要南海鳄神排名在云中鹤之下，那比杀了他的头还要难过，一声狂吼，拔足便向云中鹤赶去，叫道："快放下我师娘来！"

云中鹤纵身向前飘行，叫道："岳老三真是大傻瓜，你上了人

· 315 ·

家大当啦！"南海鳄神最爱自认了不起，云中鹤当着这许多人的面说他上了人家的当，更令他怒火冲天，大叫："我岳老二怎会上别人的当？"当即提气急追。两人一前一后，片刻间已转过了山坳。

钟万仇狂怒中刀砍女儿，但这时见女儿为恶徒所擒，毕竟父女情深，又想到妻子问起时无法交代，情急之下，也提刀追了下去。

保定帝当下和群豪作别，一行离了万劫谷，径回大理城，一齐来到镇南王府。华赫艮、范骅、巴天石三人从府中迎将出来，身旁一个少女衣饰华丽，明媚照人，正是木婉清。

范骅向保定帝禀报华赫艮挖掘地道、将钟灵送入石屋之事，于救出木婉清一节却含糊带过。众人才知钟万仇害人不成，反害自己，原来竟因如此，尽皆大笑。

那"阴阳和合散"药性虽然猛烈，却非毒药，段誉和木婉清服了些清泻之剂，又饮了几大碗冷水，便即消解。

午间王府设宴。众人在席上兴高采烈的谈起万劫谷之事，都说此役以黄眉僧与华赫艮两人功劳最大，若不是黄眉僧牵制住了段延庆，则挖掘地道非给他发觉不可。

刀白凤忽道："华大哥，我还想请你再辛苦一趟。"华赫艮道："王妃吩咐，自当遵命。"刀白凤道："请你派人将这条地道去堵死了。"华赫艮一怔，应道："是。"却不明她的用意。刀白凤向段正淳瞪了一眼，说道："这条地道通入钟夫人的居室，若不堵死，就怕咱们这里有一位仁兄，从此天天晚上要去钻地道。"众人哈哈大笑。

木婉清隔不多久，便向段誉偷眼瞧去，每当与他目光相接，两人立即转头避开。她自知此生此世与他已休想成为夫妇，想起这几天两人石屋共处的情景，更是黯然神伤。只听众人谈论钟灵要成为段誉的姬妾，又说她虽给云中鹤擒去，但南海鳄神与钟万仇两人联手,定能将她救回,又听保定帝吩咐褚古傅朱四人,饭后即去打探钟灵的讯息,设法保护,木婉清越听越怒,从怀中摸出一只小小金盒,便是当日钟夫人要段誉来求父亲相救钟灵的信物,伸手递到段正淳面前,说道:"甘宝宝给你的!"

段正淳一愕,道:"什么?"木婉清怒道:"是钟灵这小丫头的生辰八字。"持着金盒将段誉一指,又道:"甘宝宝叫他给你。"

段正淳接了过来,心中一酸,他早认得这金盒是当年自己与甘宝宝定情之夕给她的,打开盒盖,见盒中一张小小红纸,写着:"乙未年十二月初五丑时"十个小字,字迹歪歪斜斜,正是甘宝宝的手笔。

刀白凤冷冷的道:"那好得很啊,人家把女儿的生辰八字也送过来了。"

段正淳翻过红纸,只见背后写着几行极细的小字:"伤心苦候,万念俱灰。然是儿不能无父,十六年前朝思暮盼,只待君来。迫不得已,于乙未年五月归于钟氏。"字体纤细,若非凝目以观,几乎看不出来。段正淳想起对甘宝宝辜负良深,眼眶登时红了,突然间心念一动,顷刻间便明白了这几行字的含义:"宝宝于乙未年五月嫁给钟万仇,钟灵却是该年十二月初五生的,多半便不是钟万仇的女儿。宝宝苦苦等候我不至,说'是儿不能无父',又说'迫不得已'而嫁,自是因为有了身孕,不能未嫁生儿。那么钟灵这孩儿却是我的女儿。正是……正是那时候,十六年前的春天,和她欢好未满一月,便有了钟灵这孩儿……"想明白此节,脱口叫道:"啊哟,不成!"

刀白凤问道:"什么不成?"段正淳摇摇头,苦笑道:"钟万仇这家伙……这家伙心术太坏,安排了这等毒计,陷害我段氏满门,咱们决不能……决不能跟他结成亲家。此事无论如何不可!"刀白凤听他这几句吞吞吐吐,显然是言不由衷,将他手中的红纸条接过来一看,微一凝思,已明其理,忍不住哈哈大笑,说道:"原来……原来,哈哈,锺灵这小丫头,也是你的私生女儿。"怒气上冲,反手就是一掌。段正淳侧头避开。

厅上众人俱都十分尴尬。保定帝微笑道:"既是如此,这事也只好作为罢论了……"

只见一名家将走到厅口,双手捧着一张名帖,躬身说道:"虎牢关过彦之过大爷求见王爷。"段正淳心想这过彦之是伏牛派掌门柯百岁的大弟子,外号叫作"追魂鞭",据说武功颇为了得,只是跟段家素无往来,不知路远迢迢的前来何事,当即站起身来,向保定帝道:"这人不知来干什么,兄弟出去瞧瞧。"

保定帝微笑点头,心想:"这'追魂鞭'来得巧,你正好乘机脱身。"

段正淳走出花厅,高昇泰与褚、古、傅、朱跟随在后。踏进大厅,只见一个身材高大的中年汉子坐在西首椅上。那人一身丧服,头戴麻冠,满脸风尘之色,双目红肿,显是家有丧事、死了亲人,见到段正淳进厅,便即站起,躬身行礼,说道:"河南过彦之拜见王爷。"段正淳还礼道:"过老师光临大理,小弟段正淳未曾远迎,还乞恕罪。"过彦之心想:"素闻大理段氏兄弟大富大贵而不骄,果然名不虚传。"说道:"过彦之草野匹夫,求见王爷,实是冒昧。"段正淳道:"'王爷'爵位仅为俗人而设。过老师的名头在下素所仰慕,大家兄弟相称,不必拘这虚礼。"引见高昇泰后,三人分宾主坐下。

过彦之道:"王爷,我师叔在府上寄居甚久,便请告知,请出一见。"段正淳奇道:"过兄的师叔?"心想:"我府里哪里有什么伏牛派的人物?"过彦之道:"敝师叔改名换姓,借尊府避难,未敢向王爷言明,实是大大的不敬,还请王爷宽洪大量,不予见怪，在下这里谢过了。"说着站起来深深一揖。段正淳一面还礼，一面思索，实想不起他师叔是谁？

高昇泰也自寻思："是谁？是谁？"蓦地里想起了那人的外号和姓氏，心道："必定是他！"向身旁家丁道："到帐房去对霍先生说，河南追魂鞭过大爷到了，有要紧事禀告'金算盘'崔老前辈，请他到大厅一叙。"

那家丁答应了进去。过不多时，只听得后堂踢踢蹋蹋脚步声响，一个人拖泥带水的走来，说道："你这一下子，我这口闲饭可就吃不成了。"

段正淳听到"金算盘崔老前辈"这七字，脸色微变，心道："难道'金算盘崔百泉'竟是隐迹于此？我怎地不知？高贤弟却又不跟我说？"只见一个形貌猥琐的老头儿笑嘻嘻的走出来，却是帐房中相助照管杂务的霍先生。此人每日不是在醉乡之中，便是与下人赌钱，最是怠懒无聊，帐房中只因他钱银面上倒十分规矩，十多年来也就一直容他胡混。段正淳大是惊讶："这霍先生当真便是崔百泉？我有眼无珠，这张脸往哪里搁去？"幸好高昇泰一口便叫了出来，过彦之还道镇南王府中早已众所知晓。

那霍先生本是七分醉、三分醒，颠颠倒倒的神气，眼见过彦之全身丧服，不由得吃了一惊，问道："你……怎么……"过彦之抢上几步，拜倒在地，放声大哭，说道："崔师叔，我师……师父给……给人害死了。"那霍先生崔百泉神色立变，一张焦黄精瘦的脸上霎时间全是阴鸷戒备的神气，缓缓的道："仇人是谁？"过彦之哭道："小侄无能，访查不到仇人的确讯，但猜想起来，多半是姑苏慕容家的人物。"崔百泉脸上突然闪过一丝恐惧之色，但惧色霎息即过，沉声道："此事须得从长计议。"

段正淳和高昇泰对望一眼，均想："'北乔峰，南慕容'，他伏牛派与姑苏慕容氏结上了怨家，此仇只怕难报。"

· 319 ·

崔百泉神色惨然，向过彦之道："过贤侄，我师兄如何身亡归西，经过情由，请你详述。"过彦之道："师仇如同父仇，一日不报，小侄寝食难安。请师叔即行上道，小侄沿途细禀，以免耽误了时刻。"崔百泉鉴貌辨色，知他是嫌大厅上耳目众多，说话不便，倒不争在这一时三刻的相差，心下盘算："我在镇南王府寄居多年，不露形迹，哪料到这位高侯爷早就看破了我的行藏。我若不向段王爷深致歉意，便是大大得罪了段家。何况找姑苏慕容氏为师兄报仇，决非我一力可办，若得段家派人相助，那便判然不同，这一敌一友之间，出入甚大。"突然走到段正淳身前，双膝跪地，不住磕头，咚咚有声。

这一下可大出众人意料之下，段正淳忙伸手相扶，不料一扶之下，崔百泉的身子竟如钉在地下一般，牢牢不动。段正淳心道："好酒鬼，原来武功如此了得，一向骗得我苦。"劲贯双臂，往上一抬。崔百泉也不再运力撑拒，乘势站起，刚站直身子，只感周身百骸说不出的难受，有如一叶小舟在大海中猛受风涛颠簸之苦，情知是段正淳出手惩戒。他想我若运功抵御，镇南王这口气终是难消，说不定他更疑心我混入王府卧底，另有奸恶图谋，乘着体内真气激荡，便即一交坐倒，索性顺势仰天摔了下去，模样狼狈已极，大叫："啊哟！"

段正淳微微一笑，伸手拉他起身，拉中带捏，消解了他体内的烦恶。

崔百泉道："王爷，崔百泉给仇人逼得无路可走，这才厚颜到府上投靠，托庇于王爷的威名之下，总算活到今日。崔百泉未曾向王爷吐露真相，实是罪该万死。"

高昇泰接口道："崔兄何必太谦？王爷早已知道阁下身份来历，崔兄既是真人不露相，王爷也不叫破，别说王爷知晓，旁人何尝不知？那日世子对付南海鳄神，不是拉着崔兄来充他师父吗？世子知道合府之中,只有崔兄才对付得了这姓岳的恶人。"其实那日段誉拉了崔百泉来冒充师父,全是误打误撞,只觉府中诸人以他的形貌最是难看猥琐,这才拉他来跟南海鳄神开个玩笑。但此刻崔百泉听来,却是深信不疑,暗自惭愧。

高昇泰又道:"王爷素来好客,别说崔兄于我大理绝无恶意阴谋,就算有不利之心,王爷也当大量包容,以诚相待。崔兄何必多礼?"言下之意是说,只因你并无劣迹恶行,这才相容至今,否则的话,早已就料理了你。

崔百泉道:"高侯爷明鉴,话虽如此说,但姓崔的何以要投靠王府,于告辞之先务须陈明才是,否则太也不够光明。只是此事牵涉旁人,崔百泉斗胆请借一步说话。"

段正淳点了点头,向过彦之道:"过兄,师门深仇,事关重大,也不忙在这一时三刻。咱们慢慢商议不迟。"过彦之还未答应,崔百泉已抢着道:"王爷吩咐,自当遵命。"

这时一名家将走到厅口躬身道:"启禀王爷,少林寺方丈派遣两位高僧前来下书。"少林寺自唐初以来,即为武林中的泰山北斗。段正淳一听,当即站起,走到滴水檐前相迎。

只见两名中年僧人由两名家将引导,穿过天井。一名形貌干枯的僧人躬身合什,说道:"少林寺小僧慧真、慧观,参见王爷。"段正淳抱拳还礼,说道:"两位远道光临,可辛苦了,请厅上奉茶。"

来到厅上,二僧却不就座。慧真说道:"王爷,贫僧奉敝寺方丈之命,前来呈上书信,奉致保定皇爷和镇南王爷。"说着从怀中取出一个油纸包裹,一层层的解开,露出一封黄皮书信,双手呈给段正淳。

段正淳接过,说道:"皇兄便在此间,两位正好相见。"向崔百泉与过彦之道:"两位请用些点心,待会再行详谈。"当下引着慧真、慧观入内。

其时保定帝已在暖阁中休憩,正与黄眉僧清茗对谈,段誉坐在一旁静听,见到慧真、慧观进来,都站起身来。段正淳送过书信,保定帝拆开一看,见那信是写给他兄弟二人的,前面说了一大段什么"久慕英名,无由识荆"、"威镇天南,仁德广被"、"万民仰望,豪杰归心"、"阐护佛法,宏扬圣道"等等的客套话,但说到正题时,只说:"敝师弟玄悲禅师率徒四人前来贵境,谨以同参佛祖、武林同道之谊,敬恳赐予照拂。"下面署名的是"少林禅寺释子玄慈合什百拜"。

保定帝站着读信,意思是敬重少林寺,慧真和慧观恭恭敬敬的在一旁垂手侍立。保定帝道:"两位请坐。少林方丈既有法谕,大家是佛门弟子,武林一脉,但教力所能及,自当遵命。玄悲大师明晓佛学,武功深湛,在下兄弟素所敬慕,不知大师法驾何时光临?在下兄弟扫榻相候。"

慧真、慧观突然双膝跪地,咚咚咚咚的磕头,跟着便痛哭失声。

保定帝、段正淳都是一惊,心道:"莫非玄悲大师死了?"保定帝伸手扶起,说道:"你我武林同道,不能当此大礼。"慧真站直身子,果然说道:"我师父圆寂了。"保定帝心想:"这通书信本是要玄悲大师亲自送来的,莫非他死在大理境内?"说道:"玄悲大师西归,佛门少一高僧,武林失一高手,实深悼惜。不知玄悲大师于何日圆寂?"

慧真道:"方丈师伯月前得到讯息,'天下四大恶人'要来大理跟皇爷与镇南王为难。大理段氏威镇天南,自不惧他区区'四大恶人',但恐两位不知,手下的执事部属中了暗算,因此派我师父率同四名弟子,前来大理禀告皇爷,并听由差遣。"

保定帝好生感激,心想:"无怪少林派数百年来众所敬服,玄慈方丈以天下武林安危为己任,我们虽远在南陲,他竟也关心及之。他信上说要我们照拂玄悲大师师徒,其实却是派人来报讯助拳。"当即微微躬身,说道:"方丈大师隆情厚意,我兄弟不知何以为报。"

慧真道:"皇爷太谦了。我师徒兼程南来,上月廿八,在大理陆凉州身戒寺挂单,哪知道廿九清晨,我们师兄弟四人起身,竟见到师父……我们师父受人暗算,死在身戒寺的大殿之上……"说到这里,已然呜咽不能成声。

保定帝长叹一声,问道:"玄悲大师是中了歹毒暗器吗?"慧真道:"不是。"保定帝与黄眉僧、段正淳、高昇泰四人均有诧异之色,都想:"以玄悲大师的武功,若不是身中见血封喉的歹毒暗器,就算敌人在背后忽施突袭,也决不会全无抗拒之力,就此毙命。大理国中,又有哪一个邪派高手能有这般本领下此毒手?"

段正淳道:"今儿初三,上月廿八晚间是四天之前。誉儿被擒入万劫谷是廿七晚间。"保定帝点头道:"不是'四大恶人'。"段延庆这几日中都在万劫谷,决不能分身到千里之外的陆凉州去杀人,何况即是段延庆,也未必能无声无息的一下子就打死了玄悲大师。

慧真道:"我们扶起师父,他老人家身子冰冷,圆寂已然多时,大殿上也没动过手的痕迹。我们追出寺去,身戒寺的师兄们也帮同搜寻,但数十里内找不到凶手的半点线索。"

保定帝黯然道:"玄悲大师为我段氏而死,又是在大理国境内遭难,在情在理,我兄弟决不能置身事外。"

慧真、慧观二僧同时跪下叩谢。慧真又道:"我师兄弟四人和身戒寺方丈五叶大师商议之后,将师父遗体暂厝在身戒寺,不敢就此火化,以便日后掌门师伯检视。我两个师兄赶回少林寺禀报掌门师伯,小僧和慧观师弟赶来大理,向皇爷与镇南王禀报。"

保定帝道："五叶方丈年高德劭，见识渊博，多知武林掌故，他老人家如何说？"

慧真道："五叶方丈言道：十之八九，凶手是姑苏慕容家的人物。"

段正淳和高昇泰对望一眼，心中都道："又是'姑苏慕容'！"

黄眉僧一直静听不语，忽然插口道："玄悲大师可是胸口中了敌人的一招'大韦陀杵'而圆寂么？"慧真一惊，说道："大师所料不错，不知如何……如何……"黄眉僧道："久闻少林玄悲大师'大韦陀杵'功夫乃武林的一绝，中人后对方肋骨根根断折。这门武功厉害自然是厉害的，终究太过霸道，似乎非我佛门弟子……唉！"段誉插嘴道："是啊，这门功夫太过狠辣。"

慧真、慧观听黄眉僧评论自己师父，心下已是不满，但敬他是前辈高僧，不敢还嘴，待听段誉也在一旁多嘴多舌，不禁都怒目瞪视。段誉只当不见，毫不理会。

段正淳问道："师兄怎知玄悲大师中了'大韦陀杵'而死？"黄眉僧叹道："身戒寺方丈五叶大师料定凶手是姑苏慕容氏，自然不是胡乱猜测的。段二弟，姑苏慕容氏有一句话，叫做'以彼之道，还施彼身'，你听见过么？"段正淳沉吟道："这句话倒也曾听见过，只是不大明白其中含意。"黄眉僧喃喃的道："以彼之道，还施彼身。嗯，以彼之道，还施彼身……"脸上突然间闪过一丝恐惧之色。保定帝、段正淳和他相识数十年，从未见他生过惧意，那日他与延庆太子生死相搏，明明已经落败，虽然狼狈周章，神色却仍坦然，此刻竟然露出惧色，可见对手实是非同小可。

暖阁中一时寂静无声。过了半响，黄眉僧缓缓的道："老僧听说世间确有慕容博这一号人物，他取名为'博'，武功当真渊博到了极处。似乎武林中不论哪一派哪一家的绝技，他无一不精，无一不会。更奇的是，他若要制人死命，必是使用那人的成名绝技。"

段誉道:"这当真匪夷所思了,天下有这许许多多武功,他又怎学得周全?"黄眉僧道:"贤侄此言亦是不错,学如渊海,一人如何能够穷尽?可是慕容博的仇人原亦不多。听说他若学不会仇人的绝招,不能用这绝招致对方的死命,他就不会动手。"

保定帝道:"我也听说过中原有这样一位奇人。河北骆氏三雄善使飞锥,后来三人都身中飞锥丧命。山东章虚道人杀人时必定斩去敌人四肢,让他哀叫半日方死。这章虚道人自己也遭此惨报,慕容博这'以彼之道,还施彼身'八个字,就是从章虚道人口中传出来的。"顿了一顿,又道:"当时济南闹市之中,不知有多少人围观章虚道人在地下翻滚号叫。"他说到这里,似乎依稀见到章虚道人临死时的惨状,脸色间既有不忍,又有不满之色。

段正淳点头道:"那就是了。"突然想起一事,说道:"过彦之过大爷的师父柯百岁,听说擅用软鞭,鞭上的劲力却是纯刚一路,杀敌时往往一鞭击得对方头盖粉碎,难道他……他……"击掌三下,召来一名侍仆,道:"请崔先生和过大爷到这里,说我有事相商。"那侍仆应道:"是!"但他不知崔先生是谁,迟疑不走。段誉笑道:"崔先生便是帐房中那个霍先生。"那侍仆这才大声应了一个"是",转身出去。

不多时崔百泉和过彦之来到暖阁。段正淳道:"过兄,在下有一事请问,尚盼勿怪。"过彦之道:"不敢。"段正淳道:"请问令师柯老前辈如何中人暗算?是拳脚还是兵刃上受了致命之伤?"过彦之突然满脸通红,甚是惭愧,嗫嚅半晌,才道:"家师是伤在软鞭的一招'天灵千裂'之下。凶手的劲力刚猛异常,纵然家师自己,也不能……也不能……"

保定帝、段正淳、黄眉僧等相互望了一眼,心中都是不由自主的一凛。

慧真走到崔百泉和过彦之跟前,合什一礼,说道:"贫僧师兄弟和两位敌忾同仇，若不灭了姑苏慕容……"说到这里，心想是否能灭得姑苏慕容氏，实在难说，一咬牙，说道："贫僧将性命交在他手里便了。"过彦之双目含泪，说道："少林派和姑苏慕容氏也结下深仇么？"慧真便将师父玄悲如何死在慕容氏手下之事简略说了。

过彦之神色悲愤，咬牙痛恨。崔百泉却是垂头丧气的不语，似乎浑没将师兄的血仇放在心上。慧观和尚冲口说道："崔先生，你怕了姑苏慕容氏么？"慧真忙喝："师弟，不得无礼。"崔百泉东边瞧瞧，西边望望，似怕隔墙有耳，又似怕有极厉害的敌人来袭，一副心惊胆战的模样。慧观哼的一声，自言自语："大丈夫死就死了，又有什么好怕的？"慧真也颇不以崔百泉的胆怯为然，对师弟的出言冲撞就不再制止。

黄眉僧轻轻咳嗽一声，说道："这事……"崔百泉全身一抖，跳了起来，将几上的一只茶碗带翻了，乒乓一声，在地下打得粉碎。他定了定神，见众人目光都瞧在自己身上，不由得面红耳赤，说道："对不住，对不住！"过彦之皱着眉头，俯身拾起茶杯碎片。

段正淳心想："这崔百泉是个脓包。"向黄眉僧道："师兄，怎样？"

黄眉僧喝了一口茶，缓缓的道："崔施主想来曾见过慕容博？"崔百泉听到"慕容博"三字，"哦"的一声惊呼，双手撑在椅上，颤声道："我没有……是……是见过……没有……"慧观大声道："崔先生到底见过慕容博，还是没见过？"崔百泉双目向空瞪视，神不守舍，段正淳等都是暗暗摇头。过彦之见师叔如此在人前出丑，更加的尴尬难受。过了好一会，崔百泉才颤声道："没有……嗯……大概……好像没有……这个……"

黄眉僧道："老衲曾有一件亲身经历，不妨说将出来，供各位参详。说来那是四十三年前的事了,那时老衲年轻力壮,刚出道不久,在江湖上也闯下了一点名声。当真是初生的犊儿不畏虎,只觉天下之大,除了师父之外,谁也不及我的武艺高强。那一年我护送一位任满回籍的京官和家眷,从汴梁回山东去,在青豹冈附近的山坳中遇上了四名盗匪。这四个匪徒一上来不抢财物,却去拉那京官的小姐。老衲当时年少气盛,自是容情不得,一出手便是辣招,使出金刚指力,都是一指刺入心窝,四名匪徒哼也没哼,便即一一毙命。

"我当时自觉不可一世,口沫横飞的向那京官夸口,说什么'便再来十个八个大盗,我也一样的用金刚指送了他们性命。'便在那时,只听得蹄声得得,有两人骑着花驴从路旁经过。忽然骑在花驴背上的一人哼了一声,似乎是女子声音,哼声中却充满轻蔑不屑之意。我转头看去,见一匹驴上坐的是个三十六七岁的妇人,另一匹驴上则是个十五六岁的少年,眉清目秀,甚是俊雅,两人都全身缟素,服着重孝。却听那少年道:'妈,金刚指有什么了不起,却在这儿胡吹大气!'"

黄眉僧的出身来历,连保定帝兄弟都不深知。但他在万劫谷中以金刚指力划石为局,陷石成子,和延庆太子搏斗不屈,众人均十分敬仰,而他的金刚指力更是无人不服,这时听他述说那少年之言,均觉小小孩童,当真胡说八道。

不料黄眉僧轻轻叹了口气,接着道:"当时我听了这句话虽然气恼,但想一个黄口孺子的胡言何足计较?只向他怒目瞪了一眼,也不理睬。却听得那妇人斥道:'这人的金刚指是福建莆田达摩下院的正宗,已有三成火候。小孩儿家懂得什么?你出指就没他这般准。'

"我一听之下,自然又惊又怒。我的师门渊源江湖上极少人知,这少妇居然一口道破,而说我的金刚指力只有三成火候,我当然大不服气。唉,其实那时候我太也不知天高地厚,以其时的功力而论,说我有三成火候,还是说得高了,最多也不过二成六七分而已。我便大声道:'这位夫人尊姓?小虬在下的金刚指力,是有意赐教数招么?'那少年勒住花驴,便要答话。那少妇忽然双目一红,含泪欲滴,说道:'你爹临终时说过什么话来。你立时便忘了么?'那少年道:'是,孩儿不敢忘记。'两人挥鞭催驴,便向前奔。

"我越想越不服,纵马追了上去,叫道:'喂!胡说八道的指摘别人武功,若不留下数招,便想一走了之吗?'我骑的是匹脚力极快的好马,说话之间,已越过两匹花驴,拦在二人之前。那妇人向那少年道:'你瞧,你随口乱说,人家可不答应了。'那少年显然对母亲很孝顺,再也不敢向我瞧上一眼。我见他们怕了我,心想孤儿寡妇,胜之不武,何必跟他们一般见识?但听那妇人的语气,这少年似乎也会金刚指力。我这门功夫足足花了十五年苦功,方始练成,这小小孩童如何能会?自然是胡吹大气,便道:'今日便放你们走路,以后说话可得小心些。'

"那妇人仍是正眼也不朝我瞧上一眼,向那少年道:'这位叔叔说得不错,以后你说话可得小心些。'倘若就此罢休,岂不极好?可是那时候我年少气盛,勒马让在道边,那少妇纵驴先行,那少年一拍驴身,胯下花驴便也开步,我扬起马鞭,向花驴臀上抽去,大笑道:'快快走罢!'马鞭距那花驴臀边尚有尺许,只听得嗤的一声,那少年回身一指,指力凌空而来,将我的马鞭荡得飞了出去。这一下可将我吓得呆了,他这一指指力凌厉,远胜于我。

"只听那妇人道:'既出了手,便得了结。'那少年道:'是。'勒转花驴,向我冲过来。我伸左掌使一招'拦云手'向他推去,突然间嗤的一声,他伸指戳出,我只觉左边胸口一痛,全身劲力尽失。"

黄眉僧说到这里,缓缓解开僧袍,露出瘦骨嶙嶙的胸膛来,只见他左边胸口对准心脏处有个一寸来深的洞孔。洞孔虽已结疤，仍可想像到昔日受创之重。所奇者这创口显已深及心脏，他居然不死，还能活到今日，众人都不禁骇然。

黄眉僧指着自己右边胸膛，说道："诸位请看。"只见该处皮肉不住起伏跳动，众人这才明白，原来他生具异相，心脏偏右而不偏左，当年死里逃生，全由于此。

黄眉僧缚好僧袍上的布带，说道："似这等心脏生于右边的情状，实是万中无一。那少年见一指戳中我的心口，我居然并不立时丧命，将花驴拉开几步，神色极是诧异。我见自己胸口鲜血汩汩流出，只道性命已是不保，哪里还有什么顾忌，大声骂道：'小贼，你说会使金刚指，哼哼！达摩下院的金刚指，可有伤人见血却杀不了人的么？你这一指手法根本就不对，也决不是金刚指。'那少年纵身上前，又想伸指戳来，那时我全无抗御之能，只有束手待毙的份儿。不料那妇人挥出手中马鞭，卷住了少年的手臂。我迷迷糊糊之中，听得她在斥责儿子：'姑苏姓慕容的，哪有你这等不争气的孩儿？你这指力既没练得到家，就不能杀他，罚你七天之内……'到底罚他七天之内怎么样，我已晕了过去，没能听到。"

崔百泉颤声问道："大……大师，以后……以后你再遇到他们没有？"

黄眉僧道："说来惭愧，老衲自从经此一役，心灰意懒，只觉人家小小一个少年，已有如此造诣，我便再练一辈子武功，也未必赶他得上。胸口伤势痊愈后，便离了大宋国境，远来大理，托庇于段皇爷的治下，过得几年，又出了家。老僧这些年来虽已参悟生死，没再将昔年荣辱放在心上，但偶而回思，不免犹有余悸，当真是惊弓之鸟了。"

段誉问道："大师，这少年若是活到今日，差不多有六十岁了，他就是慕容博吗？"

黄眉僧摇头道："说来惭愧，老衲不知。其实这少年当时这一指是否真是金刚指，我也没看清楚，只觉得出手不大像。但不管是不是，总之是厉害得很，厉害得很……"

众人默然不语，对崔百泉鄙视之心都收起了大半，均想以黄眉僧这等武功修为，尚自对姑苏慕容氏如此忌惮，崔百泉吓得神不守舍，倒也情有可原。

崔百泉说道："黄眉大师这等身份，对往事也毫不隐瞒，姓崔的何等样人，又怕出什么丑了？在下本来就要将混入镇南王府的原由，详细禀报陛下和王爷，这里都不是外人，在下说将出来，请众位一起参详。"他说了这几句话，心情激荡，已感到喉干舌燥，将一碗茶喝得碗底向天，又将过彦之那碗茶也端过来喝了，才继续道："我……我这件事，是起……起于十八年前……"他说到这里，不禁往窗外望了望。

他定了定神，才又道："南阳府城中，有一家姓蔡的土豪，为富不仁，欺压良民。我柯师哥有个朋友遭他陷害，全家都死在他的手里。"过彦之道："师叔，你说的是蔡庆图这贼子？"崔百泉道："不错。你师父说起蔡庆图来，常自切齿痛恨。你师父向官府递了状子告了几次，都被蔡庆图使钱将官司按了下来。你师父若能动动软鞭，要杀了这蔡庆图原是不费吹灰之力，但他在江湖上虽然英雄气概，在本乡本土有家有业，自来不肯做触犯王法之事。我崔百泉可不同了，偷鸡摸狗，嫖舍赌钱，杀人放火，什么事都干。这一晚我恼将起来，便摸到蔡庆图家中，将他一家三十余口全宰了个干净。

"我从大门口杀起，直杀到后花园，连花匠婢女都一个不留。到得园中，只见一座小楼的窗上兀自透出灯火。我奔上楼去，踢开房门，原来是间书房，四壁一架架的摆满了书，一对男女并肩坐在桌旁，正在看书。

"那男子约莫四十岁上下，相貌俊雅，穿着书生衣巾。那女的年纪较轻，背向着我，瞧不见她的面貌，但见她穿着淡绿轻衫，烛光下看去，显得挺俊俏的，他奶奶的……"他本来说得甚是斯文，和他平时为人大不相同，哪知突然之间来了一句污言，众人都是一愕。崔百泉却浑没知觉，续道："……我一口气杀了三十几个人，兴致越来越高，忽然见到这对狗男女，他奶奶的，觉得有些古怪。蔡庆图家中的人个个粗暴凶恶，怎么忽然钻出这一对清秀的狗男女来？这不像戏文里的唐明皇和杨贵妃么？我有点奇怪，倒没想动手就杀了他们。只听得那男的说道：'娘子，从龟妹到武王，不该这么排列。'"

段誉听到"从龟妹到武王"六字，寻思："什么龟妹、武王？"一转念间，便即明白："啊，是'从归妹到无妄'，那男子在说易经。"登时精神一振。

听崔百泉又道："那女的沉吟了一会，说道：'要是从东北角上斜行大哥，再转姊姊，你瞧走不走得通呢？'"段誉心道："大哥？姊姊？啊，那是'大过'、'既济'。"跟着一惊："这女子说的明明是'凌波微步'中的步法，只不过位置略偏，并未全对。难道这女子和山洞中的神仙姊姊竟有什么关联？"

崔百泉续道："我听他夫妇二人讲论不休，说什么乌龟妹子、大舅子、小姊姊，不耐烦起来，大声喝道：'两个狗男女，你奶奶的，都给我滚出来！'不料这两人好像都是聋子，全没听到我的话，仍是目不转睛的瞧着那本书。那女子细声细气的道：'从这里到姊姊家，共有九步，那是走不到的。'我又喝道：'走走走！走到你姥姥家，见你们的十八代祖宗去罢！'正要举步上前，那男的忽然双手一拍，大笑道：'妙极，妙极！姥姥为坤，十八代祖宗，喂，二九一十八，该转坤位。这一步可想通了！'他顺手抓起书桌上一个算盘，不知怎样，三颗算盘珠儿突然飞出，我只感胸口一阵疼痛，身子已然钉住，再也动弹不得了。

"这两人对我仍是不加理会，自顾自谈论他们的小哥哥、小畜生，我心中可说不出的害怕。在下匪号'金算盘'，随身携带一个黄金铸成的算盘，其中装有机括，七十七枚算珠随时可用弹簧弹出，可是眼见书桌上那算盘是红木所制，平平无奇，中间的一档竹柱已断为数截，显然他是以内力震断竹柱，再以内力激动算珠射出，这功夫当真他奶奶的了不起。

"这一男一女越说越高兴，我却越来越害怕。我在这屋子里做下了三十几条人命的大血案，偏偏僵在这里，动是动不得，话又说不出，我自己杀人抵命，倒也罪有应得，可是这么一来，非连累到我柯师兄不可。这两个多时辰，真比受了十年二十年的苦刑还要难过。直等到四处鸡啼声起，那男子才笑了笑，说道：'娘子，下面这几步，今天想不出来了，咱们走罢！'那女子道：'这位金算盘崔老师帮你想出了这一步妙法，该当酬谢他什么才是！'我又是一惊，原来他们早知道我的姓名。那男子道：'既然如此，且让他多活几年。下次遇着再取他性命罢！他胆敢骂你骂我，总不成骂过就算。'说着收起了书本，跟着左掌回转，在我背心上轻轻一拂，解开了我的穴道。这对男女就从窗中跃了出去。我一低头，只见胸口衣衫上破了三个洞孔，三颗算盘珠整整齐齐的钉在我胸口，真是用尺来量，也不容易准得这么厘毫不差。喏喏喏，诸位请瞧瞧我这副德行。"说着解开了衣衫。

众人一看，都忍不住失笑。但见两颗算盘珠恰好嵌在他两个乳头之上，两乳之间又是一颗，事隔多年，难得他竟然并不设法起出。

崔百泉摇摇头，扣起衫钮，说道："这三颗算盘珠嵌在我身上，这罪可受得大了。我本想用小刀子挖了出来，但微一用力，撞动自己穴道，立时便晕了过去，非得两个时辰不能醒转。慢慢用锉刀或沙纸来锉、来擦吗,还是疼得我爷爷奶奶的乱叫。这罪孽阴魂不散,跟定了我,只须一变天要下雨,我这三个地方就痛得他妈的好不难熬,真是比乌龟壳儿还灵。"众人不由得又是骇异,又是好笑。

崔百泉叹了口气道:"这人说下次见到再取我性命。这性命是不能让他取去的,可是只要遇上了他,不让他取也是不成。唯一的法子只有不让他遇上。事出无奈,只好远走高飞,混到镇南王爷的府上来。我这么打算,大理国僻处天南,中原武林人士等闲不会南来,万一他奶奶的这龟儿子真要找上门来,这里有段王爷、高侯爷、褚朋友这许多高手在,终不成眼睁睁的袖手不顾,让我送了性命。这三颗劳什子嵌在我胸口上,一当痛将起来,只有拼命喝酒,胡里胡涂的熬一阵。什么雄心壮志、传宗接代,都他妈的抛到九霄云外去了。"

众人均想:"此人的遭际和黄眉僧其实大同小异,只不过一个出家为僧,一个隐姓埋名而已。"

段誉问道:"霍先生,你怎知这对夫妇是姑苏慕容氏的?"他叫惯了霍先生,一时改不过口来。

崔百泉搔搔头皮,道:"那是我师哥推想出来的。我挨了这三颗算盘珠后,便去跟师哥商量,他说,武林中只有姑苏慕容氏一家,才会'以彼之道,还施彼身'。我惯用算盘珠打人,他便用算盘珠打我。'姑苏慕容'家人丁不旺,他妈的,幸亏他人丁稀少,要是千子百孙,江湖上还有什么人剩下来,就只他慕容氏一家了。"他这话对"大理段氏"实在颇为不敬,但也无人理会。只听他续道:"他这家出名的人就只一个慕容博,四十三年前,用金刚指力伤了这位大师的少年十五六岁,十八年前,给我身上装算盘珠的家伙当时四十来岁,算来就是这慕容博了,想不到我师哥又命丧他手。彦之,你师父怎地得罪他了?"

过彦之道:"师父这些年来专心做生意,常说'和气生财',

· 333 ·

从没跟人合气,决不能得罪了'姑苏慕容'家。我们在南阳,他们在苏州,路程可差了十万八千里。"

崔百泉道:"多半这慕容博找不到我这缩头乌龟,便去问你师父。你师父有义气,宁死也不肯说我是在大理,便遭了他毒手。柯师哥,是我害了你啦。"说着泪水鼻涕齐下,呜咽道:"慕容博,博博博,我剥你的皮!"他哭了几声,转头向段正淳道:"段王爷,我话也说明白了,这些年来多谢你照拂,又不拆穿我的底细,崔某真是感激之至,却也难以图报。我这可要上姑苏去了。"段正淳奇道:"你上姑苏去?"

崔百泉道:"是啊。我师哥跟我是亲兄弟一般。杀兄之仇,岂能不报?彦之,咱们这就去罢!"说着向众人团团一揖,转身便出。过彦之也是拱手为礼,跟了出去。

这一着倒大出众人意料之外,眼见他对姑苏慕容怕得如此厉害,但一说到为师兄报仇,明知此去必死,却也毫不畏惧。各人心下暗暗起敬。段正淳道:"两位不忙。过兄远来,今晚便在舍下歇一宿,明日一早动身不迟。"崔百泉停步转身,说道:"是,王爷吩咐,我们再扰一餐便了。彦之,咱们喝酒去。"带了过彦之出外。

保定帝对段正淳道:"淳弟,明日你率同华司徒、范司马、巴司空,前去陆凉州身戒寺,代我在玄悲大师灵前上祭。"段正淳答应了。慧真、慧观下拜致谢。保定帝又向段正淳道:"拜见五叶方丈后,便在身戒寺等候少林寺的大师们到来,请他们转呈我给玄慈方丈的书信。"向巴天石道:"写下两通书信,一通致少林方丈,一通致身戒寺方丈,再备两份礼物。"巴天石躬身奉旨。保定帝道:"你陪少林寺的两位大师下去休息罢。"

待巴天石陪同慧真、慧观二僧出去,保定帝道:"我段氏源出中原武林,数百年来不敢忘本。中原武林朋友来到大理,咱们礼敬相待。可是我段氏先祖向有遗训，严禁段氏子孙参与中原武林的仇杀私斗。玄悲大师之死，我大理段家虽不能袖手不理，但报仇之事，仍当由少林派自行料理，我们不能插手。"段正淳道："是，兄弟理会得。"

黄眉僧道："这中间的分寸，当真不易拿捏。咱们非相助少林派不可，却又不能混入仇杀。慕容氏一家虽然人丁不旺，但这样的武林世家，朋友和部属必定众多。少林派与姑苏慕容正面为敌，实是震惊武林的大事，腥风血雨，不知要杀伤多少人命。大理国这些年来国泰民安，咱们倘若卷入了这个漩涡，今后中原武人来大理寻衅生事，只怕要源源不绝了。"

保定帝道："大师说得是。咱们只有一面凭正道行事，一面处处让人一步。淳弟，你须牢牢记得'持正忍让'这四个字。"段正淳躬身领训。

黄眉僧道："两位贤弟，这就别过，我还得去万劫谷走一遭。"众人均感诧异。保定帝道："师兄去万劫谷尚有何事？可要带什么人？"黄眉僧呵呵笑道："我连两个小徒也不带。两位贤弟且猜上一猜，我去万劫谷何事？"保定帝与段正淳见他笑吟吟地，料来并非什么难事，却也猜想不透。黄眉僧对段誉笑道："贤侄多半猜得到。"

段誉一怔："为什么伯父和爹爹都猜不到，我反而猜得到？"一沉吟间，已知其理，笑道："大师要去覆局。"黄眉僧哈哈大笑，说道："正是。我怎地会赢得延庆太子这局棋，实在奇怪之极。他自己填死一只眼，那是什么缘故？"段誉摇头道："小侄也想不明白。"黄眉僧道："莫非石屋中或青石上有什么古怪？老衲非再去瞧瞧不可。"喜弈之人下了一局之后，不论是胜是败，事后必定细加推敲，何处失着失先，何处过强过缓，定要钻研明白，方得安心。黄眉僧这局棋胜得尤其奇怪，若不弄清楚这中间的关键所在,难免烦恼终身。

当下保定帝起驾回宫。黄眉僧吩咐两个徒儿回拈花寺,独自来到万劫谷,将段延庆震裂了的青石棋局重行拼起,一着着的从头推想。

段正淳送了保定帝和黄眉僧出府,回到内室,想去和王妃叙话。不料刀白凤正在为他又多了个私生女儿锺灵而生气,闭门不纳。段正淳在门外哀告良久,刀白凤发话道:"你再不走,我立刻回玉虚观去。"

段正淳无奈,只得到书房闷坐,想起锺灵为云中鹤掳去,不知锺万仇与南海鳄神是否能救得回来,褚万里等出去打探讯息,迄未回报,好生放心不下。从怀中摸出甘宝宝交来的那只黄金钿盒,瞧着她所写那几行蝇头细字,回思十七年前和她欢聚的那段销魂蚀骨的时光,再想像她苦候自己不至而被迫与锺万仇成婚的苦楚,不由得心中大痛:"那时她还只是个十七岁的小姑娘,她父亲和后母待她向来不好,腹中怀了我的孩儿,却教她如何做人?"

越想越难过,突然之间,想起了先前刀白凤在席上对华司徒所说的那句话来:"这条地道通入锺夫人的居室,若不堵死,就怕咱们这里有一位仁兄,从此天天晚上要去钻地道。"当即召来一名亲兵,命他去把华司徒手下两名得力家将悄悄传来,不可泄漏风声。

段誉在书房中,心中翻来覆去的只是想着这些日子中的奇遇:跟木婉清订了夫妇之约,不料她竟是自己妹子,岂知奇上加奇,锺灵竟然也是自己妹子。锺灵被云中鹤掳去,不知是否已然脱险,实是好生牵挂。又想慕容博夫妇钻研"凌波微步",不知跟洞中的神仙姊姊是否有什么瓜葛?难道他们是"逍遥派"的弟子?神仙姊姊吩咐我去杀了他们?这对夫妇武功这样高强,要我去杀了他们,那真是天大的笑话了。

又想这些日子给关在石屋之中,幸好没做下乱伦的事来,当真侥幸之至，"凌波微步"的步法练得倒熟了许多，可是神仙姊姊吩咐的功课却耽误得久了。当下便探手入怀，要去取卷轴出来，手指刚碰到，便觉不妙，急忙取出，口中连珠价的只叫："啊哟，啊哟！"但见那卷轴早已撕成了一片片碎帛，胡乱卷成一卷，一展开来，哪里还成模样？破帛碎缣，最多也只剩下两三成，卷上的图形文字更烂得不堪。段誉全身如堕冰窖，心中只道："怎么……怎么会变成这个样子？"

过了良久，才依稀想起，给青袍怪客关在石屋之时，他体内燥热难当，将全身衣衫乱撕乱扯，到后来狂走疾奔，仍是不断乱撕衣衫，迷糊之中，哪里还分得出是衣衫还是卷轴，自然是一并撕得稀烂，随手乱抛。

对着图中裸女的断手残肢发了一阵呆，又不自禁的大有如释重负之感，"卷轴已烂，神仙姊姊的神功便练不成了，这不是我不肯练，而是没法练。什么杀尽'逍遥派'弟子云云，一概不算了。"将破碎帛片投入火炉，打着了火，烧成了灰烬。心想："这卷轴中的裸体图形，多看一次，便亵渎了一次神仙姊姊，如此火化，正乃天意。"

眼见天色已晚，于是到母亲房去，想陪她说话，跟她一起吃饭。来到房外，却见房门紧闭。服侍王妃的婢女笑嘻嘻的道："王妃睡了，公子明天来罢。"段誉心道："啊，是了，爹爹在房里。"转身出来，想去找木婉清说话，走过一条回廊，却觉还是暂且避嫌的好，此时见面，徒然惹她伤心。百无聊赖之际，信步走到后花园中。

此时天色已然朦胧，在池边亭中坐了一会，眼见一弯新月从东升起，心想这月光也会照到剑湖之畔的无量玉壁上，再过几个时辰，玉壁上现出一柄五彩缤纷的长剑，便会指着神仙姊姊所居的洞府。正想得出神，忽听得围墙外轻轻传来了几下口哨声，停得一停,又响了几下。若在往日,听了毫不在意,但他自经这几日来的一番阅历,心知有异,寻思:"莫非是江湖人物打暗号?"

过不多时,哨声又起,突见牡丹花坛外一个人影快速掠过,奔到围墙边,跃上了墙头。段誉失声叫道:"婉妹!"那人正是木婉清。只见她涌身跃起,跳到了墙外。

段誉又叫了声:"婉妹!"奔到木婉清跃下之处,他可没能耐跃上墙头,花园后门就在旁边,但上了闩,又有铁锁锁着,只得大叫:"婉妹,婉妹!"

只听木婉清在墙外大声道:"你叫我干么?我永远不再见你面。我跟我妈去了。"段誉急道:"你别走,千万别走!"木婉清不答。

过了一会,只听得墙外一个年纪较大的女子声音说道:"婉儿,咱们走罢!唉!没有用的。"木婉清仍是不答。段誉料得那女子必是秦红棉,叫道:"秦阿姨,你们都请进来。"

秦红棉道:"进来干什么?好让你妈妈杀了我吗?"

段誉语塞,用力捶打园门,叫道:"婉妹,你别走,咱们慢慢想法子。"木婉清道:"有什么法子好想?老天爷也没法子。"顿了一顿,突然叫道:"啊!有一个法子,你干不干?"段誉喜道:"好啊,什么法子?"

只听得嗤嗤声响,一片蓝印印的刀刃从门缝中插进来,切断了门闩,跟着砰砰两响,园门飞开,木婉清站在门口,手中执着那柄蓝印印的修罗刀,说道:"你伸过脖子来,让我一刀割断了,我立刻自杀。咱俩投胎再世做人,那时不是兄妹,就好做夫妻了。"

段誉吓得呆了,颤声道:"这……这不……不成的!"

木婉清道:"我肯,你为什么不肯?要不然你先杀我,你再自杀。"说着将修罗刀递将过来。段誉急退两步,说道:"不行,不行!"

木婉清慢慢转过身去，挽了母亲手臂，快步走了。段誉呆呆望着她母女俩的背影隐没在黑暗之中，良久良久，凝立不动。

月亮渐渐升至中天，他兀自呆立沉思。突然间后颈一紧，身子被人凌空提起，一人低声笑道："你要死还是要活？做我师父，是死师父，做我徒儿，是活徒儿！"正是南海鳄神的声音。

段正淳带着华赫艮手下的两名得力家将，快马来到万劫谷。这两名家将随同华赫艮挖掘地道，知道地道的入口所在，搬开掩盖在入口上的树枝。一名家将道："小人带路。"

段正淳道："不用！你两个在这里等我。"正要向地道中爬去，忽见西首大树后人影一闪，身法甚是迅速。段正淳立即纵起，奔将过去，低声喝道："什么人？"

大树后那人低声道："王爷！是我，崔百泉。"斜着身子出来。段正淳奇道："崔兄到这里来干什么？"崔百泉道："小人听得王爷的千金给奸人掳了去，和过师侄两人分头出来寻找。小人在路上见到了些线索，推想小姐逃到了这里，那奸人却似乎仍在紧追不舍。"段正淳心下恍然："这崔百泉是个恩怨分明的汉子，他在我家躲了这些年，有恩未报。此次去找姑苏慕容报仇，是决意将性命送在他手里。他只盼能为我找回灵儿，报答我这十多年来的相庇之情。"当即深深一揖，说道："崔兄高义，在下感激不尽。"崔百泉道："小人到那边去找。"身形一晃，没入了树林之中，轻功颇为了得。

段正淳略感宽怀，心想："这崔兄的武功，不在万里、丹臣他们之下。"当下回到地道入口处，钻了进去。

爬行一程，地道分岔。他已问明华司徒的两名家将，知道地道东北通向先前囚禁段誉与木婉清的石屋，西北通向锺夫人卧室，当即向西北方爬去。来到尽头，将头顶木板轻轻托起数寸，眼前便见光亮,从缝隙中望上去,只见到一双浅紫色的绣花鞋子踏在地下。

段正淳心头大震,将木板又托起两寸,只听得甘宝宝长长叹了口气,过了一会,幽幽的道:"倘若你不是王爷,只是个耕田打猎的汉子,要不然,是偷鸡摸狗的小贼也好,是打家劫舍的强人也好,我便能跟了你去……我一辈子跟了你去……"跟着几滴泪水掉下来,落在她花鞋边的地板上。段正淳胸口热血上涌,心道:"我不做王爷了,我做小贼、做强人去,让你一辈子跟着我。这王爷有什么做头?"

只听甘宝宝又道:"难道……难道这一辈子我当真永远不再见你一面?连一面也见你不着?我……我还是死了的好……淳哥,淳哥……你想我不想?"这几下低呼,当真是荡气回肠。段正淳忍不住低声道:"宝宝,亲亲宝宝。"

甘宝宝吃了一惊,站起身来,随即又叹了口气,自言自语:"我又在做梦了,梦里又听到你在叫我啦。"

段正淳低声道:"亲亲宝宝,是我在叫你,我一直在想你,记挂着你。"

甘宝宝惊呼一声:"淳哥,当真是你?"段正淳揭开木板,钻了出来,低声道:"亲亲宝宝,是我!"甘宝宝突然见到段正淳,登时脸上全没了血色,走上几步,身子摇晃。段正淳抢上去将她搂住。甘宝宝身子一颤,晕了过去。

段正淳忙捏她人中。甘宝宝悠悠醒转,觉到身在段正淳怀中,他正在亲自己的脸,欢喜得便似全身都要炸了开来,脑中晕眩,低声道:"淳哥,淳哥,我……我又在做梦啦。"段正淳紧紧抱住她温软的身子,在她耳边低声道:"亲亲宝宝,你不是做梦,是我在做梦!"

突然门外有人粗声喝道:"谁?谁在房里?我听到是个男人。"正是锺万仇的声音。

段正淳和甘宝宝都大吃一惊。甘宝宝大声道:"是我,什么男人、女人,又在胡说八道了!"段正淳在她耳边道:"你跟我逃走!我去做小贼、强盗,我不做王爷了!"甘宝宝大喜,低声道:"我跟你去做小贼老婆,做强盗老婆。便做一天……也是好的。"

钟万仇不得妻子许可,不敢随便入房,但在窗外已见到一个男子的黑影,大叫:"你房里有男人,我……我见了!"再不理会妻子是否准许,砰的一声,飞足踢开了房门。

段誉给南海鳄神抓住了后领,提在半空,登时动弹不得。他的"北冥神功"只练成一路"手太阴肺经",只有大拇指的少商穴和人相触,而对方又正在运劲,方能吸入内力,其余穴道却全不管用。他正想张口呼叫,南海鳄神伸左手按住他口,抱起他发足疾驰,直到远离镇南王府的僻静之处,才放他下地,一手仍是抓住他后领,生怕他使出古怪步法逃走。

段誉苦笑道:"原来你改变主意,不想做我徒儿,要做乌龟儿子王八蛋了。"南海鳄神道:"谁说的?你先磕还我八个响头,将我逐出门墙,不要我做徒儿了,然后再向我磕八个响头,拜我为师。咱们规规矩矩,一清二楚,那我就没乌龟儿子王八蛋的事。"段誉哑然失笑,摇头道:"我不干!我此刻给你抓住,全无还手之力,你杀死我好了。"南海鳄神道:"呸,我才不上你这个当,老子决不会给人骗得做上乌龟儿子王八蛋。你道我好蠢么?"段誉道:"你好聪明,十分聪明!"

南海鳄神想出了"妙计",只道可以"规规矩矩、一清二楚"的手续完备,就可化徒为师,岂知对方宁死不磕十六个响头,盘算了几天的如意算盘全然打不响,不禁大感彷徨。

段誉道:"你南海派的规矩,徒儿可不可以杀师父?"南海鳄神道:"当然不可以,只有师父杀徒儿,决没徒儿杀师父的事。"

段誉道:"那么徒儿听师父的吩咐呢,还是师父听徒儿的吩咐?"南海鳄神道:"自然是徒儿听师父的吩咐,你拜我为师之后,什么事都得听我吩咐。"段誉笑道:"现下你还是我徒儿,我叫你去夺回小师娘来,你办好了没有?"

南海鳄神道:"他妈的,我跟云老四动手打架,小师娘的老子也赶了来,乘机把小师娘抢了去。"段誉听到钟灵已逃脱云中鹤毒手,心下大喜。

南海鳄神又道:"后来我又跟小师娘的老子打架,他打了一会就不肯打了,小师娘那时已自己走了。云老四说,咱们得去万劫谷杀了钟万仇。"段誉道:"为什么?"南海鳄神道:"这件大事不可不办,否则岳老二在江湖上一辈子抬不起头来,人人都瞧我不起。"段誉奇道:"那是什么道理?云老四骗人,你不用听他的。"

南海鳄神道:"不,不!云老四是为我好。你不明白这中间的道理,我来指点你。那小姑娘是我师娘,已长了我一辈,她的老子便长我两辈,他妈的,钟万仇是什么东西,怎能长我两辈?非杀了他不可。云老四还说,他要去抢钟万仇的老婆来做老婆,他是顾念'四大恶人'的义气,完全为我出力,奋不顾身,勉为其难。"

段誉更加奇怪,问道:"那是什么道理?"南海鳄神道:"钟万仇的老婆,是我师娘的母亲,眼下也长了我两辈。倘若云老四抢了她来做了老婆,那就是岳老二把弟的老婆,是我的弟妇。她的女儿就比我低了一辈,是我的侄女。你是我侄女的老公,是我的侄婿,也比我低了一辈。那时候我叫你师父,你叫我姻伯,咱两个不是两头大吗?哈哈!这法儿真妙。"

段誉哈哈大笑。南海鳄神道:"快走,快走,赶紧去办了这件大事,这世上决不容有比岳老二高上两辈之人。"抓住段誉手臂,飞步向万劫谷奔去。

段正淳听得锺万仇踢门进房，脑中闪过一个念头："不能杀他！"轻轻挣脱甘宝宝的搂抱，钻入地洞，托好了洞口木板。

锺万仇手提大刀，冲进房来，却见房中便只甘宝宝一人，忙到衣橱、床底、门后各处搜寻，别说没男人，连鬼影也没半个，心中大奇。甘宝宝怒道："你又来欺侮我了，快一刀杀了我干净。"锺万仇找不到男人，早已喜悦不胜，急忙抛开大刀，陪笑道："夫人，是我眼花，定是刚才多喝了几杯！"一面说，一面兀自东张西望。

突然门外脚步声急，锺灵大叫："妈，妈！"飞步抢进房来。跟着云中鹤的声音叫道："你逃到天边，我也要捉到你。"快步追了进来。

锺灵叫道："爹，这恶人……这恶人又来追我……"她逃避云中鹤的追逐，早已上气不接下气，幸好自己家中门户熟悉，东躲西藏，而云中鹤在这些转弯抹角的所在，又施展不出轻功，才给她逃到了母亲房中。云中鹤见锺万仇夫妇都在房中，不禁大喜，心想正好就此杀了锺万仇，将锺夫人、锺灵两个一并掳去。

锺万仇连发三掌，都给云中鹤闪身避开。云中鹤绕过桌子，去追锺灵，心想："得把小妞儿先点倒了，再杀其父而夺其母，免得给她逃走。"锺灵叫道："竹篙子，你再追我，我可要呵你痒了。"云中鹤一怔，叫道："你呵得我着？再试试看。"说着纵身向她扑去。

那日锺灵给云中鹤抱了去，拼命挣扎，却哪里挣得脱他的掌握？心里怕得要命，只听得南海鳄神远远追来，大叫："师娘，师娘！你伸手掏他的腋窝儿，这瘦竹篙可最怕痒。"锺灵心想："呵痒吗？那倒是我的拿手本事。"伸出手来，正要往云中鹤腋窝里呵去，不料云中鹤先听到南海鳄神的话，不等锺灵手到，忍不住已笑了起来。这么一笑，便奔不快了，南海鳄神跟着便即追到。

云中鹤道："岳老三，你可上了人家的当啦！"南海鳄神道："什么上当不上当？快放下我师娘，要不然便尝尝我鳄嘴剪的滋味。"云中鹤无可奈何，只得将锺灵放下。锺灵乘云中鹤不备，伸手便去呵痒。云中鹤弯了腰，笑得喘不过气来。他越是笑，锺灵越是不住手的呵。云中鹤一面笑，一面不住咳嗽。南海鳄神道："师娘，你这就饶了他罢，再呵下去，他一口气接不上来，可活不成啦！"锺灵好生奇怪，这恶人武功很高，怎么会给人呵痒呵死？说道："我不信，我呵死他试试看。"南海鳄神道："不成，试不得，呵死了便活不转子。云中鹤的练功罩门是在腋下'天泉穴'，这地方碰也碰不得。"

锺灵听他这么说，便放手不再呵痒。云中鹤站直身子，突然一口唾沫向南海鳄神吐去，骂道："死鳄鱼，臭鳄鱼！我练功的罩门所在，为什么说与外人知道？"锺灵道："好啊，你骂人！"伸手又去呵他痒，不料这一次却不灵了，云中鹤飞出一脚，将她踢了个筋斗，远远的站在一旁。

南海鳄神扶起锺灵，问道："师娘，你摔痛了没有？"锺灵还没回答，只见锺万仇提刀追来，叫道："臭丫头，你死在这里干什么？"南海鳄神回头喝道："他妈的，你不干不净的嚷嚷什么？"锺万仇怒道："我自己骂我女儿，管你什么事？"南海鳄神大发脾气，指着锺万仇大叫："你……你这狗贼，居然想占我便宜？我……我岳老二跟你拼了。"锺万仇道："我占你什么便宜了？"南海鳄神道："她是我师娘，已然比我大了一辈，那是事出无奈，我也没什么法子。你却自称是她老子，这……这……你……不是更比我大上两辈？岳老二在南海为尊，人人叫我老祖宗、老爷爷，来到中原，却处处比人矮上一两辈。老子不干，万万不干！"

锺万仇道："你不干就不干。她是我亲生女儿，我自然是她老子，又有什么'自称'不'自称'的？"南海鳄神歪着头向他父女瞧了一会，说道："你当然是'自称'。我师娘这么美丽，你却丑得像个妖怪，怎么会是她老子？我师娘定然是旁人生的，不是你生的。你是假老子，不是真老子！"锺万仇一听，气得脸也黑了，提刀向南海鳄神便砍。

锺灵忙劝道："爹爹，这人将我从恶人手里救了出来，你别杀他！"

锺万仇怒火冲天，骂道："臭丫头，我早疑心你不是我生的。连这大笨蛋都这么说，还有什么假的？我先杀他，再杀你，然后去杀你妈妈！"

锺灵见二人斗了起来，一时胜败难分，大声叫道："喂，岳老三，你不可伤我爹爹。"又叫："爹爹，你不能伤了岳老三！"便自走了。

她回到万劫谷来，疲累万分，到自己房中倒头便睡。睡到半夜里，只听得云中鹤大呼小叫，一间间房挨次搜来，急忙起身逃走。

这时锺灵料知走不近身去呵云中鹤的痒，一瞥眼见到地洞口的木板，她曾被华赫艮由此擒入地道，当即奔过去掀开木板，钻了进去。

云中鹤和锺万仇斗见地下出现洞穴，都是大奇。云中鹤扑将过去，想抓锺灵的脚，锺万仇出掌向他背心击去。云中鹤左手回掌格开，只恐锺灵这美貌小妞儿钻入地道之后，再也捉她不到，当即也钻了进去。

爬出丈余，黑暗中双手乱抓，突然抓到一只纤细的足踝，只听得锺灵大叫："啊哟！"挥足要想挣脱。云中鹤大喜之下，怎容她挣脱，臂上运劲，要拉她出来，哪知一拉之下，锺灵又是大叫："啊哟！"却拉她不动，似乎前面有人拉住了她。便在此时，云中鹤只觉双脚足踝一紧，已被人紧紧握住了向外拉扯，但听得锺万仇叫道："快出来，快出来！"

却是锺万仇怕他伤害女儿，追入地道，要拉他出来。锺万仇扯了两下不动，正欲运劲，突觉自己双脚足踝被人抓住，一股力道向外拉扯，南海鳄神嘶哑的嗓子叫道："马脸的丑家伙，你'自称'是我师娘的老子，想高我岳老二两辈，今日非杀了你不可。"

原来南海鳄神恰于此时带着段誉赶到，在房外眼见锺灵、云中鹤、锺万仇三人钻进了地道，心想当务之急，莫过于杀了这个"自称高我两辈的家伙"，当即窜入房中，跟着钻入地道，拉住了锺万仇双足。

段誉急忙奔进房来，对锺夫人道："锺伯母，救锺灵妹子要紧。"正欲钻入地道，突然身子被人一推，当即摔倒。

一个女子叫道："岳老三、云老四，你两个快快出来！老大盼咐，叫你们两个不得自相残杀！"正是"无恶不作"叶二娘，奉了段延庆之命，来召唤南海鳄神和云中鹤。她来得迟了一步，但见到云中鹤钻入地道，锺万仇与南海鳄神先后钻进，只道南海鳄神要去追杀云中鹤，云老四武功不及他，只怕给他杀了，老大非大大怪罪不可。叫了几声，不见南海鳄神出来，当即钻进地洞，抓住了南海鳄神双脚，奋力要拉他出来。

段誉叫道："喂喂，你们不可伤我锺灵妹子，她本来是我没过门的妻子，现下是我妹子啦！"但听得地道中吆喝叫嚷，声音杂乱，不知是谁在叫些什么，心想三大恶人挤在地道之中，锺灵定是凶多吉少，她对我有情有义，我虽无武功，也当拼命相救，当即扑到地洞口，抓住叶二娘的双脚足踝，用力要拉她出来。

他双手紧握，自然而然便是叶二娘足踝上低陷易握的所在，此处俗称"手一束"，刚好一手可以抓住，却是"足太阴脾经"中的"三阴交"大穴，乃是"足少阴肾经"、"足太阴脾经"、"足厥阴心包经"三阴交会之处。他大拇指的"少商穴"一与叶二娘足踝"三阴交"要穴相接，双方同时使劲，叶二娘的内力立即倒泻而

· 346 ·

出，涌入段誉体内。

地道内转侧不易，云中鹤抓住锺灵足踝，锺万仇抓住云中鹤足踝，南海鳄神抓住锺万仇足踝，叶二娘抓住南海鳄神足踝，最后段誉拉住叶二娘足踝，除了锺灵之外，五个人都拼命要将前面之人拉出地道。锺灵无甚力气，本来云中鹤极易将她拉出，但不知如何，竟似有人紧紧拉住了她，不让她出来！

这一连串人都是拇指少商穴和前人足踝三阴交穴相连。叶二娘的内力泻向段誉，跟着内力传递，南海鳄神、锺万仇、云中鹤、锺灵四人的内力也奔泻而出。锺灵本来没什么内力，倒也罢了。余下四人却都吓得魂飞魄散，拼命挥脚，想摆脱后人的掌握，但给紧紧抓住了，说什么也摔不脱，越是用劲使力，内力越是飞快的散失。

云中鹤只觉锺灵脚上源源传来内力，跟着又从自己脚上传出，心想这小妞儿如何有如此深厚内力，实在奇怪，好在自己脚上内力散失，手上却有补充，自然说什么也不肯放脱锺灵足踝，以免有去无来。锺万仇等也是一般的念头，尽管心中害怕，双手却越抓越紧，正如溺水之人死命抓着任何外物不放，逃生活命，全仗于此。

这一连串人在地道中什么也瞧不见，起初还惊唤叫嚷："老大叫你们去！""快放开我脚！""老子宰了你！""抓着我干什么？快松手！""妈！妈！爹爹！"到后来突觉手上传来的内力渐弱，足踝上内力的去势却丝毫不减，更是惊骇无比。

段誉拉扯良久，但觉内力源源涌入身来，他先前在无量山有过经历，这时已能应付，每当燥热难当之际，便将涌到的内力贮入膻中气海。可是过得良久，只觉膻中气海似乎要胀裂一般，渐渐害怕起来，但想锺灵遭遇极大凶险，无论如何不能放手，咬紧了牙齿拼命抵受。

甘宝宝眼见怪事接续而来，登时手足无措，心中兀自在回思适才给段正淳搂在怀中亲热的消魂滋味，坐在椅上呆呆出神，嘴里轻轻叫着:"淳哥,淳哥,他叫我'亲亲宝宝',他抱着我亲我,这次是真的,不是做梦!"

段誉胸口烦热难忍,手上力道却越来越大,这时地道中众人的内力,几有半数都移入了他体内。他终于将叶二娘慢慢拉出了地洞,跟着南海鳄神、锺万仇、云中鹤、锺灵一连串的拉扯着出来。段誉见到锺灵,心下大慰,当即放开叶二娘,抢前去扶锺灵,叫道:"灵妹,灵妹,你没受伤吗?"

叶二娘等四人的内力都耗了一半,一个个松开了手,坐在地板上呼呼喘气。

锺万仇突然叫道:"有男人!地道内有男人!是段正淳,段正淳!"他突然想明白了"夫人房内有此地道,必是段正淳干的好事,适才在房外听到男人声音,见到男人黑影,必是段正淳无疑。"妒火大炽,抢过去一把推开段誉,抓住锺灵后领,要将她掷在一旁,然后冲进地道去揪段正淳出来。

甘宝宝听他大叫"段正淳",登时从沉思中醒转,站起身来,心中只是叫苦。

锺万仇没想到自己内力大耗,抓住锺灵后领非但掷她不动,反而双足酸软,一交坐倒在地。但他兀自不死心,仍是要将锺灵扯离地洞,说什么也不能放过了段正淳。

扯得几扯,只见地洞中伸上两只手来,握在锺灵双手手腕上,锺万仇大叫:"段正淳,你上来,我跟你拼个死活。"用力拉扯锺灵向后,地洞中果然慢慢带起一个人来。

这人果然是个男人!

锺万仇大叫:"段正淳!"放下锺灵,扑上去揪住他胸膛,提将起来,只见这人獐头鼠目,愁眉苦脸,歪嘴耸肩,身材瘦削,与段正淳大大不同。段誉叫道:"霍先生,你怎么在这里?"原来这人是金算盘崔百泉。

·348·

锤万仇大叫："不是段正淳！"仰天摔倒，抓着崔百泉的五指兀自不放。突然之间，地洞中又伸起两只手，抓在崔百泉的双脚足踝之上。锤万仇大叫："段正淳！"用力拉扯，又扯出一个人来。

只见这人头顶无发，惟有香疤，是个和尚，满脸皱纹，双眉焦黄，不但是和尚，而且是个极老的老和尚。段誉叫道："黄眉大师，你怎么在这里？"原来这老僧正是黄眉大师。

锤万仇奋起残余的精力，再将黄眉僧拉出地洞，他足上却再没人手握着了。锤万仇冲进地道，过了良久，气喘喘的爬出来，叫道："没人了，地道内没人。"瞧瞧崔百泉，瞧瞧黄眉僧，这两人说什么也不能是锤夫人的情夫，心下大慰，叫道："夫人，对不住，我……我又怨枉了你！"这时精力耗竭，爬在地洞口只是喘气，再也站不起来了。

黄眉僧、崔百泉、叶二娘、南海鳄神、云中鹤五人都坐在地下，运气调息。五人中黄眉僧功力远胜，不久便即站起，喝道："三个恶人，今日便饶了你们性命，今后再到大理来啰唣，休怪老僧无情！"

叶二娘、南海鳄神、云中鹤于地道中的奇变兀自摸不到丝毫头脑，只道是黄眉僧使的手脚，心想这老和尚连老大也斗他不过，他一下子取了我一半内力去，哪里还敢作声。三人又调息半晌，慢慢站起，向黄眉僧微微躬身，出房而去。此时三大恶人已全无半分恶气。

黄眉僧、崔百泉、段誉三人别过锤万仇夫妇与锤灵，出谷而去，来到谷口，段正淳带着两名家将正在等候。段正淳、段誉父子相见，俱感惊诧。

原来段正淳见锤万仇冲进房来，内心有愧，从地道中急速逃走，钻出地道时却见崔百泉在旁守候。崔百泉素知王爷的风流性格，当下也不多问，自告奋勇入地道探察，以防锤夫人遭了丈夫毒手，却遇到锺灵给云中鹤抓住了足踝。崔百泉当即抓住她手腕相助。正感支持不住，忽然足踝为人拉住。却是黄眉僧凝思棋局之际，听到地道中忽有异声，于是从石屋中钻入地道，循声寻至，辨明了崔百泉的口音，出手相助。不料在这一役中，黄眉僧与崔百泉的内力，却也有一小半因此移入了段誉体内。

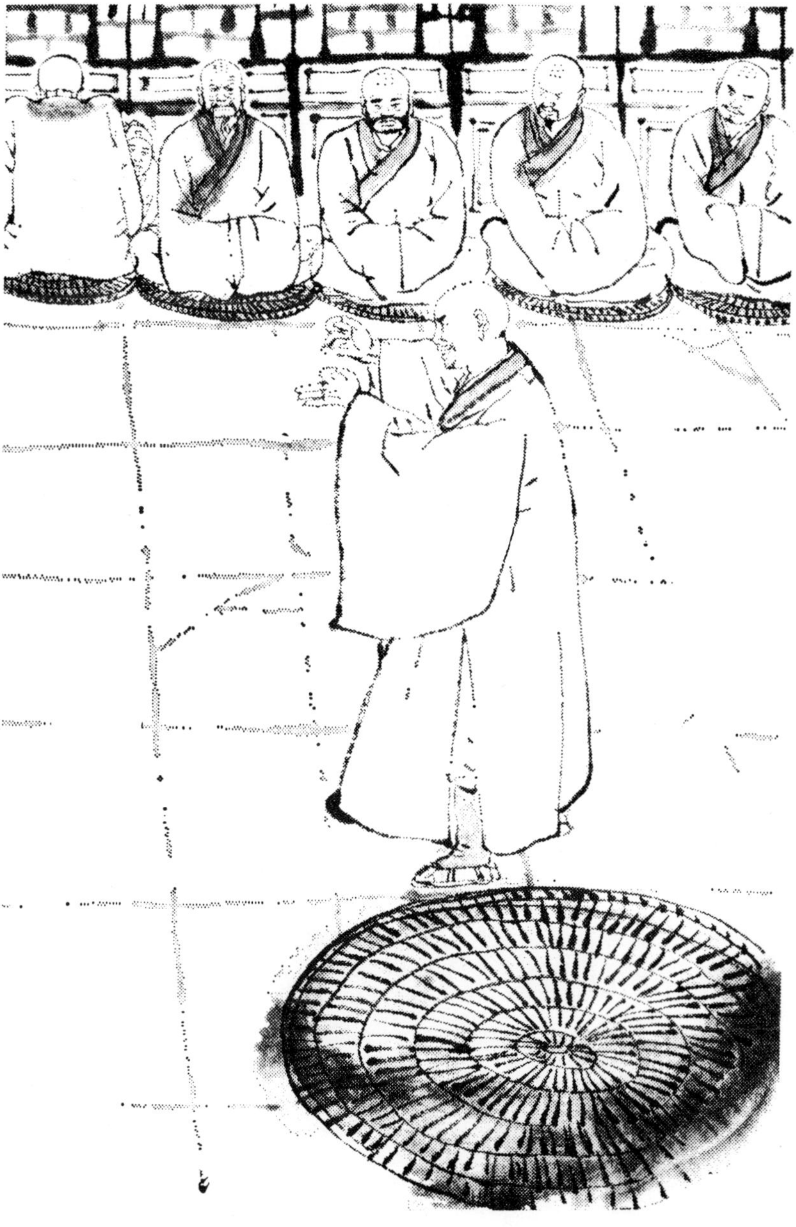

鸠摩智右手拇指和食指轻轻搭住,似是拈住了一朵鲜花一般,脸露微笑,左手五指向右轻弹,出指轻柔无比,像是弹去右手鲜花上的露珠,却又生怕震落了花瓣。

十

剑气碧烟横

次日清晨，段正淳与妻儿话别。听段誉说木婉清昨晚已随其母秦红棉而去，段正淳呆了半晌，叹了几口气，问起崔百泉、过彦之二人，却说早已首途北上。随即带同三公、四护卫到宫中向保定帝辞别，与慧真、慧观二僧向陆凉州而去。段誉送出东门十里方回。

这日午后，保定帝正在宫中禅房诵读佛经，一名太监进来禀报："皇太弟府詹事启奏，皇太弟世子突然中邪，已请了太医前去诊治。"保定帝本就担心，段誉中了延庆太子的毒后，未必便能安然清除，当即差两名太监前去探视。过了半个时辰，两名太监回报："皇太弟世子病势不轻，似乎有点神智错乱。"

保定帝暗暗心惊，当即出宫，到镇南王府亲去探病。刚到段誉卧室之外，便听得砰嘭、乒乓、喀喇、呛啷之声不绝，尽是诸般器物碎裂之声。门外侍仆跪下接驾，神色甚是惊惶。

保定帝推门进去，只见段誉在房中手舞足蹈，将桌子、椅子，以及各种器皿陈设、文房玩物乱推乱摔。两名太医东闪西避，十分狼狈。保定帝叫道："誉儿，你怎么了？"

段誉神智却仍清醒，只是体内真气内力太盛，便似要迸破胸膛冲将出来一般，若是挥动手足，掷破一些东西，便略略舒服一些。他见保定帝进来，叫道："伯父，我要死了！"双手在空中乱挥圈子。

刀白凤站在一旁,只是垂泪,说道:"大哥,誉儿今日早晨还好端端地送他爹出城,不知如何,突然发起疯来。"保定帝安慰道:"弟妹不必惊慌,定是在万劫谷所中的毒未清,不难医治。"向段誉道:"觉得怎样?"

段誉不住的顿足,叫道:"侄儿全身肿了起来,难受之极。"保定帝瞧他脸面与手上皮肤,一无异状,半点也不肿胀,这话显是神智迷糊了,不由得皱起了眉头。

原来段誉昨晚在万劫谷中得了五个高手的一小半内力,当时也还不觉得如何,送别父亲后睡了一觉,睡梦中真气失了导引,登时乱走乱闯起来。他跳起身来,展开"凌波微步"走动,越走越快,真气鼓荡,更是不可抑制,当即大声号叫,惊动了旁人。

一名太医道:"启奏皇上,世子脉搏洪盛之极,似乎血气太旺,微臣愚见,给世子放一些血,不知是否使得?"保定帝心想此法或许管用,点头道:"好,你给他放放血。"那太医应道:"是!"打开药箱,从一只磁盒中取出一条肥大的水蛭来。水蛭善于吸血,用以吸去病人身上的瘀血,最为方便,且不疼痛。那太医捏住段誉的手臂,将水蛭口对准他血管。水蛭碰到段誉手臂后,不住扭动,无论如何不肯咬上去。那太医大奇,用力按着水蛭,过得半响,水蛭一挺,竟然死了。那太医在皇帝跟前出丑,额头汗水涔涔而下,忙取过第二只水蛭来,仍是如此僵死。

另一名太医脸有忧色,说道:"启奏皇上,世子身上中有剧毒,连水蛭也毒死了。"他哪知道段誉吞食了万毒之王的莽牯朱蛤后,任何蛇虫闻到他身上气息,便即远避,即令最厉害的毒蛇也都慑服,何况小小水蛭?

保定帝心中焦急,问道:"那是什么毒药,如此厉害?"一名太医道:"以臣愚见,世子脉象亢燥,是中了一种罕见的热毒,

· 354 ·

这名称么？这个……这个……微臣愚鲁……"另一名太医道："不然，世子脉象阴虚，毒性唯寒，当用热毒中和。"段誉体内既有黄眉僧、南海鳄神、锺万仇阳刚的内力，复有叶二娘、云中鹤阴柔的内力，两名太医各见一偏，都说不出个真正的所以然来。

保定帝听他们争论不休，这二人是大理国医道最精的名医，见地却竟如此大相枘凿，可见侄儿体内的邪毒实是古怪之极，右手伸出食、中、无名三指，轻轻搭在段誉腕脉的"列缺穴"上。他段家子孙的脉搏往往不行于寸口，而行于列缺，医家称为"反关脉"。

两名太医见皇上一出手便显得深明医道，都是好生佩服。一人道："医书上言道：反关脉左手得之主贵，右手得之主富，左右俱反，大富大贵。陛下、镇南王、世子三位都是反关脉。"另一人道："三位大富大贵，那也不用因反关脉而知。"先一人道："不然。世子的脉象既然大富大贵，足证此病虽然凶险，却无大碍。"另名太医不以为然，心道："大富大贵之人，难道就没有夭折的？"但这句话却不便出口了。

保定帝只觉侄儿脉搏跳动既劲且快，这般跳将下去，心脏如何支持得住？手指上微一使劲，想查察他经络中更有什么异象，突然之间，自身内力急泻而出，霎时便无影无踪。他大吃一惊，急忙松手。他自不知段誉已练成了"北冥神功"中的手太阴肺经，而列缺穴正是这路经脉中的穴道。保定帝一运内劲，便是将内力灌入段誉体内。

段誉叫声："啊哟！"全身剧震，颤抖难止。

保定帝退后两步，说道："誉儿，你遇到了星宿海的丁春秋吗？"段誉道："丁……丁春秋？侄儿不知他是谁。"保定帝道："听说是个仙风道骨、画中神仙一般的老人。"段誉道："侄儿从来没见过他。"保定帝道："这人有一身邪门功夫，善消别人内力，叫作'化功大法'，能令人毕生武学修为废于一旦，天下武

·355·

林之士，无不深恶痛绝。你既没见过他，怎……怎学到了这门邪功？"段誉忙道："侄儿没学……学过。丁春秋和化功大法，侄儿刚才还是首次听伯父说到。"

保定帝料他不会撒谎，更不会来化自己的内力，一转念间已明其理："是了，定是延庆太子学过这门邪功，不知使了什么古怪法道，将此邪功渡入誉儿体内，让他不知不觉的便害了我和淳弟。嘿嘿，此人号称'天下第一恶人'，果真名不虚传！"

但见段誉双手在身上乱搔乱抓，将衣服扯得稀烂，皮肤上搔出条条血痕，竭力忍住，才不号叫呼喊，口中不住呻吟。刀白凤不住安慰："誉儿，你耐着些儿，过一会儿便好了。"保定帝寻思："这个难题，只有向天龙寺去求教了。"说道："誉儿，我带你去拜见几位长辈，料想他们定有法子给你治好邪毒。"段誉应道："是！"刀白凤忙取过衣衫给儿子换上。保定帝带同他出府，各乘一马，向点苍山驰去。

天龙寺在大理城外点苍山中岳峰之北，正式寺名叫作崇圣寺，但大理百姓叫惯了，都称之为天龙寺，背负苍山，面临洱水，极占形胜。寺有三塔，建于唐初，大者高二百余尺，十六级，塔顶有铁铸记云："大唐贞观尉迟敬德造。"相传天龙寺有五宝，三塔为五宝之首。

段氏历代祖先做皇帝的，往往避位为僧，都是在这天龙寺中出家，因此天龙寺便是大理皇室的家庙，于全国诸寺之中最是尊荣。每位皇帝出家后，子孙逢他生日，必到寺中朝拜，每朝拜一次，必有奉献装修。寺有三阁、七楼、九殿、百厦，规模宏大，构筑精丽，即是中原如五台、普陀、九华、峨嵋诸处佛门胜地的名山大寺，亦少有其比，只是僻处南疆，其名不显而已。

段誉一路在马背之上，遵从伯父指点，镇制体内冲突不休的内息，烦恶稍减，这时随着伯父来到寺前。这天龙寺乃保定帝常到之地，当下便去谒见方丈本因大师。

本因大师若以俗家辈份排列，是保定帝的叔父，出家人既不拘君臣之礼，也不叙家人辈行，两人以平等礼法相见。保定帝将段誉如何为延庆太子所擒、如何中了邪毒、如何身染邪功化人内力，一一说了。

本因方丈沉吟片刻，道："请随我去牟尼堂，见见三位师兄弟。"保定帝道："打扰众位大和尚清修，罪过不小。"本因方丈道："镇南世子将来是我国嗣君，一身系全国百姓的祸福。你的见识内力只有在我之上，既来问我，自是大大的疑难。我一人难决，当与三位师兄弟共商。"

两名小沙弥在前引路，其后是本因方丈，更后是保定帝叔侄，由左首瑞鹤门而入，经幌天门、清都瑶台、无无境、斗母宫、三元宫、兜率大士院、雨花院、般若台，来到一条长廊之侧。两名小沙弥躬身分站两旁，停步不行。三人沿长廊更向西行，来到几间屋前。段誉曾来天龙寺多次，此处却从所未到，只见那几间屋全以松木搭成，板门木柱，木料均不去皮，天然质朴，和一路行来金碧辉煌的殿堂截然不同。

本因方丈双手合什，说道："阿弥陀佛，本因有一事疑难不决，打扰三位师兄弟的功课。"屋内一人说道："方丈请进！"本因伸手缓缓推门。板门支支格格的作响，显是平时极少有人启闭。段誉随着方丈和伯父跨进门去，他听方丈说的是"三位师兄弟"，室中却有四个和尚分坐四个蒲团。三僧朝外，其中二僧容色枯槁，另一个壮大魁梧。东首的一个和尚脸朝里壁，一动不动。

保定帝认得两个枯黄精瘦的僧人法名本观、本相，都是本因方丈的师兄，那魁梧的僧人法名本参，是本因的师弟。他只知天龙寺牟尼堂共有"观、相、参"三位高僧，却不知另有一位僧人，当下躬身为礼。本观等三人微笑还礼。那面壁僧人不知是在入定,还是功课正到紧要关头,不能分心,始终没加理会。保定帝知道"牟尼"两字乃是寂静、沉默之意,此处既是牟尼堂,须当说话越少越好,于是要言不烦,将段誉身中邪毒之事说了,最后道:"祈恳四位大德指点明路。"

本观沉吟半晌,又向段誉打量良久,说道:"两位师弟意下若何?"本参道:"便是稍损内力,也未必便练不成六脉神剑。"

保定帝听到"六脉神剑"四字,心中不由得一震,寻思:"幼时曾听爹爹说起,我段氏祖上有一门'六脉神剑'的武功,威力无穷。但爹爹言道,那也只是传闻而已,没听说曾有哪一位祖先会此功夫,而这功夫到底如何神奇,也是谁都不知。本参大师这么说,原来确有这么一门奇功。"转念又想:"本参大师这话之意,是要以内力为誉儿解毒,这样一来,势必累到他们修练'六脉神剑'的进境受阻。但誉儿所中的邪毒、邪功,古怪之极,若不是咱们此间五人并力,如何能治?"心中虽感歉仄,终究没出言推辞。

本相和尚一言不发,站起身来,低头垂眉,斜占东北角方位。本观、本参也分立两处方位。本因方丈道:"善哉!善哉!"占了西南偏西的方位。

保定帝道:"誉儿,四位祖公长老,不惜损耗功力,为你驱治邪毒,快些叩谢。"段誉见了伯父的神色和四僧举止,情知此事非同小可,当即拜倒,向四僧一一磕头。四僧微笑点头。保定帝道:"誉儿,你盘膝坐下,心中什么也别想,全身更不可使半分力气,如有剧痛奇痒,皆是应有之象,不必惊怖。"段誉答应了,依言坐定。

本观和尚竖起右手拇指,微一凝气,便按在段誉后脑的风府穴上,一阳指力源源透入。那风府穴离发际一寸,属于督脉。跟着本相和尚点他任脉紫宫穴,本参和尚点他阴维脉大横穴,本因方丈点他冲脉幽门穴和带脉章门穴，保定帝点他阴跷脉睛明穴。奇经八脉共有八个经脉，五人留下阳维、阳跷两脉不点。五人使的都是一阳指功，以纯阳之力，要将他体内所中邪毒、邪功，自阳维、阳跷两脉的诸处穴道中泄出。

这段氏五大高手一阳指上的造诣均在伯仲之间，但听得嗤嗤声响，五股纯阳的内力同时透入段誉体内。段誉全身一震之下，登时暖洋洋地说不出的舒服，便如冬日在太阳下曝晒一般。五人手指连动，只感自身内力进入段誉体内后渐渐消融，再也收不回来。段誉并未练过奇经八脉的"北冥神功"，但五大高手以一阳指手力强行注入，段誉却也无可奈何，内力一至他膻中气海，便即贮存。段氏五大高手你瞧瞧我，我瞧瞧你，都是惊疑不定。

猛听得"呜哗——"一声大喝，各人耳中均震得嗡嗡作响。保定帝知道这是佛门中一门极上乘的功夫，叫作"狮子吼"，一声断喝中蕴蓄深厚内力，大有慑敌警友之效。只听那面壁而坐的僧人说道："强敌日内便至，天龙寺百年威名，摇摇欲堕，这黄口乳子中毒也罢，着邪也罢，这当口值得为他白损功力吗？"这几句话中充满着威严。

本因方丈道："师叔教训得是！"左手一挥，五人同时退后。

保定帝听本因方丈称那人为师叔，忙道："不知枯荣长老在此，晚辈未及礼敬，多有罪业。"原来枯荣长老在天龙寺中辈份最高，面壁已数十年，天龙寺诸僧众，谁也没见过他真面目。保定帝也是只闻其名，从来没拜见过，一向听说他在双树院中独参枯禅，十多年没听人提起，只道他早已圆寂。

枯荣长老道："事有轻重缓急，大雪山大轮明王之约，转眼就到。正明，你也来参详参详。"保定帝道："是。"心想："大雪山大轮明王佛法渊深，跟咱们有何瓜葛？"

本因方丈从怀中取出一封金光灿烂的信来，递在保定帝手中。

·359·

保定帝接了过来，着手重甸甸地，但见这信奇异之极，竟是用黄金打成极薄的封皮，上用白金嵌出文字，乃是梵文。保定帝识得写的是："书呈崇圣寺住持"，从金套中抽出信笺，也是一张极薄的金笺，上用梵文书写，大意说："当年与姑苏慕容博先生相会，订交结友，谈论当世武功。慕容先生言下对贵寺'六脉神剑'备致推崇，深以未得拜观为憾。近闻慕容先生仙逝，哀痛无已，为报知己，拟向贵寺讨求该经，焚化于慕容先生墓前，日内来取，勿却为幸。贫僧自当以贵重礼物还报，未敢空手妄取也。"信末署名"大雪山大轮寺释子鸠摩智合什百拜"。笺上梵文也以白金镶嵌而成，镶工极尽精细，显是高手匠人花费了无数心血方始制成。单是一个信封、一张信笺，便是两件弥足珍贵的宝物，这大轮明王的豪奢，可想而知。

保定帝素知大轮明王鸠摩智是吐蕃国的护国法王，但只听说他具大智慧，精通佛法，每隔五年，开坛讲经说法，西域天竺各地的高僧大德，云集大雪山大轮寺，执经问难，研讨内典，闻法既毕，无不欢喜赞叹而去。保定帝也曾动过前去听经之念。这信中说与姑苏慕容博谈论武功，结为知己，然则也是一位武学高手。这等大智大慧之人，不学武则已，既为此道中人，定然非同小可。

本因方丈道："《六脉神剑经》乃本寺镇寺之宝，大理段氏武学的至高法要。正明，我大理段氏最高深的武学是在天龙寺，你是世俗之人，虽是自己子侄，许多武学的秘奥，亦不能向你泄露。"保定帝道："是，此节我理会得。"本观道："本寺藏有《六脉神剑经》，连正明、正淳他们也不知晓，却不知那姑苏慕容氏如何得知。"

段誉听到这里，忽地想起，在无量山石洞的"琅嬛福地"中，一列列的空书架上，签条注明"大理段氏"之处，有"一阳指诀，缺"、"六脉神剑经，缺"的字样，心道："神仙姊姊搜罗天下各家各派武谱拳经，但我家的《一阳指诀》和《六脉神剑经》，她终究没有得到。"心中有些得意，却也有些惆怅，料想神仙姊姊对此必感遗憾。

只听本参气愤愤的道："这大轮明王也算是举世闻名的高僧了，怎能恁地不通情理，胆敢向本寺强要此经？正明，方丈师兄知道善者不来，来者不善，此事后果非小，自己作不得主，请枯荣师叔出来主持大局。"

本因道："本寺虽藏有此经，但说也惭愧，我们无一人能练成经上所载神功，连稍窥堂奥也说不上。枯荣师叔所参枯禅，是本寺的另一路神功，也当再假时日，方克大成。我们未练成神功，外人自不得而知，难道大轮明王竟有恃无恐，不怕这六脉神剑的绝学吗？"

枯荣冷冷的道："谅来他对六脉神剑是不敢轻视的。他信中对那慕容先生何等钦迟，而这慕容先生又心仪此经，大轮明王自知轻重。只是他料到本寺并无出类拔萃的高人，宝经虽珍，但无人能够练成，那也枉然。"

本参大声道："他如自己仰慕，相求借阅一观，咱们敬他是佛门高僧，最多不过婉言谢绝，也没什么大不了。最气人的，他竟要拿去烧化给死人，岂不太也小觑了天龙寺么？"

本相喟然叹道："师弟倒不必因此生嗔着恼，我瞧那大轮明王并非妄人，他是想效法吴季札墓上挂剑的遗意，看来他对那位慕容先生钦仰之极，唉，良友已逝，不见故人……"说着缓缓摇头。保定帝道："本相大师知道那慕容先生的为人么？"本相道："我不知道。但想大轮明王是何等样人，能得他如此钦佩，慕容先生真非常人也。"说时悠然神往。

本因方丈道："师叔估量敌势，咱们若非赶紧练成六脉神剑，只怕宝经难免为人所夺，天龙寺一败涂地。只是这神剑功夫以内力为主，实非急切间一蹴可成。正明，非是我们对誉官所中邪毒袖手不理，就只怕大家内力耗损过多，强敌猝然而至，那就难以抵挡。看来誉官所中邪毒虽深，数日间性命无碍，这几天就让他在这里静养，伤势倘有急变，我们随时设法救治，待退了大敌之后，我们全力以赴，给他驱毒如何？"

保定帝虽然担心段誉病势，但他究竟极识大体，知道天龙寺是大理段氏的根本。每逢皇室有难，天龙寺倾力赴援，总是转危为安。当年奸臣杨义贞弑上德帝篡位，全仗天龙寺会同忠臣高智昇靖难平乱。大理段氏于五代石晋天福二年丁酉得国，至今一百五十八年，中间经过无数大风大浪，社稷始终不堕，实与天龙寺稳镇京畿有莫大关连，今日天龙有警，与社稷遇危一般无二，当下说道："方丈仁德，正明感激无已，但不知对付大轮明王一事之中，正明亦能稍尽绵薄么？"

本因沉吟道："你是我段氏俗家第一高手，如能联手共御强敌，确能大增声威。可是你乃世俗之人，如参与佛门弟子的争端，难免令大轮明王笑我天龙寺无人。"

枯荣忽道："咱们倘若分别练那六脉神剑，不论是谁，终究内力不足，都是练不成的。我也曾想到一个取巧的法子，各人修习一脉，六人一齐出手。虽然以六敌一，胜之不武，但我们并非和他单独比武争雄，而是保经护寺，就算一百人斗他一人，却也说不得了。只是算来算去，天龙寺中再也寻不出第六个指力相当的好手来，自以为此踌躇难决。正明，你就来凑凑数罢。只不过你须得剃个光头，改穿僧装才成。"他越说越快，似乎颇为兴奋，但语气仍是冷冰冰地。

保定帝道："皈依我佛，原是正明的素志，只是神剑秘奥，正明从未听闻，仓卒之际，只怕……"

本参道："这路剑法的基本功夫，你早就已经会了，只须记一记剑法便成。"保定帝不解，道："请方丈指点。"本因方丈道："你且坐下。"保定帝在一个蒲团上盘膝坐下。

本因道："六脉神剑，并非真剑，乃是以一阳指的指力化作剑气，有质无形，可称无形气剑。所谓六脉，即手之六脉太阴肺经、厥阴心包经、少阴心经、太阳小肠经、阳明胃经、少阳三焦经。"说着从本观的蒲团后面取出一个卷轴。

本参接过，悬在壁上，卷轴舒开，帛面因年深日久，已成焦黄之色，帛上绘着个裸体男子的图形，身上注明穴位，以红线黑线绘着六脉的运走径道。保定帝是一阳指的大行家，这《六脉神剑经》以一阳指指力为根基，自是一看即明。

段誉躺在地下，见到帛轴和裸体男子的图形，登时想起了那个给自己撕烂了的帛轴，心想："身上的穴道经脉，男女都是一般，神仙姊姊也真奇怪，为什么要绘成裸女之形，而且这裸女又绘上自己的相貌？"隐隐觉得不妥，似乎神仙姊姊有意以色相诱人，教人不得不练图中的神功，自己神智迷糊中将帛轴撕了，说不定反而免去了一场劫难。只是如此推想未免亵渎了神仙姊姊，这念头只在脑海中一闪而过，再也不敢多想。

本因道："正明，你是大理国一国之主，改装易服，虽是一时的权宜之计，但若给对方瞧出了破绽，颇损大理国威名。利害相参，盼你自决。"保定帝双手合什，说道："护法护寺，义无反顾。"本因道："很好。只是这《六脉神剑经》不传俗家子弟，你须得剃度了，我才传你。待退了强敌，你再还俗。"保定帝站起身来，双膝跪地，道："请大师慈悲。"

枯荣大师道："你过来，我给你剃度。"

保定帝走上前去，跪在他身后。段誉见伯父要剃度为僧，心下暗暗惊异，只见枯荣大师伸出右手，反过来按在保定帝头上，手掌上似无半点肌肉，皮肤之下包着的便是骨头。枯荣大师仍不转身，说偈道："一微尘中入三昧，成就一切微尘定，而彼微尘亦不增，于一普现难思刹。"手掌提起，保定帝满头乌发尽数落下，头顶光秃秃地更无一根头发，便是用剃刀来剃亦无这等干净。段誉固然大为惊讶，保定帝、本观、本因等也无不钦佩："枯荣大师参修枯禅，功力竟已到如此高深境界。"

只听枯荣大师说道："入我佛门，法名本尘。"保定帝合什道："谢师父赐名。"佛门不叙世俗辈份，本因方丈虽是保定帝的叔父，但保定帝受枯荣剃度，便成了本因的师弟。当下保定帝去换上了僧袍僧鞋，宛然便是一位有道高僧。

枯荣大师道："那大轮明王说不定今晚便至，本因，你将六脉神剑的秘奥传于本尘。"本因道："是！"指着壁上的经脉图，说道："本尘师弟，这六脉之中，你便专攻'手少阳三焦经脉'，真气自丹田而至肩臂诸穴，由清冷渊而至肘弯中的天井，更下而至四渎、三阳络、会宗、外关、阳池、中渚、液门，凝聚真气，自无名指的'关冲'穴中射出。"

保定帝依言运起真气，无名指点处，嗤嗤声响，真气自"关冲"穴中汹涌迸发。

枯荣大师喜道："你内力修为不凡。这剑法虽然变化繁复，但剑气既已成形，自能随意所之了。"

本因道："依这六脉神剑的本意，该是一人同使六脉剑气，但当此末世，武学衰微，已无人能修聚到如此强劲浑厚的内力，咱们只好六人分使六脉剑气。师叔专练拇指少商剑，我专练食指商阳剑，本观师兄练中指中冲剑，本尘师弟练无名指关冲剑，本相师兄练小指少冲剑，本参师弟练左手小指少泽剑。事不宜迟，咱们这便起始练剑。"

他又取出六幅图形，悬于四壁，少商剑的图形则悬在枯荣大师面前。每幅图上都是纵横交叉的直线、圆圈和弧形。六人专注自己所练一剑的剑气图,伸出手指在空中虚点虚划。

段誉缓缓坐起身来,只觉体内真气鼓荡,比先前更加难以忍受。原来保定帝、本因等五人适才又以不少内力输进了他体内。段誉见伯父和方丈等正在凝神用功,不敢出声打扰,呆坐良久,甚感无聊,无意中向悬在枯荣大师面前壁上的那张经脉穴道图望去。只看了一会,便觉自己右手小臂不住抖动,似有什么东西要突破皮肤而迸发出来。那小老鼠一般的东西所要冲出来之处,正是穴道图上所注明的"孔最穴"。

这一路"手太阴肺经"他倒是练过的,壁间图形中穴道与裸女图相同,但线路却截然大异。顺着经脉图上的红线一路看去,自孔最而至大渊,随即跳过来回到尺泽,再向下而至鱼际,虽然盘旋往复,但体内这股左冲右突的真气,居然顺着心意,也迂回曲折的沿臂而上,升至肘弯,更升至上臂。真气顺着经脉运行,他全身的烦恶立时减轻,当下专心凝志的将这股真气纳入膻中穴去。

但经脉运行既异,这股真气便不能如裸女帛轴上所示那样顺利贮入膻中,过不多时,便"啊唷,啊唷"的叫了出来。保定帝听得他的叫唤,忙转头问道:"觉得怎样?"段誉道:"我身上有无数气流奔突窜跃,难过之极,我心里想着太师伯图上的红线,气流便归到了膻中穴,啊唷!嗯,可是膻中穴中越塞越满,放不下了。我……我……我……我的胸膛要爆破了!"

这等内力的感应,只有身受者方自知觉,他只觉胸膛高高鼓起,立时便要胀破,在旁人看来却无半点异状。保定帝深知修习内功者的诸般幻象,本来膻中穴鼓胀欲破的情景,至少要练功至二十年后、内力浑厚无比之时方会出现,段誉从未学过内功,料来这幻象必是体内邪毒所致。保定帝暗暗惊异,知他若不导气归虚,全身便会瘫痪,但将这些邪毒深藏而入内府,以后再要驱出便千难万难。他平素处理疑难大事,明断果敢,往往一言而决,然眼前之事关系段誉一生祸福，稍有差池，立时便有性命之忧，眼见段誉双目神光散乱，已显颠狂之态，更无犹豫的余地，心意已决："这当口便是饮鸩止渴，也说不得了。"说道："誉儿，我教你导气归虚的法门。"当下连比带说，将法门传授了他。

段誉不及等到听完，便已一句一句的照行。大理段氏的内功法要，果是精妙绝伦，他一经照做，四外流窜的真气便即逐一收入脏腑。中国医书中称人体内部器官为"五脏六腑"，"脏"便是"藏"，"腑"便是"府"，原有聚集积蓄之意。段誉先吸得了无量剑派七弟子的全部内力，后来又吸得了段延庆、黄眉僧、叶二娘、南海鳄神、云中鹤、锺万仇、崔百泉等高手的部分内力，这一日又得了保定帝、本观、本相、本因、本参段氏五大高手的一小部分内力，体内真气之厚，内力之强，几已可说得上震古铄今，并世无二。这时得伯父的指点，将这些真气内力逐步藏入内府，全身越来越舒畅，只觉轻飘飘地，似乎要凌空飞起一般。

保定帝眼见他脸露笑容，欢喜无已，还道他入魔已深，只怕这邪毒从此和他一生纠缠固结，再难尽除，不免成为终身之累，不由得暗暗叹息。

枯荣大师听得保定帝传功已毕，便道："本尘，诸业皆是自作自受，休咎祸福，尽从心生。你不必太为旁人担忧，赶紧练那关冲剑罢！"保定帝应道："是！"收摄心神，又去钻研关冲剑剑法。

段誉体内的真气充沛之极，非一时三刻所能收藏得尽，只是那法门越行越熟，到后来也越收越快。僧舍中七人各自行功，不觉东方之既白。

但听得报晓鸡啼声喔喔，段誉自觉四肢百骸间已无残存真气，站起身来活动一下肢体，见伯父和五位高僧兀自在专心练剑。他不敢开门出去闲步，更不敢出声打扰六人用功，无事可作，顺便向伯父那张经脉图望望，又向关冲剑的剑法图解瞧瞧，虽听太师伯说过,六脉神剑不传俗家子弟,但想这等高深的武功我怎学得会,随便瞧瞧,当亦无碍。看得心神专注之时,突觉一股真气自行从丹田中涌出,冲至肩臂,顺着红线直至无名指的关冲穴。他不会运气冲出,但觉无名指的指端肿胀难受,心想:"还是让这股气回去罢。"心中这么想,那股气流果真顺着经脉回归丹田。

段誉不知无意之间已窥上乘内功的法要,只不过觉得一股气流在手臂中这么流来流去,随心所欲,甚是好玩。牟尼堂三僧之中,他觉以本相大师最是随和可亲,侧头去看他的"手少阴心经脉图"。只见这路经脉起自腋下的极泉穴,循肘上三寸至青灵穴,至肘内陷后的少海穴,经灵道、通里、神门、少府诸穴,通至小指的少冲穴。如此缓缓存想,一股真气果然便循着经脉路线运行,只是快慢洪纤,未能尽如意旨,有时甚灵,有时却全然不行,料想是功力未到之故,却也不在意下。

只半日工夫,段誉已将六张图形上所绘的各处穴道尽都通过。只觉精神爽利,左右无事,又逐一去看少商、商阳、中冲、关冲、少冲、少泽六路剑法的图形。但见红线黑线,纵横交错,头绪纷繁之极,心想:"这样烦难的剑招,又如何记得住?何况太师伯说过,俗家子弟是不能学的。"当下便不再看,腹中觉得有些饿了,心想:"小沙弥怎地还不送素斋面食来?还是悄悄出去找些吃的罢。"便在此时,鼻端忽然闻到一阵柔和的檀香,跟着一声若有若无的梵唱远远飘来。

枯荣大师说道:"善哉,善哉!大轮明王驾到。你们练得怎么样了?"本参道:"虽不纯熟,似乎也已足可迎敌。"枯荣道:"很好!本因,我不想走动,便请明王到牟尼堂来叙会罢。"本因方丈应道:"是!"走了出去。

本观取过五个蒲团,一排的放在东首,西首放了一个蒲团。自己坐了东首第一个蒲团，本相第二，本参第四，将第三个蒲团空着留给本因方丈，保定帝坐了第五个蒲团。段誉没坐位，便站在保定帝身后。枯荣、本观等最后再温习一遍剑法图解，才将帛图卷拢收起，都放在枯荣大师身前。

保定帝道："誉儿，待会激战一起，室中剑气纵横，大是凶险，伯父不能分心护你。你到外面走走去罢。"段誉心中一阵难过："听各人的口气，这大轮明王武功厉害之极，伯父的关冲剑法乃是新练，不知是否敌得过他，若有疏虞，如何是好？"便道："伯伯，我……我要跟着你，我不放心你与人家斗剑……"说到最后几个字时，声音已哽咽了。保定帝心中也一动："这孩子倒很有孝心。"

枯荣大师道："誉儿，你坐在我身前，那大轮明王再厉害，也不能伤了你一根毫毛。"他声音仍是冷冰冰地，但语意中颇有傲意。

段誉道："是。"弯腰走到枯荣大师身前，不敢去看他脸，也是盘膝面壁而坐。枯荣大师的身躯比段誉高大得多，将他身子都遮住了，保定帝又是感激，又是放心，适才枯荣大师以枯禅功替自己落发，这一手神功足以傲视当世，要保护段誉自是绰绰有余。

霎时间牟尼堂中寂静无声。

过了好一会，只听得本因方丈道："明王法驾，请移这边牟尼堂。"另一个声音道："有劳方丈领路。"段誉听这声音甚是亲切谦和，彬彬有礼，绝非强凶霸横之人。听脚步声共有十来个人。听得本因推开板门，说道："明王请！"

大轮明王道："得罪！"举步进了堂中，向枯荣大师合什为礼，说道："吐蕃国晚辈鸠摩智，参见前辈大师。有常无常，双树枯荣，南北西东，非假非空！"

段誉寻思："这四句偈言是什么意思？"枯荣大师却心中一惊："大轮明王博学精深，果然名不虚传。他一见面便道破了我所

· 368 ·

参枯禅的来历。"

世尊释迦牟尼当年在拘尸那城娑罗双树之间入灭,东西南北,各有双树,每一面的两株树都是一荣一枯,称之为"四枯四荣",据佛经中言道:东方双树意为"常与无常",南方双树意为"乐与无乐",西方双树意为"我与无我",北方双树意为"净与无净"。茂盛荣华之树意示涅槃本相:常、乐、我、净;枯萎凋残之树显示世相:无常、无乐、无我、无净。如来佛在这八境界之间入灭,意为非枯非荣,非假非空。

枯荣大师数十年静参枯禅,还只能修到半枯半荣的境界,无法修到更高一层的"非枯非荣、亦枯亦荣"之境,是以一听到大轮明王的话,便即凛然,说道:"明王远来,老衲未克远迎。明王慈悲。"

大轮明王鸠摩智道:"天龙威名,小僧素所钦慕,今日得见庄严宝相,大是欢喜。"

本因方丈道:"明王请坐。"鸠摩智道谢坐下。

段誉心想:"这位大轮明王不知是何模样?"悄悄侧过头来,从枯荣大师身畔瞧了出去,只见西首蒲团上坐着一个僧人,身穿黄色僧袍。不到五十岁年纪,布衣芒鞋,脸上神采飞扬,隐隐似有宝光流动,便如是明珠宝玉,自然生辉。段誉向他只瞧得几眼,便心生钦仰亲近之意。再从板门中望出去,只见门外站着八九个汉子,面貌大都狰狞可畏,不似中土人士,自是大轮明王从吐蕃国带来的随从了。

鸠摩智双手合什,说道:"佛曰:不生不灭,不垢不净。小僧根器鲁钝,未能参透爱憎生死。小僧生平有一知交,是大宋姑苏人氏,复姓慕容,单名一个'博'字。昔年小僧与彼邂逅相逢,讲武论剑。这位慕容先生于天下武学无所不窥,无所不精,小僧得彼指点数日,生平疑义,颇有所解,又得慕容先生慨赠上乘武学秘笈,深恩厚德，无敢或忘。不意大英雄天不假年，慕容先生西归极乐。小僧有一不情之请，还望众长老慈悲。"

本因方丈道："明王与慕容先生相交一场，即是因缘，缘分既尽，何必强求？慕容先生往生极乐，莲池礼佛，于人间武学，岂再措意？明王此举，不嫌蛇足么？"

鸠摩智道："方丈指点，确为至理。只是小僧生性痴顽，闭关四十日，始终难断思念良友之情。慕容先生当年论及天下剑法，深信大理天龙寺'六脉神剑'为天下诸剑中第一，恨未得见，引为平生最大憾事。"

本因道："敝寺僻处南疆，得蒙慕容先生推爱，实感荣宠。但不知当年慕容先生何不亲来求借剑经一观？"

鸠摩智长叹一声，惨然色变，默然半晌，才道："慕容先生情知此经是贵寺镇刹之宝，坦然求观，定不蒙允。他道大理段氏贵为帝皇，不忘昔年江湖义气，仁惠爱民，泽被苍生，他也不便出之于偷盗强取。"本因谢道："多承慕容先生夸奖。既然慕容先生很瞧得起大理段氏，明王是他好友，须当体念慕容先生的遗意。"

鸠摩智道："只是那日小僧曾夸口言道：'小僧是吐蕃国师，于大理段氏无亲无故，吐蕃大理两国，亦无亲厚邦交。慕容先生既不便亲取，由小僧代劳便是。'大丈夫一言既出，生死无悔。小僧对慕容先生既有此约，决计不能食言。"说着双手轻轻击了三掌。门外两名汉子抬了一只檀木箱子进来，放在地下。鸠摩智袍袖一拂，箱盖无风自开，只见里面是一只灿然生光的黄金小箱。鸠摩智俯身取出金箱，托在手中。

本因心道："我等方外之人，难道还贪图什么奇珍异宝？再说，段氏为大理一国之主，一百五十余年的积蓄，还怕少了金银器玩？"却见鸠摩智揭开金箱箱盖，取出来的竟是三本旧册。他随手翻动，本因等瞥眼瞧去，见册中有图有文，都是朱墨所书。鸠摩智凝视着这三本书，忽然间泪水滴滴而下，溅湿衣襟，神情哀切，悲不自胜。本因等无不大为诧异。

枯荣大师道："明王心念故友，尘缘不净，岂不愧称'高僧'两字？"

大轮明王垂首道："大师具大智慧、大神通，非小僧所及。这三卷武功诀要，乃慕容先生手书，阐述少林派七十二门绝技的要旨、练法，以及破解之道。"

众人听了，都是一惊："少林派七十二门绝技名震天下，据说少林自创派以来，除了宋初曾有一位高僧身兼二十三门绝技之外，从未有第二人曾练到二十门以上。这位慕容先生能知悉少林七十二门绝技的要旨，已然令人难信，至于连破解之道也尽皆通晓，那更是不可思议了。"

只听鸠摩智续道："慕容先生将此三卷奇书赐赠，小僧披阅钻研之下，获益良多。现愿将这三卷奇书，与贵寺交换六脉神剑宝经。若蒙众位大师俯允，令小僧得完昔年信诺，实是感激不尽。"

本因方丈默然不语，心想："这三卷书中所记，倘若真是少林寺七十二门绝技，那么本寺得此书后，武学上不但可与少林并驾齐驱，抑且更有胜过。盖天龙寺通悉少林绝技，本寺的绝技少林却无法知晓。"

鸠摩智道："贵寺赐予宝经之时，尽可自留副本，众大师嘉惠小僧，泽及白骨，自身并无所损，一也。小僧拜领宝经后立即固封，决不私窥，亲自送至慕容先生墓前焚化，贵寺高艺决不致因此而流传于外，二也。贵寺众大师武学渊深，原已不假外求，但他山之石，可以攻玉，少林寺七十二绝技确有独到之秘，其中'拈花指'、'多罗叶指'、'无相劫指'三项指法，与贵派一阳指颇有相互印证之功，三也。"

本因等最初见到他那通金叶书信之时，觉得他强索天龙寺的镇寺之宝，太也强横无理，但这时听他娓娓道来，颇为入情入理，似乎此举于天龙寺利益甚大而绝无所损，反倒是他亲身送上一份厚礼。本相大师极愿与人方便，心下已有允意，只是论尊则有师叔，论位则有方丈，自己不便随口说话。

鸠摩智道："小僧年轻识浅，所言未必能取信于众位大师。少林七十二绝技中的三门指法，不妨先在众位之前献丑。"说着站起身来，说道："小僧当年不过是兴之所至，随意涉猎，所习甚是粗疏，还望众位指点。这一路指法是拈花指。"只见他右手拇指和食指轻轻搭住，似是拈住了一朵鲜花一般，脸露微笑，左手五指向右轻弹。

牟尼堂中除段誉之外，个个是毕生研习指法的大行家，但见他出指轻柔无比，左手每一次弹出，都像是要弹去右手鲜花上的露珠，却又生怕震落了花瓣，脸上则始终慈和微笑，显得深有会心。据禅宗历来传说，释迦牟尼在灵山会上说法，手拈金色波罗花遍示诸众，众人默然不语，只迦叶尊者破颜微笑。释迦牟尼知迦叶已领悟心法，便道："吾有正法眼藏，涅槃法门，实相无相，微妙法门，不立文字，教外别传。付嘱摩诃迦叶。"禅宗以心传顿悟为第一大事，少林寺属于禅宗，对这"拈花指"当是别有精研。

可是鸠摩智弹指之间却不见得具何神通，他连弹数十下后，举起右手衣袖，张口向袖子一吹，霎时间袖子上飘下一片片棋子大的圆布，衣袖上露出数十个破孔。原来他这数十下拈花指，都凌空点在自己衣袖之上，柔力损衣，初看完好无损，一经风吹，功力才露了出来。本因与本观、本相、本参、保定帝等互望了几眼，都是暗暗惊异："凭咱们的功力，以一阳指虚点，破衣穿孔，原亦不难，但出指如此轻柔，温颜微笑间神功已运，却非咱们所能。这拈花指与一阳指全然不同，其阴柔内力，确是颇有足以借镜之处。"

鸠摩智微笑道："献丑了。小僧的拈花指指力，不及少林寺的玄渡大师远了。那'多罗叶指',只怕造诣更差。"当下身形转动,绕着地下木箱快步而行,十指快速连点,但见木箱上木屑纷飞,不住跳动,顷刻间一只木箱已成为一片片碎片。

保定帝等见他指裂木箱,倒亦不奇,但见木箱的铰链、铜片、铁扣、搭钮等金属附件,俱在他指力下纷纷碎裂,这才不由得心惊。

鸠摩智笑道:"小僧使这多罗叶指,一味霸道,功夫浅陋得紧。"说着将双手拢在衣袖之中。突然之间,那一堆碎木片忽然飞舞跳跃起来,便似有人以一根无形的细棒,不住去挑动搅拨一般。看鸠摩智时,他脸上始终带着温和笑容,僧袖连下摆也不飘动半分,原来他指力从衣袖中暗暗发出,全无形迹。本相忍不住脱口赞道:"无相劫指,名不虚传,佩服,佩服!"鸠摩智躬身道:"大师夸奖了。木片跃动,便是有相。当真要名副其实,练至无形无相,纵穷毕生之功,也不易有成。"本相大师道:"慕容先生所遗奇书之中,可有破解'无相劫指'的法门?"鸠摩智道:"有的。破解之法,便从大师的法名上着想。"本相沉吟半晌,说道:"嗯,以本相破无相,高明之至。"

本因、本观、本相、本参四僧见了鸠摩智献演三种指力,都不禁怦然心动,知道三卷奇书中所载,确是名闻天下的少林七十二门绝技,是否要将"六脉神剑"的图谱另录副本与之交换,确是大费踌躇。

本因道:"师叔,明王远来,其意甚诚。咱们该当如何应接,请师叔见示。"

枯荣大师道:"本因,咱们练功习艺,所为何来?"

本因方丈没料到师叔竟会如此询问,微微一愕,答道:"为的是弘法护国。"枯荣大师道:"外魔来时,若是吾等道浅,难用佛法点化,非得出手降魔不可,该用何种功夫?"本因道:"若不得已而出手,当用一阳指。"枯荣大师问道:"你在一阳指上的修为，已到第几品境界？"本因额头出汗，答道："弟子根钝，又兼未能精进，只修得到第四品。"枯荣大师再问："以你所见，大理段氏的一阳指与少林拈花指、多罗叶指、无相劫指三项指法相较，孰优孰劣？"本因道："指法无优劣，功力有高下。"枯荣大师道："不错。咱们的一阳指若能练到第一品，那便如何？"本因道："渊深难测，弟子不敢妄说。"枯荣道："倘若你再活一百岁，能练到第几品？"本因额上汗水涔涔而下，颤声道："弟子不知。"枯荣道："能修到第一品么？"本因道："决计不能。"枯荣大师就此不再说话。

本因道："师叔指点甚是，咱们自己的一阳指尚自修习不得周全，要旁人的武学奇经作甚？明王远来辛苦，待敝寺设斋接风。"这么说，自是拒绝大轮明王的所求了。

鸠摩智长叹一声，说道："都是小僧当年多这一句嘴的不好，否则慕容先生人都死了，这《六脉神剑经》求不求得到手，又有何分别？小僧今日狂妄，说一句不知天高地厚的言语，这六脉神剑的剑法，要是真如慕容先生所说的那么精奥，只怕贵寺虽有图谱，却也无人得能练成。倘若有人练成，那么这路剑法，未必便如慕容先生所猜想的神妙。"

枯荣大师道："老衲心有疑窦，要向明王请教。"鸠摩智道："不敢。"枯荣大师道："敝寺藏有《六脉神剑经》一事，纵是我段氏的俗家子弟亦不得知，慕容先生却从何处听来？"鸠摩智道："慕容先生于天下武学，所知十分渊博。各门各派的秘技武功，往往连本派掌门人亦所不知的，慕容先生却了如指掌。姑苏慕容那'以彼之道，还施彼身'八字，便由此而来。但慕容先生于大理段氏一阳指与六脉神剑的秘奥，却始终未能得窥门径，生平耿耿，遗恨而终。"

枯荣大师"嗯"了一声，不再言语。保定帝等均想："要是他得知了一阳指和六脉神剑的秘奥，只怕便要即以此道，来还施我段氏之身了。"

本因方丈道："我师叔十余年未见外客，明王是当世高僧，我师叔这才破例延见。明王请。"说着站起身来，示意送客。

鸠摩智却不站起，缓缓的道："《六脉神剑经》既只徒具虚名，无裨实用，贵寺又何必如此重视？以致伤了天龙寺与大轮寺的和气，伤了大理国和吐蕃国的邦交。"

本因脸色微变，森然问道："明王之言，是不是说：天龙寺倘若不允交经，大理、吐蕃两国便要兵戎相见？"保定帝一向派遣重兵，驻扎西北边疆，以防吐蕃国入侵，听鸠摩智如此说，自是全神贯注的倾听。

鸠摩智道："我吐蕃国主久慕大理国风土人情，早有与贵国国主会猎大理之念，只是小僧心想此举势必多伤人命，大违我佛慈悲本怀，数年来一直竭力劝止。"

本因等自都明白他言中所含的威胁之意。他是吐蕃国师，吐蕃国自国主而下，人人崇信佛法，便与大理国无异，鸠摩智向得国王信任，是和是战，多半可凭他一言而决。倘若为了一部经书而致两国生灵涂炭，委实大大的不值得。吐蕃强而大理弱，战事一起，大局可虑。但他这般一出言威吓，天龙寺便将镇寺之宝双手奉上，这可成何体统？

枯荣大师道："明王既坚要此经，老衲等又何敢吝惜？明王愿以少林寺七十二门绝技交换，敝寺不敢拜领。明王既已精通少林七十二绝技，复又精擅大雪山大轮寺武功，料来当世已无敌手。"

鸠摩智双手合什，道："大师之意，是要小僧出手献丑？"枯荣大师道："明王言道，敝寺的《六脉神剑经》徒具虚名，不切实用。我们便以六脉神剑，领教明王几手高招。倘若确如明王所云，这路剑法徒具虚名，不切实用，那又何足珍贵？明王尽管将剑经取去便了。"

鸠摩智暗暗惊异,他当年与慕容博谈论"六脉神剑"之时,略知剑法之意,纯系以内力使无形剑气,都觉不论剑法如何神奇高明,但以一人内力而同时运使六脉剑气,谅非人力所能企及,这时听枯荣大师的口气,不但他自己会使,而且其余诸僧也均会此剑法,天龙寺享名百余年,确是不可小觑了。他神态一直恭谨,这时更微微躬身,说道:"诸位高僧肯显示神剑绝艺,令小僧大开眼界,幸何如之。"

本因方丈道:"明王用何兵刃,请取出来罢。"

鸠摩智双手一击,门外走进一名高大汉子。鸠摩智说了几句番话,那汉子点头答应,到门外的箱子中取过一束藏香,交了给鸠摩智,倒退着出门。

众人都觉奇怪,心想这线香一触即断,难道竟能用作兵刃?只见他左手拈了一枝藏香,右手取过地下的一些木屑,轻轻捏紧,将藏香插在木屑之中。如此一连插了六枝藏香,并成一列,每枝藏香间相距约一尺。鸠摩智盘膝坐在香后,隔着五尺左右,突然双掌搓了几搓,向外挥出,六根香头一亮,同时点燃了。众人都是大吃一惊,只觉这人内力之强,实已到了不可思议的境界。但各人随即闻到微微的硝磺之气,猜到这六枝藏香头上都有火药,鸠摩智并非以内力点香,乃是以内力磨擦火药,使之烧着香头。这事虽然亦甚难能,但保定帝等自忖勉力也可办到。

藏香所生烟气作碧绿之色,六条笔直的绿线袅袅升起。鸠摩智双掌如抱圆球,内力运出,六道碧烟慢慢向外弯曲,分别指着枯荣、本观、本相、本因、本参、保定帝六人。他这手掌力叫做"火焰刀",虽是虚无缥缈,不可捉摸,却能杀人于无形,实是厉害不过。此番他只志在得经,不欲伤人,是以点了六枝线香,以展示掌力的去向形迹,一来显得有恃无恐,二来意示慈悲为怀,只是较量武学修为，不求杀伤人命。

六条碧烟来到本因等身前三尺之处，便即停住不动。本因等都吃了一惊，心想以内力逼送碧烟并不为难，但将这飘荡无定的烟气凝在半空，那可难上十倍了。本参左手小指一伸，一条气流从少泽穴中激射而出，指向身前的碧烟。那条烟柱受这道内力一逼，迅速无比的向鸠摩智倒射过去，射到他身前二尺时，鸠摩智的"火焰刀"内力加盛，烟柱无法再向前行。鸠摩智点了点头，道："名不虚传，六脉神剑中果然有'少泽剑'一路剑法。"两人的内力激荡数招，本参大师知道倘若坐定不动，难以发挥剑法中的威力，当即站起身来，向左斜行三步，左手小指的内力自左向右的斜攻过去。鸠摩智左掌一拨，登时挡住。

本观中指一竖，"中冲剑"向前刺出。鸠摩智喝道："好，是中冲剑法！"挥掌挡住，以一敌二，毫不见怯。

段誉坐在枯荣大师身前，斜身侧目，凝神观看这场武林中千载难逢的大斗剑，他虽不懂武功，却也知道这几位高僧以内力斗剑，其凶险和厉害之处，更胜于手中真有兵刃。幸好鸠摩智点了六根线香，他可从碧烟的飘动来去之中，看到这三人的剑招刀法，看得十数招后，心念一动："啊，是了！本观大师的中冲剑法，便如图上所绘的一般无二。"他轻轻打开中冲剑法图谱，从碧烟的缭绕之中，对照图谱上的剑招，一看即明，再无难解之处。再看本参的少泽剑法时，也是如此。只不过中冲剑大开大阖，气势雄迈，少泽剑却是忽来忽去，变化精微。

本因方丈见师兄师弟联手，占不到丝毫上风，心想我们练这剑法未熟，剑招易于用尽，六人越早出手越好，这大轮明王聪明绝顶，眼下他显是在观察本观、本参二人的剑法，未以全力攻防，当即说道："本相、本尘二位师弟，咱们都出手罢。"食指伸处，"商阳剑法"展动，跟着本相的"少冲剑"，保定帝的"关冲

·377·

剑"，三路剑气齐向三条碧烟上击去。

段誉瞧瞧少冲剑，瞧瞧关冲剑，又瞧瞧商阳剑，东看一招，西看一招，对照图谱之后虽能明白，终究是凌乱无章。正自凝神瞧着"少冲剑"的图谱时，忽见一根枯瘦的手指伸到图上，写道："只学一图，学完再换。"段誉心念一动，知是枯荣大师指点，回过头来，向他微微一笑，示意致谢。

这一看之下，他笑容登时僵住，原来眼前所出现的那张面容奇特之极，左边的一半脸色红润，皮光肉滑，有如婴儿，右边的一半却如枯骨，除了一张焦黄的面皮之外全无肌肉，骨头突了出来，宛然便是半个骷髅骨头。他一惊之下，立时转了头，一颗心怦怦乱跳，明知这是枯荣大师修习枯荣禅功所致，但这张半枯半荣的脸孔，实在太过吓人，一时无论如何不能定下心来。

只见枯荣大师的食指又在帛上写道："良机莫失，凝神观剑。自观自学，不违祖训。"

段誉心下明白："枯荣太师伯先前对我伯父言道，六脉神剑不传段氏俗家子弟，是以我伯父须得剃度之后，方蒙传授。但他写道'自观自学，不违祖训'，想来祖宗遗训之中，却不禁段氏俗家子弟无师自学。太师伯吩咐我'良机莫失，凝神观剑'，自然是盼我自观自学了。"当即点了点头，仔细观看伯父"关冲剑法"，大致看明白后，依次再看少冲、商阳两路剑法。凡人五指之中，无名指最为笨拙，食指则最是灵活，因此关冲剑以拙滞古朴取胜，商阳剑法却巧妙活泼，难以捉摸。少冲剑法与少泽剑法同以小指运使，但一为右手小指，一为左手小指，剑法上便也有工、拙、捷、缓之分。但"拙"并非不佳，"缓"也并不减少威力，只是奇正有别而已。

段誉本来只一念好奇，从碧烟的来去之中，对照图谱上线路，不过像猜灯谜一般推详一番，既得枯荣大师指示嘱咐，这才专心一致的看了起来。到得这三路剑法大致看明，本参与本观的剑法已是第二遍再使。段誉不必再参照图谱，眼观碧烟，与心中所记剑法一一印证，便觉图上线路是死的，而碧烟来去，变化无穷，比之图谱上所绘可丰富繁复得多了。

再观看一会，本因、本相和保定帝三人的剑法也已使完。本相小指一弹，使一招"分花拂柳"，已是这路剑招的第二次使出。鸠摩智微微点了点头，跟着本因和保定帝的剑招也不得不从旧招中更求变化。突然之间，只听得鸠摩智身前嗤嗤声响，"火焰刀"威势大盛，将五人剑招上的内力都逼将回来。

原来鸠摩智初时只取守势，要看尽了六脉神剑的招数，再行反击，这一自守转攻，五条碧烟回旋飞舞，灵动无比。那第六条碧烟却仍然停在枯荣大师身后三尺之处，稳稳不动。枯荣大师有心要看透他的底细，瞧他五攻一停，能支持到多少时候，因此始终不出手攻击。果然鸠摩智要长久稳住这第六道碧烟，耗损内力颇多，终于这道碧烟也一寸一寸的向枯荣大师后脑移近。

段誉惊道："太师伯，碧烟攻过来了。"枯荣点了点头，展开"少商剑"图谱，放在段誉面前。段誉见这路少商剑的剑法便如是一幅泼墨山水相似，纵横倚斜，寥寥数笔，却是剑路雄劲，颇有石破天惊、风雨大至之势。段誉眼看剑谱，心中记挂着枯荣后脑的那股碧烟，一回头间，只见碧烟离他后脑已不过三四寸远。惊叫："小心！"

枯荣大师反过手来，双手拇指同时捺出，嗤嗤两声急响，分袭鸠摩智右胸左肩。他竟不挡敌人来侵，另遣两路奇兵急袭反攻。他料得鸠摩智的火焰刀内力上蓄势缓进，真要伤到自己，尚有片刻，倘若后发先至，当可打他个措手不及。

鸠摩智思虑周详，早有一路掌力伏在胸前，但他料到的只是一着攻势凌厉的少商剑，却没料到枯荣大师双剑齐出，分袭两处。鸠摩智手掌扬处，挡住了刺向自己右胸而来的一剑，跟着右足一点，向后急射而出，但他退得再快，总不及剑气来如电闪，一声轻响过去，肩头僧衣已破，迸出鲜血。枯荣双指回转，剑气缩了回来，六根藏香齐腰折断。本因、保定帝等也各收指停剑。各人久战无功，早在暗暗担忧，这时方才放心。

鸠摩智跨步走进室内，微笑道："枯荣大师的禅功非同小可，小僧甚是佩服。那六脉神剑嘛，果然只是徒具虚名而已。"本因方丈道："如何徒具虚名，倒要领教。"鸠摩智道："当年慕容先生所钦仰的，是六脉神剑的剑法，并不是六脉神剑的剑阵。天龙寺这座剑阵固然威力甚大，但充其量，也只和少林寺的罗汉剑阵、昆仑派的混沌剑阵不相伯仲而已，似乎算不得是天下无双的剑法。"他说这是"剑阵"而非"剑法"，是指摘对方六人一齐动手，排下阵势，并不是一个人使动六脉神剑，便如他使火焰刀一般。

本因方丈觉得他所说确然有理，无话可驳。本参却冷笑道："剑法也罢，剑阵也罢，适才比刀论剑，是明王赢了，还是我们天龙寺赢了？"

鸠摩智不答，闭目默念，过得一盏茶时分，睁开眼来，说道："第一仗贵寺稍占上风，第二仗小僧似乎已有胜算。"本因一惊，问道："明王还要比拼第二仗？"鸠摩智道："大丈夫言而有信。小僧既已答允了慕容先生，岂能畏难而退？"本因道："然则明王如何已有胜算？"

鸠摩智微微一笑，道："众位武学渊深，难道猜想不透？请接招罢！"说着双掌缓缓推出。枯荣、本因、保定帝等六人同时感到各有两股内劲分从不同方向袭来。本因等均觉其势不能以六脉神剑的剑法挡架，都是双掌齐出，与这两股掌力一挡，只有枯荣大师仍是双手拇指一捺，以少商剑法接了敌人的内劲。

鸠摩智推出了这股掌力后便即收招，说道："得罪！"

本因和本观等相互望了一眼，均已会意："他一掌之上可同时生出数股力道，枯荣师叔的少商双剑若再分进合击，他也尽能抵御得住。咱们却必须舍剑用掌，这六脉神剑显是不及他的火焰刀了。"

便在此时，只见枯荣大师身前烟雾升起，一条条黑烟分为四路，向鸠摩智攻了过去。鸠摩智对这位面壁而坐、始终不转过头来的老和尚心下本甚忌惮，突见黑烟来袭，一时猜不透他用意，仍是使出"火焰刀"法，分从四路挡架。他当下并不还击，一面防备本因等群起而攻，一面静以观变，看枯荣大师还有什么厉害的后着。

只觉黑烟愈来愈浓，攻势极其凌厉。鸠摩智暗暗奇怪："如此全力出击，所谓飘风不终朝，暴雨不终夕，又如何能够持久？枯荣大师当世高僧，怎么竟会以这般急躁刚猛的手段应敌？"料想他决计不会这般没有见识，必是另有诡计，当下紧守门户，一颗心灵活泼泼地，以便随机应变。过不到片刻，四道黑烟突然一分二，二分四，四道黑烟分为一十六道，四面八方向鸠摩智推来。鸠摩智心想道："强弩之末，何足道哉？"展开火焰刀法，一一封住。双方力道一触，十六道黑烟忽然四散，室中刹时间烟雾弥漫。鸠摩智毫不畏惧，鼓荡真力，护住了全身。

但见烟雾渐淡渐薄，濛濛烟气之中，只见本因等五僧跪在地下，神情庄严，而本观与本参的眼色中更是大显悲愤。鸠摩智一怔之下，登时省悟，暗叫："不好！枯荣这老僧知道不敌，竟然将六脉神剑的图谱烧了。"

他所料不错，枯荣大师以一阳指的内力逼得六张图谱焚烧起火，生怕鸠摩智阻止抢夺，于是推动烟气向他进击，使他着力抵御，待得烟气散尽，图谱已烧得干干净净。本因等均是精研一阳指的高手，一见黑烟，便知缘由，心想师叔宁为玉碎，不肯瓦全，甘心将这镇寺之宝毁去，决不让之落入敌手。好在六人心中分别记得一路剑法，待强敌退去，再行默写出来便是，只不过祖传的图谱却终于就此毁了。

这么一来,天龙寺和大轮明王已结下了深仇,再也不易善罢。

鸠摩智又惊又怒,他素以智计自负,今日却接连两次败在枯荣大师的手下,《六脉神剑经》既已毁去,则此行徒然结下个强仇,却是毫无收获。他站起身来,合什说道:"枯荣大师何必刚性乃尔?宁折不曲,颇见高致。贵寺宝经因小僧而毁,心下大是过意不去,好在此经非一人之力所能练得,毁与不毁,原无多大分别。这就告辞。"

他微一转身,不待枯荣和本因对答,突然间伸手扣住了保定帝右手腕脉,说道:"敝国国主久仰保定帝风范,渴欲一见,便请陛下屈驾,赴吐蕃国一叙。"

这一下变出不意,人人都是大吃一惊。这番僧忽施突袭,以保定帝武功之强,竟也着了道儿,被他扣住了手腕上"列缺"与"偏历"两穴。保定帝急运内力冲撞穴道,于霎息间连冲了七次,始终无法挣脱。本因等都觉鸠摩智这一手太过卑鄙,大失绝顶高手的身份,但空自愤怒,却无相救之策,因保定帝要穴被制,随时随刻可被他取了性命。

枯荣大师哈哈一笑,说道:"他从前是保定帝,现下已避位为僧,法名本尘。本尘,吐蕃国国主既要见你,你去去也好。"保定帝无可奈何,只得应道:"是!"他知道枯荣大师的用意,鸠摩智当自己是一国之主,擒住了自己是奇货可居,但若信得自己已避位为僧,不过是擒拿了一个天龙寺的和尚,那就无足轻重,说不定便会放手。

自鸠摩智踏进牟尼堂后,保定帝始终不发一言,未露任何异状,可是要使得动这六脉神剑,虽不过是六剑中的一剑,也须是第一流的武学高手,内力修为异常深湛之士。武林之中哪几位是第一流好手，各人相互均知。鸠摩智此番乃有备而来，于大理段氏及天龙寺僧俗名家的形貌年纪，都打听得清清楚楚，各人的脾性习气、武功造诣，也已琢磨了十之八九。他知天龙寺中除枯荣大师外，尚有四位高手，现下忽然多了一个"本尘"出来，这人的名字从未听过，而内力之强，丝毫不逊于其余"本"字辈四僧，但看他雍容威严，神色间全是富贵尊荣之气，便猜到他是保定帝了。待听枯荣大师说他已"避位为僧"，鸠摩智心中一动："久闻大理段氏历代帝皇，往往避位为僧，保定帝到天龙寺出家，原也不足为奇。但皇帝避位为僧，全国必有盛大仪典，饭僧礼佛，修塔造庙，定当轰动一时，决不致如此默默无闻。我吐蕃国得知讯息后，也当遣使来大理贺新君登位。此事其中有诈。"便道："保定帝出家也好，没出家也好，都请到吐蕃一游，朝见敝国国君。"说着拉了保定帝，便即跨步出门。

本因喝道："且慢！"身形晃处，和本观一齐拦在门口。鸠摩智道："小僧并无加害保定帝皇爷之意，但若众位相逼，可顾不得了。"右手虚拟，对准了保定帝的后心。他这"火焰刀"的掌力无坚不摧，保定帝既脉门被扣，已是听由宰割，全无相抗之力。天龙众僧倘若合力进攻，一来投鼠忌器，二来也无取胜把握。但本因等兀自犹豫，保定帝是大理国一国之主，如何能让敌人挟持而去？

鸠摩智大声道："素闻天龙寺诸高僧的大名，不料便这一件小事，也是婆婆妈妈，效那儿女之态。请让路罢！"

段誉自见伯父被他挟持，心下便甚焦急，初时还想伯父武功何等高强，怕他何来，只不过暂且忍耐而已，时机一到，自会脱身；不料越看越不对，鸠摩智的语气与脸色傲意大盛，而本因、本观等人的神色却均焦虑愤怒，而又无可奈何。待见鸠摩智抓着保定帝的手腕，一步步走向门口，段誉惶急之下，不及多想，大声道："喂，你放开我伯父！"跟着从枯荣大师身前走了出来。

鸠摩智早见到枯荣大师身前藏有一人，一直猜想不透是何等样人，更不知坐在枯荣大师身前有何用意，这时见他长身走出，欲知就里，回头问道："尊驾是谁？"

段誉道："你莫问我是谁，先放开我伯父再说。"伸出右手，抓住了保定帝的左手。

保定帝道："誉儿，你别理我，急速请你爹爹登基，接承大宝。我是闲云野鹤一老僧，更何足道？"

段誉使劲拉扯保定帝手腕，叫道："快放开我伯父！"他大拇指少商穴与保定帝手腕上穴道相触，这么一使力，保定帝全身一震，登时便感到内力外泄。

便在同时，鸠摩智也觉察到自身真力急泻而出，登时脸色大变，心道："大理段氏怎地学会了'化功大法'？"当即凝气运力，欲和这阴毒邪功相抗。

保定帝蓦地里觉到双手各有一股猛烈的力道向外拉扯，当即使出"借力打力"心法，将这两股力道的来势方向对在一起。双力相拒之际，他处身其间，双手便毫不受力，一挥手便已脱却鸠摩智的束缚，带着段誉飘身后退，暗叫："惭愧！今日多亏誉儿相救。"

鸠摩智这一惊当真非同小可，心想："中土武林中，居然又出了一位大高手，我怎地全然不知？这人年纪轻轻，只不过二十来岁年纪，怎能有如此修为？这人叫保定帝为伯父，那么是大理段氏小一辈中的人物了。"当下缓缓点了点头，说道："小僧一直以为大理段氏艺专祖学，不暇旁骛，殊不知后辈英贤，却去结交星宿老人，研习'化功大法'的奇门武学，奇怪啊，奇怪！"他虽渊博多智，却也误以为段誉的"北冥神功"乃是"化功大法"，只是他自重身份，不肯出口伤人，因此称星宿"老怪"为"老人"。武林人士都称这"化功大法"为妖功邪术，他却称之为"奇门武学"。适才这么一交手，他料想段誉的内力修为当不在星宿老怪丁春秋之下，不会是那老怪的弟子传人，是以用了"结交"两字。

保定帝冷笑道："久仰大轮明王睿智圆通，识见非凡，却也口出这等谬论。星宿老怪擅于暗算偷袭，卑鄙无耻，我段氏子弟岂能跟他有何关连？"

鸠摩智一怔，脸上微微一红，保定帝言中"暗算偷袭，卑鄙无耻"这八个字，自是指斥他适才的举动。

段誉道："大轮明王远来是客，天龙寺以礼相待，你却胆敢犯我伯父。咱们不过瞧着大家都是佛门弟子，这才处处容让，你却反而更加横蛮起来。出家人中，哪有如明王这般不守清规的？"

众人听段誉以大义相责，心下都暗暗称快，同时严神戒备，只恐鸠摩智老羞成怒，突然发难，向段誉加害。

不料鸠摩智神色自若，说道："今日结识高贤，幸何如之，尚请不吝赐教数招，俾小僧有所进益。"段誉道："我不会武功，从来没学过。"鸠摩智笑道："高明，高明。小僧告辞了！"身形微侧，袍袖挥处，手掌从袖底穿出，四招"火焰刀"的招数同时向段誉砍来。

敌人最厉害的招数猝然攻至，段誉兀自懵然不觉。保定帝和本参双指齐出，将他这四招"火焰刀"接下了，只是在鸠摩智极强内劲的斗然冲击之下，身形都是一晃。本相更"哇"的一声，吐出了一口鲜血。

段誉见到本相吐血，这才省悟，原来适才鸠摩智又暗施偷袭，心下大怒，指着他的鼻子骂道："你这蛮不讲理的番僧！"他右手食指这么用力一指，心与气通，自然而然的使出一招"商阳剑"的剑法来。他内力之强，当世已极少有人能及，适才在枯荣大师身前观看了六脉神剑的图谱，以及七僧以无形刀剑相斗，一指之出，竟心不自知的与剑谱暗合。但听得嗤的一声响，一股浑厚无比的内劲疾向鸠摩智刺去。

鸠摩智一惊，忙出掌以"火焰刀"挡架。

段誉这一出手，不但鸠摩智大为惊奇，而枯荣、本因等亦是大出意料之外，其中最感奇怪的，更是保定帝与段誉自己。段誉心想："这可古怪之极了。我随手这么一指，这和尚为什么要这般凝神挡拒？是了，是了，想是我出指的姿式很对，这和尚以为我会使六脉神剑。哈哈，既是如此，我且来吓他一吓。"大声道："这商阳剑功夫，何足道哉！我使几招中冲剑的剑法给你瞧瞧。"说着中指点出。但他手法虽然对了，这一次却无内劲相随，只不过凌空虚点，毫无实效。

鸠摩智见他中指点出，立即蓄势相迎，不料对方这一指竟然无半点劲力，还道他虚虚实实，另有后着，待见他又点一指，仍是空空洞洞，不禁心中一乐："我原说世上岂能有人既会使商阳剑，又会使中冲剑？果然这小子虚张声势的唬人，倒给他吓了一跳。"

他这次在天龙寺中连栽了几个筋斗，心想若不显一显颜色，大轮明王威名受损不小，当下左掌分向左右连劈，以内劲封住保定帝等人的赴援之路，跟着右掌斩出，直趋段誉右肩。这一招"白虹贯日"，是他"火焰刀"刀法的精妙之作，一刀便要将段誉的右肩卸了下来。保定帝、本因、本参等齐声叫道："小心！"各自伸指向鸠摩智点去。

他三人出招，自是上乘武功中攻敌之不得不救，哪知鸠摩智先以内劲封住周身要害，这一刀毫不退缩，仍是笔直的砍将下来。段誉听得保定帝等人的惊呼之声，知道不妙，双手同时出力挥出，他心下惊惶，真气自然涌出，右手少冲剑，左手少泽剑，双剑同时架开了火焰刀这一招，余势未尽，嗤嗤声响，向鸠摩智反击过去。鸠摩智不暇多想，左手发劲挡击。

段誉刺了这几剑后，心中已隐隐想到，须得先行存念，然后鼓气出指，内劲真气方能激发，但何以如此，自是莫名其妙。他中指轻弹,中冲剑法又使了出来。霎息之间,适才在图谱上见到的那六路剑法一一涌向心头,十指纷弹,此去彼来,连绵无尽。

鸠摩智大惊,尽力催动内劲相抗,斗室中剑气纵横,刀劲飞舞,便似有无数迅雷疾风相互冲撞激荡。斗得一会,鸠摩智只觉得对方内劲越来越强,剑法也是变化莫测,随时自创新意,与适才本因、本相等人的拘泥剑招大不相同,令人实难捉摸。他自不知段誉记不明白六路剑法中这许多繁复的招式,不过危急中随指乱刺,哪里是什么自创新招了?心下既惊且悔:"天龙寺中居然伏得有这样一个青年高手,今日当真是自取其辱。"突然间嗤嗤嗤连砍三刀,叫道:"且住!"

段誉的真气却不能随意收发,听得对方喝叫"且住",不知如何收回内劲,只得手指一抬,向屋顶指去,心想:"我不该再发劲了,且听他有何话说。"

鸠摩智见段誉脸有迷惘之色,收敛真气时手忙脚乱,全然不知所云,心念微动,便即纵身而上,挥拳向他脸上击去。

段誉以诸般机缘巧合,才学会了六脉神剑这门最高深的武学,寻常的拳脚兵刃功夫却全然不会。鸠摩智这一拳隐伏七八招后着,原也是极高明的拳术,然而比之"火焰刀"以内劲伤人,其间深浅难易,相去自不可以道里计。本来世上任何技艺学问,决无会深不会浅、会难不会易之理,段誉的武功却是例外。他见鸠摩智挥拳打到,便即毛手毛脚的伸臂去格。鸠摩智右掌翻过,已抓住了他胸口"神封穴"。段誉立时全身酸软,动弹不得。

神封穴属"足少阴肾经",他没练过。

鸠摩智虽已瞧出段誉武学之中隐伏有大大的破绽,一时敌不过他的六脉神剑,便想以别项高深武功胜他,却也决计料想不到,竟能如此轻而易举的手到擒来。他还生怕段誉故意装模作样,另有诡计,一拿住他"神封穴",立即伸指又点他"极泉"、"大椎"、

·387·

"京门"数处大穴。这些穴道所属经脉,段誉也没练过。

鸠摩智倒退三步,说道:"这位小施主心中记得六脉神剑的图谱。原来的图谱已被枯荣大师焚去,小施主便是活图谱,在慕容先生墓前将他活活的烧了,也是一样。"左掌扬处,向前急连砍出五刀,抓住段誉退出了牟尼堂门外。

保定帝、本因、本观等纵前想要夺人,均被他这连环五刀封住,无法抢上。

鸠摩智将段誉一抛,掷给了守在门外的九名汉子,喝道:"快走!"两名汉子同时伸手过来,接过段誉,并不从原路出去,径自穿入牟尼堂外的树林。鸠摩智运起"火焰刀",一刀刀的只是往牟尼堂的门口砍去。

保定帝等各以一阳指气功向外急冲,一时之间却攻不破他的无形刀网。

鸠摩智听得马蹄声响,知道九名部属已掳着段誉北去,长笑说道:"烧了死图谱,反得活图谱。慕容先生地下有人相伴,可不觉寂寞了!"右掌斜劈,喀喇喇一声响,将牟尼堂的两根柱子劈倒,身形微晃,便如一溜轻烟般奔入林中,刹那间不知去向。

保定帝和本参双双抢出,见鸠摩智已然走远。保定帝道:"快追!"衣襟带风,一飘数丈。本参大师和他并肩齐行,向北追赶。